약편

仙道 체험기

27

신선神仙되는 길이 보인다
경이적인 현상이 눈앞에 펼쳐진다!!
선도수련의 현장을 체험으로 파헤친 충격과 화제의 소설

글터
GEUL TEO

약편 선도체험기 27권을 내면서

『약편 선도체험기』는 절판된 『선도체험기』 1권부터 103권까지의 내용을 10권으로 간략하게 추려서 간행하기로 시작한 기획물이다. 그런데 삼공 김태영 선생님의 수련 체험과 가르침 내용의 흐름을 유지하다 보니 23권으로 확대되어 마무리되었다.

이어서 한신규 사장님의 제안으로 『선도체험기』 104권부터 120권까지의 내용을 포함, 그간 지면의 제한으로 싣지 못한 내용을 골라 『약편 선도체험기』를 30권으로 만들기로 했다. 전자의 경우 판매되고 있는 책이므로 최소한의 내용만 추려 『약편 선도체험기』 24권부터 싣고 있다.

이번 27권은 지난 26권에 다 싣지 못한 『선도체험기』 118권의 내용부터 시작한다. 그래서 『선도체험기』 120권까지의 내용 중에서 삼공 선생님의 가르침이 담긴 이야기, 현묘지도 화두수련 체험기(41번째부터 50번째까지), 각 권에서 선별한 제자의 수련기 한 편씩으로 구성하였다. 시기적으로는 2018년 3월부터 2020년 4월까지다.

약편에는 『선도체험기』의 서문을 1권외에는 싣지 않았는데 이번 권에 119권의 서문을 포함시켰다. 그 이유는 원본과 원고 파일의 내용이 다르기 때문이다. 즉 삼공 선생님께서 원본에서 주문수련에 대한 경각성을 전달하셨지만, 재판을 찍을 때를 대비하여 "진리를 파악함으로써 우주의 실상을 밝혀내는 것이야말로 구도자가 그 무엇보다도 우선적으로 해야 할 긴급한 일이건만 기복 신앙에 한눈을 판다는 것이 가당키나 한 일이겠습니까"하고 단호하게 주문수련을 금하는 문장으로 바꾸셨다.

이 외에 원고 중 주문수련 문구도 수정하셨는데, 예를 들면 '운장주 암송' 문구를 '천부경 암송'으로 바꾸시거나 삭제하신 것이다. 약편은 이렇게 삼공 선생님께서 수정하신 원고 파일을 근거로 삼고 편집을 가했다. 그리고 『선도체험기』 119권 원본에 없는 내용을 이번에 한 편 실었는데, 원래 원고에 있었지만 당시 사정상 책에 싣지 않았던 글이다.

『약편 선도체험기』 시리즈가 수행하는 분들에게 도움이 되기를 바라며, 남은 3권의 내용을 어떻게 채울지 구상하고 있다. 끝으로 교열을 도와주는 별빛자, 일연, 대명 등 후배 수행자들께 고마운 마음을 전하며, 『약편 선도체험기』를 발행해 주시는 글터사 한신규 사장님에게도 감사의 인사를 드린다.

단기 4356년(서기 2023년) 4월 20일

엮은이　조　광　배상

차 례

현묘지도 화두수련 체험기 (41번째)

오 주 현

1단계 화두

3월 31일 토요일

고등학교 1학년 때 김정빈의 소설 『단』을 읽고 난 후 도를 닦고 싶었다. 지금 51살이니 수련 시작한 지 22년 만에 나의 생에 소중한 순간이 우연히 찾아오게 된다. 조광 선배님의 도움으로 삼공재를 방문하여 삼공 선생님으로부터 백회를 열고 화두를 받는다. 화두를 외우니 머리가 뒤로 넘어가고 엎드려서 도리도리 끄덕끄덕한다. 어디선가 "욕심부리지 말고 착하게 살아라"는 말이 여러 번 반복해서 들려온다. 아마도 다짐을 받고자 하신 거 같다. "네 명심하겠습니다."

버스 타기 전 공원에서 화두수련 중 갑자기 명문에서부터 뜨거운 물줄기가 위로 흐른다. 빙의령 때문에 가슴에서는 느껴지지 않고 중완에서 단전으로 물줄기가 흐른다. 저녁 10시 수련 중 중단, 명문, 하단전, 중단전, 겨드랑이 밑으로 운기가 된다. 중단전에 운기가 되면서 빙의령인 손님이 가신 거 같다. 최근에는 기운이 뜨거웠는데 맑고 부드럽게 중단전과 하단전이 동시에 타들어 간다. 머리가 앞으로 숙여지고 도리도리 끄덕끄덕이 계속 진행된다. 엎드린 상태에서 인당에 삼각형 모양의 틀을

7

만든다.

4월 1일 일요일

도리도리 뜨덕끄덕이 계속된다. 이마를 바닥에 비벼대고 바닥에 쿵쿵 머리를 찧는다. 새벽 수련 후 잠을 자는 내내 등이 시원하다. 점심시간 수련 중 머리를 손가락으로 두드린다. 조금 아프다.

카페, 현묘지도의 역사와 도맥의 내용 중 유불선의 뿌리, 신교(神敎)를 밝힌 고운 최치원 선생의 영정을 보니 머리와 등 쪽이 시원해진다. 그리고 갑자기 등이 시원해지는 현상이 한동안 지속된다. '토황소격문(討黃巢檄文)'에서도 시원한 기운이 느껴진다. "햇빛이 활짝 퍼졌으니 어찌 요망한 기운을 그대로 두겠는가! 하늘 그물이 높게 달렸으니 반드시 흉적을 베리라!"

약한 한증막 속에 있는 거 같다. 도리도리와 요가 동작이 많이 된다. 수인이 이동하면서 운기가 된다. '태백산맥과 백두산'이란 말이 떠오른다. 등이 시원해지고 손이 부르르 떨린다. 몸이 훈훈하다. 발바닥에 찌릿한 반응이 온다.

4월 2일 ~ 4월 8일

이마를 바닥에 비벼대고 머리를 바닥에 쿵쿵한다. 자동으로 요가 동작이 나온다. 이리저리 머리를 두드리고 맞춘다. 적당한 아픔이 있다. 갑자기 등이 시원해지는 현상이 한동안 지속된다. 머리가 밑으로 숙여지고 진동이 되는데 바닥에서 조금 떨어져서 도리도리가 되고 있다. 수인이 이동하면서 운기가 된다. 빙의령은 토할 거 같은 느낌이 든다.

4월 9일 ~ 4월 15일

아침 수련 시 파란 별들이 단전 중심으로 허리를 한 바퀴 돌면서 띠를 형성한다. 이어서 노란 은하수가 보이고 나서 파란 은하수로 변한다. 머리를 바닥에 찧고 도리도리 끄덕끄덕 진동이 계속된다. 등만 따뜻하고 다른 데는 전반적으로 차다. 별무리가 연하게 보인다. 이어서 검은 화면이 순간적으로 내려간다. 글씨는 보이지 않는다.

『선도체험기』를 읽으면 흡호가 빠르게 움직이면서 배가 움직이는 동작이 자주 나온다. 양손으로 귀를 막고 있는 동작이 되풀이된다.

내가 평화롭기를 바란다면 먼저 세상이 평화롭도록 해야 한다. 내가 부자가 되고 싶으면 세상 사람들이 부자가 되도록 해야 한다. 내가 수련이 잘되고 싶으면 세상 사람들이 수련이 잘되도록 해야 한다는 생각이 든다. 눈물이 나온다. 왜일까?

4월 16일 ~ 4월 22일

아침에 일어날 즈음에 수많은 별들이 보인다. 선명하지 않다. 별과 별 사이를 노란선이 이어진다. 소주천 운기가 된다. 『선도체험기』를 읽고 있는데 손이 부르르 떨리면서 괄약근(括約筋)이 조여지고 축기가 된다.

삼공재에서 수련 중 머리를 주먹으로 마구 때리는 거 같다는 생각이 든다. 그동안은 손가락으로 때렸는데 삼공재에 오니 마음 놓고 때린다. 얼마나 막혔으면 주먹으로 때리는 것일까?

4월 23일 ~ 4월 29일

수인이 단전에서 시작해서 아문혈까지 갔다가 오는 것을 반복한다. 인당에서 단전으로 내려와 반원을 그리면서 운기가 된다. 이어서 아문혈에서 장강혈까지 운기가 된다. 열기가 임독맥, 양팔에서 느껴진다. 등이 가장 뜨겁다. 하체에는 아직 기운이 부족한가 보다.

『선도체험기』와 카페 글을 읽고 있으면 머리와 등이 시원하다. 백회로부터 천기가 들어오고 있는 거 같다. 어제 적어 놓은 나의 수련일지를 보고 있으니 기운이 솔솔 들어온다. 백회에 크게 하얀 원이 그려진다. 물소리 명상음악을 들으니 중간에 귀가 찢어질 정도로 아파 얼른 화두를 한다. 단전이 따뜻하다가 이어서 백회에서부터 시작된 시원한 기운이 무릎까지 이동된다. 과거에 오른쪽 발목 아킬레스건을 다친 적이 있는데 3일 정도 가렵고 긁으면 붓는다. 이 부분이 치료되는가 보다.

4월 30일 ~ 5월 6일

카페 글을 읽는다. 조광 선배님의 수련일지 중 삼공재 관련 글을 읽을 때부터 단전과 백회, 몸이 시원해진다. 이어서 남북 정상의 글을 읽고 있으니 온몸이 시원해진다. 힘든 산행 후에도 종아리가 괜찮다. 운기가 잘되어 피로 회복이 빠르다. 머리를 바닥에 대고 오랫동안 있었다. 화두 수련이 끝났는가 보다. 화면은 보이지 않는다.

5월 7일 ~ 5월 13일

삶이란 무엇인가? 나는 누구인가? 라는 생각이 든다. 나는 왜 희로애락에 빠져 허우적대는가? 이런 삶을 살아가는 나는 누구이길래 하는 생각이 들면서 눈물이 흐른다.

지구는 우주의 수많은 별 중의 하나다. 지구와 우주는 하나로 연결되어 있다. 나와 지구와 우주는 하나라는 생각이 든다. 대각경이 생각난다. 나는 하나님의 분신인가? 선은 점으로 이루어져 있다. 점들이 만나서 선이 된다. 나는 작은 점으로 지구와 우주와 하나로 연결되어 있다. 우주는 보이는 하나님이고 나와 하나로 연결되어 있다.

나는 하나님의 무한한 사랑, 무한한 지혜, 무한한 능력을 구사할 수 있는가? 나는 소우주이며 우주와 하나이므로 무한한 사랑과 지혜와 능력을 구사할 수 있다. 삶이란 무엇인가? 오감의 세계를 벗어나 상부상조하는 대조화의 세계, 하나님과 나, 남과 나, 우주와 내가 하나로 되는 실상의 세계 속에 살고 있음을 아는 것이다.

2단계 화두

5월 12일 ~ 5월 20일

1단계 화두에 반응이 없다고 말하자 2단계 화두를 주신다. 이것저것 하지 말고 화두수련만 하고 그 화두를 다른 데 이용하지 말고 끝나면 잊으라고 하신다. 선생님의 표정도 좋으시니 건강도 좋아지신 거 같다.

2단계 화두도 시작부터 강렬하다. 머리가 뒤로 넘어가면서 수련이 계속된다. 숨을 쉬는데 쉬지 않고 머물러 있는 시간이 길다. 지식(止息)이 자동으로 된다. 등이 뜨겁다. 나 자신을 속이지 않는 삶은 어떤 삶일까?

온몸이 시원해지면서 단전은 따뜻하다. 시원해지는 느낌은 지속적이지 않고 잠깐이다.

장모님 생일날 중국집에서 요리를 먹는다. 90세의 장모님이 직장 다니는 딸에게 "사무실을 방문하는 손님들에게 친절히 잘해라"고 반복해서 말씀하신다. 돈 많이 벌어라, 건강해라가 아니다. 오는 손님들에게 커피 한잔 타 드리고 친절히 잘해라고 하신다.

5월 21일 ~ 5월 31일

어지러운 증세가 가끔씩 있다. '벌써 일년' 브라운아이즈의 노래를 듣는데 백회에 반응이 온다. 시원하다. 왜 그런 것일까? 생각해 본다. 앨범 수익을 대한민국 소년소녀 가장과 에티오피아의 난민을 돕기 위해 모두 월드비전에 기부하였다고 한다. 이타정신을 실행한 것이다. 아! 나도 본받고 싶다.

『선도체험기』57권을 보는데 단전호흡의 기초와 최종 단계까지 상세하게 설명이 나오니 좋다. 이 부분에서 단전에 열감과 운기가 더해진다. 하하 그렇다. 진리는 아무리 강조해도 지루하지 않는 것이다. 반복해서 읽을수록 기운은 더 따뜻해지고 시원해진다. 무엇인가 고속으로 돌아가는 화면이 보일 듯하면서 안 보인다.

방탄소년단 'Fake Love'를 듣는데 아주 시원하다. 방송에는 칼군무 때문에 소름이 돋는다고 했는데 내가 보기에는 가사 속에 이타심을 강조하는 내용이 있기 때문이다.

6월 1일 ~ 6월 10일

삼공 선생님의 컨디션이 좋아지셨나 보다. 인중천지일, 선악도 우주만물도 다 내 안에 있다. 나는 우주이고 우주는 나이다. 내 안에는 우주와 우주 밖의 모든 것이 다 있다. 나의 의식을 크게 하나로 확대한다. 소크라테스가 "너 자신을 알라!"고 하고, 방탄소년단의 'LOVE YOURSELF', 이것이 진리인가?

현충일 행사에 참석해 나라를 위해 목숨을 바친 분들에게 경의를 표한다. 애국가를 부르자 눈물이 나와서 도저히 따라서 못 부르겠다. 감정을 억눌렀다. 마지막으로 현충일 노래를 부르자 감정이 복받친다. 겨우 참았다. 왜 이런 것일까? 빙의이다. 나라에 무슨 일이 있을 때 이 한몸 기꺼이 바칠 것을 다짐해 본다.

머리가 쑤시기도 하고 아프기도 하다. 꿈을 꾼다. 무심코 들어간 곳이 나갈 때는 입장료를 내고 가는 곳이다. 샛길로 빠져나가다가 결국은 걸려서 입장료를 내게 된다. 바른길을 가지 않으면 언젠가는 그에 상응하는 대가를 치러야 한다는 교훈을 준다.

공부를 하기 싫다고 안 할 수가 없다. 수련도 마찬가지다. 언젠가는 해야 하기 때문이다. 그렇다면 조건이 좋을 때 지금 열심히 해야 한다. 지구에 태어난 목적을 완수해야 한다. 완수할 때까지 생은 계속될 것이다. 죽을 때 죽더라도 살아 있는 동안에는 건강을 잃지 않도록 최선을 다해야 한다. 화두수련 시 검은 화면이 보인다. 아무것도 안 보이고 검다.

6월 11일 ~ 6월 20일

김두한이 나오는 '야인시대' 드라마에서 기운을 많이 느낀다. 이마 찡기, 진동, 머리 두드리기, 임독맥 운기가 된다. 군대 기합의 한 종류인 원산폭격도 한다. 백회에 자극이 가는 동작이다. 허리와 목의 근육을 풀어 주는 동작도 저절로 된다. 덜 풀린 허리, 종아리 근육이 풀리면서 몸이 편안해진다. 쪼그려 앉은 자세도 한동안 유지한다.

성적 유혹이 시작된다. 강하게 일어난다. 조금 반응을 해 주다가 소주천 운기로 잠재운다. 와우, 성적 기운이 강하다. 몸에 열이 난다. 팔꿈치에서 손바닥까지 열감이 강하게 느껴진다. 궤좌 자세에서 머리를 바닥에 대고 정명혈을 강하게 누른다. 아프다. 검은색, 하얀색, 파란색이 보인다.

마눌님을 비롯한 그 누군가에게 돈도 주고 마음도 주고 다 주어야 한다는 것이 진리라면 어떻게 해야 할까? 나는 다 줄 수 있을까? 아마도 마눌님에게 다 주고 그 누군가에게 주는 것은 많이 생각해 보아야겠다. 아이고, 아직도 도를 깨달을 날이 먼 거 같다.

양 가슴이 뜨거워지고 얼굴까지 열기가 느껴진다. 최수운 대신사님의 영정을 한동안 바라보고 있으니 가슴이 뜨거워진다. 옆에 종이가 있다면 불이 붙겠다.

6월 21일 ~ 7월 2일

카페 글을 읽고 있으니 종아리까지 시원해지면서 단전이 따뜻해진다. 뜨거운 기운이 일어나고 하얀빛이 보이고 나서 화려한 색의 파란 만다라 같은 것이 보인다. 머리가 깨질 듯이 아프다. 감기인가? 아닌 것 같기도 하다. 엉덩이부터 둥그렇게 기운이 원을 그리면서 머리끝까지 방어막을 치는 거 같다. 하얀 화면이 보인다.

로빈 리한나 펜티의 'Let Me'와 김옥빈의 댄스를 보고 있으니 불붙은 단전이 활활 타오른다. 빌보드에서 1위를 그냥 한 것이 아니었다.

저녁 걷기 중 갑자기 힘이 빠진다. 헉 주저앉아서 쉬고 싶다. 누가 집까지 태워다 주면 좋겠다. 헐, 이런 적이 없었는데. 빙의인가? 가슴이 답답하지는 않고 힘이 없다. 길가 옆 정자에 앉아서 수련하니 나아진다. 겨우 집에 걸어서 도착한다. 딸아! 아빠가 힘이 없어서 그러는데 계란 좀 삶아 주라.

집사람이 당이 떨어져서 그러니 밥을 좀 먹으라고 한다. 앞으로도 이럴 때 어떻게 해야 할지 누워서 생각을 해 본다. 겁을 먹었다. 평상시 내 생각은 죽는 것은 옷 하나 갈아입는 것으로 생각하고 있었는데 막상 닥치니 두려움이 엄습했나 보다. 할일이 많은데... 이럴 때도 두려움을 떨쳐내고 수련을 해야 하는데...

3단계 화두

7월 3일 화요일

아침 일어나 바로 입공부터 시작한다. 별 반응이 없어 좌공으로 한다. 이어서 보공으로 한다. 1시간 아침 수련 후 동편제 전수관으로 걷기를 한다. 걷다가 입공을 추가로 한다. 크런치 자세가 되면서 한동안 화두수련을 한다.

2단계 화두가 끝난 거 같다. 선생님께 전화하기 전에 빙의가 천도되면 좋을 거 같다. 다행히 전화하기 전에 단전과 임맥이 용광로처럼 활활 타오른다. 선생님께 화두가 끝났다고 하니 3단계 화두를 주신다. 하하 벌써부터 백회에 반응이 온다. 백회에 반응이 안 오면 다음 단계로 넘어갈 걸 잘못했다.

7월 4일 수요일

아침 수련 정화수 떠놓고 화두수련을 한다. 현묘지도 스승님들께 사배를 한다. 1배를 하니 "일시무시일, 하나는 시작이 없는 하나이다. 하나는 변화무쌍하다. 2, 3, 4, 5...이 되고 같이 어울린다." 2배를 하니 "일종무종일, 하나는 끝이 없는 하나로 끝난다." 3배를 하니 "그 하나는 없다." 4배를 하니 아무 반응이 없고 화두가 끝났다는 느낌이 온다. 기운이 발목까지 유통이 되는 거 같다.

저녁 1시간 이상 보공하고 자시에 화두수련을 한다. 1배, "나는 하느님의 분신이다. 분신의 근본은 하느님이다." 2배, "홍길동이다." 여기에서 진도가 안 나간다. 한참을 엎드린 상태로 있다가 보니 무릎이 아프다. 포기하고 3배, 4배를 마친다. 이어서 좌선 시 진동도 기운도 반응이 거의 없다.

다음날 생각해 보니 홍길동처럼 또 다른 인과를 만들지 말고 무선악, 무청탁, 무후박도 없다는 것을 나에게 가르쳐 주는 거 같다. 아이고, 이렇게 감이 둔해서야 노력하자. 파이팅. 밤새 꿈에 2단계 화두를 외우고 있다.

7월 5일 목요일

아프리카에 우분투(Ubuntu)라는 말이 있다. 당신이 있기에 내가 있다는 뜻이다. 이 말에 눈물이 나는 이유는 무엇일까? 오늘의 나는 과거 생부터 이어진 많은 인연으로 이루어진 것이다. 생각해 보면 삼공 선생님, 카페, 가족, 동료, 자연 등 과거 생부터 현재까지 이루 헤아릴 수 없을 정도로 많은 인연들로 이루어져 있다. 빈틈없는 하늘 그물망이다. 빠져 나갈 수 있는 길은 오직 인과응보, 해원상생, 상부상조다.

이 그물망에서 벗어나면 근원과 합치되는 것인가? 『금강경』에 나오는 마지막 글이 생각난다. "일체의 유위법은 꿈이요 환상이요 거품이요 이슬과도 같고 번개불 같으니 마땅히 이와 같이 볼지어다."

7월 6일 ~ 7월 11일

카페에 소개된 〈아라비아의 로렌스〉 영화를 보면서 휴일을 보낸다. 인상적인 말이 "운명은 정해진 것이 아니라 만들어 가는 것"이라고 한다. 무엇인가 화면이 진행되는데 선명하지가 않다.

절실한 천주교 신자인 중전마님이 사무실 일로 화가 많이 나셨다. 내게 하소연한다. 12시가 다 되어도 잠을 잘 생각을 안 한다. 억울했는가 보다. 분이 안 풀리는가 보다. 아이고, 덩달아 나도 괴롭네. 모든 것이 내가 있기 때문에 일어난 일이다. 그러니 내 탓이라고 생각하고 해결책을 찾으라고 말한다.

예수님은 왼쪽 뺨을 때리면 오른쪽 뺨을 내어 주라고 하셨습니다. 마음을 돌리시옵소서!!! 아이고 절실한 천주교 신자님이 이것도 안 통한다. 전생에 내가 했던 것을 지금 당하고 있으니 다 용서하시옵소서!!!도 안 통한다. 답이 없다. 그래서 내일 당사자와 대화하시옵소서로 끝낸다. 아이고, 무엇이 정답일까? 십자가에 못 박혀 돌아가시는 순간에도 하느님, 저들의 죄를 용서하시옵소서!!!라고 하신 예수님의 진정한 가르침을 나는 실천할 수 있을까?

7월 12일 ~ 7월 13일

아침 수련으로 좌선을 하고 1시간 보공한다. 팔 운동이 없어 호보법으로 30m를 한다. 한동안 안 하던 동작이라 힘들다. 오늘 중전마님이 아무 말씀 없는 걸 보면 예수님의 무한한 사랑을 실천한 거 같다. 저녁에는 나보다 다른 사람의 입장이 되어서 항상 언행을 조심하라고 한다. 하하 네, 중전마님 실천하겠사옵나이다.

4단계 화두

7월 14일 ~ 7월 20일

삼공재 벤치에서 『구도자요결』을 읽고 카페 글을 보면서 수련을 한다. 의외로 시원한 바람도 불어오고 수련도 잘된다. 삼공재에 들어가니 조광 선배님, 도광 님이 와 계신다. 두 분 다 맑은 빛을 내고 있다는 생각이 든다.

와우, 삼공 선생님 얼굴이 좋으시다. 열심히 수련해야겠다. 3단계 화면이 안 보여 말씀을 드리지 못하고 그냥 갈려고 했는데, 조광 선배님이 도와주셔서 용기를 내서 말씀을 드리니 4단계 화두를 주신다.

저녁 수련 시 1배에 그동안 해왔던 호흡 3가지가 된다. 2배에 요가 자세가 되면서 호흡이 된다. 저녁을 많이 먹어서 그런지 수련 진도가 안 나간다. 3배, 4배 후에 좌선 시 색다른 호흡이 된다. 『선도체험기』에 나와 있는 대로 11가지 호흡이 그럭저럭 되는 거 같다.

성욕은 있지만 그다지 크게 관심이 가지 않는다. 몽정도 하지 않는다. TV에서 19금이 방영되면 잠깐 유혹에 넘어가 보지만 극한 상황으로 더 이상 발전하지는 않는다. 집사람이 있지만, 괜히 혼자만의 생각으로 괴롭히려 들다간 큰코다친다. 여자는 나이 50살이 넘어가면 성욕과는 이별인가 보다. 남자는 문지방을 넘어갈 만한 힘이 있다면 일을 저지른다고 한다. 남자 나이 50대가 되니 철이 드는 거 같기도 하다. 식욕과 더불어서 성욕은 우리 수련생들이 극복해야 할 중요한 과목이다.

5단계 화두

7월 21일 토요일

삼공재 벤치에서 좌선 50분간 하고 조광 선배님, 도광 님, 일심 님과 삼공재에서 1시간 수련하고 『선도체험기』 117권 사고, 삼공 선생님께 5단계 화두를 받고 한 10초 정도 잠깐 수련을 하는데 "나는 물이요 불이요 진리요 생명이니 나를 따르라"는 생각이 든다. 그러고 나서 바로 수련을 중단한다. 물, 불, 진리, 생명은 이해가 되는데 "나를 따르라"는 말은 이해가 안 된다.

나는 대중을 선도하거나 이끌 사람이 아니기 때문이다. 남 앞에 나서는 것을 제일 싫어하는 사람이다. 그래서 친구도 거의 없고, 대인관계가 원만하지 않아도 나는 불편을 느끼지 않는다. 더 진실되게 말하면 사람 만나는 것이 피곤하다. 내가 나를 잘 알고 있는 것이다. 아마도 나를 따르라는 말은 내 안에 하느님을 따르라는 말 같다.

7월 22일 ~ 7월 31일

금색으로 된 혁대와 불상이 3개 보인다. 선명하지가 않다. 별무리가 한 점을 향해서 고속으로 회전한다. 파란별이 보일락 말락 하면서 선명하지가 않다.

초저녁부터 자고 있는데 냄새가 나서 더이상 잠을 못 자고 일어난다. 수련을 하려고 하는데 도저히 못하겠다. 아이고, 냄새에서 벗어나야 되는데 안 된다. 냄새의 범인은 먹다 남은 비빔냉면과 설거지가 안 된 그릇이다.

집에 여자가 둘이나 있는데 내가 설거지를 해야 하나, 화도 나지만 다른 생각도 든다. 아이고, 밥이라도 해 먹은 게 어디냐. 아파서 누워 있지 않은 것만도 다행이다. 음식 쓰레기는 그때그때 버려라에서부터 잔소리를 한다고 해도 변하지 않을 것이다. 다 때가 되면 스스로 알아서 치우지 않겠는가? 나도 하기 싫은 것을 하고 싶겠는가?

8월 1일 ~ 8월 7일

산책 후 화두수련을 하는데 바닥에 머리를 대고 그대로 있다. 반응이 없다. 마음에 대해서 생각한다. 인생은 한 편의 영화라고 한다. 대부분의 사람들은 늙어 죽음을 앞두고 과거를 회상하면서 일장춘몽이라고 한다.

영화에는 무서운 영화, 로맨틱한 영화, 선한 영화, 악한 영화, 먹방 영화 등이 있을 것이다. 감독에 따라서 오욕칠정의 영화가 만들어진다. 나는 영화 속의 주인공이 아니다. 나는 그 영화를 만드는 감독이다. 감독이 된 나는 어떤 영화를 만들어 갈까?

아마도 시천주조화정(侍天主造化定), 하느님을 모시고 조화롭게 살아가는 세상, 전지전능한 하느님이 나임을 알고 상부상조하는 대조화의 세계를 만들어 가고 싶을 것이다. 상생하는 이런 영화가 자연과 사람, 모두의 마음에 기쁨을 주는 최고의 영화가 아닐까 싶다. 힘들고 먼 길을 갈 때는 같이 가야 한다는 생각이 든다.

오늘도, 지금 이 순간에도 눈으로 볼 수 있고, 귀로 들을 수 있고, 코로 냄새 맡을 수 있고, 입으로 먹을 수 있고, 손을 움직일 수 있고, 다리로 걸을 수 있고, 촉감으로 느낄 수 있음을 두 손 모아 감사드린다.

8월 8일 수요일

아침 수련 시 영원히 변하지 않는 것, 본에 대해서 생각해 본다. 삼라만상은 어디에서 와서 어디로 가는가? 본에서 와서 본으로 간다. 희로애락, 식욕, 성욕, 재욕, 명예욕, 권력욕의 실체는 무엇인가? 본이다. 이 모든 것의 실체는 무엇인가? 본(本)이다. 『천부경』의 용변부동본이다.

본이 하나요 하나가 본이다. 그러므로 나는 천지만물이요 천지만물이 나다. 시간과 공간에 얽매이면 소우주이고 시간과 공간을 뛰어넘으면 나는 대우주가 되고 하나가 된다. 본(本)이 된다. 결국은 하나가 된다. 남을 위하는 것이 나를 위하는 것이 된다. 삼라만상을 위하는 것이 나를 위하는 것이다.

저녁 수련 시 "나는 우주를 운용하는 핵심 브레인이다"라는 생각이 든다. 이어서 화두가 "끝났다. 끝났다, 끝났다" 소리가 들려온다. 그리고 강하게 머리를 두드린다. 아프지는 않다. 우주를 운용하는 핵심 브레인은 무엇일까? 눈에 보이는 우주를 운용하는 눈에 보이지 않는 우주의 질서일 것이다. 질서는 바로 하느님이다. 하느님은 결국은 큰 하나이다. 한이다. 본(本)이다.

"나는 우주를 운용하는 핵심 브레인이다"라는 말을 하면 거의 다 저놈 완전히 돌았다고 할 것이다. 그냥 들려온 말을 그대로 옮겨 보았다. 요즈음 뜨거운 기운이 허벅지 안쪽에서 종아리까지 내려온다. 마치 허벅지 안쪽이 장작불이 활활 타들어 가는 거 같다.

6단계 화두

8월 9일 목요일

삼공 선생님께 전화드리니 6단계 화두를 주신다.

8월 10일 금요일

아침 2시 30분 즈음에 일어나 2시간 동안 화두수련을 한다. 아침 운동 1시간 10분 동안 빠르게 걷는다. 저녁 산책 시 어두워 핸드폰 플래시를 켜고 간다. 앞에 움직이는 것이 뱀이다. 비켜서 간다. 플래시 없었으면 위급한 순간이 될 수도 있었다. 평상시는 핸드폰을 안 가지고 산책을 하는데 마눌님이 꼭 가져가라고 해서 가져갔는데 자다가 떡을 얻어먹었다.

8월 11일 토요일

산을 올라갈수록 힘이 난다. 화두 기운인 거 같다.

8월 12일 일요일

하얀빛, 파란빛, 검은 화면, 붉은빛이 보인다. 이제는 정명혈을 누르지 않아도 보인다. 자시에 정화수 떠놓고 수련을 하려고 절을 하는데 느낌이 이상하다. 아마도 성의가 없었나 보다. 2배를 하다가 말고 샤워를 한다. 정갈한 마음으로 4배를 한 후 다시 수련을 시작한다. 1시간 수련을 하는 동안 가부좌가 된다. 양쪽으로 번갈아가면서 가부좌가 되면서 다리, 허리 등 몸을 풀어 준다. 백회에 원이 생기려다가 금방 사라져 버린다.

8월 13일 월요일

대추혈을 열려고 하는 거 같다. 뜨겁다. 임맥도 뜨겁다. 몸에 붉은 반점이 나고 가렵다.

8월 14일 화요일

아침 1시간 수련하고 30분 걷는다. 오후 1시간 좌선한다.

8월 15일 수요일

아침 4시 즈음에 일어나 샤워하고 화두수련을 한다. 바람이 없다. 날은 더운데 수련하니 더운 줄은 모르겠다. 수인이 임맥을 따라 이동하면서 열기가 발생하고 얼굴까지 달아오른다. 이어서 강간, 아문혈로 이동한다. 그리고 명문혈에 위치한 수인이 대추혈까지 뜨겁게 한다. 임독맥만 유통을 하고 전신유통이 안 되는 것이 아마도 어제 과식으로 인한 거 같다. 그래서 며칠간 되었던 가부좌도 안 된다. 1시간 수련 후 다시 잔

23

다.

8월 16일 ~ 8월 20일

발바닥을 제외한 하체가 따뜻해진다. 수련은 기를 느끼는 것도 중요하지만 식욕, 성욕도 아주 중요하다. 먹는 것을 잘해야 수련이 일취월장한다는 생각이 자주 든다. 그럼에도 불구하고 어렵다.

인사발령으로 사무실이 어수선하다. 나도 인사발령자가 되다 보니 마음이 어지럽다. 이럴 때 평상심을 유지해야 하는데 잘 안된다. 모르는 업무 파악에 열과 성의를 다한다.

8월 21일 ~ 8월 30일

딸이 원룸 냉장고와 에어컨이 고장이라고 한다. 그런데 주인의 반응이 안 좋은가 보다. 주인에게 고쳐 달라고 해서 안 되면 마음 편히 스스로 고치라고 한다. 그리고 세상은 돌고 도는 것이니 편하게 살아라 한다.

새 업무에 대한 부담감으로 업무에만 집중한다. 직원들 간에 화합을 위해 밥도 같이 먹고 이야기도 자주 한다.

9월 1일 토요일

산을 오른다. 내가 업무를 어떻게 해야 쇠퇴해 가는 마을에 도움을 줄수 있을까 고민하면서 산을 오른다. 수련 시 화두는 어디 가고 사무실 일만 생각한다. 내려놓아야 하는데 집착이다.

9월 2일 ～ 9월 13일

『구도자요결』을 보니 강력한 기운이 동한다. 인사발령 후 사무실 일에 적응하려고 많은 사람하고 어울렸더니 몸도 정신도 맑지 않다.

9월 14일 금요일

어제저녁 늦게까지 일을 했더니 피곤하다. 무엇인가 돌파구를 마련해야 하는데 쉽지 않다. 다 내 탓이다. 남을 탓하지 말고 내가 길을 찾자.

9월 15일 토요일

대부분의 여자가 다 이뻐 보인다. 에너지도 충만하다. 『천부경』을 외운다. 수많은 별이 보인다. 요즈음 계속 잠을 자도록 유도하는 분이 누구인가? 요 며칠간 당했다. 계속 자고 싶은 걸 이겨 내고 1시간 정도 수련하니 백회가 시원해지면서 무엇인가 빠져나간다. 단전도 서서히 따뜻해진다.

비가 언제 올지 몰라 사무실에 가 일하다가 수련한다. 오후 2시 30분이 지나자 갑자기 단전이 뜨겁다. 손님이 완전히 나갔는가 보다. 저녁 일본 영화 〈젠(禪)〉을 보니 수련이 저절로 된다. 〈젠〉을 보고 나서 1시간 좌선한다.

9월 16일 일요일

계속 잠이 온다. 이겨 내고 등산을 시작한다. 산을 오르는데도 전혀 지치지 않는다. 혀는 입천장에 붙이고 화두수련을 하면서 산을 오른다.

『천부경』을 외운다.

어제에 이어 오늘도 일본 영화 〈젠(禪)〉을 본다. 내 안에 부처님을 찾아 깨달음을 얻는다는 내용이다. 자력 신앙을 추구한다. 좌선 또 좌선, 엉덩이가 해어질 때까지 좌선만을 강조한다. 영화를 보는 것이 수련이다. 2시간 내내 단전이 따뜻하다.

9월 17일 월요일

아침에 정신은 돌아왔으나 일어나지 않는다. 원인이 무엇인가? 화식인가? 반바지, 반팔로 잠을 자서인가? 문을 조금 열어 놓아서인가? 점심시간을 이용해 50분간 화두수련을 한다. 오늘부터는 생식만 하려고 했는데 동료들이 저녁을 같이 먹자고 한다. 하하, 같이 먹는다. 죽을 때도 같이 죽을 것인가? 너무 극단적인가? 오늘은 단전이 불탄다. 마음을 새롭게 먹는다. 막간의 시간을 최대한 활용해 수련할 계획이다.

9월 18일 화요일

서울 출장으로 마음이 편하진 않다. 서울에 오니 이쁜 여자들이 많다. 눈이 호강한다. 수련을 열심히 해야 한다. 하루 수련 계획을 수립해 본다. 먹는 것부터 원칙을 고수하자. 그리고 나머지는 하나씩 개선하자.

9월 19일 수요일

누구도 나에게 밥 먹으라고 강요하지 않았다. 다만 권했을 뿐이다. 나는 밥을 먹으면 수련이고 뭐고 다 안 된다. 기본에 충실하자. 먹는 것부터 다시 시작하자. 저녁 늦게 퇴근하여 화두수련을 하는데 사무실 일이 떠올라 화두 반 업무 반이다.

9월 20일 목요일

어제 생식만 먹었더니 새벽에 잠을 잤음에도 비교적 쉽게 일어난다. 하루하루를 소중히 보내자. 기본에 충실하자. TV에서 남북 정상이 백두산 천지연 폭포에 있다. 뜨거운 기운이 들어온다. 추석에 수련 열심히 해서 새롭게 태어날 것을 다짐해 본다.

9월 21일 ~ 9월 25일

연휴 기간 등산도 하면서 편하게 쉰다.

9월 26일 수요일

며칠간 화식을 했더니 잠이 많이 온다. 저녁에 명상음악과 『선도체험기』를 보면서 2시간 수련을 한다.

9월 28일 금요일

새벽에 일찍 잠이 깨었으나 일어나지 않고 경전을 암송한다. 수련이 잘될 만하면 요통이 찾아온다. 이것도 인과인가? 그렇다면 요통을 무시하고 계속 수행을 해야 하는가? 맞다. 수행만이 답이다. 이를 뛰어넘어야 한다. 가자. 가자. 가다 보면 알게 되겠지.

점심시간을 이용해 20분 수련한다. 궤좌로 수련을 한다. 무릎이 풀린다. 힘이 들어간다. 잠시 후 궤좌에서 엎드린 자세가 되면서 허리, 가슴, 어깨에 힘이 들어가면서 몸이 유연해진다.

9월 29일 토요일

서서히 산을 오르니 힘들지 않고 편안하다. 눈썹바위에 앉아 호흡을 하려는데 자세가 불편해 호흡이 잘 안된다. 노고단 대피소에서 20분 좌선하고 하산한다.

9월 30일 일요일

요즈음 성욕 극복이라는 시험을 치르고 있는 거 같다. 낮에 『선도체험기』를 읽는다. 눈물이 많이 나온다. 콧물도 나온다. 일단은 화두수련을 위해 최선을 다하자. 정신 바짝 차리자.

10월 1일 ~ 10월 10일

식욕, 성욕, 수면욕에서 헤어나질 못하고 헤맨다. 나는 하느님으로부터 와서 하느님에게로 돌아간다. 나는 찌그러진 깡통이요 똥이요 비료요 먼지이다. 그리고 나무도 되고 꽃도 되고 사람도 된다. 나는 우주만물이고 우주만물이 나라는 생각이 든다. 그동안 나를 괴롭히던 성욕, 식욕도 한풀 꺾인 거 같다. 요즈음 업무 처리하느라 바쁘다. 주민을 위해 무엇인가 열심히 하는 것은 좋다. 그러나 이것이 수련이 되었으면 좋겠다.

10월 11일 목요일

아침 저절로 눈이 떠져 1시간 30분 수련을 한다. 무에서 와서 무로 간다는 생각이 든다. 오랜만에 임독맥이 따뜻해지고 인당에서 기운이 인다. 점심 식사 대신에 봉명암으로 산책 가서 명상을 한다. 스님이 포도즙과 꾸지뽕즙을 가져다주신다. 헐, 시주할 돈이 없다. 다음에 오면 시주를 해야지. 정오에 수련하니 잘된다. 발에 힘이 들어가면서 운기가 된다.

10월 12일 금요일

오늘도 점심 식사 시간에 봉명산에 올라가 명상하고 시주하고 내려온다. 요통이 지속된다. 인과가 해결되면 요통도 해결되겠지.

10월 13일 토요일

명상 중 삼공 선생님과 합쳐진다는 생각이 들면서 운기가 된다. 꼭 한 몸이 되는 거 같다. 6단계 화두 화면은 안 보이고 끝났다는 생각은 드는데 다음 주에 삼공재 방문해서 답을 찾아야겠다. 요즈음 수련을 하면 무릎이 아프고 다리가 저리다. 기본에 충실하자.

10월 14일 ~ 10월 19일

군인이 목매달아 죽는 장면이 보인다. 인과응보 해원상생을 염원해 본다. 가슴을 조이는 빙의다. 그리 심하지는 않고 버틸 만하다. 점심시간을 이용해 봉명암에서 20분간 명상한다. 스님이 우전 녹차 한 컵을 주신다. 뜨거운 것을 먹었는데 머리와 등이 시원하다.

7단계 화두

10월 20일 토요일

7단계 화두를 받았다. 저녁 수련 시 화두를 암송하자 이마를 바닥에 댄다. 그리고 얼굴 여러 곳을 누르면서 마사지한다. 머리도 마사지한다.

10월 21일 ~ 10월 28일

이마를 바닥에 대고 그대로 있다. 요통으로 의자에 앉아서 수련한다. 머리부터 등, 다리까지 시원하다. 지식이 자주 되며 시원해진다. 왜 그럴까? 운기가 강화되면서 피부호흡이 되는 거란다. 아마도 혼자서 수련을 했으면 정확한 나의 수련 상태에 대해서 몰랐을 것이다. 피부호흡은 혼자서 명상을 할 때보다는 도우님들의 수련일지와 댓글을 읽을 때 더 강화된다. 이심전심, 애인여기, 역지사지, 자타일여, 우주와 나는 하나다. 이론이 증명이 되는 셈이다. 도반님들 두 손 모아 감사드리옵니다.

10월 29일 ~ 11월 2일

일본 출장이다. 가고 싶지 않았지만 업무상 가게 된다. 걷기 하다가 공원에서 명상한다. 저녁에 잘 때 『반야심경』을 들으면 잠이 잘 온다. 새벽에 꿈인지 현실인지 분간이 안 가는 여자의 큰 목소리가 들린다.

11월 3일 ~ 11월 12일

말 많이 하지 않고 적어도 3번은 생각하고 말을 해야겠다. 나이가 드니 몸은 죽어가고 입만 살아난 거 같다. 말보다는 내공을 길러야겠다.

잠을 자도 자도 또 온다. 잠충이가 들었나 보다. 잠에서 깨어나야 한다. 이렇게 수련해서는 죽도 밥도 안 된다는 생각이 든다. 아침 수련 1시간 동안 뱀도 보이고 사람도 보인다. 선명하지가 않다. 별들이 빛을 내며 반짝거린다.

11월 13일 화요일

아침 수련을 1시간 한다. 『천부경』, 『반야심경』 한글본, 대각경을 읽으면 몸이 시원하다. 특히 『반야심경』을 읽으면 몸이 시원하다. 오후 생식 주문하고 내일 삼공재 방문을 문의드리니 오라고 하신다. 오후 3시즈음부터 몸이 더워 소매를 걷어올린다. 삼공재 방문 전화를 한 후부터 몸이 더워진 거 같다.

11월 14일 수요일

새벽 3시 즈음에 일어나 『선도체험기』 72권을 읽고 『구도자요결』을 보면서 3시간 동안 수련한다. 삼공재 벤치에서 수련 중 1시간이 넘어가자 제주도에서 현봉수 선배님이 오신다. 그동안 수련을 중단했다가 최근에 꾸준히 하고 계신다. 이분은 매주 5시간 이상 등산, 매일 운동을 포함한 수련을 5시간 하고 있다고 하신다. 이야기를 나누는 중에 몸이 시원해진다. 꼭 『반야심경』을 읽을 때와 같은 반응이 일어난다. 이 무슨 조화인가? 이분은 아직 대주천에 들어가지 않으셨다.

삼공재에 가니 유광 님이 와 계신다. 20대의 맑은 얼굴이다. 나이를 거꾸로 드신 거 같다. 삼공 선생님의 얼굴이 밝게 빛나고 볼에 살도 탱탱하시다. 그동안에 굳은 근육과 몸을 풀어 준다. 단전까지 따뜻해진다.

가부좌를 시도하다가 좌측 골반이 아파 중지한다. 두 눈을 손으로 가리자 많은 별들이 반짝거린다. 삼공 선생님은 제자들에게 기운을 나누어 주시고 수련 후에는 얼굴이 홀쭉해지셨다. 나도 삼공 선생님의 나이가 되었을 때 제자들에게 기운을 나누어 줄 수 있을까?

11월 16일 금요일

아침 수련 1시간 30분 동안 화두수련을 하는데 삼공재라는 말이 떠오른다. 화두 한 번, 삼공재 한 번을 번갈아가면서 암송한다. 기운이 느껴지면서 요가 동작이 나온다.

화두는 현묘지도 스승님들과 지상에 계시는 삼공 선생님의 연결고리가 있어야 한다. 연결고리 중 하나가 아마도 삼공재인 거 같다. '삼공재'라는 말에 기운이 크게 반응한다. 나는 삼공재다. 삼공재가 나다.

기독교, 천주교, 불교를 통합하는 명상수련 센터를 만들면 좋겠다는 생각이 든다. 이 모든 생각을 흘려보낸다. 나는 아직 현묘지도 수련을 끝내지 않았으니 스쳐 지나가는 과정일 뿐이다.

'왕따 소년의 세상 바로보기'를 보니 눈물이 주르르 흘러내린다. 왜 눈물이 나올까? 나도 한때는 순진해서 학창 시절에 고통을 당해서일까? 그것은 아닌 거 같고 그렇다면 무엇인가? 나도 힘들지만 나와 같이 고통을 받는 다른 이들을 위해 희망을 주는 메시지에 감명을 받은 것이다. 본성을 자극한 것 같다. 그렇다면 나는 무엇을 할 수 있을까?

저녁 걷기 1시간이 넘어가자 대추혈이 뜨거워지면서 몸이 시원해진다. 삼공 선생님이라는 말을 생각하자 몸이 시원해진다. 저녁 화두수련한다. "너와 나, 세상과 나는 하나이다. 삼공 선생님과 나는 하나이다.

삼공재와 나는 하나다"라는 생각이 든다. 나를 보고 싶거든 나와 가까이에 있는 것을 본다. 삼공 선생님을 알고 싶거든 삼공 선생님의 제자들을 보면 된다. 내가 행복해지려거든 나와 가까운 모든 것을 행복하게 한다.

나의 시원함은 어디에서 오는가? 세상을 행복하게 하려는 마음에서 온다. 아!!! 쉬운 일은 아니다. 그러나 50 평생을 살아오면서 이렇게 시원해 본 적이 있는가? 등에 얼음물을 부은 것처럼 시원하다. 기운은 들어오는데 7단계 화두가 끝났다는 생각이 든다. 삼공 선생님과 도반님들 감사드립니다. 현묘지도 스승님들 두 손 모아 감사드리옵니다.

11월 17일 토요일

오전 10시부터 오후 3시 20분까지 화엄사에서 성삼재까지 등산한다. 등산 도중에 갑자기 힘이 빠진다. 빙의다. 노고단 정상까지 갔다가 성삼재로 가서 버스 타고 내려온다. 버스 안에서 『반야심경』을 듣는다. 〈인생〉 영화를 본다. 인생이란 무엇인가? 얻는 것은 무엇이고 잃은 것은 무엇인가? 얻을 것도 없고 잃을 것도 없는 것인가? 그러므로 구도의 완성에 의미를 두어야 하는가? 『반야심경』이 인생인가?

11월 18일 일요일

2주일 전부터 『반야심경』에 몸이 시원하게 반응한다. 1주일 전부터는 삼공재와 삼공 선생님과 나는 하나라는 생각이 든다. 나를 보려거든 나의 주변을 보면 된다. 나의 마음은 무엇인가? 나의 주변이 내 마음의 결과물이다.

마음이란 무엇인가? 마음도 생로병사가 있는가? 마음의 결과물인 몸이 생로병사를 하니 마음도 생로병사를 하는 것처럼 느끼고 있는가? 내 마음은 이팔청춘인데 몸이 따라 주지 않으니 마음이 늙은 것처럼 보이는가? 착한 마음, 더러운 마음, 마음을 적게 주기도 하고 많이 주기도 한다. 변하는 것은 영원한 것이 아니다. 그렇다면 영원한 것은 무엇인가? 선악도 생사도 유무를 다 포함하는 것은 무엇인가? 공이다. 공이 하느님이다.

8단계 화두

11월 19일 월요일

8단계 화두를 받았다. 왠지 빨리 끝날 것 같다는 생각이 든다. 저녁 걸으면서 화두수련을 한다. 몸은 흙이 되어 하나로 돌아간다. 진아와 가아가 있다. 가아는 오욕칠정의 결과물이다. 진아는 오욕칠정에서 벗어난 것이다. 진아와 가아가 본래부터 있는가? 사람의 마음이 진아와 가아를 만든 것이다. 본래 하나는 시작도 끝도 없는 것이다. 텅 빈 공 속에는 시작도 끝도 없는 것이다. 공이다. 무이다.

11월 20일 화요일

새벽에 일어나 몸 풀고 나서 아침 화두수련 시작을 5시에 한다. 대각경이 떠오른다. 오감의 세계를 벗어나 상부상조하는 대조화의 세계, 하느님과 나, 남과 나, 우주와 내가 하나로 합쳐지는 실상의 세계 속에 살고 있다. 1시간이 다 되어갈 즈음에 진동이 일어나고 처음 하는 몸풀기 동작이 나오면서 가부좌가 된다. 갑자기 기운이 들어오고 단전이 따뜻해지면서 합장이 된다.

이어서 "나무아미타불 관세음보살, 나무아미타불 관세음보살…"이 외워진다. 이어서 "석가모니불, 석가모니불"이 외워진다. "나무아미타불 관세음보살…" 시원한 기운이 몸으로 느껴진다. 그냥 마음이 담담하다.

한인, 한웅, 단군 할아버님, 증산상제님, 태모고수부님, 인정상관님, 현묘지도 스승님들과 삼공 선생님께 두 손 모아 감사드리옵니다. 그리고 도반님들께 두 손 모아 감사드리옵니다. 갑자기 감격의 눈물이 흐른다.

수련 후 다시 잔다. 아침에 마늘님이 사무실 늦는다고 빨리 일어나라고 한다. 오늘 삼공재 간다는 말을 못 한다. 삼공재 다녀와서 소리를 들을 계획이다. (저녁에 삼공재 다녀왔다고 하니 남자가 비겁하다고 한다. 대신 저녁에 설거지하고 쓰레기 버리고, 마늘님 사무실에서 있었던 이야기 들어 준다. ㅎㅎ)

오후 삼공재 벤치에서 『구도자요결』을 보면서 수련한다. 강력한 기운이 들어온다. 요가 동작이 자동으로 되고 기운도 강하다. 『참전계경』을 150조 이상을 보면서 몸을 푼다. 3시에 선생님께 인사드리니 이름을 부르시고 나서 현묘지도 수련기 써 왔냐고 물으신다. 와우, 나는 아침에서야 끝났다는 것을 알고 삼공 선생님께 문의드리러 온 것인데 선생님은 이미 다 알고 계셨다.

8단계 화두를 외우자 반응이 없다. 끝났음을 재차 확인하고 대각경을 외운다. 하나하나 의미를 되새기고 속도를 서서히 맞추어 가면서 외운다. 자동으로 머리를 바닥에 대는 동작이 수련 도중에 나오고 삼황천제님을 비롯한 스승님들께 감사의 인사를 드린다.

1시간이 다 되어갈 즈음에 가부좌가 된다. 며칠 전부터 『반야심경』에서 시원함을 많이 느꼈다. 자신이 하나님임을 깨닫고 오감의 세계를 벗어나 하나님과 나, 남과 나, 우주와 내가 하나로 합쳐지는 실상의 세계에 살고 계시는 삼공 선생님과 나는 하나라는 생각이 든다.

현묘지도 수련을 마치며

수련을 시작한 지 20년이 넘도록 축기조차 힘들었다. 우연한 기회에 다시 삼공재를 다니기 시작했다. 거기서 일심 님을 만나 카페에 가입하고부터 수련을 더 열심히 해 실력이 향상되기 시작했다. 도반님들의 다양한 체험기를 통해서 많은 직간접 체험을 했다. 먼 길을 가는데 대화 상대가 없어 외로웠지만 친구가 있어 행복했다.

수련의 기회는 스승님에게도 양보하지 않는다는 우해 님의 격려에 힘을 얻었다. 그리고 삼공 선생님으로부터 백회를 열고 현묘지도를 할 수 있도록 조광 님이 도움을 주셨다. 삼공재 도반님들은 자신이 수련한 체험기, 사진, 음악, 책 등을 소개해 주고 이끌어 주고 격려해 주는 이타정신을 실천하고 계신다. 역시 이분들은 삼공 선생님의 가르침을 실천하는 제자다. 같이 숨쉬고 있음이 자랑스럽다.

인생을 살아가면서 내가 무엇을 할 때 가장 행복한가를 알았다. 그러나 실천이 어려워 내심 걱정도 된다. 그러나 우공이산(愚公移山)의 정신으로 밀고 나가면 이 세상에 못 할 일은 없다.

끝으로, 일체의 머문 바 없이 그 마음을 내어 주신 삼공 선생님께 두 손 모아 감사드립니다.

【필자의 논평】

　오주현 씨의 체험기를 읽다 보니 주인공의 자태가 구름 속을 헤쳐 가는 달처럼 유연하여 도무지 거칠 것이 없다. 부디 앞으로도 남들의 눈에 띄지 않는 곳에서 구도자의 도표(導標)가 되어 주기를 바랍니다. 도호는 월광(月光).

서광렬 수행기

지난번에 스승님께 메일 보내 드렸던 때가 한창 새록새록 잎이 돋아나던 4월이었는데, 추운 겨울이 되어서야 연락을 드립니다. 죄송합니다. 그간 생식을 주문할 때마다 메일을 보내고픈 마음은 있었으나 수련에 별 진전이 없어 머뭇거리게 되었습니다. 진척이 안 될수록 찾아뵙기도 하고 메일도 자주 보내야 하는 줄 익히 알고 있습니다만, 결국 나태함이 원인이겠지요.

저는 육아휴직을 끝내고 2주 전에 사무실에 복귀하여 근무하고 있습니다. 10개월 남짓의 휴가 기간 동안 가족들과 시간을 많이 보내고 삼공수련도 날마다 하였고 틈틈이 직장 관련 공부도 하였습니다. 특히 좋았던 것은 초등학교 4학년과 2학년인 두 딸들과 많은 시간을 보낼 수 있어 더욱 친근해졌다는 점입니다. 함께 보낸 시간만큼 아이들을 더 잘 이해하게 되는 것 같습니다. 과연 어떤 인연이 있어 이생에서 부녀 관계로 맺어졌는지 더욱 궁금해집니다. 수련을 꾸준히 해 나가다 보면 자연히 알게 되겠지요.

휴직 기간 중의 수련은 새벽에 기상하여 1시간 달리기한 후 단전호흡을 30분가량 하였으며 주로 『천부경』, 『삼일신고』 등을 암송하였습니다. 저녁에는 도인체조를 하였습니다. 그리고 1주에 한 번씩은 불가피한 경우를 제외하고는 5시간 정도 소요되는 암벽등반을 하였습니다. 『선도체험기』는 2회째 읽고 있으며 현재 111권을 읽고 있습니다.

제 입장에서 가장 시급한 과제는 기수련을 일정 단계로 끌어올리는 일이라고 생각합니다. 제가 보기에는 아직 축기 중인 것으로 추측됩니다. 항상 하단전이 따뜻해야 축기가 완성되는 것일 터인데 저는 아직 간헐적으로만 따뜻함을 느끼고 있으니 아직 멀었다는 생각이 듭니다. 단전에 이물감이 느껴져야 하는데 손에 잡힐 듯이 구체적으로 체감되는 게 없는 형편입니다. 현재 제 수련 진도가 늦는 이유는 과거 생과 현생에서 수련에 전력투구를 하지 않았던 데에 원인이 있지 않을까 생각합니다. 모든 게 인과응보일 테니까요.

지난번 메일에 말씀드린 기몸살은 지리한 장마처럼 수개월을 끌다가 지금은 잠잠해졌는데, 이틀 전부터는 머리가 아파오는 것이 빙의가 아닌지 의심됩니다. 2016. 7. 1. 선생님을 처음 뵙고 본격적으로 수련을 시작한 이후로는 두통이 난 적이 없었거든요. 최근 사무실에 크게 스트레스 받을 일도 없는데 지끈지끈 은근히 괴롭히는 것이 예사롭지 않습니다. 조용히 사태를 지켜볼 생각입니다.

오랫동안 연락을 드리지 않아 드릴 말씀이 많을 줄 알았는데 자주 연락드릴 때보다 오히려 쓸 얘기가 없네요. '이웃사촌'이 맞는 말인 것 같습니다. 그동안 연락을 드리지 못한 데 대하여 거듭 죄송하다는 말씀을 드리며 앞으로는 자주 메일을 보내도록 하겠습니다. 다가오는 새해에도 건강하셔서 후배들을 변함없이 지도해 주시길 감히 바랍니다.

단기 4351년 12월 11일
파주에서 제자 서광렬 올림

【필자의 논평】

오래간만에 받는 편지여서 반갑게 읽었습니다. 아무리 생각해도 지금 서광렬 씨에게 가장 중요한 것은 소주천과 대주천 과정을 완성하여 일상생활화 하는 일입니다. 그래야 화두수련에 들어갈 수 있습니다. 화두수련 중이거나 마쳤을 때 견성을 할 수 있습니다. 그래야 한 사람의 구도자요 스승으로 자신의 능력을 발휘할 수 있습니다.

그런데 서광렬 씨는 워낙 바쁜 생활을 하는 처지라서 그것이 쉽지 않다는 것을 잘 압니다. 그래서 생각해 보았는데 가까운 시일 안에 연가(年暇)를 내어 일주일 정도 집중적으로 삼공재에서 수련을 하는 것이 어떨까 합니다. 지난 28년 동안 많은 후배들을 수련시킨 내 경험에 따르면 서광렬 씨는 일주일 동안만 집중 수련을 하면 적어도 대주천까지는 성취할 수 있을 것 같습니다. 부디 현명한 결단을 내리기 바랍니다.

2018년 12월 12일
삼공재에서 필자

현묘지도 화두수련 체험기 (42번째)

임 행 자

나를 소개하며

나는 경남 남해에서 7남매 중 막내로, 나주 임씨 집안에 태어났다. 여름 한더위에 태어나서 그런지 병치레가 잦아 초등학교 1학년 중 거의 반 학기나 등교를 못했다. 어린 마음에도 죽는 게 무서웠는지, '뭐가 되면 죽지 않을까?' 생각하니, '날아가는 새도 다 죽는다'였다.

중학교까지 고향에서 졸업하고, 고등학교는 시골을 벗어나 도시로 나가야겠다는 마음을 먹고, 마산에 있는 여상에 원서 넣어 연합고사를 쳤으나 보기 좋게 떨어졌다. 부산으로 와서 그다음 해에 고등학교를 다녀 세무회계 사무소로 취업 나가 3년 근무하고, 자리를 옮겨 도매업 비철금속 상회에서 3년을 다니다가 품목은 다르지만 같은 업종에서 일하는, 부산 남자를 만나 결혼해서 남매를 두고 살고 있다.

수련하게 된 계기

남편도 6남매 중 막내이며 아버지를 초등학교 다닐 때 여의고, 엄마는 경제적 능력이 없어 형님네 밑에서 자랐는데, 자기네 어머니, 형제가 우선이고, 마누라는 다시 얻으면 된다고 생각하는 사람이라 정신적으로 이

41

해하기 힘들었다. 결혼생활에서 오는 삶이 고단하여 행복하지도 않으며 다시 태어나고 싶지가 않았다. 그래서 마음을 위안받으려고 불교 서적도 읽고『금강경』도 시간을 정해 독송하였다. 다행히 남편은 수련하는 걸 탓하지도 않고 불심도 깊다.

『선도체험기』를 접하게 된 것은, 옆집에 놀러가 50권 넘게 책꽂이에 꽂혀 있는 걸 보았고, 이것을 읽으면 심심하지는 않겠구나 하고, 그 당시에는 그냥 지나갔다. 옆집이 다른 아파트로 이사 가고, 2000년을 맞이하여 내 나이도 30 중반으로 접어들었고, 생활은 도매업을 운영해 틈틈이 도와주며 시간 여유도 많아, 새로운 변화와 기틀을 마련하고 싶었다.

『선도체험기』 읽기

50권 넘는『선도체험기』가 생각나 9월 22일 서점에서 3권씩 사서 읽기 시작하였다. 읽는 내내 졸음과 발바닥 후끈거림이 있었고, 2001년 2월 28일 체험기 13권을 읽던 시기에 부산 생식원에서 생식 처방받아 먹으면서, 운동도 하고 책에 나온 대로 따라 하며 노력했다. 내 생활과 의식 수준은 건설적으로 변하고 높아져, 흔들리지 않는 마음을 갖게 되었다.

삼공재 첫 방문

시중에 나와 있는『선도체험기』,『소설 단군』5권을 다 읽고, 2003년 10월 9일 삼공재 첫 방문하여, 카드 등록, 표준생식 처방받고 선생님 앞에 좌선하는데, 멀미 증상의 울렁증이 수련 마치고 나와서도 한동안 지속되었다.

42

그렇게 한두 달에 한 번씩 무작정 좋아서 다니며 선생님 지도 아래 수련을 받게 되었고, 시간 나는 대로 자주 와서 수련하고 천도할 수 있는 능력을 기르라고 하시는 말씀에 힘입어, 한 달에 두 번씩 가려고 노력했다. 최소 한 달에 한 번은 와야 수련이 제대로 된다고 하셨다. 몇 년을 다니다 보니 단전의 찌릿함과 이물감을 감지하며 운기도 되었다.

백회 개혈

2006년 7월 13일. 전날 밤 좌선하고 있는 내 주위를 개미가 빙 둘러싸고, 2열 종대로 내 몸을 타고 기어오르는 꿈을 꾸고, 삼공재 수련하러 올라갔다. 선생님께서 나보고 백회 열 때가 되었다고 말씀하시곤 다른 말씀이 없어 그냥 내려오다.

대주천과 화두

2007년 7월 7일. 선생님이 앞에 앉으라고 하고 생식 처방하면서 기 점검을 해 주고, 두 분의 신명과 선생님 도움으로 백회를 열고 벽사문을 달아 주었다. 체험기에서 읽은 줄탁지기를 체험했으며, 삼배를 드리고 옆에 수련하는 여러 도우들의 축하를 받았다. 너무 기쁘고 오매불망한 일이 이루어져 그 뒤 집중이 안 되었다.

선생님이 1단계를 주는데 보는 순간 익숙한 것이었다. 화두를 외우면 온몸에 기운이 쏴하게 몰려와 소름이 돋고, 갑자기 두려운 생각이 들었다. 화두 받아 내려오고 자정 넘어 새벽, 남편에게 불상사가 생겨 경찰서로 병원으로 쫓아다니며 원망과 분노가 일어, 여러 복잡한 감정에 심란했다. 병원 생활과 문제 해결을 하고 몇 달을 그냥 보내면서, 시간은 마냥 흘러갔다. 삼공재 수련도 계속 다녔지만 오히려 화두 받기 전보다 자주 못 올라가게 되었다.

2009년 10월 제조업으로 사업자 등록증을 하나 더 내고, 내 명의로 하였다. 고가의 기계장비를 구입해 NC 부품 가공업을 시작하면서, 온 신경이 그쪽으로 쏠리고 나의 험난한 여정이 시작되었다. 도매업의 단순함과는 거리가 멀었다. 시간과 노력이 배 이상 들고, 생각보다 덩치가 커졌으며, 금전 단위도 차원이 완전히 달랐다. 우리에겐 기술력도 고정적인 거래처가 없어 전문가를 영입해 월급 사장으로 앉혀 영업하게 하고 기술자를 구해야 했다.

처음 시작하니 불법 외국 근로자를 쓰면 안 되는 기본 상식도 몰랐고, 방을 구해 내가 외국 근로자 3명을 따로 살림을 차려 주어야 했다. 나중에는 전부 CNC 자동 복합기로 바꾸었다. 그렇게 하루살이가 되어 자금 압박으로 은행, 관공서 문을 다 두드리고 노심초사하며 지냈다. 하여튼 사기도 당하고, 공장 이사는 장비를 끌고 3년 동안 3번을 다니며, 고스란히 경비는 깨졌다. 10년 동안 경찰서와 법원 출입으로 사람 공부, 사회 공부는 톡톡히 치렀다.

그러나 그렇게 힘든 상황에도 기다려 주고, 도와주는 사람이 함께 있어서 여기까지 견디며 왔다. 3년, 5년 지나면 괜찮을까 하며 보낸 것이, 10년째 흘러가고 지금은 경기가 좀 둔화되었지만 자금도 많이 해결되었고, 가족 단위로 운영해 안정기에 접어들고 있다. 나 자신을 돌아보니 세월이 흐른 만큼이나 수련한 기상은 없어지고 조급한 성질과 땅만 보고 걷는 사람이 되어 있었다.

현묘지도 수련 다시 시작하다

2018년 1월경 선생님께 전화드려 생식 지으며 책도 보내 달라고 부탁드렸다. 그동안 근 2년을 생식만 지었을 뿐 삼공재를 못 가 책이 113, 114, 115, 116권 4권이 밀려 있었다. 책을 보며 현묘지도 수련 전수자도 많이 배출되었고 빠르게 변화가 오는 걸 느꼈으며, 화두 받은 지 오래되어 반신반의하면서도 마무리를 해야 되겠다는 생각이 들었다.

선생님이 편찮다는 소식 듣고, 늘 변함없는 목소리였는데, 털고 일어날 거라고 예상은 하지만, 그래도 마음이 착잡한 건 견딜 수 없었다. 책을 보게 되면서 카페가 생겼다는 걸 알았고 4월, 117권이 나왔는지 검색하다가 조광 님 블로그 글을 읽게 되고, 카페에 가입하게 되었다. 그동안 틈틈이 등산과 생식, 요가하며 일상에서 오는 작은 깨달음을 수첩에 적어 두었다.

천지인삼재 (2007. 7. 7 ~ 2016. 1. 20)

2007년 7월 화두 받고, 10년이 다 되도록 못 깨고 있다가, 체험기 112권 26번째 수련자 분 1단계 부분을 읽고, 나도 비슷한 경험을 했기에 찾아보고, 바로 문의드리고 싶었으나 화두 받은 지 오래되어, 긴가민가하고 있었는데, 카페에 의견을 물어보고 깨진 걸 알았다.

2016년 1월 20일. "내 속에 모든 게 다 갖추어져 있다. 족한 줄 알아라. 구슬도 꿰어야 보배다. 내 속에 하나로 다 들어가 있다. 깨(꿰)어라." (새벽 4시 50분, 내 속에서 울림이 온다.)

수첩 메모난에 이렇게 적혀 있었다.

유위삼매 (2018. 7. 9 ~ 10. 14)

10월 4일

오전 수련 중 화면에 탁 트인 맑은 하늘에 산 전경이 펼쳐지며, 허공에서 하늘색 생활한복을 입은 분이 오른쪽 다리는 쭉 뻗고 왼쪽 다리는 양반다리한 자세로, 내 눈앞으로 오더니 오른쪽 귀 위쪽으로 들어온다. 그리고 머리 둘레로 기운이 돌고, 이마와 눈썹을 잡아당기며 이마, 미간, 눈, 코, 인중으로 기운이 내려오면서 약간 통증이 있다. 수련 끝낸 후 간밤에 잠깐 졸고는 잠을 못 잤으므로 잠시 상황을 의심해 본다. 머리는 맑고 잠을 설친 것 치고 몸은 가벼우니 허상은 아닌 것 같다.

10월 5일

수련 중 화두를 단전에 두고 마음으로 염송한다. 눈앞으로 한자가 뜨다. 留가 먼저 뜨고, 劉가 뒤에 따라 뜬다. 오전 계산서 발행과 송금 처리하고, 한자가 생각나 찾아보다. 여러 가지 뜻이 있긴 한데, 머무를 유와 죽일 유로 나름 해석해 본다. 시작도 끝도 없는 하나. 우주의 쉼 없는 순환, 보이는 것이 다가 아니고 영원한 것도 없다. 화두로 『천부경』 원리를 체험해 보니 깊이 와닿는다.

10월 12일

오전 잠시 쉬는 동안 86권 이규연 님 편을 다시 읽다. 잠시 생각에 공부거리, 읽을 책은 많은데 수련은 더디니 조급함이 고개를 들다가 지금도 진행 중이기에 마음을 다시 고쳐먹다. 몸과 마음이 같이 변하고 있는데, 내 자신이 객관화되고 마음은 상대방 입장과 동조가 되고 있으니, 너무 오지랖이 넓은 것이 아닌가 하는 생각도 든다. 몸은 어깨, 팔뚝, 허리, 꼬리뼈에서 계속 기운이 돌며 치료 중이다.

무위삼매 (2018. 10. 15 ~ 10. 21)

10월 17일

오전 수련 중 잡념이 뜨다가 1시간이 지나니 가속도가 붙는 것 같아, 조금 더 앉아 있어 본다. 몸이 제법 가벼워져 선풍기를 씻어 말려 보관하고, 집안 정리 청소를 하다. 오후 산을 오르는 중, "천지도 다 나로 말미암아 있다"가 떠오른다. "모든 것이 구비되어 있는 나의 존재함, 자성, 불성이다. 어디에도 끄달릴 것 없는 영원불멸한 나, 태산 같은 자부심을 가지고 자신이 주인이 되어 주인공답게 살아가야겠다." 이것은 이전에도 기억이 있어 찾아보니, 2015년 6월 5일 자에 읽은 것인지 깨달은 것인지 메모만 되어 있는 것인데, 오늘도 뇌리에서 떠나지 않는다.

10월 18일

어제 일지 정리하면서 늦게 잠들어, 오전 수련 마치고 뭉그적대다가 일어나는데 왼쪽 목에 담이 걸렸다. 잠들 때까지 기운이 엄청 들어왔는데 호사다마 같다. 아침 담은 저녁까지 계속 되다. 이마의 시린 기운, 온몸 주천화후, 백회 특히 몸 바깥 부분과 겨드랑이로 하루내 기운이 돈다.

10월 19일

오전 수련 끝나고 더 자게 되는데, 오늘도 다르지 않다. 5시 일어나는 게 신기하다. 목의 담은 가운데 대추혈 주위로 있다. 오후 3시경 좌선 1시간, 백회로 기운이 들어와 발끝에서 온몸으로 돌다. 퇴근하면서 머리가 시려서 모자를 쓸까? 생각하다. 몇 년 전부터 찬바람이 나면 머리가 시렸다.

10월 20일

목의 담은 오른쪽으로 옮겨져 있다. 목이 뒤로 젖혀지지 않는다. 산에 오르며 『천부경』을 외우고 목이 아파 일부 스트레칭하고 내려오다.

10월 21일

『선도체험기』 13권 중, 현묘지도 부분과 14권 무위삼매 편을 읽는 중 온몸으로 기운이 돌다. 역대 현묘지도 전수자들의 무위삼매를 보며 나하고 비슷한 부분이 있다. 목 부위가 아직 완전 회복이 안 되고, 왼쪽 귀밑으로 남아 있다. 현재 새벽 1시 30분경 지금도 백회로 기운이 들어온다.

무념처삼매 (2018. 10. 22 ~ 24)

10월 22일

오후 선생님께 전화드려 4, 5단계 받다. 5단계가 중요한 부분이고, 이제 나머지 3단계만 하면 다 마치는 거라고 한다. 목 부분은 선생님과 통화하고 좋아졌는데 잠시 후 그대로다. 4단계 시도 2번 해 보고 안 돼서 그만두다. 역대 현묘지도 전수자들의 체험기를 보며, 4단계 부분을 읽다.

10월 23일

오전 수련 마치고 4단계 시도하다. 어제 2번 하니 외워져서 그냥 해 보는데, 5단계 단어가 생각나며 백회로 기운이 들어오다. 몸이 앞뒤 흔들리기를 몇 번, 현묘지도 수련 초기부터 했는데, 이번에도 그렇게만 된다.

10월 24일

오전 수련 마치고 13권 책을 펴 놓고, 1에서 차례로 따라 하니 강, 약하게 느껴지며 그대로 5단계 진행시켰다. 졸음이 계속되며 졸고 자게 된다.

공처 (2018. 10. 24 ~ 11. 25)

11월 1일

오후 업무 중 '지심귀명례'가 외워진다. 지심귀명례 불타야중.

11월 2일

오후 등산 중, 친정아버지가 떠오르고 감사함과 고마운 생각이 들다. 고비마다 힘들었던 삶, 잦은 병치레에도 가족 건사하며 책임을 다하고 가셨다. 내가 결혼하기 몇 개월 앞서가셨으니, 마음에 담고 떠났을 것이다.

11월 3일

오전 수련 중 표정과 주변 환경이 밝지 않는데 흑백사진처럼, 회색빛 허허벌판에 키가 작은 사람(애)이 혼자 서 있다. 타이즈에 주름치마인데, 천이 아니고 생선 비늘처럼 옷이 특이하다. 현재 내 모습이 얼굴 가까이 다가오며, 눈을 크게 뜨고 내 얼굴과 합체된다. 여러 가지가 찰나 지나는데, 이 두 가지 화면이 수련 끝나고 기억에 남는다.

11월 9일

밤 수련 시 미간에 빛이 환하며, 시원 뜨겁한 박하 바른 것마냥 화하다. 눈을 반개하니 보고 있는 시선에서 아지랑이가 핀다.

11월 11일

오전 수련 4시, 벌레가 강하게 꿈틀거리며 온몸을 기어다니는 것 같다. 친척 결혼식이 있어 사실 잠도 못 자고 사람들이 많이 모이는 장소라 염려스러워, 오전 수련 중 보호를 좀 해 달라고 의념을 보내 봤는데, 청을 들어주신 것인가? 하루 종일 기운에 감싸져 있는 느낌을 받았다. 차분해지면서 말로 표현할 수 없는 나만 아는 것, 보답하고자 경건하게 음식을 절제하며 도리를 지켰다.

11월 14일

오전 수련 중 손바닥에 드릴을 가지고 뚫는 것 같은 회오리 기운이 일다.

11월 21일

간밤에 저녁 수련 마치고 자려고 누워 와공 중, 단전이 뚫려 밤하늘 같은 넓은 공간을 본다. 꿈도 꾸었다. 결혼 전 직장 상사가 보이며, 회식 하러 가는 길에 얼굴 모르는 양복 입은 젊은 남자 직원이, 내 가방 속에 들어 있는 『선도체험기』 16권을 주라고 해서는, 자기 여자 친구 준다고 편지와 만 원짜리 지폐를 봉투에 넣어, 책 뒷장에 붙여서 나에게 준 것을, 내가 옆 여직원이 돈이 없다 하길래 만 원을 떼어 주고 책도 읽고 싶다고 해서 준다.

뷔페로 가서 창가에 자리잡고, 내가 뒤에 들어갔는데 안쪽으로 들어가란다. 여기는 음식이 진열된 것이 아니고 손수 음식을 만들어 직접 대접하는데, 넓은 시골 장터 같다. 우동집으로 가서 주문해 놓고 한 바퀴 돌고 오니, 국물만 넣지 않고 준비되어 있었다. 내가 가니 손님들이 주르르 오는데, 할머니 두 분이 연세도 있는데 급하다. 어찌하여 우동을 작은 솥째 받았는데, 할머니 한 분이 냉장고에서 무말랭이 같은 것을 우동 위에 뿌려 준다. 가끼우동이라고 하면서. 내 인적사항을 묻고, 막내가 몇 살이냐기에 갑자기 생각이 안 나서 십 대라고 했다. (꿈속은 십 년 전쯤 같다.)

우동 솥을 들고 자리에 오는데 가방도 무겁고 짜증이 나려는 찰나, 들고 있는 우동 솥을 보니 물기 없이 바짝 말라 모래처럼 면이랑 끊어져 따글따글하다. 내 자리로 갔으나 일행이 안 보여 휴대폰을 찾는데, 현실에서 폰 소리가 울려 전화 받다.

내가 살아온 흔적을 보여 주는 것 같고 인생무상, "아무것도 아니고 없다." 생각해 보니 수련 처음 시작해서 여기까지 왔는데 내 인적사항을 묻고 하니 내가 이제 한 단계 넘었다는 것을 꿈에서 알려 주나 보다. 6단계를 받으라는 것 같다. 오후 수련 중 백회, 뒤통수(옥침)로 기운이 유통되다.

11월 22일

어제에 이어 또 꿈을 꾸다. 기독교적인 머리 가르마를 2대 8로 기름칠을 하고 양복을 입은 남자가, 둥근 조화를 들고 뒤에 많은 사람들이 따라오는데, 아들 이름을 대면서 찾는다. 또 2차로, 유교적인 건장한 농민 무리들이 들어오고, 또 뒤에 보니 불교적인 무리가 오고 있다. 꿈속에서 아들은 초등 5학년쯤으로 나온다.

희한하다. 내 마음이 아들에 비중을 많이 둬서 이런 꿈을 꾸나. 무엇을 가르쳐 주려는 걸까? 종교든 사람이든 화합하여 원만히 조화를 이루어 함께 하나가 되라는 것 같다. 근본은 하나이고 근원합일을 인식하다.

식처 (2018. 11. 25 ~ 12. 9)

삼공재 수련하다. 생식 짓고, 한 도반님 백회 개혈하는데 내가 선생님 말씀하실 때마다 손끝, 발끝이 찌릿하다. 백회, 이마, 미간으로 기운이 흘러내려 유통된다. 선생님이 나보고 다 마쳤지 하고 묻는데, 5단계 끝나고 6단계 받고 싶다고 말했다. 오늘 5명 수련하는데, 한 사람 한 사람 언급하며 다 꿰뚫고 계신다. 나보고 현묘지도 언제 받았는지도 물어보신다.

11월 27일

오전 수련 중 얼굴이 역삼각형인 날렵한 고양이가 나를 보며 걸어가다. 화창한 날 고향집 마을 전경이 선명하게 보인다.

12월 8일

아침에 일어나 꿈이 생각나다. 아이 둘이(자매) 작은 키의 붉은 들꽃을 캐며 어디에 통화를 하고 있다. "어디에 줄 거냐"고 묻는 것 같다. 가로수 길에 백장미가 피어 있는데, 내가 떨어진 꽃을 주워 바구니 둘레에 장식을 하고 안쪽 바닥에도 깔았는데, 바구니가 쏠리면서 공간이 비고 담긴 꽃이 많이 부족하다.

또 다른 장면이, 내가 풀장 또는 온천인지 물속에 옷을 입고 들어가 있다. 옆 사람이 내 옷을 벗겨 준다. (꿈속의 사람은 항상 말끔한 검은 정장 차림이다.) 나 자신의 순백함이 느껴지다.

12월 9일

새벽 3시쯤 잠이 안 와서 뒤척이고 있는데 꿈도 아니고, 눈앞에서 누나, 동생 애 둘이 흙장난하고 놀면서 "어디까지 얘기해야 되나" 하며 둘이 대화한다. (화두수련, 내 얘기 같다.) 잠시 뒤, 둥근 달이 허공에서 내 인당으로 들어왔는데, 누군가(검은 물체) 자리를 잡아 고정시킨다. 이 일이 순간 일어났다. 어제오늘 본 것을 유추해 보다. 애들과 들꽃, 피어서 떨어진 장미, 흙, 둥근달... 뭘까? '자연'이다. 나도 자연이다.

무소유처 (2018. 12. 10 ~ 12. 14)

12월 10일

삼공재 수련하다. 7, 8단계 주시며 이제 모든 게 다 넘어갔다고 하신다. 8단계가 너무 길어 "좀 적으면 안 될까요?" 하니 기억 안 나면 전화를 하라고 한다. 합장으로 감사 인사드리고 자리에 앉아 외우는 중, 다리부터 위로 올라오면서 진동이 일며 몸이 부서지는 느낌이다.

12월 12일

오전 수련 중 경주 석굴암 내부 부처님과 주변 조명등은 붉은색이다. '우주근원'이라는 단어가 떠오르며 암송되다. 출근해서 업무 일과 중에도 우주근원이 생각나다.

12월 13일

오전 수련 후, 와공으로 잠시 누웠는데 화면이 떠오른다. 만화 영화에 나오는 뾰족한 성이 은빛으로 빛나며 잠시 뒤, 사람 2명이 건물 기둥에 두루마리를 걸어 길게 펼쳐 늘어뜨린다. 백지에 글자가 흘림체로 빼곡히 아래 끝까지 가득차 있다. 선명하게 한 문자가 눈에 띄는데, 인도 글 같기도 하고 모르는 문자다. 글자가 인도인 이마의 점과 뜻이 같다는 생각이 들고, 그렇다면 부처님 이마, '광명', 부처님 인당으로 온 세상을 밝게 비추는 빛이다. 빛.

등산 갔다 온 후 와공하고 일어나는데 처진다.

12월 14일

자정쯤 누워 7단계를 외우는데, 기운이 온몸으로 계속 들어온다. 아직 안 끝났나 보다. 어제 본 글자가 화두다. 첫 글자가 또렷이 둥둥 떠다닌다. 갑자기 생각나 우리집 큰 방 액자를 들여다보다. 『신묘장구대다라니경』 원본이었다. 와공하며 새벽 3시 지났을 즘, 내 이름(행자야)을 3번 부르는데, 여자 목소리이다. 끝났나 싶어 감사기도 올리다.

비비상처 (2018. 12. 14 ~ 15)

8단계 들어가다. 진동과 함께 길다고 생각했는데 입에 붙는다. 몸살로 인해 누워 쉬다. 가슴 부위가 아프다.

12월 15일

새벽 2시 30분 항아리 문양이 거꾸로 이마에 들어와 붙으며 '옴'이라는 단어가 떠오른다. 이마 내부가 원시림의 초록색 빛이다. '알파와 오메가'라는 단어도 생각난다. 그리고 고요하다. 이것으로 나의 현묘지도 화두수련이 끝이 나다.

자리에서 일어나 나의 우주근원, 빛, 공기, 물, 자연에 감사드리며, 삼황천제님, 삼공 스승님, 지도령님, 보호령님 여러 도반님들께 그리고 조상님, 선조님, 천지부모님, 가족, 일체중생들 오늘 하루도 행복하기를 빌고 감사기도와 함께 오배를 올렸다.

현묘지도 수련을 마치며

길고 긴 나의 현묘지도를 마치며, 오랫동안 소원하던 일이 이루어져 기쁘고 이것이 수련의 끝이 아닌 것을 알기에, 언제나 지금처럼 꾸준히 나아갈 것을 다짐합니다. 사모님, 삼공 스승님 노고에 진심으로 합장 인사, 감사드리고 카페지기님, 지금도 열심히 수련하며 응원을 아끼지 않는 여러 도반님들 감사합니다. 그리고 개인적으로, 나의 수련과 인생의 선배로서 알게 모르게 도움주신 두 분의 도반 장국자 님, 다른 일로 현묘지도 화두수련 단계에 머무르고 계시는 또 한 분께 마음을 담아 감사 인사드립니다. 감사합니다.

2018년 12월 16일
임행자 올립니다.

【저자의 논평】

영업에 도가 통한 구도자답게 임행자 씨의 수행기는 도와 사업에 걸쳐 두루 거침이 없다. 부디 도계와 업계의 대목으로 계속 자라나기 바란다. 도호는 도업(道業).

현묘지도 화두수련 체험기 (43번째)

민 혜 옥

선도수련과의 인연

십 년 전 우연히 ○○○를 알게 되었고, 등 활공을 일주일간 정성스럽게 받고 척추 교정을 받고 장 마사지를 받고, 도인체조와 활공이 좋아서 다니다가 평생회원 권유로 400만 원에 가입하여, 꾸준히 2년 정도 다니면서 이때 단전호흡을 알게 되었다.

누워서 와공을 하면 바닥이 뜨거워 옆 사람에게 만져 보라고 하곤 했다. 머리에서는 심장에 펌프질하는 것같이 숨쉬는 느낌이 들고, 이마와 머리 주위는 어떤 힘에 의해 쫙쫙 조여 주는 느낌을 받았다.

집에서 왕복 3시간 거리의 가까운 산을 매일 다녔는데, 어느 날 하산 길에 꽃잎이 뿌려져 있고, 몸이 붕 뜨는 느낌과 함께 걷다가 정신 차리고 보니, 꽃잎은 사라지고 그냥 매일 다니던 등산길이다.

꿈에서는 누워 있는 나를 보고 공중으로 하늘 높이 날아올라, 날아다니며 굽이치는 산을 넘고 또 넘어서 멀리 한옥집이 보이는데, 그곳으로 들어가고 꿈에서 깨곤 했다. 이 무렵 제사가 있어서 지방에 내려가 납골당에 가는 길에 차 사고가 크게 났고, 이 일로 인해 병원을 1년 가까이 다녔지만 아픈 건 더 심해지고 나을 기미가 안 보였다.

지인의 집에서 ○○○ 이야기가 나오고 『선도체험기』에 단전호흡에 대해 나오니 읽어 보라며 몇 권 가져가라 하여 읽게 되었고, 6권부터는 책에 푹 빠져서 밤에 잠을 안 자고 읽곤 하였다. 어느 날 밤, 벽지에서 빨간 피가 군데군데 줄줄 흐르는 걸 보고 놀라, 눈 감아 다시 뜨면 아무 일 없고 그때 무서웠던 기억은 잊을 수가 없다.

계속해서 책을 읽다 보면 글씨가 보이지 않는 현상이 나타나고, 그럴 때마다 한 자 한 자 형체만 보고 천천히 읽어 가곤 했었다. 지인에게 무서웠던 상황을 이야기하니, 선생님을 알고 있는 사람에게 연락해 보겠다고 하고, 아무나 받아 주지 않는 분이시라면서.

일상생활로 돌아가 까맣게 잊고 2, 3년이 흘렀다. 남편의 건강검진 결과가 좋지 않게 나왔고, 생식과 민간요법을 병행하면서 생활하고 있는데, 예전에 읽었던 『선도체험기』가 생각나서 지인을 찾아가 2014년 여름부터 선생님께 다니게 되었다.

남편은 3개월을 다니면서 선생님께서 빙의령으로 인해 아픈 게 아니라고 하셔서 그만 다니겠다고 하고, 나는 꾸준히 일주일에 한 번씩 4년 정도 다니면서 이제야 수련이 조금 되나 보다 했는데, 자궁에 혹이 생겨 수련의 최대 위기가 왔다. 병원 가서 수술하면 큰일난다는 소리 듣고, 생식 먹고 민간요법 하면서 1년 넘게 치료하고 있었다.

어느 날 잠을 자고 있는데, 섬뜩한 느낌에 눈을 뜨니 내 옆에 저승사자가 앉아 있었다. 무섭지도 않고 아무 느낌도 없었다. 지금 생각해 보면 잠결이라 졸려서 그랬지 싶다. 그런데 며칠 전부터 특이한 것은 밤에도 운장주를 틀어 놨고, 주위에는 『선도체험기』가 쌓여 있다는 사실이다.

다음날 밤에도 저승사자가 오지 않을까 하는 마음에 운장주 틀어 놓고 잠을 자고 있는데, 잠결에 뒤척이다 섬뜩한 느낌에 눈을 뜨니 저승사자가 나의 옆구리 옆에 바싹 붙어 앉아 있었다. 운장주는 계속 들리고 저승사자는 눈을 감고 기운 없는 표정으로 쓰러질 듯이 앉아 있었다. 저렇게 기운이 없는데 나를 데려가지는 못하겠지 하고 잠들었다. 지금 생각해 보니 졸릴 때 나오는 표정일 수도 있겠다는 생각이 든다. 삼 일째 보이면 선생님께 말씀드려야지 했는데, 그날 이후로 조용했다.

올해 초부터 선생님 건강이 안 좋으셔서 걱정을 하고 있었는데, 남편이 수술 날짜를 잡아 와서 나를 걱정하니, 수술 결심하고 올해 7월 달에 수술을 했다. 지금은 카페에서 대봉 님을 비롯하여 선배님들, 후배님들과 수련에 관한 도움을 받으면서, 그리고 일주일에 한 번씩 선생님 찾아뵙고 수련하고 있다.

2018. 12. 5. 수요일. 맑음.

1단계 (천지인삼재) 화두 받다. 전철 안에서, 내 몸에서 나는 짙은 향냄새와 함께 집에 오는 길에 화두 외우니, 간혹가다 기운이 쏟아진다. 집에 도착하여 식구들 틈에서도, 이야기 들으면서 식탁 앞에서도 화두만 외운다. 뜨거운 기운이 들어온다.

음식이 먹히질 않는다. 식구들 저녁 식사 후 설거지는 미뤄 놓고, 정보 검색과 『선도체험기』 읽은 후 좌선에 들어가니, 뜨거운 기운에 단전의 열감과 임맥, 독맥에 땀이 흐른다. 허벅지에서도 열감이 후끈하다. 탁기는 계속 빠져나오고 화두는 바로 깨지고, 5분이 지나니 관음법문과 기운과 향냄새까지 모두 사라지고 내 몸은 고요하다. 관음법문의 시끄러운 소리가 사라지니 조용하고 좋다. 이 기분을 즐긴다. 1시간이 지난 후 관음법문만 들린다.

밤에 잠이 오지 않지만 화면이 보일까 싶어서 잠을 청해 본다. 비몽사몽간에 화면이 나타난다. 몇 발자국 걸으니 바로 앞에 하늘이 지평선과 맞닿아 펼쳐져 있고, 밝은 별이 확대되어 보인다. 너무 가까워서 신기하여 팔을 뻗어 별을 만지려는 순간, 하늘은 멀어져 있고 무수한 별들만이 빛을 발한다. 잠깐 스치는 생각. 우주에서 왔으며 우리의 몸은 소우주라는 진리. 선계 스승님께서 잠을 안 재운다는 사실.

2018. 12. 6. 목요일. 맑음.

스승님께 전화하여 2단계 (유위삼매) 화두 받다.

조용하고 부드럽고, 1단계에 비하면 기운이 많이 약한 편이다. 화두에 대해 정보 수집하면서 2시간가량 화두 외워 주고, 좌선하니 백회는 잔잔하게 기운이 일고 전중, 중완, 단전을 뜨겁게 데워 준다. 탁기는 계속 빠져나오고 화면이 뜬다. 화두 글자가 사람으로 변하여 눈앞에 나타나 움직이며, 한문 글자는 남자, 한글 글자는 여자가 되어 걸어 다닌다. 이 장면이 무슨 의미인지 아직은 잘 모르겠다.

기운이 너무 미미하여 선생님께 전화드리니, 그래도 계속해서 외우라 하신다. 선배님들의 현묘지도 체험기 읽으면서 계속 화두 외우면서 다시 좌선하니, 백회는 시원하고 임맥은 뜨겁고 장심의 열감은 후끈하다. 온몸은 기운으로 감싸여 있고 마음은 편안하고 이때 화면이 보인다.

젊은 여인의 옆모습이 보이고 직감으로 엄마란 걸 알겠다. 다시 집이 보이고 십 대의 엄마 모습이 보이고, 앉아 있는 나와 한몸이 된다. 이어서 젊은 남자가 보이고 아빠란 생각과, 삼공재 사모님이 잠깐 보이고,

스승님 젊은 모습이 보이고, 젊은 남자의 모습에서 아빠도 됐다 스승님도 됐다 한다. 울컥하며 눈물이 쏟아진다.

저녁 수련에 1시간 좌선하여 『천부경』, 『반야심경』, 대각경, 『금강경』(사구게), 『참전계경』 읊어 주고, 화두 외우니 백회는 시원하고 온몸에 잔잔한 기운이 꽉 찬 느낌에 얼마나 더 흘렀나 싶은데 화면이 뜬다. 나의 의식만 느껴지고 길은 흔들리고, 펑 펑 소리가 나며, 또 한 번 펑, 계속 소리의 울림이 들리고, 눈을 뜨니 나는 좌선 자세 그대로 앉아 있다. 의식을 따라가니 주변과 장소 특유의 공기 냄새가 느껴지고, 어딘지 짐작하고 피곤하다며 잠든다.

잠이 깨어서 생각해 보니 나에게 축제 파티를 열어 주고, 장소까지 걸어서 이동했고, 펑 소리는 불꽃이 터지기 직전에 나는 소리네. 하이라이트만 보여 주지, 그럼 기뻐했을 텐데. 피곤한 사람에게는 잠이 보약이다. 영적인 세계에서도 축제를 하는구나. 내가 한 게 뭐가 있다고. 축제, 지금 나에겐 별 의미 없다.

잠깐 스치는 생각. 누가 나를 위해 준비한 축제일까? 다 부질없다. 화면 속도 공한 것이거늘. 엄마 아빠의 존재로 인해 내가 존재하고 있다는 사실, 스승님과 사모님이 계셔서 현묘지도를 받고 있다는 사실. 『천부경』의 오묘한 진리가 들어 있다. 2단계 하면서 3단계가 뭔지 알 거 같다.

2018. 12. 7. 금요일. 맑음.

스승님께 전화드려 3단계 (무위삼매) 화두 받다. 화두 받고, 아침부터 스승님께 편지 한 통 쓴다.

부천 민혜옥입니다. 안녕하세요. 스승님. ^^

현재 3단계 진행 중입니다.

화두수련을 하다 보니 아쉬운 점이 있어서 문의드립니다.

빙의령도 많이 들어오고 몸이 차가워서, 화두 기운과 함께 오래하면 좋겠다는 생각입니다. 하루에 1단계가 깨지고 이틀째 2단계가 깨지고 하여, 깨지는 속도를 늦추면 어떨지 생각해 봤습니다. 늦추어도 화두 기운이 많이 들어오는지요? 화두가 깨졌는데도 지속적으로 외우면 화두 기운이 들어오는지요? 8단계 화두 끝나고 나서도 화두 외우면 화두 기운이 들어오는지 궁금합니다.

단순한 호기심이 아닌, 현재 몸 상태가 좋지 않아 화두 기운과 함께 하고, 8단계가 끝나기까지 조금이라도 좋아지길 바라는 마음 간절합니다. 격식 없이 간단히 적어 보냅니다.

스승님 감사합니다.

2018. 12. 7. 금요일 올림.

3시 수련에 사배 올립니다.

선계 스승님, 삼공 스승님, 나의 자성, 지도령님, 보호령님, 칠성님, 감사합니다.

칠성님은 없으셨는데 1단계 끝나고부터 감사드린다. 『반야심경』, 『천부경』, 대각경, 『금강경』 사구게, 『참전계경』을 외워 준다. 마음이 편하다.

3단계는 화두 받으면서부터 답을 알 거 같고, 이상하다는 생각과, 없는데 없는 데서도 무얼 찾아야 하나, 공인데. 2단계에서는 있는, 가득차 있는 거고, 아무것도 없는 공인데, 수련하면서 있는 걸 비우기 위해 수련하는데, 아무리 생각해도 없는 공인데.

다시 정신 집중하여 화두를 외워 본다. 같은 자리에서 뱅글뱅글 도는 기분이다. 더이상은 화두도 외우지 않고 아무 생각 없이 내 몸과 함께 놀고 있는 나를 발견한다. 인당에 정신 집중하니 나의 얼굴이 맑은 물속 안에 있는 착각이 든다. 집중하여 단전호흡만 계속하고, 몸 전체를 감싸는 잔잔하고 부드러운 기운에 백회는 시원한 느낌. 몸 전체가 어떤 투명한 막 속에 들어가 있는 느낌이다.

재미있게 즐기라는 텔레파시가 전달된다. 생각도 마음도 없는 나와, 텅 빈 공간만이 존재한다. 머리로만 알았던 공을 몸소 체득한다. 그만하고 일어나 쭉쭉 요가 체위로 온몸을 늘리면서 확장시켜 준다. 2시간 걷기 운동해 준다.

2018. 12. 8. 토요일. 맑음.

새벽에 눈이 떠져, 이유 없는 울음이 쏟아진다. 거울을 보니 눈가에 휴지가 붙어 있고, 코끝은 빨갛고, 울면서 관을 해 보니 스승님께 메일 보낸 게, 나의 잘못이구나 싶어 운다. 기회를 주셨는데, 잠깐 다른 생각으로 게으름을 피고 있는 나. 이왕 흘린 눈물, 내 안에 숨겨둔, 울고 싶을 때 울지 못한 것까지 실컷 울고 나니 속이 후련하다. 내가 이렇게 눈물이 나올 정도면 스승님께서 화가 나셨을 텐데, 이 일을 어쩌지 싶다.

몇 년 전에도 나의 잘못으로 인해 그게 어떤 잘못인지 기억이 희미하지만, 스승님께서 살짝 꾸중을 하셨는데, 집에 도착하여 2박 3일을 앓아 누워 있었다. 기운의 파장이 이렇게도 미친다. 그다음부터는 화를 내면 안 되겠다 싶어서 항상 의념해 두고 조심한다. 스승님께서 많은 걸 일깨워 주신다.

좌선하기 위해서 먼저 요가 동작으로 스트레칭을 쭉쭉 해 주면서 다음 동작을 취하려는데 고개가 앞뒤로 저절로 움직여지며, 여러 동작들이 20분가량 계속 연결 동작으로 이루어지며, 땀에 흠뻑 젖어서 끝이 난다. 전화드리기에는 이른 시간이라 씻고, 잠깐 누워 있는데 잠이 든다.

스승님께 전화드린다.

"3단계가 끝났나 확실치가 않아 화두를 조금 더 해 보려는데, 4단계가 저절로 이루어지고, 방금 끝나서 전화드렸습니다."

"그럼 5단계 받으세요."

"스승님께 4단계 받고 하겠습니다."

"4단계 끝났다면서요?"

"스승님께 4단계 직접 받고 5단계 들어가겠습니다."

"4단계 적은 용지 가져갔죠?"

"아니요"

"그럼 오늘 올 수 있죠? 와서 가져가세요."

서둘러야 3시에 입실할 수 있을 것 같아 급히 삼공재로 향한다. 4단계 (11가지 호흡, 무념처삼매), 5단계 (공처) 화두 받다.

2018. 12. 9. 일요일. 맑음.

어제 삼공재 다녀와 저녁에 본가(전라북도)에 내려와서 오늘은 김장하는 날. 어머님이 동네 사람들과 밑 작업을 해 놓으셔서, 김치 속 넣어 버무려서 마무리한다. 이른 저녁 먹고 식구들 둘러앉아 얘기 나눈다. 말씀하실 때에는 애기 같은 얼굴을 하고 계시는 어머니. 신랑이 음식 먹는 도중에 이가 하나 빠져서 걱정을 하신다. 전부터 흔들렸던 이가 음식 먹을 때마다 말썽이었는데, 빠져서 우리 부부는 속이 다 시원하다. 이야기 듣다 피곤하여 한쪽에 누워 있었는데 잠이 든다. 선계 스승님 오늘 저녁은 수련을 할 수 없습니다. 이해해 주세요.

2018. 12. 10. 월요일. 맑음.

푹 자고 일어났다. 새벽에 집을 나서는데, 대문 밖까지 어머님께서 나오신다. 추운데 들어가시라고 인사드리고 구봉산으로 출발하면서 화두를 외운다. 며칠 전부터 날씨가 영하권에 접어들어 추울 줄 알았는데, 바람도 없고 초입부터 걷기 수월하여 원만한 산행이 될 듯싶어 기분이 좋다.

구봉산은 자그맣고 낮은 봉우리가 9개가 있다. 오늘 산행은 8봉까지가 목적이다. 화두와 함께하며 1, 2봉을 지나서 3봉에 도착하니 따뜻한 기운이 흐른다. 계단을 오르는데 뒤에서 부르는 소리에 잠깐 멈추니, 어떤 힘에 밀려 한 계단 더 올라가진다. 누가 뒤에서 밀어 주는 느낌을 받았고 전혀 힘들지가 않다.

이어서 4봉, 5봉도 따뜻한 기운이 다리를 한 바퀴 돌며 몸을 감싸 준다. 기운 덩어리가 눈에 감지된다. 봉우리마다 따뜻한 기운이 일어 마지막 8봉에서 내려오기 싫어, 한참을 앉아 있다 하산한다. 산을 내려와 식당에서 점심을 먹는데 몸에서 강한 향냄새가 풍겨, "너만 먹고 있냐? 나도 너와 함께 있다"로 해석하고 컵에 물 한 잔 떠 올린다.

물 한 잔은 종이컵에 옮겨 담고 나오는 길에 들고나온다. 2시간 후에 마셔야겠다 생각하고, 식사 후에는 바로 물을 마시기가 힘들다. 내가 음양식을 시작한 지도 몇 년 되었는데, 오전에는 거의 마시지 않고, 목이 말라 어쩌지 못할 때는 식사 2시간 후에, 저녁에 5시 이후에 물을 마셔 준다. 꾸준히 실천한 덕분으로 산에 오를 때 갈증이 없어서 좋다.

저녁 수련. 화두를 계속 외우며 선배님들의 현묘지도 체험기 읽고, 『천부경』, 『반야심경』, 대각경, 3번 외워 주고 화두와 함께 좌선하니, 백회는 시원하고, 머리 뒤 강간 근처에 열감이 많다. 단전과 임맥은 뜨겁고, 양쪽 새끼손가락 끝부분에 열감이 몰려 있고 뜨겁다.

오늘도 몸 전체가 투명한 공 속에 들어가 있는 느낌을 받으며, 멀리서 가느다란 빛의 힘에 끌려 나의 시선이 구멍 앞에 있다. 구멍이 점점 커지고 누워서 손과 발을 꼼지락거리는 태아가 보인다. 장면이 바뀌어서 무덤이 보이고 전신 해골이 서 있다. 느낌상 한눈에 봐도 무덤은 정갈하고 깔끔하게 다듬어져 손길이 많이 닿은, 후손이 잘 돌보고 있다는 생각과, 해골의 모습은 뼈가 상하지 않은, 보존이 아주 잘되고 있다는 생각이 든다.

텔레파시로 전달된다. "더이상 화면은 보지 말아라. 자, 천도시켜 봐라." 손가락이 가는 쪽을 보니 6~7명의 사람들이 줄을 서 있다. 다들 한복을 입고 있다, 조선 시대의 느낌이다. 내가 멍하니 바라보니 직접 천도시킨다.

1명이 나의 백회로 천도되며 백회에서 연꽃이 피어난다. 2번째도 천도되고 나의 백회에 연꽃이 핀다. 3, 4명이 천도되고 연꽃이 피고, "앞으로 네가 할일이다." 텔레파시로 전해 준다. 줄을 서 있는 순서대로 좋은 기회가 왔다 생각하는 빙의령들이, 자발적으로 뛰어 백회로 빠져나가고 연꽃은 계속 피어난다. "화두 끝나고 공부 열심히 해"라는 음성이 들린다.

2018. 12. 11. 화요일. 맑음.

오전 수련에 『반야심경』, 『천부경』, 대각경 외워 주고, 화두 외워 주니 얼마나 흘렀나 싶은데, 나는 허공, 우주를 걷고 있다. 조금 후에는 도반님들과 함께 손을 잡고 우주를 걷고 있다. 와공하다 푹 잔다.

1년 전쯤에도 꿈속에서 우주를 걸어다녔던 기억이 난다. 우주공간을 사뿐사뿐 걸어서 어깨에는 바구니를 메고, 나의 의식이 가는 곳이 클로즈업되면서, 깨끗한 하얀 바구니가 텅 비어 있었다. 나는 우주다. 우리는 하나다.

전화벨이 울리고, 이쁜 목소리의 주인공, 사모님께서 전화하셨다.

"민혜옥 씨 어제 왜 안 왔어요?"

"주말에 김장하고 본가에서 어제 올라왔어요. 바빠서 못 갔어요. 사모님, 선생님과 통화도 해야 하고, 조금 후에 전화하려고 했어요."

"그럼 와요. 오늘 올래요, 내일 올래요?"

"그럼 오늘 찾아뵐게요. 김장김치 한 포기 가져갈게요."

"선생님도 김치 잘 안 드시고 나도 매운 건 못 먹으니, 안 매우면 반쪽만 가져와요."

나는 사모님 말씀 듣고 김치 반쪽만 챙긴다. 삼공재 방문하여 6단계(식처) 화두 받다. 김동건 님, 구도자 님, 나 그리고 두 명의 선배님과 함께 수련한다. 수련 후에 김동건 님은 업무 중에 나오셔서 아쉽지만 빨리 가시고, 구도자 님과 차 한 잔 마시고 헤어져 집으로 향한다.

『선도체험기』 읽고 『천부경』, 『반야심경』, 대각경, 3번씩 외워 주고 화두 외우며 좌선하니, 부드러운 기운이 백회에서 회오리친다. 시원한 기운이 내려온다. 단전에 집중하고 있는데 오늘도 온몸이 기운에 감싸여 투명함 속에 내가 있고, 갑자기 번개 같은 광채 나는, 밝은 빛이 내리고 이마로 할아버지 한 분이 내려와 앉아 계신다. 인형처럼 조그마니 잘 안 보여 집중하니 몸 전체가 하얗다.

직감으로 환웅천황이란 생각과 반가운 마음에 "할아버지"라고 부른다. 내 마음은 밝아지고, 할아버지 심장이 살짝 움직인다. 시선은 다른 곳을 주시하신다. 먼 길 오셨는데 뭘 대접해야 할 것 같아, 가부좌 튼 다리 풀고 일어나, 물 한 그릇 놓고 사배 올리고, 다시 앉아 좌선하며 이마를 살피니, 앉아 계시는 모습을 보면서 잠깐 스치는 생각에, "수련하면서 부처가 나타나면 부처를 죽이고"란 스승님 말씀이 생각이 나서 "빙의령인가요?" 물으니 험상궂은 괴물 얼굴로 변한 모습과 인자한 모습이 교차되면서 번갈아 두 번 화났다는 걸 표현하신다. 처음부터 시종일관 한쪽만 보고 계신다.

앉아 있는 환웅천황님 몸에서 또 다른 누군가 나타나, 금테가 둘러진 임금님 신발부터 황금색 곤룡포를 입은 모습이 보이면서, 환웅천황님이 임금님으로 변신하시나 했는데, 할아버지는 처음 모습 그대로 앉아 계시고 곤룡포를 입은 사람은 사라지고 없다. 굽이치는 깊은 산길을 아주 큰 코끼리가 황금색의 화려한 비단을 등에, 이마에, 모자까지 쓰고 뒤따르는 행렬은 끝이 없고, 할아버지가 한쪽만 주시하고 계신 이유가 이 행렬을 기다리고 있었구나 싶다.

나도 지켜보고 있다가 이게 다 뭔가 싶고, 별 의미도 없다 생각되어, 돌아와서 좌선하고 있는 나를 관하니, 백회는 시원하고 상단전의 열감이 좋고, 중단전과 하단전이 뜨겁다. 강간(뒤통수) 주위가 뜨겁고 아프다.

2018. 12. 12. 수요일. 맑음.

알람 소리에 일어나 오전 수련 시작하니 어제, 삼공재 수련 마치고 도반님과 도담 나누며 들어 온 빙의령이 느껴지며, 『천부경』, 『반야심경』, 암송하여 준다. 화두는 계속 외우며, 백회는 시원하고 강간 주위가 계속 열이 나며 통증이 있다.

아파서 묶은 머리 풀고, 계속 집중하니 아빠가 끄는 경운기 타고 다리 앞뒤 흔들면서 룰루랄라 집에 가는 나의 어릴 적 모습이 보이고, 갑자기 유치원 아이들이 모여 놀고 있는 모습이 보이고, 나 어릴 적에는 유치원이 없었는데, 그럼 내 모습이 아닌데, 조금 후에 다시 화면이 보이고 경운기를 타고 가다가 별이 보고 싶다고 생각하니, 환한 대낮이 저녁 하늘로 캄캄해지며 무수히 많은 별들이 반짝이며 장관을 이루고 있다.

아! 나의 의식이 가는 곳에 내가 있다. 바로 도전해 본다. 구름 타고 날고 싶다 생각하고 의식이 구름에 가니 내가 구름 위에서 날고, 눕고, 자고 있다. 의식을 나에게 집중하니 중단전과 단전과 장심에서 불이 나고 이마 위가 아프게 따끔거린다.

수련 끝내고 일어나니 대각경이 저절로 읊어진다.

"나는 하나님의 분신으로 하나님의 무한한 사랑과 무한한 지혜와 무한한 능력을 구사하고 있다. 하늘과 나, 남과 나, 우주와 나는 하나이다."

걷기 운동하러 간다. 대각경이 생각나고 걸으면서 읊는다. "나는 하나님의 분신으로 하나님의 무한한 사랑과 무한한 지혜와 무한한 능력을 구사하며..." 암송하고 있는데 내 안의 누군가 "공원 걸으면 빙의령만 들어오지. 집으로 돌아가서 다음 단계 화두 받아라." 화를 엄청 내신다. "공원 1시간 걸었으니, 조금 더 걷고 들어갈 거예요. 목표 2시간 하고 가야죠." 또 엄청 화를 내신다. 아빠와 똑같은 할아버지, 나의 보호령님이 시다. 발길을 돌려 집으로 향한다. 다음 단계 받기로 마음먹는다.

7단계(무소유처), 8단계(비비상처) 화두 받다. 좌선하니 공원 걸으며 들어온 손님으로 인해 막혀 있는 게 감지되고, 너희들 나와 함께 공부하자 하고, 『천부경』, 『반야심경』, 계속 읊어 주니 1명 천도된다.

저녁 수련, 화두를 외우며 단전에 집중하니, 백회는 기운이 회오리치고 중단전이 뜨겁다. 대각경이 읊어지며 "나는 하나님의 분신이다. 하나님과 나, 남과 나, 우주와 나는 하나다. 나는 우주다. 나는 하나님이다." 잠깐이나마 중단전이 시원해졌다 다시 원상태다.

2018. 12. 13. 목요일. 함박눈.

오전 수련, 화두 외우며 1시간 보낸다. 연속해서 요가 체위로 몸 구석구석 쫙쫙 시원하게 늘려 주고, 좌선하여 8단계 화두 외우며, 2단계에서 3단계로 넘어가는 느낌과 7단계에서 8단계로 넘어가는 느낌(고요하고 조용한 공한 느낌)이 비슷하면서도 다르다.

"나는 우주요 하나님이요 그리고 공이다"란 진리가 입가에서 맴돌고, 중단전이 잠깐 시원해지다 다시 원상태로 돌아가고, 내 주위는 아무것도 없는 공한 상태, 허공만이 남는다. 졸고 있는 나를 발견하고 눕는다. 순간 중단전으로 강한 빛이 들어와 온몸으로 퍼지며 빛이 된다. 나의 의식만 남는다.

일어나 감사드리며 가슴 앞에 합장하고 선계 스승님, 삼공 스승님, 나의 자성, 지도령님, 보호령님, 칠성님께 이끌어 주셔서 감사드립니다. 사배 올립니다. 그리고 한숨 자고 일어나서 수련한다. 선계 스승님, 5단계 공처에서 전생을 맘껏 보지 못했습니다. 선계 스승님께 모든 걸 맡기고 수련하겠습니다. 잘 부탁합니다.

『반야심경』, 『천부경』, 대각경, 외워 주고 좌선하니 얼마 후에 알몸의 남자가 보이고, 화면이 커지면서 등에 날개가 달려 있고, 날개 달린 아이가 양쪽에 서 있는데 양팔로 감싸고 있다. 가까이 가니 낯선 사람을 꺼리는 느낌이다. 날개에 유독 시선이 집중되며 강인함이 느껴지고 가슴이 아려 온다.

잠깐 스치는 생각. 천사들의 날개는 날개옷을 입으면 되는 줄 알았는데, 날개에서 강인한 생명력이 느껴진다. 이어서 늠름한 장군이 나타나고, 화면이 바뀌어 발만 보이는데, 거인 발이라 해도 과언이 아닐 만큼 크고, 종아리부터 점점 위로 상체까지 보이는 듯했는데 서 있는 사람을 빛이 가려 주면서 더이상 볼 수 없게 한다. 그리고 옆 사람과 이야기 나누며 수련하는 스님의 모습. 스승님의 기운이 느껴지고 전생에서도 스승과 제자 사이로 가르침을 받았구나. 그리고 닭. 아, 할아버지. 나의 보호령님이 절을 하신다.

눈을 뜨니 가슴에서부터 감정이 솟구쳐 눈물이 왈칵 쏟아진다. 선계 스승님들이 볼 필요도 없다 생각하고 보여 주지 않았는데, 나도 궁금하지도 않았지만 약간의 미련이 남아 있었나 보다. 이 정도 화면으로도 충분히 만족한다.

현묘지도 화두 받은 날부터 음식이 먹히질 않아, 생식 3끼와 음양식을 병행하며 화두수련을 마쳤다. 현묘지도 화두수련은 처음 시작부터 스승님의 기운과 보살핌으로 마무리까지 이루어진다는 걸 알았다. 화두 공부를 통해, 나의 자성에게 한 발 다가설 수 있는 좋은 기회를 주신 스승님께 감사드리며, 『천부경』과 대각경의 오묘한 진리가 다 들어 있는, 책으로만 터득한 진리를, 화두 공부를 통해 몸으로 느끼는 순간순간이 가슴 벅차오른다. 지금의 깨달음을 바탕으로 선계 스승님의 사명을 받들도록 노력할 것을 다짐한다.

귀한 가르침을 주신 선계 스승님, 삼공 스승님, 지도령님, 보호령님께 감사의 인사를 드린다. 카페의 대봉 님과 회원님들께도 감사의 인사를 드린다.

밤새 내린 눈으로 세상이 하얗게 덮인 아침에

2018. 12. 13. 목요일

【저자의 논평】

민혜옥 씨 한 사람의 구도자의 공부를 완성시키기 위해 수많은 천지 신명들과 스승들과 선후배 도우들이 일사불란하게 움직이는 광경이 깊은 감회를 자아내게 한다. 부디 그분들의 수고를 생각해서라도 후배들을 지도하는 데 있어서 정성을 다하여 유감없기를 바란다. 도호 여송(如松).

현묘지도 화두수련 체험기 (44번째)

김 영 애

백회 개혈기

제가 처음 기 점검을 받은 건 2018년 7월 25일로 백회로 쉬지 않고 기운이 들어온다고 일지를 카페에 올리고, 카페지기님이 선생님께 기 점검을 받아 보라고 권해서였습니다.

메일을 올리고 소주천 회로도를 참고하여 돌려 보았으며, 소주천이 되기는 했지만 약하게 지나가는 정도였고, 선생님께서 삼공재 수련 중 확인하시고 좀더 기다리라고 하셨습니다. 이후부터 선생님 건강이 좋지 않아 찾아뵙지 못하고 8월과 9월은 카페를 등불 삼아 수련하였습니다.

2018년 11월 19일에 원래는 3~4일 전에 메일로 여쭙고 기 점검을 받아야 하나 며칠 전부터 대맥, 임맥, 독맥, 백회, 인당으로 들어오는 기운이 확연히 달라서 급하게 기 점검 메일을 올리고, 점검을 받았습니다.

선생님 : 이쪽으로 오세요!
나   : 네.
선생님 : 소주천 됩니까?

나　　： 네.

선생님 ： 거기 앉아서 소주천...(책꽂이에서 소주천 회로도가 뒤로 나
　　　　오는 종이를 앞에 두고 놔 주신다) 소주천 여기 나와 있는 대
　　　　로 돌려 보세요!

나　　： 네. (종이를 보며 찍어 가며 하려는데 스르륵 올라가 백회에
　　　　서 기운이 모여 있고 또 스르륵 내려와 단전에 있다.) 선생님
　　　　됩니다.

선생님 ： 못 듣고 컴퓨터 작업을 하고 계신다.

나　　： (한참을 기다린다.)

선생님 ： 됩니까?

나　　： 네.

선생님 ： 하단전에서 내 하단전으로 기운을 보내고 인당으로 기운을
　　　　받으세요!

나　　： 네. (눈을 감고 해야 하는지 반개를 해야 하는지 순간 당황을
　　　　한 상태로 집중이 안 된다.)

선생님 ： 됩니까?

나　　： (캄캄) 약하게 들어옵니다.

선생님 ： 그렇지요~ 소주천은 됐고 대주천은 다음에 합시다.

나　　： 네~.

원래 자리로 돌아와 인당으로 기운이 들어와 단전에 쌓이는 걸 느꼈
다. 선생님 앞에서 기 점검을 하는 그 순간은 음, 격해지고 아, 그건 말
로 형용할 수 없는 순간이라 몸과 마음과 기운이 설명을 못 하겠네요.

다음날부터 매일 산에 오르고, 책을 읽고, 좌선을 하며 축기하였습니다.

2018년 11월 26일 산에 갔다 와서 목욕재계하고 제가 아직 많이 부족하고 수련이 더 필요할 것 같다고 선생님께 메일을 드리고, 삼공재로 출발하였습니다. 선생님께 함께 수련하는 분들과 일배드리고 원래 앉던 자리에 앉아 좌선하는 중에,

선생님 : 김영애 씨, 이쪽 앞으로 와 보세요!

나   : 네.

선생님 : 소주천되지요!

나   : 네.

선생님 : (소주천 독맥 방향으로 흐르는 회로도를 찾다가 안 보여서) 누가 가져갔나 보네. (임맥 방향 회로도에 볼펜으로 화살표를 꼼꼼히 그리시며) 이렇게 해 보세요.

나   : 네. 됩니다.

선생님 : 이제 단전에서 단전으로 기운을 보내고 인당에서 인당으로 보내세요.

나   : (저번 주와 반대) 네. (한참 후) 안 들어옵니다.

선생님 : (한참을 더 기다리다가) 그럼 온몸으로 손끝, 발, 백회 온몸으로 기운을 받아 보세요.

나   : 네. (잠시 후) 들어옵니다.

선생님 : 이제 백회를 이만큼 열 겁니다. (연필로 500원 동전 크기만큼을 표시하신다.)

나   : 네. (백회가 열릴 때는 느낌의 차이가 없었다.)

선생님 : 벽사문을 달 겁니다. 벽사문이 뭔지 알지요?

나　　　: 네. (머리 위에 얇은 종이가 한 장 올라가 있는 느낌이 들었다.)

선생님 : 위치가 잘 잡혔나 보세요.

나　　　: 편안합니다. (순간에 대공사가 이루어졌다.)

선생님 : 이제 백회를 연 신명님과 벽사문을 달아 준 신명님께 예를
　　　　올리세요. 삼배하세요.

나　　　: 네. (두 번 절하는 중에).

선생님 : 됐어요. 이제 470번째 대주천 수련을 하셨습니다. 이쪽으로
　　　　오세요. (본고향, 현주소, 하는 일, 최종 학력을 기록하고 다
　　　　시 자리로 돌아갔다.)

선생님 : 현묘지도 수련 알지요?

나　　　: 네.

선생님 : 이리 앞으로 오세요.

나　　　: 네. (한자로 네 글자를 적어 보여 주시고, 확인하는 걸 보고
　　　　바로 꼼꼼하게 지우시고 다시 자리로 돌아왔다.)

선생님께서는 대주천 수련을 시켜 주려고 마음을 굳히신 것처럼 묻고
기다리고 묻고 기다려 주셨고, 저는 470번째 대주천 수련을 받고 현묘지
도 수련 화두를 받았습니다.

현묘지도 수련기

안녕하십니까? 저는 강화에 살고 있으며 1남 3녀를 데리고 숙박업을 하고 있는 김영애라고 합니다. 유년 시절에는 소를 몰고 산으로 다니던 시골 아이였고, 자라면서 도와 덕이란 한자가 익숙하여 이게 뭘까 하며 항상 마음에 두고 있다가, 중3 때 명상을 시작으로 고2 때부터『선도체험기』를 읽으며 수련을 하게 되었습니다.

23살에『천부경』과 나어어우(나는 누구이며 어디서 와서 어디로 가며 우리는 누구인가)를 외치는 분을 만나 다르게 살며 수행하였습니다. 많은 일들을 겪으며 수련에 대한 미련을 버리기 위해 2003년경 끌고 다니던『선도체험기』와 수련 서적들을 수레에 실어 버렸습니다.

잊은 듯 살아오다가 감당할 수 없는 힘든 일을 겪으며 누가 시키지도 않았는데 매일 산을 가고 절 수련을 하고 있었습니다. 안정을 조금씩 찾기 시작할 즈음 우연처럼 책꽂이에 숨어 있던『선도체험기』45권을 다시 읽기 시작하였고, 한 권 한 권 구입하다가 나중에는 출판사에 연락하여 거의 다 권수를 맞추어 읽었습니다.

선생님을 찾아뵈라는 강력한 느낌이 있었으나 준비가 되지 않아 미루다가 생식 핑계라도 대고 선생님을 만나뵙고자 메일을 드리고 찾아뵈면서 1년여를 삼공재에 다녔습니다. 그리고 또 많은 일들이 몰려와 3년 정도 삼공재를 찾지 못하다가 2018년 6월 26일 현묘지도 통과하신 분의 블로그를 통해 카페에 가입이 되었고, 2018년 7월 2일 새벽 카페 대문에 올라온 글을 보고 다시 삼공재로 가게 되었습니다.

아주 야무지게 생기고 눈이 힘이 빡 들어간 어르신이 째려보며 "니가 도통을 할 생각이 있느냐? 다른 사람은 밤낮없이 공부를 하는데, 너는 생식만 붙잡고 있느냐?" 아주 간단명료하게 한 줄로 꾸짖고 계셨습니다. 이후로 1주일에 한 번씩 삼공재로 선생님을 찾아뵙고 기공부, 몸공부, 마음공부를 하고 있습니다.

2018년 11월 26일 470번째 대주천 수련을 받고, 2018년 11월 26일부터 2018년 12월 15일까지의 현묘지도 화두수련기입니다.

1단계 천지인삼재 (2018년 11월 26일 ~ 12월 8일)

11월 26일 월요일

삼공재 수련 후 화두를 잊지 않으려고 떠올렸고, 서울에서 출발할 때쯤 온몸이 부들부들 떨리기 시작했다. 저번 주 기 점검 후부터 또렷하게 들리던 관음법문이 커졌다. 집에 도착해서 생식 먹고 선계의 스승님과 삼공 선생님께 인사를 드리고 화두를 암송했다. 하단전이 뜨거워지고 왼쪽 머리가 자극이 온다. 단전은 갓 끓인 라면냄비 손잡이를 잡고 있는 것 같았다. 인당과 백회로 기운이 든다.

11월 28일 수요일

오후 2시 20분 인당 주변에 기운띠가 둘러지고 기운이 들어온다. 오후 5시 온몸 상중하 단전, 장심, 용천에 기운이 들어온다. 얼마 전부터 들어오던 기운이다. 밤에 자려고 누웠는데 백회 뒤쪽으로 뭔가 일을 하고 있다. 원래 내 자리로 돌아온 것 같고, 잔잔한 환희지심이 계속되고 있다. '너

오길 기다린 지 오래다.' (그렇게 느껴진다.) 이곳으로 보내 주기 위해 선생님께서 삼공재에 계신 거라는 생각이 들며 숙연해졌다.

11월 29일 목요일

오전 수련 중 기운이 딱 멈췄다. 8시 이후로 백회 기운이 약하게 들어 오는데 평상시 기운보다 약하다. 어제에 이어 방은 따뜻한데 몸이 추웠 다. 그들도 잘살고 나도 잘살고 우리는 결국 하나. 중단이 아프다가 풀리 면서 온몸으로 기운이 시원하게 퍼져나간다. 오후부터 하단전이 달궈지 고 전체가 열이 난다. 긴 꼬챙이가 백회를 통해 내려왔다가 사라졌다.

11월 30일 금요일

그동안 잡고 있던 믿음과 사랑에 대한 생각을 돌아본다. '잠에서 비몽 사몽하다가 깨어 보니 완전히 꿈이었다. 이럴 수가.' 참 많이 모자란 나 에게 이런 일이 일어나고 있다는 게 놀랍기만 하다. 설명으로만 알던 사 과를 먹어 보니, 내가 사과고 사과가 나였다. 오후에 산에 다녀와서도 아무 느낌이 없으면 전화로 2단계를 여쭤보려 한다.

오후 5시에 삼공재로 전화를 하려는 순간 전화가 왔다. 방 있냐고. 열 심히 설명하고 흥정하고 끊었는데, 다른 번호로 일행이 또 전화를 하고 찾아왔다가 또 흥정하고 쓰겠다고 하더니 차를 몰고 가며 다음에 오겠 다고 했다. '오늘은 전화하면 안 되겠구나' 하고 접었는데 다음날 아침 마니산에서 내려오다가 산을 오르는 이분들을 다시 만났다. '좀더 공부 하라는 말씀이구나~.'

12월 1일 일요일

백회에 묵지근한 기운이 머물면서 독맥이 시원해지고 인당으로 기운이 들어오면서 독맥이 훈훈해졌다. 목 주위와 머리로 기어다니는 느낌이 있고, 이곳저곳 꼼지락거림이 느껴진다. 임맥으로 기운이 내려와 하단전이 훈훈하다. 도반이 보내 준 라마나 마하리쉬의 『나는 누구인가』를 읽고 있다.

어젯밤 화장실 변기에서 소리가 나서 물탱크와 모터를 확인하고 안심했는데, 새벽에 물이 안 내려간다고 전화를 받고부터 여기저기서 사람들이 나왔다. 안 되겠다 싶어 일요일이라 바로 설비 가게로 갔는데, 내일까지 안 들어온다고 한다. 다른 사람을 보내겠다는데 오지를 않고, 연장을 들고 지하통로로 들어가 이곳저곳을 확인했다. 저녁에 설비 사장님이 왔지만, 정화조를 청소하면 괜찮다고 그냥 갔다. 마음이 흔들리지 않고 차분하게, 이거 안 된다고 하면 이거저거 점검하며 하루를 보냈다.

12월 5일 수요일

새벽 4시에 일어나 1시간 수련하고, 5시 30분쯤에 어머니가 입원해 계시는 병원으로 출발해서 7시 30분에 도착했다. 운전 중에 화두를 외우니 하단전이 뜨끈해진다. 병원 앞 엘리베이터부터 어지럽고 비행기를 타고 있는 것 같다. 병원 다녀와서 생식 먹고, 빵 2개, 아이스크림 케익까지 먹었는데 허기가 진다. 양말을 벗는데 발등이 소복하게 혹이 난 것처럼 올라와 있다.

12월 6일 목요일

어제 퇴근하고 늦게 내려온 큰아이와 고등어 구워 점심 먹고, 5시에 아이들이 와서 트리 만들어 문에도 달고 방에도 세우고 마당에도 트리를 꾸몄다. 소나무에는 반짝거리는 조그만 등을 달고 따뜻한 목도리와 잠바를 입히고 장갑까지 끼워 주니 춥지 않을 거 같았다.

오늘은 큰아이가 동생들과 나를 앉히고 가족회의를 했다. 슬플 때 우는 건 다 할 수 있는 거다. 실컷 울고 슬프고 아픈 걸로 끝내지 말고 더 나은 사람이 되어 도와줄 만큼 능력을 키우라고 동생들에게 말한다. 우리 아이들은 아팠던 만큼 성숙해지고 있다. 아이들에게 지금 이 시간이 공부가 되기를 바래 본다.

12월 7일 금요일

한파로 꽁꽁 얼었는데, 마니산 참성단에 올라오니 따뜻하게 느껴져 『천부경』, 『삼일신고』, 대각경을 읽고 온기를 느끼다 내려왔다. 마음이 없다. 욕심도 없다. 나는 누굴까? 아이들과 어머니 형제들은 내가 해 주었으면 하는 게 있는데, 그들이 원하는 물질적인 풍요와는 다른 삶을 살고 있어 미안하다.

화두수련이 시작되고 밤낮으로 화두를 외며 변화를 지켜보고, 기록하다가 기운 변화가 없어 『선도체험기』를 읽었다. 책을 펴니 아프게 느껴질 정도로 머리 전체가 반응을 한다. 기운에 좀더 예민해진 것 같다.

마니산에 거의 매일 오르다 보니, 수요일이면 허름하게 생긴 50대쯤 되는 남자가 등산을 온다. 그분은 봉투를 가져와 등산하면서 주변에 떨어진 휴지, 음료수병, 사탕 봉지 등 쓰레기를 주워서 간다. 그분을 몇 번 보고 나도 쓰레기가 보이면 줍게 되었다. 오늘도 산을 내려오다 쓰레기가 있어 주웠다.

약봉지에 흰 알약이 두 개 들어 있고, '김태영 점심 식후'라고 되어 있었다. 눈이 똥그래져서 다시 봐도 '김태영'이라고 되어 있다. 1단계 끝났으니 2단계 화두수련을 들어가라고 신호를 보내셨다. 헐, 이런 식으로 알려 주시다니~ 선생님께 전화드리고 2단계 화두 받았다.

2단계 유위삼매 (2018년 12월 8일 ~ 12월 9일)

12월 9일 일요일

화두를 외우자 어깻죽지가 시원해지고 중단이 묵직하다가 인당으로 기운이 들고, 백회는 지글지글, 하단전은 아궁이에 남아 있는 열기 같다. 냉탕에 들어와 있는 것 같다. 차갑다가 훈훈해졌다가 다시 찬 느낌. 하단전 오른쪽이 우리하게 아프다가 상단전 오른쪽이 아팠다.

오후에는 단전으로 기운이 넓게 퍼진다. 중단에 약한 통증이 있고, 기운의 변화가 없어 쓸데없는 생각하다가 화두를 잊어버렸다. 정신 차리고 수련하라고 꾸짖는 거 같았다. 카페 선배님의 일지를 읽는데 단전에 기운이 퍼지면서 어깨를 돌고, 백회로 기운이 들고, 그다음 인당으로 기운이 들어온다. 저녁 내내 위쪽 머리로 스멀거린다.

3단계 무위삼매 (2018년 12월 10일)

2018년 12월 10일

머리 위에 뭔가 내려앉아서 움직이는 느낌이다. 막내가 개교기념일이라 산에 데려갔다. 펄펄 날아가던 아이가 이것저것 핑계를 대며 가기 싫어한다. 삼공재 가는 시간이 늦어질 것 같아 먼저 내려보내고 참성단에 올라 삼배하고『천부경』을 암송하였다.

내려오는 길에 하얀 게 보여 집었는데 또 약봉지다. 하트 모양 알약까지 3알이고, 아침 식후 30분이라고 되어 있다. 신기하여 사진으로 찍어 두고, 함께 수련하는 분들에게도 보여 주었다. 삼공재 가서 3단계 화두 받고 잠시 후 정규방송 끝에 나오는 고음이 한참 동안 들리고 평상시의 관음법문으로 돌아갔다.

10월부터 기운의 막이 입혀진 거 같았는데 누에가 나비가 되려는 준비 과정인 거 같다. 관음법문이 커졌다. 무엇을 위해 이곳까지 고집스레 왔나?

4단계 11가지 호흡, 무념처삼매 (2018년 12월 11일)

5단계 공처 (2018년 12월 11일 ~ 2018년 12월 13일)

12월 11일 화요일

오전 수련 중 계곡물 소리보다 관음법문 소리가 크다. 중단이 아프다. 어제에 이어 11가지 호흡을 문 잠그고 해 봤다. 진동이 심하다던데 큰 변화는 없다. 그냥 되는데 약하게 되는 게 2가지 있다. 다른 화두수련에서 자연스럽게 나온다고 하니 기다리기로 한다.

누군가의 도움으로 쉽게 길을 가려 하지 않나? 쉽고 편하게 가려 한다면 이미 구도자가 아니다. 나를 내가 잘 지켜봐야겠다. 1단계 화두가 자꾸 떠오른다. 내가 잘못 이해한 건 아닌가 되짚어보고 변화가 없음을 확인했다.

5단계 화두를 계속 외우며 내가 찾은 답이 떠올랐다. "나는 사랑이다. 나는 연이다." 수련이 계속될수록 공을 체험하기 전 내가 쓴 글이 생각이 난다. 지레짐작 오만 자만으로 보일까 봐 지웠는데... 이제 글을 떠올리면 부끄럽거나 창피하지 않다. 인당 압박은 있고 관음법문은 더 커지고 있다.

마니산 갈 때 솔, 세제, 장갑, 바가지를 가지고 가서 마니산 끝에 있는 화장실 청소를 땀 흘려 했다. 세면대에 물을 받아 바닥과 변기와 세면대까지 세제 뿌려 가며 싹 청소하고 나니 내 속이 다 시원했다.

12월 12일 수요일

치과 치료 전에 미리 먹으라고 준 약에 취해 몽롱하다. 친정어머니 오른쪽 무릎 수술하는 날이라 반찬 만들고 간식거리 준비해서 병원 다녀왔다. 다녀오는 중 백회로 핀으로 찌르다가 망치로 두들기는 것같이 기운이 들어왔다. 오후에 인당에서 양쪽 코 옆으로 길게 기운이 느껴졌다.

집 도착하고 잠깐 앉았는데 위쪽 머리 1/3이 뚜껑이 열리고, 왈칵 뭔가 쏟아붓는 것 같다. 관음법문 소리는 좀 줄고 공이다. 막내는 스키캠프 가고 딸아이 헬스 갔다 오는 길에 데리고 마트 들러 간단히 분식 사

주고 나오는데, 오븐 안에 든 마늘빵 냄새가 나서 후각이 예민해진 걸 알았다.

저녁 화두수련 중 '사랑했으니 됐어'라는 말이 맴돌아 노래로 들었다. 갑자기 달마의 첫 번째 제자 이름이 알고 싶어져서 인터넷으로 찾으니 혜가다. 영화 〈달마〉를 보면서 혜가를 보며 절절하게 느껴졌는데, 전생에 그렇게 수행을 했고 이번 생도 치열하게 산다고 한다.

12월 13일 목요일

아침 일찍 눈을 맞으며 치과에 가서 치료를 하고 돌아왔다. 간호사가 얼굴이 노랗다고 걱정을 한다. 병원에 대해 거부감이 심해서 마취를 하고 기다리는 동안 일어나 돌아가고 싶었다. 치과 다녀와서는 계속 춥다.

한숨 자고 일어나 오늘 일을 미루면 안 될 것 같아 커피 진하게 마시고 마니산에 다녀왔다. 산에 자주 가면서 속 깊은 진국 같은 사람들을 만나게 된다. 더불어 사는 사람들이라는 생각이 들었다.

선배님들의 현묘지도 수련기를 다시 읽으며 고등학교 2학년 이후부터 수련이 계속 진행이 되었다는 걸 확실히 알겠다. 11월 즈음에 '나로부터 시작되고 남과 나, 우주가 하나'라는 걸 알고 환희지심 상태가 지속되어 친구들에게 오해를 받았었다. 고등학교 3학년 가을, 인당이 열리고 기운이 들어오기 시작했고, 2012년 '천상천하유아독존'이라는 천리전음이 자꾸 들려서 희한해서 큰아이에게 말했더니 이상하다고 웃었던 기억. 다 잊고 지냈는데 5단계 수련을 하면서 생각이 난다.

6단계 식처(2018년 12월 14일)

12월 14일 금요일

카페 선배님이 현묘지도 수련을 10일 만에 끝마쳤다고 알려 주신다. 비슷한 시기에 시작하여 어떻게 되어 가는지 궁금했는데 끝났다고 하신다. 부럽고 왜 샘이 날까? 나는 지금도 잘하고 있다. 여러 가지 일들이 계속 생기고 있는 중에도 흔들리지 않고 잘 가고 있다.

오전 수련 중 오른쪽 눈에서 눈물이 흐르며 '사랑밖엔 난 몰라'가 들렸다. 나는 사랑이 맞다고 하신다. 오른쪽 팔꿈치가 찌릿하게 기운이 느껴졌다. 5단계를 넘어가면 나머지는 금방이라고 한다. 산에 일찍 다녀와 좌선하여도 기운이 느껴지지 않다가 오른쪽 손목에 쇠막대기 같은 기운이 들어온다. 오후부터 변화가 느껴지지 않아서 여쭈었다.

"6단계 화두를 받고 싶습니다. 전화해도 되겠습니까?"

'홍익인간 재세이화'가 떠오르고 "네."

4시 10분 삼공재에 전화를 하여 선생님께 6번째 화두를 받았다. 6단계 화두를 듣고 '하늘' 하면서 눈물이 흐른다. 백회 주변과 인당으로 기운이 들어오고 단전이 은근하게 달아오른다.

7단계 무소유처, 8단계 비비상처 (2018년 12월 15일)

12월 15일 토요일

덕으로 이루고 쌓아 가야 할 도리, 평생의 숙제로 알고 수행하겠습니다. 아상에 잡혀 쌓은 인연의 고리를 생이 다하는 순간까지 풀어 나가겠습니다. 산을 오르는 중 어떤 분이 "혼자 왔냐?"고 했던 말이 떠오르며, '산은 혼자 오른다' 하는 답이 나오고 '그럼 바다는...' 이라고 하니, '카페는 바다를 건너기 위해서'라고 한다.

오늘 삼공재 가라고 한다. 월요일에 갈 거고 토요일이라 손님이 많습니다. 딸아이도 약속이 있어 나간다고 합니다. 7, 8단계 마지막 화두를 전화로 받지 말고 찾아뵙고 받아서 오라고 한다.

사모님께 방문 전화드리고 허락을 받아, 마트 들러 한라봉 1박스를 금색 보자기로 포장하고 찾아뵈었다. 인사드리고 바로 선생님 옆에 앉아서 화두만 받고 간다고 하니 "뭐가 급해서..." 라고 말씀을 하신다. 내가 뭐가 씌었나? 바쁜 시간에 강화에서 여기까지 화두를 받겠다고 왔으니 창피하였다.

8단계 외워 나오다가 7단계를 잊어버리고 결국 선배님께 여쮀보고 차 안에서 조금 호흡을 하고 전화가 자꾸 와서 출발했다. 한참을 오다가 그제서야 화두가 생각이 나서 집중해서 외웠다. 7단계 '공', 8단계 '없다.' 무심한 상태에서 인당으로 기운이 들어오며 스승님들께서 오늘 마쳐 주시려고 했다는 걸 알았다.

수련을 마치며

원 없이 수련을 하고 싶다는 생각으로 초라하고 부족한 모습으로 선생님 앞에 앉아 대주천 수련을 받고, 현묘지도 시작하였고 마치는 순간까지 정말 놀라운 경험이었습니다. 나는 귀하고 소중한 사람이며, 알게 모르게 보호받고 사랑받으며 지금 여기까지 와 있다는 체감을 할 수 있어서 수련하는 내내 뭉클하였고 설레였습니다.

스승님들의 허락으로 수행의 기틀을 단단히 하였고 정심으로 지감 조식 금촉하며, 도와 덕을 이루며 수행하여 나아가겠습니다. 격려와 애정 어린 충고를 아낌없이 해 주신 카페지기님과 도반님들께 다시 한 번 감사드립니다.

일심

꺾어도 꺾어도 꺾이지 않는 이것은 뭔가
눌러도 눌러도 다시 올라와 있는 이것은 뭔가
죽여도 죽여도 죽어지지 않는 이것은 뭔가

하늘을 향한 내 믿음이고
하늘을 향했던 진심어린 사랑
덕으로 이루고 쌓아가야 할 도리

【필자의 논평】

한반도에서 가장 기운이 강한 강화도 마리산을 배경으로 무슨 인과를 짊어졌기에 여자 혼자 몸으로 여아 셋, 남아 하나를 거느리고도, 펜션 사업을 하여 이들을 키우는 한편 선도 공부까지 하겠다고 야무지게 결심한 그녀였다. 우리 눈에 보이지 않는 도인들의 도움으로 아무래도 크게 도를 성취할 것 같다. 도호는 도성(道成).

현묘지도 화두수련 체험기 (45번째)

현 봉 수

제주도 서귀포에서 현봉수가 올립니다.

스승님께 삼배를 올립니다. 늦깎이 제자를 받아 주시어 오늘날에 현묘지도를 내려 주신 은혜 어떻게 갚아야 할지요. 2018년 11월 21일부터 현묘지도를 받고 저의 수행 과정을 스승님께 검토받고자 수련 내용을 정리하여 보고드립니다.

현묘지도 수련일지

2018년 11월 21일

2016년 10월 26일부터 삼공재에서 정식으로 삼공 수련을 받은 지 오늘로 2년 1개월이 되어간다. 아침에 집에서 103배 절 수련을 하고 제주 공항에서 김포 도착. 오후 3시에 삼공재 방문: 삼공 선생님에게 인사하고 정좌 수련.

선생님에게 기 점검을 말씀드렸더니 소주천 점검이 끝나자 바로 대주천 점검, 벽사문 설치, 469번째 대주천 수련자라고 말씀하시고 바로 현묘지도 1차 화두를 주신다. 참고로 증산도 경전에는 집착하지 말라 하신다. 바로 화두 암송에 들어갔다. 기운이 묵직하게 느껴진다.

귀가 시 선정릉 전철역에서 김포공항까지 화두를 암송하니 백회에 엄청난 기운이 빨려 들어온다. 시간 개념이 없어진다. 비행기에서도 계속 암송. 머리가 없어지는 것 같다. 비행장에서 서귀포행 버스를 타고 오는데 같은 현상이다. 오후 9시 15분에 집에 도착.

11월 22일

전날 10시경에 잠들었는데, 0시 36분에 깨어 무의식중에 화두 암송. 백회에서 강한 기운이 들어오고 장강혈에서 엄청난 열기를 느끼다. 일어나 소변을 보고 누우니 계속 강한 기운이 들어와서 잠을 잘 수 없어서 앉아서 화두 암송. 시계를 보니 1시 53분이다. 피로감이 쌓여서 누우니 전신에 열기로 잠을 못 자다. 4시 25분에 일어나 걷기 운동. 전혀 피곤함이 없다. 신앙 수련 시에는 백회에서 시원한 기운이 계속 유입. 오후 수련은 약간 침체기. 혓바닥이 헐거워 아픔.

11월 23일

수련 시 단전, 백회에 기운이 전혀 들어오지 않는다. 잠시 15~16년 전에 돌아간 아저씨뻘 먼 친척이 눈앞에 스쳐 지나간다. 옳지. 영가가 들어온 것이다. 아침 신앙 수련 1시간 만에 천도시키다. 수련 시 솔향 냄새가 난다. 오후 수련, 백회에서 약하게 기운 유입. 전신에 열감은 강함. 저녁에 영천오름 왕복 등산. 집에 귀가 시 백회에 기운 강도가 조금씩 강하게 유입.

11월 24일

0시 30분에서 1시 50분 화두수련. 기운이 중단, 하단전에 아주 강하게 들어온다. 중단에서 장강까지 전체가 운행하는 느낌이다. 강도가 더욱 세어진다. 치과에 이빨 땜질하러 가면서 화두를 암송하는데 기운이 계속 들어온다. 정좌 수련 시 회음혈이 뜨거워지고 장강혈에 더 강하게 기운이 휘몰아친다. 하단전부터 차곡차곡 길을 뚫는 느낌이다.

11월 25일

1시부터 2시 5분까지 수련. 기운은 강하나 안정된 감을 느낀다. 7시 5분 돈내코, 한라산 백록담, 방아오름까지 등산. 『천부경』, 『삼일신고』 암송을 5회 하는데 백회가 시려 온다. 모자를 써도 시려서 2개를 썼는데도 시려서 등산복 모자까지 둘러씀. 화두를 암송하기 시작하니 전정혈에서 인당까지 시리다. 백록담 남벽바위 1KM 지점에서는 너무나 세게 시려서 머리가 아플 지경이다. 남벽 바로 앞에서 서북 방향으로 눈을 감고 암송을 하니 화면이 스쳐 지나간다. 상하로 일자에 사방 육방 팔방으로 흰색이 뻗어 나간다.

하산할 때는 기운이 안정되게 유입. 귀가 후 목욕, 식사, 휴식 후 신앙 수련 한 시간. 백회에서 기운이 들어오는데 아주 편안하게 느껴진다. 오후 4시부터 화두수련. 백회에서 장강까지 기운이 일자로 연결된다. 약 10분간 지속되다 백회에서 기운이 더욱 강하게 들어오며 온몸을 기운으로 감싼 것 같은 느낌이 오다. 전체 기운이 아주 편안하게 들어오고 마음은 한없이 편안해진다. 화두 1단계 수련이 끝난 것 같은 메시지가 느껴진다. 28일 삼공재 방문을 하려고 비행기 예약.

11월 26일

0시 30분부터 1시 45분까지 수련. 『천부경』을 암송하기 시작하니 중단이 뜨거워지며 끝날 때까지 계속 진행된다. 아침에 신앙 수련 시에도 계속 중단전에 강한 기운이 유입된다. 10시경 103배를 하고 화두수련에 들어갔으나 기운이 막힌 것같이 들어오지를 않는다. 손님이 들어왔나 보다. 계속 관찰. 오후까지 기운은 들어오지 않고 잠이 쏟아진다. 신앙 수련 후 동네 오름 등산, 계속 화두 암송.

11월 27일

0시 10분부터 1시 15분까지 수련. 백회와 중단은 기운이 들어오지 않고 하단전에 아주 강하고 묵직하게 기운이 수련 내내 들어온다. 아침 신앙 수련 시 30분경부터 백회, 중단, 하단전 3곳에 동시에 기운이 유입. 10시부터 정좌 수련 역시 동일하게 기운이 들어온다. 강도는 편안한 상태. 오후 신앙 수련과 정좌 수련 시도 마찬가지. 강도는 조금 약하다.

5시경 인근 얕은 산 등산 50분 소요. 현묘지도를 시작하여 내 몸을 관찰해 보니 등산이나 농사일을 하는 데 전에는 오전 작업을 하고 30분~1시간은 누워서 휴식을 취해야 하는데 화두 암송 후 피곤함이 없어졌다. 1단계 끝나면서 느낌은 온몸에 찌꺼기를 태워버린 것 같다.

11월 28일

밤중 수련, 기운이 별로다. 아침 걷기에 명상 중 경계를 놓아 버리라는 마음의 울림이 전해져 온다. 아침 근행 후 103배. 삼공재 방문. 2단계 화두를 받았다. 선생님이 화두를 알려 주니 화두가 단전에 정착돼 버린다. 그리고 얼른 머리에 떠오르는 것이 앵매도리(櫻梅桃梨) 네 글자가 새겨진다. 모든 것은 존재하는 데 다 필요가 있어서 존재한다. 작은 자갈, 미세한 먼지 등... 자리를 잡아 수행에 들어가니 편안하게 강하게 기운이 들어온다. 그리던 고향에 돌아온 기분이다. 귀가 시 내내 화두를 보며 의미를 갈구하니 점점 강해진다.

11월 29일

1시 30부터 수련. 1시간 수련 후 누웠으나 잠은 오지 않고 자연스레 화두를 쫓아가 버린다. 4시 25분 기상, 아침 걷기. 머리에는 솔솔. 중단, 단전은 열감으로 가득. 이 마음을 누구에게 전할꼬. 장작 정리로 몸이 피곤함. 오후 수련은 큰 진전이 없다.

11월 30일

정처 없이 떠도는 영혼. 많고 많은 별 중에 지구별을 선택하고, 대한민국이라는 국토에 인간이라는 생을 받고 태어났으니 고마움을 모르고 살았구나. 만나기 힘든 삼공선도를 어떤 인연으로 맺었을까? 무수억중생 중에 선택받아 현묘지도의 길을 가니 이 홍복이 주체할 길 없다. 화두를 갈구하니 모습 없는 하나를 찾아가는 여행 배에 올라타니 이 기쁨 누구에게 전할까? 계속 문구들이 깨어져 갑니다. 도반님들 도와주셔서 고맙습니다. 문장 실력이 없어 죄송합니다. 희열 충만.

3시 30분에 수련. 기감이 미세하다. 손님이 오신 것 같다. 아침 근행 30분이 지나니 나가시는 것이 느껴진다. 수망리 조경수 밭에 제초제를 뿌리는데 농약 호스가 꼬여서 손이 많이 간다. 꼬임을 풀다 보니 문득 화두와 연결되더니 마음이 환해진다. 40여 년 신앙생활하면서 풀지 못한 문구들이 화두에 접목을 하니 수없이 깨어져 간다. 작업 시간이 어떻게 흘렀는지. 춤이라도 덩실덩실 추고프다.

대각경 속에 답이 있다. 유위계에 너무 집착하면 답이 없다. 유무를 넘나드니 하나가 풀리고 계속 풀린다. 욕계, 색계, 무색계가 어디 있는가? 하아 여기 있구나. 국토세간, 중생세간, 오음세간 너무나 고맙고 선계의 스승님들, 삼공 선생님, 보호령, 지도령 정말 고맙습니다. 역지사지 방하착에 꽉 차 있네.

12월 1일, 황사로 흐림

1시 30분 수련 열감이 강하게 들어온다. 수련 후 잠을 못 이루다. 영실 - 방아오름 등산, 화두에 경전을 암송하며 걷다. 백회에서는 계속 기운이 들어온다. 오후에 수련은 평범하게 진행.

12월 2일

전날 피곤하여 19시 45분경 취침. 11시 10분부터 수련. 열감이 강해지며 백회로 기운 유입.

신앙 수련에는 같은 기운이 들어온다. 수련 중 무언가 잘못된 것 같아 관찰을 해 보니 화두를 잡고 몸과 기운으로 느끼는 것이 아니라 화두의 글자 의미를 파고들고 있다. 자시 수련 후반기부터 화두를 암송하고 화두에만 직시하니 기운이 확실히 다르다. 하루 내내 백회에 기운 유입, 인당에도 욱신거리기 시작.

12월 3일

자시 수련, 기운이 더 강해진다. 백회에서 들어오는 기운이 많아진다. 아침 신앙 수련 후 103배. 오후 신앙 수련에서 창제행을 하는데 중단과 하단전이 동시에 열감이 휘몰아친다. 45분을 하고 너무 덥고 강한 기운 때문에 수련 중단. 명상 수련 중에는 백회에서 청량한 기운이 계속 유입.

삼공 선생님에게서 소주천, 대주천, 벽사문 설치, 현묘지도 1단계까지 받으니 몸 전체의 기운이 기 감각이 약해서인지 2단계에서 전체가 조금씩 강해지며 백회의 기운도 쉼이 없이 들어온다. 2단계에 전체를 아우르는 공부를 위해서 시간이 걸릴 것 같은 마음이 든다. 勇猛精進 自受法樂(용맹정진 자수법락).

12월 4일

자축시 수련. 기운이 안정되어 간다. 오랜만에 잠을 편안하게 잘 잤다. 새벽꿈에 송아지만한 돼지 2마리가 보여서 깨어나다. 신앙 수련도 편안하다. 103배 후 정좌 수련, 참으로 안정되고 편안하다. 이유 없는 기쁨이 솟아오른다. 오후 가까운 산 등산. 창제 수련부터 기운이 미약하다. 정좌 수련도 너무 미약하여 도인체조로 끝내다. 그래도 마음은 은근한 기쁨이 충만하다.

손님이 3일에 한 번씩 오더니 지금은 연달아 온다. 영가 천도를 어려워하는 것이 아니고 역지사지 입장에서 보면 영가 천도를 함으로써 나의 업장이 소멸되고 있음을 깨달으니 너무 고맙게 느껴진다.

12월 5일

밤중 수련 시 기운이 침체되어 25분 만에 수련 종료. 아침 신앙 수련 시부터 맑은 기운이 유입된다. 103배 수련. 9시 20분 삼공재 출발. 삼공재에 입구에서 오주현, 김윤 도반을 만나 삼공재에 같이 입장. 1배 드리고 3단계 화두를 받았다. 2단계에서 많은 생각을 했던 화두라 깨우침이 빨리 온다. 비행기를 타고 오는데 전신에 동시에 기운이 흐른다. 백회에서 발끝까지 열감이 몸을 휘감는다. 저녁 9시 20분경 집에 도착. 피로감이 몰려서 9시 45분경에 취침.

12월 6일

오랜만에 밤중 수련을 생략하고 충분한 수면을 취하다. 아침 걷기 운동 중 화두에 몰두하면서 걷는데 글자에 연연하지 말자. 화두가 나에게 무엇을 깨우치게 하려 하는가. 순간에 나도 모르게 전율이 흐르며 내 몸에서 이것을 사방팔방 상하 걷어 내면 무엇이 남는가? 끝없이 걷어내면 진공묘유가 아닌가? 이제 보았다.

어떻게 보림을 할 것인가? 이기심과 집착을 버리자. 이제 시작이다. 기운과 연결이다. 103배 절 수련, 명상 기운이 미약하다. 오후 수련도 잠이 오고 기운이 약하다. 손님이 오신 것 같다. 관찰 시작이다. 동네 얕은 산 등산, 요가. 일찍 자고 밤중 수련 준비해야겠다.

12월 7일

밤중 자시 수련. 백회는 소식이 없고 단전만 달아오른다. 손님이 어제 아침에 들어와서 자리잡고 있는 게 느껴진다. 아침 신앙 수련 시 30분경에 눈가에 핏발이 서린 영가가 스쳐 지나간다. 관찰을 하기 시작. 10분경부터 백회로 기운이 유입되면서 천도되어 나가는 것을 느꼈다.

한라산 둘레길 등산 5시간 걸음. 걷는 내내 어제 보았던 빛을 보면서 경전 암송. 집중이 엄청 잘된다. 오후 신앙 수련 시 백회에서 기운이 강하게 유입되면서 30분경에 나도 모르게 끝났다는 신호가 수없이 반복된다. 10분이 지난 후 몸에서 소나무 송진 태울 때 나는 솔 향냄새가 20분 정도 풍긴다.

정좌 명상 수련 계속. 마음이 한없이 편안하고 무념무상이 이런 것인가? 맑은 물속에 깨끗한 조약돌이 보인다. 1단계 화두가 끝났을 때 30초 정도 향냄새가 났고 2단계에서도 약간 났는데 3단계는 오래 향냄새가 지속.

인과응보 해원상생 극락왕생 업장소멸. 나는 여기서 영가가 들어와서 천도되었다 함은 과거세 나의 업장이 그만큼 소멸되니 기쁜 일이 아니겠는가? 괴로워 말고 피하지도 말고 들어오는 대로 업장 소멸시켜 나가야지.

12월 8일

새벽 2시 50분부터 3시까지 수련. 단전만 달아오르고 백회는 미약하게 기운이 유입. 손님이 오신 모양이다. 아침 신앙 수련도 힘들다. 아주 강한 손님인 것 같다. 오후 수련은 잠이 와서 아예 포기. 손님이 오면 대주천 전에는 힘이 없고 의욕이 없었는데 지금은 몸이 정상이다. 계속 관찰이다.

12월 9일

새벽 3시 수련. 단전만 달아오른다. 아침 신앙 수련 창제행 30분이 경과할 때쯤 백회혈 주위에서 따끔거리더니 탁한 기운이 백회로 나간다. 이후부터 청량한 기운이 들어왔다.

12월 10일

어제 부산 종교 모임에 갔다 와서 빙의령으로 고생을 각오했는데 이상이 없다. 밤중 0시 30분부터 수련. 편안한 수련 진행. 아침 신앙 수련 창제행 때부터 백회에서 청량한 기운이 수련 내내 들어온다. 오후 수련은 낮에 쉬지 않고 일을 해서 피곤해서인지 집중이 안 되고 기운이 미약하다. 저녁에 정좌 수련을 다시 하는데 아주 맑게 기운이 유입. 50분쯤에 고환으로 기운이 유통된다. 밤중 수련이 기대된다.

12월 11일

새벽에 깨어 보니 4시다. 아침 걷기 운동 후 수련에 들어갔으나 호흡이 거칠어 중단하고 누웠다. 신앙 수련 후 103배. 1시간 동안 명상 수련, 포근한 기운이 몸을 감싼다. 비가 와서 농장 둘러보고 오후 동네 얕은 산 등산. 신앙 수련, 명상 수련에 들어가다. 기운이 중단전으로 오른다. 머리 둘레가 조이는 느낌. 손님이 오신 것 같다. 빙의 현상이 연속이다.

삼공 선생님께서 대주천 다음에 빙의굴 통과란 말씀에 실감이 난다. 이것 또한 나의 인과가 아니겠는가? 나이가 들었지만 체력이 받쳐 줘서 다행이다. 선생님이 항상 몸 건강부터 챙겨야 마음공부가 된다 하지 않았는가? 내일은 삼공재 방문 예정이다.

12월 12일

아침 걷기를 하는데 백회에서 기운이 유입. 삼공재 방문 때까지 한없이 청량한 기운이 들어온다. 집에서 103배 신앙 수련 후 삼공재 출발. 삼공 선생님에게 3단계 화두를 마쳤다고 보고하니 4단계 화두를 주시고, 끝나고 인사하기 전 5단계, 6단계 화두까지 실행하라고 하신다. 비행기 내에서 잠시 왼쪽 팔 수양명대장경 혈 중 양계에서 상렴혈까지 파스를 붙인 것처럼 시원한 기운이 2~3분간 흐른다. 밤 9시 20분경 집에 도착.

12월 13일

밤중 수련 없이 취침. 아침 신앙 수련 시는 맑은 기운이 전신을 감싼다. 오후부터는 계속 잠이 쏟아진다. 누워도 잠은 오지 않고 동네 산 등산. 신앙 수련 힘들고 명상 수련은 겨우 11가지 호흡법 1시간으로 마무리. 손님이 들어온 것이 느껴진다.

12월 14일

어제 손님이 들어와서 오늘 아침 신앙 수련 시 천도됨을 느낀다. 막혔던 기가 들어온다. 새벽 2시 55분 수련은 1시간을 이어 가는데 너무 힘들게 하다. 아침에 천도가 된 후 몸이 가벼워져서 가까운 산으로 등산 직행. 약 4시간 등산. 걸으면서 화두는 계속 참구하는데 여러 가지 잡념이 든다. 11시경 민혜옥 도반과 전화. 안부를 물으니 어제부로 화두수련이 모두 끝났다 한다. 보림 문제 등 내가 체험했던 이야기로 도담을 나누고 약 10분간 대화를 하다.

다시 걸으며 화두를 잡으니 공처는 무의식계에서 이미 보았던 것이다. 아하. 그리고 식처도 답이 나온다. 오랜 겁 동안 生(생)과 死(사)의 반복, 무수한 인연으로 맺어져 오늘날에 현재 내가 있다. 여기서 더 나가려면 이것조차도 내려놓자 하는 순간 마음속 깊은 곳에 티끌 하나 없는 맑디맑은 하늘만 보인다(비무허공). 그러면서 우주만큼 큰 평풍을 치고 하화중생을 할 수 있는 모습 없는 그림을 그리자.

선계의 스승님 고맙습니다. 삼공 선생님 고맙습니다. 지도령과 보호령 고맙습니다. 마음속에 잔잔한 법열이 계속 이어진다. 귀가 후 신앙 수련 시 나도 모르게 감루의 눈물이 흐른다. 부처님 고맙습니다. 이런 인연을 맺어 줘서.

명상 수련 시에는 무념처 11가지 호흡법을 다시 하는데 반복할수록 몸과 기운이 정화되어 간다. 이 또한 몸에 정착이 되도록 2~3일 반복해야 하겠다. 영가 천도 시간이 조금씩 단축되어 간다. 화면은 가끔가다 흐릿하게 나타난다. 영안이 맑아지고 마음속에 盲目(맹목)을 열기 위하여 닦고 또 닦을 수밖에 없지 않은가? 가다 보면 흐린 유리가 닦이듯이 마음의 눈이 열릴 것이라 확신하며 보림을 철저히 해야 하겠다. 생활과 모두 밀접한 것을 찾아내며 생활선도에 등한시하지 말자.

12월 15일

지난밤에는 밤중 수련 없이 잤다. 아침 신앙 수련 후 바로 103배 명상 수련. 약한 손님이 들어오셨다. 오후 동네 산 등산 후 신앙 수련과 명상. 기감이 묵직하게 단전에 자리잡는다. 중간에 살짝 화면이 스쳐 지나간다. 높은 직벽 바위에 아파트 같은 집들이 보인다.

12월 16일

0시 5분 수련. 호흡을 조절하고 『천부경』을 암송 시작하자 '나는 공이다'라고 반복하면서 메시지가 들어온다. 이틀 전 등산하면서 마음으로 공이라는 것을 깨달았지만 지금은 기 감각으로 전달된다. 기가 묵직하고 몸 전체에 느끼는 것이 이전하고 사뭇 다르다. 1시간 15분이 훌쩍 지나간다. 식처 역시 등산 시 느꼈던 대로이다. 좀더 깊이 들어가면 지금 만나고 있는 인연들이 하나하나가 예사롭지 않고 소중하게 느껴진다.

12월 17일

아침 운동으로 걷는데 어제 신앙 모임에서 신도님들과 대화 중에 나에 대한 지적이 있어 변명 아닌 해명을 하면서 감정이 약간 상했다. 얼른 나를 보며 마음을 내려놓는다. 휴... 생각을 하니 나도 모르게 헛웃음이 나온다. 『참전계경』 274조에 능인이 떠오른다. 아직 멀었구나. 한심스럽다. 언제까지 가야 자연스레 참음이 올 것인가.

아침 신앙 수련 중에 육바라밀의 보시, 지계, 인욕 3가지가 떠오르면서 깨뜨려져 나간다. 신심 생활을 하면서 어떻게 하면 남에게 베풀고 계율을 지키고 인욕 즉 참음 등 실천에 대해서 답을 찾지 못했는데 갑자기 '선도 삼공수련에 다 있다'라고 메시지가 온다. 보시는 자의든 타의든 영가 천도, 그리고 자신을 한없이 낮춤으로써 상대방을 배려하는 역지사지. 지계는 삼공선도의 마음공부에 다 있으니 여기서 어기면 수련 진전이 없음은 뻔한 일. 인욕은 『삼일신고』에 지감이요 『참전계경』에 274조의 능인이니 이렇게 요약해서 답이 나올까. 현묘지도의 깨뜨림은 어디까지 연속인지?

103배 후 명상. 손님이 또 오셨다. 잠이 와서 30분을 못 버티다. 신심조직에 납품하는 붓순나무를 작업하고 우체국에 택배를 보내고 나서 작은 산 등산 후 오후 수련. 신앙 수련, 잠이 온다. 35분을 어렵게 수행하다. 휴식 후 명상. 손님이 겨우 나가시려는 것 같다.

12월 18일

0시 55분경에 눈을 뜨니 단전이 뜨거워 도저히 잠을 잘 수 없어 수련을 시작하다. 1시 5분에 수련. 강한 기운이 몸을 휘몰아친다. 수련 내내 같은 기운 연속. 2시 15분에 다시 잠을 청해도 깊은 잠은 오지 않는다. 아침에 걸으면서 곰곰이 생각을 해 보니 분명히 선계의 스승님과 신명계의 메시지다. 현묘지도의 화두를 받고 자다가 단전이 달아올라 수련을 한 날짜가 3분의 2다. 아침 신앙 수련 시 어제 들어온 손님이 백회로 나가는 것이 느껴진다. 백회의 기운이 하루 종일 열려 있다.

작업을 약간 하고 택배를 보내고 작은 산 등산. 백회가 너무 아리다. 오후 명상 시는 늦은 봄에 시원한 봄바람이 피부에 와닿는 느낌이다. 『선도체험기』 31권 176페이지를 읽다가 마음의 문이 열리는 것 같은 시원함을 느끼다. 내용은 제행무상(諸行無常) 시생멸법(是生滅法) 생멸멸이(生滅滅已) 적멸위락(寂滅爲樂). 석가가 과거세 공부를 할 때 이야기다. 40년간 마음에 담아 두었던 문제가 풀린다.

12월 19일

아침 신앙 수련 후 103배. 삼공재 출발. 머리가 묵직하고 몸도 무겁다. 손님이 들어오신 모양이다. 김포공항 도착부터 기 감각이 살아나고 삼공재 도착 시는 거의 영가 천도가 되어간다. 생식 주문 후 삼공 선생님으로부터 현묘지도 7단계를 받으면서 이미 보았다고 말씀드리니 8단계를 주신다.

자리에 좌정하고 명상에 들어가니 믿음(信)이란 단어가 떠오르면서 단전에 열감이 휘몰아친다. 여기서 한 걸음 더 나아가 무위왈신(無爲曰信), 아무런 의심 없이 믿는다. 어린아이가 어미젖을 의심 없이 빨듯이 그냥 가자. 그림자도 없고 실체도 없는 그냥 고요함만이 있을 뿐이다. 밤 9시 15분 귀가.

12월 20일

1시에 눈을 뜨니 단전이 달아올라 잠을 잘 수가 없다. 아차! 선계와 신명계에서 수련 시작하라는 메시지다. 1시 5분부터 수련 시작. 고요함만이 있을 뿐 엄청난 기운이 단전에 밀려온다. 한참 후 나도 모르게 '諸行無常(제행무상) 是生滅法(시생멸법) 生滅滅已(생멸멸이) 寂滅爲樂(적멸위락)'이라고 부른다. 어느 때부터는 생멸멸이 적멸위락이라고 계속 부른다. 기운이 상중하 단전으로 강하게 유입.

너무 더워서 웃옷을 하나 벗어 버렸다. 1시간이 금방 지나간다. 자리에 누웠으나 제대로 잠을 못 자고 아침 4시 20경 일어나 운동 시작. 신앙 수련 시도. 상중하 단전에 마찬가지로 기운이 들어온다. 주문 물량 때문에 농장에서 나무 작업. 오후 신앙 수련부터는 기운이 온몸으로 퍼지는 느낌이다.

정좌 명상 수련부터는 처음에는 하단전에 열감이 강하더니 차츰 온몸으로 퍼져 나간다. 그리고 단전은 은은하게 각 피부마다 호흡을 하는 것 같이 시원한 느낌이다. 백회도 은은히 들어온다. 마음이 고요하고 모자람이 없이 넉넉해진다.

내가 12살 때 어머니가 34세 나이로 자살하여 돌아가시고, 이로 인한 삶이 황폐화해질 무렵 신앙을 가지고 살아오면서 내가 어디서 왔고 왜 태어났는가를 생각하면서 의문점을 가지고 살았는데 오늘날에 현묘지도의 화두를 깨면서 오직 탄성만이 나온다.

12월 21일

아침 신앙 수련 후 103배. 정좌 명상에 들어갔다. 기운이 전신에 포근하게 들어온다. 고요하다. 수련 20분 즈음에 전화국 고장 수리차 전화가 와서 중단. 인터넷 연결이 고장이다. 오후에 동네에 작은 산 등산 시작 무렵, 갑자기 머리가 어지럼증이 생긴다. 손님이 오신 것이다. 집에서 저녁 4시 50분부터 정좌 명상 수련. 손님이 완전히 나가지 않아도 기운은 아침과 마찬가지다. 40분이 지났을까 윤곽이 뚜렷하게 남자 얼굴이 약간 찡그린 얼굴이더니, 암흑의 세계에서 나와 광명의 세계로 가시라 암시하니 웃는 얼굴로 떠난다.

기운은 더욱 포근하고 전신 기공이 열린 것 같다. 손기가 되더라도 오래지 않아 복구가 된다. 저녁 식사 후 집 주위를 산책하는데 백회에서 청량한 기운이 계속 들어온다. 이제 현묘지도 수련을 마치며 이제부터가 시작이다. 초심으로 돌아가자. 다짐해 본다. 선계의 스승님, 삼공 스승님, 보호령과 지도령 감사합니다.

제 나이 새해 1월 30일이면 만 67세가 됩니다. 혼자서 수련은 46세부터 했지만 삼공재에 방문해서 수련은 2016년 10월 26일부터 정식으로 수련에 임했습니다. 수련에 저의 목표라면 할 수 있는 데까지 해서 대주천까지 가서 다음 생에 완성을 이루고자 했습니다. 그런데 이번 11월 21일 소주천 점검에서 대주천, 벽사문 설치, 현묘지도 화두 1단계를 받는 너무나 큰 은혜를 입었습니다. 현묘지도 화두를 수행해 가는데 선배 도반님들의 조언이 있었기에 빨리 진척이 되었습니다. 선배 도반님들에게 감사드립니다.

이웃에 보면 탐진치 삼독에 젖어 마음은 황폐해지고 오직 재욕 명예욕에 집착해서 약자를 얕보는 일 등 마음 아픈 일들이 매일 보입니다. 이에 저는 작지만 이웃님들의 육근청정에 도움이 되도록 수련에 더욱 정진하여 나를 강하게 만들고 상대에게는 자세를 더욱 낮추어 가서 오탁악세에서 광명의 세계로 나오도록 하화중생에 힘써 나가겠습니다. 감사합니다.

2018년 12월 24일
현봉수 올립니다.

【필자의 논평】

보살핌을 당하지 말고 보살피는 사람이 되어야 합니다. 관찰자가 될

지언정 관찰당하는 사람이 되지 말아야 항상 어디에 가든 주인이 될 수 있습니다. 그러므로 관이 잡힌 사람이라야 진정한 구도자입니다. 나는 현봉수 씨가 바다같이 넓은 마음의 소유자가 되기를 바랍니다. 그러므로 도호는 도해(道海).

〈119권〉

『선도체험기』 119권을 내면서

현묘지도 화두수련을 마친 수련자 중 한 사람이 말했다.

"선생님 화두수련을 끝내고 도호까지 받은 사람은 앞으로 어떤 수련을 또 해야 합니까?"

"도를 이미 깨달아 버린 사람은 이제 와서 또다시 똑같은 수련을 할 필요가 있겠습니까?"

"그럼 앞으로는 무슨 공부를 해야 합니까?"

"진리가 무엇이라는 것을 알아 버린 사람이 새삼스럽게 같은 공부를 할 필요는 없습니다."

"그렇다면 앞으로는 아무 공부도 할 필요가 없다는 말씀입니까?"

"그렇고말고요. 도를 닦는 일에 관한 한 그렇습니다. 그런 사람을 보고 도를 더 닦으라는 것은 달걀 속에서 어미 닭의 도움으로 막 알을 깨고 세상에 나온 병아리를 보고 다시 알 속으로 들어가라는 것처럼 터무니없는 일이 될 수밖에 없습니다."

"그럼 수련 대신에 무엇을 해야 됩니까?"

"어떤 사업가가 돈을 많이 벌어 억만장자가 되어 이제 더이상 돈을 벌어들여야 할 필요가 없어졌다면 그 사람은 앞으로 무엇을 해야 하겠습니까?"

"지금까지 벌어들인 돈을 잘 관리해야 되겠군요."

"바로 그겁니다. 지금까지 열심히 수련하여 깨달은 진리를 잘 관리하고 가능하면 그 관리의 범위를 주변의 후배들에게도 단계적으로 확대하여 나가면 됩니다. 결국은 스스로 주변 수행자들에게 모범이 되어 그들로 하여금 제각기 진리를 깨닫게 하여 성통공완을 완벽하게 하도록 도와야 할 것입니다. 다시 말해서 『천부경』과 『삼일신고』, 『반야심경』, 『금강경』 등이 갈파한 진리를 깨달았으면 이를 몸소 실천함으로써 후배들의 등불이 되어야 할 것입니다.

아울러 이번 기회에 삼공재 수련생들 중에서 화두수련을 마친 수행인을 비롯한 일부 수련생들에 의해 제기되어 온 태을주나 운장주 같은 주문(呪文)수련에 대한 삼공재의 분명한 입장을 밝히고자 합니다. 삼공재는 일부 수련생들 사이에서 알게 모르게 시행되어 온 주문수련을 『선도체험기』119권 발간을 계기로 중지하기를 권고합니다.

그 이유는 다음과 같습니다. 첫 번째로 주문수련은 그 출처가 분명하지 않습니다. 주문(呪文)이라고 쓰는 주(呪) 자를 옥편에서 찾아보면 그 해석이 저주할 주와 방자할 주로 되어 있습니다. 실제로 일부 선도 수행자들이 자주 이용하고 있는 태을주(太乙呪)와 운장주(雲長呪)를 예로 들어 봅시다. 태을주는 훔치훔치 태을천 상원군 훔리치야도래 훔리함리 사바하로 되어 있습니다. 내용은 웬만큼 한문 지식을 갖고 있는 사람도 그 내용을 완전히 파악할 수 없게 되어 있습니다. 전체적인 맥락으로 볼 때 일종의 기복(祈福) 신앙 비슷하다는 것을 짐작할 수 있을 뿐입니다.

두 번째로 운장주(雲長呪)는 어떻습니까? 태을주보다는 그 내용은 어느 정도 파악이 되지만 천하 영웅 관운장에게 사귀(邪鬼)를 추방해 줄 것을 기원하는 것으로써 역시 기복 신앙의 형태를 취하고 있습니다. 우주의 실상과 구도자 자신의 존재의 실상을 파고드는 진리 파악에 전력을 기울여야 할 철인(哲人)에게는 가당치 않을 뿐만 아니라 어울리지도 않는 일입니다.

요컨대 진리를 파악함으로써 우주의 실상을 밝혀내는 것이야말로 구도자가 그 무엇보다도 우선적으로 해야 할 긴급한 일이건만 기복 신앙에 한눈을 판다는 것이 가당키나 한 일이겠습니까. 독자 여러분들은 신중하게 생각하여 부디 최선의 길을 선택하시기를 간곡히 바랄 뿐입니다."

모계사회(母系社會)의 선구자

2019년 2월 16일 토요일

참으로 오래간만에 여난옥 씨가 찾아왔다. 나에게 할 얘기가 있다는 것이다. 듣고 보니 모계(母系)사회에서나 있을 수 있는 그야말로 남녀 관계와 연관된 희한한 얘기인데, 우선 그녀의 이야기부터 들어 보자.

"우리 회사에 근무하는 저보다 다섯 살 아래인 서른다섯 살의 여자 간부사원에 관한 얘기입니다. 어쩌다 보니 그녀는 자기와 나이가 비슷한 동년배인 세 남자 사원과 한꺼번에 깊숙이 사귀게 되었습니다."

"그러니까 알아듣기 쉽게 말해서 한 여자가 세 남자를 동시에 정부(情夫)로 거느리고 산다는 얘긴가요?"

"말하자면 그렇습니다."

"그런 일이야 우리 시대의 보편적인 추세로서 최근 들어 남녀평등이 보편화되고 여성의 능력과 지위와 역할이 획기적으로 향상되면서 흔히 벌어지는 일이 아닙니까?"

"물론입니다. 그러나 그러한 경향이 점점 더 심화되고 가속화되어 경고음을 울려야 할 정도가 아닌가 하는 느낌이 들 정도입니다."

"그러나 한 여자가 세 정부(情夫)를 거느리는 것은 흔히 있는 일이고 요즘은 그럴 만한 재력과 능력만 있으면 네 명 다섯 명 이상도 거느릴 수 있는 것이 아닙니까?"

"물론입니다. 그러나 남자 첩을 거느린 여자가 예상외로 급속히 늘어나고 있습니다. 제가 지금 말씀드리는 주인공도 바로 그러한 경우입니다."

"어쨌든 간에 셋 이상의 남자 첩을 거느리고 산다니 보통 실력이 아닌 데요. 그렇게 세 남자와 정기적으로 접촉을 하다가 보면 임신을 하는 수가 있을 터이고 거기에 대한 대비책은 세워져 있는가요?"

"그렇고말고요. 제가 지금 말씀드리는 주인공은 전문직 유모를 둘이나 고용하여 이미 낳은 세 아이를 남부럽지 않게 잘 키우고 있고, 큰애는 유치원과 국민학교까지 보내고 있다고 합니다."

"그럼 그 아이들은 현행법상 엄연히 아비 없는 사생아가 되는데 교육 시키는데 별 지장이 없을까요?"

"그렇지 않아도 주위에서 아이들의 교육은 어떻게 할 거냐고 의문을 제기하면 자기는 엄연히 앞으로 닥쳐올 모계사회의 선구자(先驅者)니까 그런 것은 얼마든지 뚫고 나갈 자신이 있으니 염려 말라고 말한답니다."

"하긴 우리 인류는 적어도 1만 년 전까지만 해도 모계사회를 겪었으므로 그렇게 말하는 것도 무리는 아닙니다."

"그럼 인류는 언제부터 모계사회에서 부계(父系)사회로 진입했는지 아십니까?"

"성씨(姓氏)라고 쓸 때 계집녀(女) 변에 날생(生) 자를 쓰는 것을 보면 한자를 쓰기 이전부터 모계사회는 이미 정착되지 않았나 생각됩니다. 우리가 지금도 그러한 성(姓) 자를 쓰는 것을 보면 모계사회에서는 아비가 누구인지는 문제 삼지 않고, 무슨 성을 가진 어떤 여자가 어떤 아이를 낳았으며 지금 갓 태어난 아이 역시 어떤 여자가 낳았느냐가 중요한 것이지, 어떤 남자가 아이를 임신시켰는가 하는 것은 문제가 되지도 않았음을 말해 주고 있기 때문입니다."

"그럼, 우리는 지금 하나의 부계사회 시대가 끝나 가면서 새로운 또 하나의 모계사회가 시작되는 바로 그 전환기에 처해 있다는 것을 알게 되면 별로 놀랄 일도 이상한 일도 아니겠네요."

"그럼요. 지금도 고산지대인 티베트에는 일처다부제(一妻多夫制) 유습(遺習)이 그대로 남아 있습니다. 큰 천막 하나에서 주부 하나에 남자 서너 명이 여러 아이들을 거느리고 아무렇지도 않게 오순도순 잘도 살아가고 있다고 합니다. 지금은 그것이 모계사회의 유습으로 남아 있지만 멀지 않은 장래에 지구촌 전체가 지금의 일부일처제(一夫一妻制) 사회처럼 일처다부제 사회가 보편화될 것입니다. 시대의 흐름은 그 누구도 어떻게 막거나 변화시킬 수 있는 일이 아니기 때문입니다."

무술 연마는 어떨까요?

2019년 3월 14일 목요일

우창석 씨가 말했다.

"선생님, 저는 아무리 생각해 보아도 깡패에게 갑자기 얻어터지는 굴욕을 사전에 막기 위해서라도 평소에 무술을 몇 가지 익혀 놓는 것이 어떨까 하는 생각인데, 선생님 의견은 어떻습니까?"

"혹시 깡패한테 된통 당한 거 아닙니까?"

"네, 좀 그렇게 됐습니다."

"그러나 불가피할 경우 매를 맞는 것이 낫지 방어를 위해서라고 해도 대항을 하는 것은 결국 손해가 됩니다. 국가대표 격투기 선수는 비록 깡패에게 매를 맞는 일이 있어도 대항을 피합니다. 구도자가 그만한 굴욕도 못 참는다면 그게 무슨 구도자입니까?"

"죄송합니다. 결국 제 생각이 짧았던 것 같습니다."

"그럼요. 깡패를 손보았다가 그가 만약 조직 폭력배 끄나풀일 경우 그 뒷일을 어떻게 감당할 것입니까?"

"그래도 잘못한 일도 없이 얻어맞기만 하는 것은 너무 억울하지 않습니까?"

"구도자라면 억울해도 끝까지 참아 넘겨야지 맞상대를 하면 중생과 다른 것이 무엇입니까? 만약에 상대가 칼이나 권총으로 위협하거나 죽이려 하면 어떻게 하려고요? 비록 도망을 치는 한이 있어도 대항은 안 됩니다."

"도망을 치다가는 총탄이나 칼에 맞아 죽을 수도 있게 될 텐데요?"

"죽게 되면 죽어야죠."

"그렇게 죽으면 억울해서 어떻게 합니까?"

"억울해하면 구도자라고 할 수 있겠습니까?"

"어떻게 억울하지 않을 수 있습니까?"

"억울하지 않을 때까지 마음공부를 하여 깨달음을 얻어야죠."

"선생님 앞에서는 그 말씀이 지당하지만 이 자리를 떠나면 도로아미타불이 되곤 합니다."

"내공이 모자라서 그렇습니다. 이 자리에서나 다른 자리에서나 변함이 없을 때까지 내공에 전념하세요."

"당연히 그래야 되는데 이 자리만 떠나면 생사불이(生死不二)를 뛰어넘지 못하고 막혀 버리곤 합니다."

"그래도 그 고비를 넘어야 합니다. 알고 보면 죽음이란 처음부터 없는 것입니다. 그래서 사불사(死不死)요 생불생(生不生)이 아닙니까? 다시 말해서 죽음은 죽음이 아니고 삶은 삶이 아니니까요."

"그럼 매일 같이 화재와 교통사고로만 수많은 사람들이 죽어나가는 것은 죽음이 아니고 무엇입니까?"

"우리 눈에 보이는 그러한 죽음에 마음이 실려 있지 않는 한 진정한 의미의 죽음은 아닙니다. 다시 말해서 원본이 살아 있는 한 복사본의 죽음은 진짜 죽음이 아닙니다. 그러니까 생즉사(生卽死)요 사즉생(死卽生)이라고 말합니다. 다시 말해서 사는 것이 죽는 것이고 죽는 것이 사는 것입니다.

이 말을 처음 들을 때는 잘 이해가 되지 않지만 곰곰이 되새겨 보면 모두가 주옥같은 진리라는 것을 깨닫게 될 것입니다. 더구나 소주천, 대주천을 하는 선도 수련자가 상대의 급소를 잘못 가격하면 기절할 수도 있습니다. 이때 가격당한 상대의 급소를 신속히 찾아내어 회복시키지 못할 경우 낭패를 당할 수도 있다는 것을 명심해야 할 것입니다."

안진호 수련 체험기

삼공 선생님, 안녕하세요.

천안에 안진호, 메일로 오랜만에 인사드립니다.

저번 주에 삼공재에 방문하고 수련을 마치고 나오면서 선생님께서 변화가 있을 시 소통을 해야 수련에 발전이 있다고 하신 말씀이 계속 마음에 울리고 있습니다. 작년 여름부터 삼공재를 다니기 시작했는데요. 연말에는 선생님께서 제 이름을 불러 주시면서 소주천이 되냐며 물어봐 주시고 관심 가져 주심에 정말 감사한 연말을 보냈습니다.

올해도 삼공재를 다니며 선생님께서 어떤 반응이 있을 때 소통을 해야 수련에 발전이 있다고 하셨는데, 꾸준히 수련하고 삼공재 다니고 축기가 되고 소주천이 되면 말씀드리고 싶었습니다. 하지만 아직 축기가 부족하고 소주천이 되고 있지 않아서 민망한 마음에 얘기를 드리지 못했습니다.

그래도 2019년 들어오면서도 큰 변화는 없었지만 수련하면서 작은 반응들과 느낀 점 등을 정리해서 보내 드리고, 규칙적으로 수련기를 선생님께 보내 드리면서 소통해야 한다는 생각이 들었습니다.

우선 몸공부로는 생식을 세끼를 꾸준히 먹으려고 노력하고 있으며 하루에 만 보 이상(걷기 운동 2시간)을 하고 도인체조를 30분 정도 하며, 주말에는 4시간 이상 등산을 하고 있습니다. 기공부는 한글 『천부경』, 한글 『반야심경』을 1시간 동안 암송하고, 단전에 집중하며 좌선하고 있습니다. 아침 수련(오전 4시~5시)과 저녁 수련(오후 9시~10시) 1시간씩 수련하고 있습니다.

마음공부는 『선도체험기』를 읽고 직장을 다니면서 사람들과 어울리며 항상 요동치는 감정을 바라보며 생활하고 있습니다. 모든 것이 인과응보이고 제 탓이라 머릿속으로는 생각을 하지만 현실에서는 잊어버릴 때가 많고 화내고 짜증낼 때가 더욱 많습니다.

2019년 1월부터 최근까지 수련하는 동안 몸과 기와 마음에 특별한 변화가 있을 때를 정리해서 보내 드리려고 합니다.

언제나 삼공재 방문할 때마다 따뜻하게 맞이해 주시는 사모님께 항상 감사드리고 언제나 삼공재에서 변함없이 제자들을 지켜봐 주시며 지도해 주시는 삼공 선생님께 감사드립니다. 아침저녁으로 일교차가 큰 요즘입니다. 감기 조심하시고 항상 건강하시길 기원합니다. 부족한 수련기 읽어봐 주시고 많은 가르침 부탁드립니다. 감사합니다.

2019년 1월부터 4월까지

1월 7일 (월) 맑음

밤새 깊게 잠들지 못하고 뒤척이다가 오전 수련 시간이 다가와서 정신 차리고 일어나 1시간 좌선했다. 오늘도 꽤 힘든 하루였다. 하루 종일 '이 마음은 무엇인가'를 암송하고 내가 내 마음을 컨트롤하지 못한다는 것에 화가 났다. 분명 안 좋은 감정에 휘둘리고 있는 걸 아는데도 계속 휘둘리고 알면서 바뀌지 않는다. 이것이 문제다. 그만큼 나 자신의 힘이

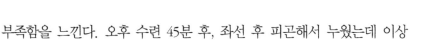

부족함을 느낀다. 오후 수련 45분 후, 좌선 후 피곤해서 누웠는데 이상하게 잠이 들지 못하고 새벽까지 뒤척였다.

1월 9일 (수) 흐림

밤새 꿈을 꿨는데 선명하게 기억이 난다. 뭔가를 다 토해 내고 집을 찾아가지 못하고 있는데 큰집 친척 남동생이 집까지 데려다준다. 화면이 바뀌고 작은어머니 그리고 고모들이 어디서 보지도 못한 약재와 몸에 좋다는 것들을 사 주시며 먹으라고 하신다. 그것들을 들고 길을 가는 도중에 10년도 넘게 안 본 친구를 길에서 봤는데 너무나 반가워 끌어안고 그동안 못 봐서 미안하다고 하니 괜찮다고 위로해 준다. 반가운 마음이 있었는지 마음이 너무 저려와 펑펑 울다가 잠에서 깨었다. 정말 현실 같은 느낌의 꿈... 그 친구 얼굴이 좀 안 좋아 보였다.

1월 14일 (월)

미세먼지 극심(재난 수준임, 코가 매캐하고 밖에서 걷기가 힘듦)

오전 수련 1시간은 단전에 집중하며 수련했다. 역시 수련해야 기분도 좋고 하루가 알차게 시작된다. 오늘도 수많은 감정의 파도 속에서 마음을 누르며 근무를 했다. 돌아오는 길은 『반야심경』과 함께 단전에 집중하니 약하게 머리에 찌릿찌릿 아픔이 느껴진다.

오후 수련을 시작하고 잠시 후 하품이 강하게 나온다. 오랜만에 좌선을 집중해서 하니 탁기가 나가는 느낌이었고 몸 이곳저곳이 따끔거리고 머리 위쪽은 항상 분주하다. 수련은 하루라도 쉬지 않고 해야겠다.

1월 16일 (수) 맑음

오른쪽 귀가 먹먹해지며 무엇인가 파고 들어오는 느낌이다. 회음 쪽, 명문 쪽 그리고 머리는 항상 자극이 일어나고 있으며 가슴도 약간 답답했다. 나도 할 수 있다고 마음먹는 순간 몸이 잠시 경직 혹은 자세가 똑바로 되는 느낌이었다.

1월 23일 (수)

오전까지 미세먼지로 흐리다가 오후 되면서 점점 맑아짐.

오전 수련 시간은 『천부경』, 한글 『반야심경』과 함께 1시간 단전에 집중하며 좌선했다. 회사에서 일을 하는데 감정에 휘둘리며 답답해하며 나라는 뼈와 살 속에 갇혀 소리치는 느낌이었다. 집으로 오는 퇴근길, 눈은 앞차를 보며 마음은 단전에 집중하며 온다.

저녁에 도인체조를 하니 하품이 강하게 나오며 탁기가 나온다. 오랜만에 해서 그런가 몸이 너무 시원하다. 오후 수련 시 팽이가 마지막에 쓰러질 때 비슷하게 흔들거리며 몸이 약하게 회전함을 느꼈다. 옆구리에 약한 자극과 가슴 쪽의 답답함이 함께했다. 수련 마지막쯤 회음 쪽에서 응축했다가 폭발하는 느낌이 일어났다.

1월 31일 (목) 맑음

오전 수련 시간에 『천부경』, 『반야심경』과 함께 단전에 집중하며 1시간 수련한다.

오늘 회사에 새로 입사한 직장 후배는 고등학교 2년 선배였고, 회사

사장님과도 오늘 가장 얘기를 많이 했는데 나랑 같은 동네, 같은 아파트에 산 적이 있고 충남 예산에 나의 외갓집 근처가 고향이다. 인연이라는 것이 참 오묘하게 돌아가고 있구나 생각이 들었다. 거의 20년 전 고등학교 교내에서 몇 번 마주쳤을 선배와 다시 만나고, 같은 동네에 살던 사장님과도 스치듯 만났을 분을 이 회사에 들어와서 다시 만났다.

우리가 살아가는 지금 이곳이 깊은 인연의 수레바퀴 속에서 만나고 헤어지고 있다고 생각하니 말과 행동을 조심하며 바르고 착하고 지혜롭게 살아가는 것이 정말 맞는다는 생각이 든다. 어디서 어떻게 다시 만날지 모르는 일이기에 말이다. 다 인과응보라는 생각이 든다.

2월 10일 (일) 맑음

아침 일찍 친구와 약속된 시간과 장소에서 만나 버스를 타고 오늘 등산할 산으로 향한다. 푹 잠을 잤는데도 몸이 무겁고 머리도 어지럽다. 등산을 시작하고도 계속 머리가 어지러워서 혼이 났다. 등산 중반쯤 꽤 강한 통증이 머리에 찍히듯 박힌다. 그래도 오늘은 자주 가는 등산 코스였는데 새로운 등산길을 발견하고 기분 좋게 내려왔다.

그 등산 코스는 계곡물을 따라 내려가는 길로, 산에서 내려오는 물소리가 어찌나 시원한지, 햇빛에 비친 물 흐르는 모습 또한 얼마나 이쁜지 잠시 사진 찍고 바라보았다. 시원한 공기, 흐르는 물, 따뜻한 햇살... 날씨는 조금 추웠지만 기분 좋은 산행이었다. 등산하고 내려오니 머리의 어지러움이 어느새 사라져 있었다.

2월 15일 (금) 흐리고 눈 옴

오전에 한 시간 좌선을 하고 아침을 가볍게 먹고 운동하러 집 근처 산으로 간다. 좁은 산길을 걷고 있으면 비켜 주지 않으려는 사람들이 있어 화가 난다. 알아서 비켜 가라는 듯이 말이다. 잠시 멈추거나 길 밖으로 나오면 그만인데 자존심이 뭔지 양보하기 싫을 때가 있다. 짜증과 화가 올라온다. 짜증과 화가 나는 나 자신을 바라본다. 이 깨지지 않는 견고한 틀은 내가 만든 것인가? 답답함을 느끼고 하루빨리 깨부숴 버리고 나가고 싶다.

2월 20일 (수) 흐림(미세먼지 심함)

어제 몸이 무거웠는데 역시나 새벽에 일어나기 힘들어 계속 잠을 잤다. 집밥을 먹고 오전에 인터넷을 하다가 삼공재 갈 준비를 한다. 거의 두 달 만에 가서인지 설레고 긴장된다. 집에서 터미널까지 1시간 넘게 걸어가니 운동도 되고 기분도 올라가고 좋다. 언제나 반겨 주시는 사모님께 인사드리고 선생님께 감사한 마음으로 인사드렸다. 선생님께서 내 얼굴을 보시더니 살이 올랐다며 웃으시니 나도 덩달아 웃는다. 선생님 웃으시면 나는 마냥 좋아 같이 웃는다. 혼내시는 건데 말이다.^^

생식을 꾸준히 3끼 먹어야 효과가 있다고 말씀해 주셨다. 선생님과의 약속을 지키려고 마음을 굳게 먹다. 1시간 좌선하고 『선도체험기』 118권을 사서 선생님께 사인받고 인사드리고 나왔다.

2월 22일 (금) 흐림(미세먼지 심함)

오후 수련 시간, 전중 부위 눌림이 강했고 몸속에서 전율이 퍼져 나가는 느낌이 들었다. 회음 쪽에서 기운이 올라와 혀가 경직되며 입천장에 강하게 붙고 기운이 통과해 머리 위쪽으로 올라가는 느낌이었다. 옆구리 따가움, 명문 쪽도 약하게 꿈틀거리는 느낌이 들었다.

2월 23일 (토) 맑음(미세먼지 심함)

아침 늦게까지 잤는데 어머니께서 코를 엄청 골며 잤다고 하신다. 오후 좌선 수련 중간에 내 스스로 하는 것인지 한동안 하단전이 강하게 호흡한다. 등 쪽의 따끔거림과 전중 부위의 답답함, 입술 부위와 인중이 간지러웠다.

2월 25일 (월) 흐림(미세먼지 심함)

오후 3시경 삼공재를 암송하며 잠시 좌선하고 『선도체험기』를 보며 단전에 집중하니 하단전의 훈훈함이 유지되고 또 하단전의 강한 눌림이 잠시 있고 왼쪽 발가락이 강하게 따가웠다. 허리 부근도 펑 하는 터지는 느낌이 잠시 일어났다.

오후 수련 시에 한글 『천부경』, 한글 『반야심경』과 함께 단전에 집중하며 1시간 30분 수련했다. 오른쪽 허벅지 경련, 왼쪽 팔꿈치 경련, 머리 위 왼쪽 부근에서 약한 전기 자극, 뒤쪽 허리 부근에서 전기 자극이 약하게 느껴졌다.

2월 26일 (화) 맑음(미세먼지 약함)

오후 수련 시간에 백회, 인당, 명문, 장심, 용천에서 기운이 들어와 단전에 쌓인다고 염원했다. 기운이 머리 위쪽에서 흘러 내려와 인당으로 들어오는 느낌이 있었다. 입천장에 닿아 있는 혀는 강하게 그리고 정확하게 자리를 잡는다. 명문, 척중, 신도 중에 한 부분이 강하게 눌렸고 하단전에 콩알만한 무엇인가가 따갑다는 느낌이 들었다.

3월 4일 (월) 맑음(미세먼지 심함)

오전 일을 보고 집에 와서 잠시 쉬었다가 『선도체험기』 118권을 읽었다. 책을 읽으며 단전에 집중하니 따뜻해짐을 느낀다. 오후 수련 시간에 꼬리뼈 부근이 따갑고 가슴이 약하게 답답했다. 좌선 내내 하품과 눈물이 많이 나오는 것을 보니 탁기가 몸에 많이 쌓여 있다는 생각이 든다. 최대한 아니 꼭 생식을 3끼 먹기로 다시 한 번 다짐해 본다.

3월 5일 (화) 맑음(미세먼지 심함)

오늘도 생식을 꾸준히 이어 나가려고 다짐하고 있다. 저녁에는 어머니가 소고기를 구워 주시기에 맛나게 반 공기 밥을 먹고 생식을 먹었다. 덜 먹으면 몸이 가볍고 기분이 올라간다. 덜 먹고 많이 움직이면 몸이 맑아져 다른 사람에게서 나오는 탁기를 느낄 수 있다. 오후에 하단전에 찌릿찌릿 반응이 와서 더욱 집중해서 호흡한다. 『선도체험기』를 보며 단전에 집중한다. 단전이 훈훈하다.

3월 7일 (목) 맑음(미세먼지 약함)

저녁을 먹고 『선도체험기』 118권 현묘지도 수련기를 읽고 있는 내내 기운이 일어난다. 몸에서 소름이 계속 돋는다. 왼쪽 팔꿈치가 꿈틀거린다. 유독 강하게 밀려오는 글귀에 깜짝 놀라 다시 읽어도 기운이 일어난다. 신기하고 신기하다. 책을 모두 읽고 감사한 마음으로 삼배 드리고 마무리하였다. 오후 수련 시 초반부에 머리 눌림이 강했다.

3월 9일 (토) 맑음

늦게까지 잠을 자고 오랜만에 등산을 갔다. 날씨도 따뜻하고 미세먼지도 많이 약해져서 괜찮은 상태였다. 등산을 하고 있는데 대각경이 생각이 난다. "나는 하느님의 분신으로서 하느님의 무한한 사랑, 무한한 지혜, 무한한 능력을 구사하고 있다..." 하느님과 나, 남과 나, 우주와 내가 하나가 된 기운이 일어난다.

등산 도중에 백회, 인당, 장심, 용천, 명문으로 기운을 받는다고 염원한다. "성거산 기운아 들어와라." 약하게 기운이 느껴진다. 등산을 하며 사탕 봉지, 초콜릿 봉지 등의 쓰레기를 주워 내 주머니에 넣는다. 쓰레기를 주우니 좋은 점 하나를 발견했다. 쓰레기 하나를 주울 때마다 허리를 숙여 땅을 짚으니 저절로 스트레칭이 된다. 아... 남을 이롭게 하니 내가 이롭고 산을 이롭게 하니 내가 이롭구나.

3월 14일 (목) 맑음(쾌청)

어제에 이어서 날씨가 쾌청하고 좋다. 오늘은 일하는 와중에도 배가 너무 고프고 점심을 먹어도 배가 계속 고파서 힘들었다. 라면에 밥까지 먹으니 조금 진정이 되었다. 저녁에도 생식으로만 먹으려다가 식탐을 참지 못하고 찌개와 밥을 조금 더 먹었다. 식욕이 참 강하긴 엄청 강하구나 하는 생각이 든다.

역시 과식하면 몸이 무거워 움직이기 싫어지니 도인체조를 하지 못했다. 오후 수련 시간에 머리 눌림이 강했고 머리 오른쪽에 약한 전기 자극이 있었다. 그리고 가슴 부위가 잠시 강하게 따끔했다.

3월 17일 (일) 맑음(미세먼지 좋음)

오전 수련 시간에 신도 부위가 따끔거렸다. 왼쪽 어깨 위에도 자극이 일어났다. 5시에 일어나 1시간 좌선하고 생식을 간단히 먹고 등산하러 집을 나선다. 아직은 날씨가 쌀쌀하기에 옷을 따뜻하게 입고 밖으로 나왔다. 초반에는 구름이 있어 날씨가 흐렸는데 시간이 갈수록 맑아지고 따뜻해지니 등산하는 내내 상쾌한 느낌이었다.

(등산하면서 문득 든 생각) 분노, 두려움, 슬픔은 하단전에 연비 좋은 휘발유다. 좋은 연료로 활활 태워 단전을 폭발시키자. 강한 분노, 두려움, 슬픔을 연료 삼아 걷자! 등산하자! 좌선하자!

3월 18일 (월) 흐림(미세먼지 좋음)

사고 싶은 물건이 있었는데 금액이 좀 커서 아침부터 하루 종일 살까 말까 고민한다. 욕심에 풍덩 빠져서 허우적거리는 자신을 바라보았는데 빠져나오지 못했다. 저녁때는 머리가 계속 지끈거리고 어지러웠다. 다시 읽고 있는 『선도체험기』 2권 259쪽에서 기운이 일어난다. 오후 수련 시

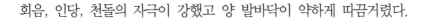

회음, 인당, 천돌의 자극이 강했고 양 발바닥이 약하게 따끔거렸다.

3월 19일 (화) 맑음(미세먼지 좋음)

오늘은 회사에서 매일 지나다니는 통로에 머리를 부딪쳐 너무 아파서 혼이 났다. 천장이 낮아 고개를 푹 숙여야 하는데 몇 번 다녀 봤다고 덜 숙였다가 머리를 부딪쳤다. 아픔이 가시면서 '더욱 겸손해라, 자존심을 버려라, 망상에 빠지지 말고 앞이나 잘 봐라' 하는 생각이 들었다. 저녁을 먹고 동네 한 바퀴 산책을 한다. 스쳐 지나가는 사람들에게서 다양한 냄새가 난다. 담배 냄새, 강한 화장품 냄새... 난 지금 어떤 냄새가 날까?

3월 20일 (수) 흐리다가 비 옴(미세먼지 나쁨)

어제 전화로 예약드리고 삼공재 방문 허락을 맡았다. 그래서 그런지 일하면서도 아침부터 마음이 분주하다. 끝날 즘엔 일도 꼬여서 퇴근 시간이 늦어지며 마음은 타들어 갔다. 집으로 돌아와 빨리 씻고 짐을 챙겨 서울로 향했다.

오랜만에 오는 삼공재, 선생님께서 먼저 이름을 불러 주셔서 감사한 마음이었다. 잠시 자리 정리 후 수련에 들어갔는데 잡념이 계속 일어난다. 집중이 잘되지 않고 부정적인 감정들이 끊임없이 일어난다. 아... 아직은 수련이 한없이 부족함을 느낀다. 사모님께서 타 주신 맛있는 쌍화차를 먹고 선생님께 인사드리고 자리에서 일어났다.

천안으로 내려가는 버스 안에서 한 시간 축기한다. 몸이 따끈따끈하고 땀이 난다. 머리 왼쪽, 오른쪽 전기 자극들이 발생하고 묵직하다. 하단전이 찌릿찌릿하고 왼쪽 엄지가 찌릿, 오른쪽 허벅지 안쪽이 꿈틀거리고 엉덩이 밑으로 허벅지도 자극이 강했다.

3월 24일 (일) 맑고 쾌청

알람을 들었는데도 몸이 무거워 일어나지 못하고 계속 잠을 청했다. 날씨가 아침부터 맑고 쾌청해서 바로 밥을 먹고 등산하러 집을 나섰다. 버스를 타고 아산 쪽으로 넘어가서 배방산 입구까지 다시 걸어간다. 이쪽 코스가 사람들이 거의 없고 코스도 길고 조용히 집중하며 등산하기에는 제일 좋다.

오늘도 역시 사람이 거의 없어 홀로 등산하며 멋진 풍경과 맑은 공기, 햇살에 푹 빠져들었다. 집에 와서는 배가 고파 밥을 먹고 잠시 잠들었다가 일어났는데 머리가 지끈거리고 컨디션이 안 좋다. 기분이 계속 우울해 힘이 들었다. 오후 수련하지 않고 일찍 누워 잠을 청했다.

3월 28일 (목) 흐림 (미세먼지 심함)

오전 수련 시 오른쪽 어깨에 따끔따끔 자극이 있었다. 계속해서 단전의 훈훈함을 느낀다. 퇴근하고 잠시 낮잠 자고 일어나기 전에 와공하는데 단전 그리고 그 아래 기운이 강하게 뭉쳐지다가 사라졌다.

저녁을 먹으려는데 소고기에서 나오는 비릿한 향이 거부감을 느끼게한다. 몇 점 먹어도 별로 맛이 없어 두부와 다른 반찬들로 먹고 마무리했다. 오후 수련에 회음 쪽에서 치고 올라오는 기운이 잠시 지속되다.

3월 29일 (금) 맑고 더움

저녁에 다시 소고기가 있었는데 습관적으로 한 점을 먹고는 도저히 냄새를 맡을 수가 없다. 생식만 빨리 먹고 자리를 피했다. 컴퓨터 책상에 앉아 있는데 가슴이 답답하고 머리 지끈거림이 심하다. 조금 지나면 괜찮아질 거라 생각했는데 시간이 지날수록 고통이 심해진다. 가슴 아래, 배 위쪽이 꽉 막혀 있다. 뒤쪽 허리 주변의 자극, 왼쪽 어깨 자극, 천돌에 자극, 등 쪽의 자극, 머리의 자극들이 지속되고 하품과 눈물이 끝없이 나왔다.

수련이 거의 끝나가자 아팠던 몸이 다시 정상으로 돌아왔다. 수련을 모두 마치고 진아에게 감사하며 정화수를 마셨다. 정화수는 약수이니 내 몸을 낫게 한다는 생각이 들었다.

3월 31일 (일) 흐리다 맑음

오후 수련 시간에 『천부경』, 『삼일신고』, 『반야심경』 외우면서 하품과 눈물이 나며 탁기가 빠져나가고, 집중이 잘되며 혀가 입천장에 찰싹 붙어 있고 계속 침이 고이며 회음 쪽 기운이 일어나고 전중, 천돌 부위 자극 등 뒤쪽의 자극들이 발생하다. 수련을 마치고 다시 한 번 소주천 회로도를 보며 혈자리를 하나씩 암송하는데 기운이 일어나면서 단전 쪽이 아프다.

4월 1일 (월) 흐리다 맑음

출근해서 같이 일하시는 아저씨께서 뇌졸중으로 사별하신 아내분의 얘기를 해 주시는데 그리워하시는 마음과 못해 준 게 많아 미안해하시는 마음이 전해 온다. 옆에서 공감하며 얘기를 듣는 내내 소름이 싸악싸악 일어난다.

저녁을 먹고 일봉산으로 걷기 운동하러 갔다 왔는데 최근 들어 해가 길어지고 날씨도 좋아서 운동하기 좋았다. 오후 수련 내내 부정적인 감정들, 욕망, 이기심들이 떠오르면서 혼이 났다. 여전히 머리 지끈거림과 전중 혹은 천돌까지의 자극과 함께했다.

4월 2일 (화) 맑고 쾌청

오후 수련 시간에 기혈들이 모두 열리는 느낌이 든다. 등 쪽, 앞쪽, 머리 부분에 활발한 자극이 발생하고 오른쪽 귀에 바람처럼 파고 들어오는 느낌이 있다. 왼쪽 귀도 파고 들어오는 느낌이 약하게 있었다. 『천부경』에서는 잠시 조용하다가 다시 자극들이 강해지고 『반야심경』에서는 하품과 눈물이 많이 난다.

4월 13일 (토) 맑음

아침 늦게까지 잠을 자고 수련기 보고 음악 듣고 오전 시간을 보냈다. 나만의 공간과 시간 속에서 수련기를 보며 기운을 느끼며 감동하니 부러울 게 없다. 컴퓨터를 하다가 잠이 몰려와 한숨 자고 일어났다.

점심때 생식과 과일을 먹었는데도 배가 고파서 밥 한 공기를 먹고 다시 비빔면 1개까지 더 먹었다. 이렇게 먹었어도 완전히 배가 채워진 느낌은 아니었으나 더이상 먹지 않았다. 오늘은 일하는 날도 아닌데 이렇게 배가 고픈 이유가 무엇일까? 오후부터 몸이 안 좋아지더니 저녁이 지

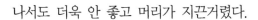

나서도 더욱 안 좋고 머리가 지끈거렸다.

【독후감】

이 독후감을 계기로 중요한 사실을 하나 밝히지 않을 수 없게 되었다. 나는 선도수련을 시작한 이후 체험기에도 밝혔듯이 선도 이외의 어떠한 수련법이든지 차별하거나 선입견을 두지 않고 그것이 선도수련에 유익하기만 하면 무조건 채택하기로 한 일이 있었고 그대로 실천하여 왔다.

그러나 안진호 씨의 이 독후감을 계기로 그러한 내 방침이 반드시 유익한 것만은 아니라는 것을 알게 되었다. 특히 주문(呪文)수련이 선도의 경전 읽기와는 서로 어울리지 않는다는 것을 발견한 것이다. 나는 이것을 입증하기 위해서 문하생들의 항의 여론을 듣기도 했다. 그 결과에 따라 안진호 씨의 수련기에서도 주문에 관련된 부분을 일부 삭제하거나 수정을 가했음을 양해받았다.

나는 그 이유를 곰곰이 생각해 본 결과 선도의 단전호흡과 주문 염송은 진리에 대한 접근 방법이 근본적으로 다르다는 것을 알게 되었다. 선도 수행은 한인, 한웅, 단군 시대 이후 지금(2019년)에 이르기까지 9218년 동안 파란만장한 장구한 세월을 겪어 왔지만 주문수련은 언제 시작되었는지 모호하다. 또 진리에 접근하기 위한 신체 운동의 한 방법인 단전호흡과 세속적이고 기복(祈福) 신앙 형태인 주문 염송은 근본적으로 서로 어울리지 않는다는 것을 알게 되었다.

안진호 씨의 경우 그것 외에는 수련이 순조롭게 잘 진행되고 있다. 앞

으로 소주천과 대주천 수련에 뒤이어 현묘지도 화두수련에 계속 순차적
으로 도전하기 바란다.

현묘지도 화두수련 체험기 (46번째)

강 승 걸

많은 세월을 어영부영하다가 그나마 손에서 놓지 않았던 『선도체험기』 덕분에 이제 겨우 제대로 된 길을 걷게 되었다. 2017년 6월에 여러 도반 님의 도움으로 삼공재를 처음 방문하였다. 이제 곧 모든 것이 금방 이루 어질 것 같았지만 현실은 생각만큼 호락호락하지 않았다.

지금 돌이켜보면, 참으로 터무니없는 생각이다. 노력과 정성 그리고 경험을 통해서 체득해야 하는데, 지난 세월 동안 생각만 많았다. 첫 방 문 이후로 2주에 한 번씩 삼공재를 다니면서 매일 수련을 시작하게 되었 다. 수시로 변하는 마음으로 어려운 날들도 있었지만, 시간이 지나면서 조금씩 안정이 되었다.

2018년 11월부터는 선생님의 격려와 배려로 좀더 수련에 매진하고자 매주 찾아뵙게 되었다. 그리고 그해 12월 22일에 대주천 인가를 받고 현 묘지도 화두수련에 들어가게 되었다.

2018년 12월 22일 토요일 맑음 : 대주천, 1단계 천지인삼재

6시 30분 아침 수련 1시간 20분. 대각경 3회 외운 후 호흡에 들어간 다. 단전이 뜨겁게 달아오른다. 소주천을 하면서 대추혈을 넘은 것을 다시 확인하고 『천부경』을 암송한다. 기분이 좋아서 그런지 기운으로 팔이 덩실덩실 움직인다. 춤 같기도 하고 기공 같기도 하다. 마음이 편안해지는 것 같다.

어제 전화를 드렸지만, 통화가 안 되어 생식 주문 메일을 보내면서 방문 문의도 했는데, 아직 답변이 없으시다. 일단 아침 생식을 먹고 기차역으로 이동하여, 출발 전에 통화가 되어 방문할 수 있게 되었다.

오늘은 아침부터 기분이 좋고 몸도 가볍다. 택시를 탔지만 중단전은 심하게 답답하지 않고 금방 풀려 마음이 느긋하고 여유가 생긴다. 기차를 타고 가는 내내 긴장과 걱정이 없이 편안하다. 아침 수련을 하면서 소주천 일주를 확인하고 되든 안 되든 점검을 받기로 마음을 먹었다. 만약에 아직 부족하다면 다시 또 준비를 하면 된다.

아파트에 도착하여 정자에서 점심 생식을 먹고 소주천을 다시 더 확인하면서 40분 정도 수련을 하였다. 삼공재에서 선생님께 인사를 드리고, 자리에 앉아 단전에 집중을 하자 얼굴에 열기가 가득하다. 하단전이 뜨겁게 달아올라 소주천을 서너 번 돌려 보면서 한동안 축기와 점검을 계속하였다.

선생님께서 소주천이 안 되는 사람 중에 자신 있는 사람 손들어 보라고 하셔서 손을 들고 방석을 챙겨 앞으로 나가 자리에 앉았다. 잠시 설명을 들으면서 가슴만 벌렁벌렁하여 단전에 집중이 안 된다. 심호흡도 하고 몸도 풀고, 한참 만에 소주천을 돌리고 말씀을 드렸다.

이후 대주천과 백회를 열고, 벽사문을 달면서 위치가 오른쪽으로 치우친 것 같아 왼쪽으로 두 번 이동을 하여 고정이 되었다. 잠시 후 온몸이 전기에 감전된 듯 찌릿찌릿해진다. 마치면서 인적 사항을 적는 것으로

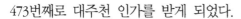

473번째로 대주천 인가를 받게 되었다.

지금부터는 몸조심을 하라는 말씀과 함께, 현묘지도 화두수련에 대해 잠시 설명을 들었다. 1단계 화두를 종이에 적어 보여 주셔서 암기를 하고 3배를 드렸다. 모든 과정을 마치고 자리에 앉자 조광 선배님께서 축하를 해 주시니, 그제서야 실감이 나는지 울컥거려 억지로 참았다.

마치고 나오면서 얼떨떨하기만 하였는데, 뒤풀이 중에 백회에 기운과 하단전이 계속 달아오르니 조금씩 실감이 난다. 모든 작업을 마치고 흐뭇하신지 웃으시는 선생님 모습이 생각이 나서 또 울컥하였다. 마음속으로 선생님과 모든 도반님께 감사의 인사를 드렸다.

모든 일정을 마치고 버스를 타고 출발을 하면서 하단전에 집중을 하니 불같이 뜨거워진다. 대주천 이전과는 확연하게 차이가 나고, 백회에 파이프가 꽂혀 있는 듯하다. 하단전이 활활 타오르면서 인당도 계속 같이 반응을 한다.

1단계 화두를 암송한다. 한참만에 하늘에 별자리가 작게 심안에 떠오르다가 점점 커지면서 다가온다. 잠시 후 작은 조각으로 나뉘어 하늘에서 별이 쏟아져 내린다. 버스 안이라서 좀더 집중을 못 한 것이 아쉬웠다. 집에 도착하여 자기 전에 1시간 정도 집중을 하지만 좀 전보다는 기운이 약하게 느껴진다.

2018년 12월 23일 일요일 맑음

6시 30분 아침 수련 1시간. 1단계 화두를 암송하니 하단전에 열기는 어제보다 뜨겁지 않고, 백회로 기운은 계속 들어온다. 집중을 하자 멀리서 흐리게 겹쳐져 있는 산이 잠시 스쳐 지나간다. '마음의 빗장이 좀더 열려야 한다'는 생각이 들면서 중단전이 달아오른다. 수련 중에 『선도체험기』에 실린 선배님들의 1단계 수련 내용을 보면서 천지인삼재가 무엇인지 생각하면서 30분을 더하고 마무리하였다.

크게 불편함은 없는데, 오전에 가슴이 묵직한 것이 안개가 진하게 낀 듯이 무겁게 느껴진다. 자주 가던 산 정상에 도착하고 보니 답답함은 풀렸다. 오가는 사람들과 인사를 나누고, 2시간 정도 등산을 하면서 입가의 미소와 몸도 마음도 너무나 가볍다.

오후에 백회에 집중을 하니 기운이 느껴지고, 지름이 오백 원짜리 동전 크기의 짧은 파이프가 서 있는 듯하다. 하단전도 쉽게 달아오른다. 아내를 안고 싶은 생각이 수시로 들어 독맥으로 기운을 돌리면서 무사히 잘 넘겼다. 23시 30분. 자리에 앉아 화두에 들어가니 백회에 기운의 기둥이 생긴다. 독맥을 타고 대추혈을 강하게 압박하더니 굵은 기운이 하단전으로 들어오는 느낌이다.

2018년 12월 24일 월요일 맑음

5시 50분 아침 수련 1시간. 대각경 3회, 『천부경』 3회를 암송하고 화두에 들어간다(이후 계속 반복하므로 다음부터 생략함, 엮은이). 기운은 어제저녁보다 많이 약하다. 수련 중에 사람들에 대한 잡념들이 계속 떠오르면서 얼굴들이 스쳐 지나간다. 화두와 관련이 있는 걸까? 후반부에 이전과는 다른 별자리가 하늘에 반짝인다. 그리고 화면 가운데 로켓이 불을 뿜으며 발사되는 장면이 심안에 떠오른다.

순간 끝인가? 한다. 너무 민감하게 반응을 하는 건 아닌지, 너무 급하게 서두르고 있는 건 아닐까. 욕심과 자만심을 경계하며, 모든 것을 내

러놓고 순수하고 냉정하게 지켜봐야겠다. 좀더 느긋하게 지켜보자. 마치면서 모든 분께 감사 인사를 드렸다.

종일 가스가 가득찬 것처럼 배가 부르고, 배 속이 거북하고 입맛도 떨어진 상태이다. 저녁에 아내와 퇴근을 하면서 그 어느 때보다 사랑스러워 자꾸만 안아 주고 싶은 충동이 생긴다. 혹시나 자제가 안 될까 봐 조금의 거리를 두고 있다. 저녁 늦게 30분 정도 화두에 집중하다가 선배님들의 1단계 수련기를 읽으면서 마친 것 같은 느낌이 든다. 이렇게 너무 간단히? 욕심인가!!

2018년 12월 25일 화요일 맑음

6시 30분 아침 수련 1시간. 화두 암송에 들어간다. 한참을 지나도 기운의 큰 반응은 없고, 많이 약해진 상태이다. 하단전의 열기는 있고, 인당은 계속 집중이 지속되어 콧등까지 시큰거린다. 산 아래 강과 들판이 있는 풍경이 아주 잠깐 스쳐 지나간다. 화두를 마쳤는지 감이 없어 선배님들의 1단계 수련기를 다시 읽어 보니 마친 것 같다. 더 큰 뭔가를 기대했는데, 자꾸만 미련이 생긴다. 이 또한 나의 욕심이자 자만심이다. 이 두 녀석과 정면으로 대면하여 살펴봐야겠다.

2018년 12월 26일 수요일 맑음

오후에 출근을 하여 집중을 하니 하단전이 뜨거워진다. 피곤했던 몸도 회복이 조금씩 되고 있지만, 왠지 힘든 하루가 될 것 같은 느낌이다. 퇴근 무렵 갑자기 삐~~ 하는 소리가 들려온다. 평소에도 가끔 들리는 소리인데 장비에서 나는 소리와 구분이 모호했는데 오늘은 조금 다르다.

2018년 12월 27일 목요일 맑음

5시 20분 아침 수련 1시간. 화두 암송. 별다른 기운이 느껴지지 않는다. 마치면서 『삼일신고』를 읽었다. 점심을 생식으로 먹고, 몸이 찌뿌둥하여 소주천을 돌린다고 의념을 하니 스스로 돌아가는 느낌이 든다. 잠시 후 몸이 후끈하며 하단전이 달아오른다.

2018년 12월 28일 금요일 맑음

5시 30분 아침 수련 1시간. 빙의령 때문인지 조금 피곤한 상태이다. 하단전에 반응이 없고 앉아 있는 것이 힘이 든다. 대주천에 관련한 글을 읽으면서 수련에 각오를 다시 다진다. 오후에 방 청소와 설거지 후 피곤해져서 잠시 쉬었다.

저녁 늦게 자리에 앉아 잠시 집중을 해 본다. 아들은 감기로 인한 열이 아직 내리지 않고 있다. 항상 씩씩하던 녀석이라 풀이 죽은 모습이 안쓰럽다. 저녁에 아내가 아들도 아프고 다음날 출근하여 처리해야 할 일이 많다고 한다. 내일은 서울을 안 가고 아이들을 좀 봐 줬으면 하여 고민이 된다. 미안한 마음에 저녁 설거지를 하고, 딸아이와 산책을 다녀왔다.

2018년 12월 29일 토요일 맑음 : 2단계 유위삼매

6시 30분 아침 수련 1시간. 시작하면서 피곤하여 집중이 어려웠지만, 시간이 지날수록 정신이 맑아지고 하단전도 은근하게 열기가 오른다. 아들의 체온을 재어 보니 정상이라서 편한 마음으로 집을 나선다. 빙의령 때문에 조금 힘들었는데, 기차를 타고 상경하면서 집중을 해 본다.

서울에 도착하여 아파트 1층에서 다른 분들과 같이 올라가 일배를 드렸다. 선생님께서 빤히 두 번씩이나 쳐다보시니 민망하기만 하다. 이번에 현묘지도 수련을 마치신 선배님들의 도호 수여식과 축하의 자리를 마치고, 나오기 전에 2단계 화두를 받았다.

내려오는 버스 안에서 화두에 집중을 하니 하단전에 포근한 기운이 쌓인다. 지난번 1단계 화두의 기운과는 사뭇 다르다. 그렇게 단전만 한참 달아오르다가 기운이 더이상 느껴지지 않는다. 집에 도착하여 다시 집중을 해 봐도 반응이 없다. 끝난 느낌이 드는 건 뭐지? 뭔가 잘못된 건가? 화면도 천리전음도 기타 반응이 아무것도 없었는데.

2018년 12월 30일 일요일 맑음

몸 상태가 안 좋아 아침 수련은 쉬고 등산도 쉬었다. 오전에 휴식을 취하면서 성적 충동이 심하여, 자리에 앉아 독맥으로 소주천을 몇 번 돌린 후 조금 사그라진다. 오늘따라 충동이 심하지만 잘 참고 넘겼다. 저녁에 잠시 걸은 후 늦게 자리에 앉아 화두에 집중을 하지만, 기운이 전혀 들어오지 않는다. 자꾸만 끝난 것 같은 느낌이 드는데, 자만심인지 빙의령인지 다시 점검을 해 보자.

2018년 12월 31일 월요일 맑음

5시 35분, 2018년 마지막 아침 수련 1시간. 끝났다는 생각은 자꾸 올라오고, 기운이 전혀 들어오지 않아 조금 걱정이 된다. 시간을 두고 천천히 살펴볼 생각이다. 대각경 3회, 『천부경』 3회, 화두에 들어가지만 백회와 단전은 전혀 반응이 없다. 중간에 졸았는지 심안에 화면이 몇 장면 지나간다. 큰 들판에 여러 종류의 동물들이 빼곡히 있는 모습이 아주 잠깐 스쳐가지만 화면도 흐리고 명확하지 않다.

2단계 화두가 마무리된 것 같은 느낌이 드는 건 무엇일까? 아마도 욕심이 앞서는 것 같아 좀더 지켜봐야겠다. 하단전이 아프며 단단해지는 것 같다. 수련을 마치고 선배님들의 2단계 화두 수련기를 보던 중, 하단전이 은은하게 부드러운 기운이 느껴지고 익숙한 감정이 떠오른다. 아! 이 느낌! 온몸이 전기가 오르는 듯 찌릿해진다. 특이한 것은 몸의 오른쪽만 반응이 있다.

평소에 생활하면서 불편한 마음이 생기면 '역지사지 방하착, 애인여기, 여인방편 자기방편' 문구를 자주 떠올렸다. 그런데 선배님들 수련기를 읽으면서 그 생각들이 떠오르자, 전율이 생기고 눈물이 흐른다. 맞아 나도 그랬었지! 내가 틀린 것은 아니었네. 전혀 반응이 없던 단전이 빵 반죽처럼 몰랑하고 부드럽게 찰진 따뜻한 느낌이 든다. 오후에 업무로 크게 질책을 받던 중 갑자기 몸에 열기가 생기면서 운기가 되었다.

2019년 01월 03일 목요일 맑음

5시 30분 아침 수련 1시간. 중간에 무엇이 그렇게 서러운지 울부짖는 여자 모습이 떠올라 잘 다독거렸다. 후반에 많이 피곤해져 수련을 마치고 잠시 누웠다. 하단전이 식은 듯 전혀 반응이 없다. 퇴근 후 몸을 이리저리 움직여 풀고, 자리에 앉아 1시간 정도 집중을 하지만 계속 비몽사몽하고 있다.

2019년 01월 04일 금요일 흐림

5시 30분 아침 수련 1시간. 피곤한지 수련 중 계속 비몽사몽 사이를 헤맸다. 평소보다 일찍 걸어서 출근을 한다. 저녁을 먹고 딸아이와 잠시 걸은 후, 11시쯤에『선도체험기』를 펼치고 앉았다. 선생님 건강이 좋아지시길 염원드리고 책을 읽었다. 잠시 후 단전이 은근하고 묵직하게 열기가 살아나 한참을 집중한다. 모처럼 느껴지는 따뜻함이 좋았다. 이 모든 것이 나의 마음의 장난인 것을. 이러면 어떻고 저러면 어떤가. 이 모든 것이 앞뒤 없는 모두 하나인 것을. 화두에 집중하지만 별다른 반응이 없다.

2019년 01월 06일 일요일 맑음

7시 20분 아침 수련 1시간. 호흡에 집중을 하면서 시간이 지나자 하단전이 반응을 한다. 며칠 동안 오전 수련 중 잠만 오고 하단전에 반응도 없고, 호흡도 잘 안 되었는데 오늘은 괜찮아졌다. 오전에 그냥 쉬고 싶은 마음이 컸지만, 2시간 정도 등산을 다녀왔다. 출발할 때 몸이 무거워 힘들었지만 다녀오니 개운하다. 오후 늦게 집안 청소를 하였다. 저녁 늦게『선도체험기』를 보면서 30분 정도 화두에 집중을 한다. 별다른 변화가 없다.

2019년 01월 07일 월요일 맑음

5시 35분. 아침 수련 1시간. 졸다가 또 졸았다. 10분을 남겨 두고『선도체험기』를 읽고 마쳤다. 점심을 평소처럼 생식으로 하고, 하단전에 집중을 하다가 졸았다. 변화무쌍한 마음을 부여잡고, 안으로 잘 갈무리하여 관하고 있다. 최근 배 속도 거북하면서 편하지 않고, 하단전이 가끔 아파 온다. 불쑥불쑥 모난 감정이 올라오지만 아직은 견딜 만하다. 저녁으로 아이들과 뷔페에서 배가 부르게 먹고, 1시간 정도 걸으면서 빙의령이 나가는 것이 느껴진다. 피곤하고 시간도 늦어 수련은 생략하고 그냥 잠자리에 들었다.

2019년 01월 08일 화요일 맑음 : 3단계 무위삼매

6시 40분 아침 수련 30분. 자리에 앉아 경구를 암송하다가 배가 살살 아파서 30분 만에 일어났다. 하단전에 반응이 약하게 돌아오고, 컨디션도 좋았는데 아쉽다. 서울 출장 중 몇 번을 망설이다가 선생님께 전화를 드리고 3단계 화두를 받았다. 세미나가 시작되면서 화두의 기운은 아닌 것 같은데 하단전이 달아오른다. 저녁을 먹고 딸아이와 잠깐 산책을 한 후 피곤하여 쉬었다.

2019년 01월 09일 수요일 맑음

5시 아침 수련 1시간. 수련 준비를 하고 경구를 암송한 후 화두에 집중한다. 며칠 동안 잠잠하던 진동이 다시 일어난다. 평소처럼 좌우로 흔들거리고 목을 몇 바퀴 돌렸다. 화두 기운은 2단계 화두보다는 약하지만 은은하게 몸 전체를 기운이 감싸는 듯한 느낌이고, 부드럽고 포근하다. 단전이 말랑한 것 같다. 중간에 잠깐 졸았지만 하단전이 은근하게 달아오른다.

출근길에 모난 감정이 올라오는 것 같아 지긋이 관하고 있다. 대주천 이후 감정이 좀더 명확하게 구분이 되어 집중하기가 편해졌다. 저녁으로 생식과 반찬을 먹은 후 몸이 많이 피곤하여 잠시 누웠더니 시간이 금방 지나간다. 저녁 늦게 30분 정도 화두에 집중을 하자 양 팔뚝과 온몸도 시원해진다. 종일 틈틈이 화두를 암송하였다.

2019년 01월 10일 목요일 맑음

5시 28분 아침 수련 1시간. 준비 후 경구를 암송하고 화두로 넘어가 집중을 한다. 호흡에 화두를 실으니 입에 착착 감긴다. 몸이 시원해지고 우측 용천에 자극이 생긴다. 졸았는지 시간이 조금 흐른 후 '어! 이거 텅 빈 몸통인데' 하면서 흐릿한 실루엣이 심안에 느껴지고, '누가 몸을 여기 다 벗어 놨지! 내 몸인가?' 하는 생각이 든다.

순간 자동으로 몸으로 들어가니 딱 맞는 느낌이다. 이러다가 잘못되는 것은 아닌지 걱정이 살짝 되었다. 수련 중에 약하고 강한 진동이 다리 떨기, 머리 도리도리, 몸통 좌우 흔들기 등으로 나타난다. 진동이 몸을 풀어줘서 그런지 편안하게 화두에 집중을 하니 시간이 금방 지나간다.

2단계 화두는 첫날 기운이 끊어지고 난 후부터는 외우기가 싫어졌는데, 3단계 화두는 외울수록 편안하고 자꾸 빠져들어 간다. 마치고 『선도체험기』에 선배님들의 현묘지도 화두수련 부분을 몇 편 보았다.

저녁을 생식과 고구마 반 개를 먹고, 몸이 피곤하지만 딸아이와 산책을 다녀왔다. 『선도체험기』를 읽으면서 화두에 집중을 하다가 잠깐 졸았다. 몸살이라도 난 것처럼 몸이 천근만근이라서 이불을 목까지 푹 덮고 누웠다. 꼼짝도 하기 싫은데 오늘따라 아이들이 몹시 달라붙으며 장난을 치는 모습에, 이전 같으면 짜증이 날 만한데 그냥 피식 웃음만 난다.

2019년 01월 11일 금요일 맑음

5시 30분 아침 수련 1시간. 준비 후 경구를 암송하고 화두에 집중을 한다. 진동이 계속되고, 잠깐 졸았는지 시계를 보니 벌써 시간이 많이 지났다. 기운은 약하게나마 들어오고, 감정의 기복도 없고, 딱히 답답증도 없는 것을 봐서는 기몸살인 것 같다. 기분이 착 가라앉았다.

3단계 화두를 틈틈이 외우고 있다. 생식을 미리 먹고 고추장 불고기로 점심을 먹었다. 2시경 내일 삼공재를 방문을 하고자 전화를 드리고 허락을 받았다. 저녁에 생식과 반찬을 먹고, 50분 정도 걸은 후 자리에 앉아 축기와 화두에 집중을 한다.

2019년 01월 12일 토요일 맑음

기상이 늦어 아침 수련은 하지 못하였다. 기차를 타고 화두를 수시로 암송하면서 서울역에 도착하였다. 삼공재에서 선생님께 인사를 드리고, 자리에 앉아서 집중을 하니 얼굴에 열기가 생겨 단전으로 내리고자 집중을 한다. 경구 암송 후 화두에만 집중을 하니 중간에 '아무것도 없다'라는 생각이 들고 시간도 금방 지나간다. 마치고 자리를 옮겨 오신 분들과 도담을 나누다가 버스를 탔다. 10시쯤 도착하여 집까지 걸어가니 시간이 너무 늦어 TV 앞에서 잠시 집중을 하다가 다시 와공으로 금방 잠이 들었다.

2019년 01월 15일 화요일 맑음

5시 30분 아침 수련 1시간. 경구 암송 후 상태가 좋아서 화두로 바로 넘어간다. 기운은 안 들어오고 별다른 변화가 없다. 마치고 『선도체험기』를 잠깐 읽었다. 오후에 부정적인 감정들이 올라와서 지켜보고 있다.

저녁에 20분 정도 걸으면서 최근 운동량이 부족한데, 번번이 의지가 약해져 지키지 못하고 있다는 생각이 든다. 앞으로 더 험난한 고비들이 있을 텐데 다시 각오를 다져본다. 저녁 늦게 30분 정도 호흡에 집중을 하다가 화두를 외워 보지만 기운은 미약하다.

3단계 화두의 진행이 모호하여 잠시 생각을 모아 본다. 지금 내가 하고 있는 방법이 맞는지 제대로 하고는 있는 건지. 각 단계가 너무 빨리 끝나는 것 같아 걱정도 되고, 기운이 안 들어오는 것이 빙의령 때문인지 화두를 마쳐서인지 애매하다. 다른 분들의 수련기와 비교하여 보면 상대적으로 너무 빈약해 보이는데 이게 맞는 걸까? 하는 의문들이 들어 좀더 집중을 하여 본다.

지금까지 각자 살아온 삶이 모두 다르므로 나와 유사는 하겠지만 완전히 똑같지는 않을 것이다. 남과의 비교 그 자체가 무의미한 것 같다. 그냥 참고만 하자. 나의 본성을 찾는 것이지 남의 본성을 찾는 건 아니지 않으냐! 내가 느낀 것에 대한 나의 확신이 중요하다. 크고 작은 차이가 있지만 나(본성)를 믿고 나아가야 한다. 자만심도 욕심으로 인한 것이니 이 또한 내려놓고 판단을 하자. 결과에 연연하지 말고 그냥 열심히 묵묵히 가자. 결국 이 모든 것이 욕심 때문이라는 생각이 든다.

2019년 01월 16일 수요일 맑음

5시 30분 아침 수련 1시간. 준비하고 경구와 경전을 암송하고 화두에 집중한다. 별다른 반응이 없다. 오전에 글을 읽고 운동에 대해 이기적인 나를 돌아다본다. 이제는 나를 위해 하지 말고 남을 위해 운동을 하자. 주고받을 수 있는 인간이 되어야 한다.

점심 생식을 먹고 명상음악을 들었다. 퇴근 무렵 『다산의 마지막 공부』라는 책을 읽고, 저녁에 딸아이와 40분 정도 걸었다. 저녁 늦게 자리에 앉아 잠시 집중해 본다.

"신독이란 보이지 않는 곳에서 단정함을 유지하는 태도가 아니다. 어제보다 오늘, 조금 더 단단해진 나를 만들어 가려는 간절함이다."
- 다산의 마지막 공부 중에서 -

2019년 01월 17일 목요일 맑음

6시 30분 아침 수련 1시간. 경구와 경전을 암송한 후 화두에 집중을 한다. 아무것도 없고 텅 비었다는 느낌(생각?)이 또 든다. 백회에 반응은 있지만 하단전에 기운은 느껴지지 않는다. 마치고 『선도체험기』 84권 선배님의 현묘지도 수련기를 읽으면서 온몸이 감전된 것처럼 찌릿해진다. 저녁에 딸아이와 같이 40분 정도 걸으면서 딸아이의 짜증에 동조가 되는 것 같아 지켜보다가 장난을 걸면서 분위기를 바꾸어 본다.

2019년 01월 18일 금요일 맑음 : 4단계 무념처삼매, 5단계 공처

5시 48분 아침 수련 1시간. 단전에 열감이 있고 아랫배가 시원해진다. 멀리서 사람 모습의 실루엣이 보이면서 양 팔뚝에 전율이 생겨 가만히 무심하게 집중을 한다. 마치면서 피곤하다. 『선도체험기』에서 현묘지도 수련기를 읽었다.

점심때 선생님과 통화를 하면서 3단계 화두를 마쳤다고 말씀드리고, 4단계와 5단계 화두를 받았다. 오후 늦게 백회에 기운이 서리고 단전도 뜨겁다. 저녁에 50분 정도 딸아이와 걸었다.

2019년 01월 19일 토요일 맑음

5시 28분 아침 수련 30분. 준비 후 경구를 암송하고, 11가지 호흡에 들어간다. 몸이 앞뒤로 끄떡끄떡 좌우로 부르르, 고개 좌우 앞뒤 도리질, 배 속을 주걱으로 휘젓는 진동은 화두수련 전에 가끔 나왔던 동작들이다. 나머지 동작들은 좀더 지켜봐야겠다. 30분이 지나고 급격히 피곤하여 『선도체험기』를 잠시 읽고 마쳤다.

저녁에 아들이 기분이 좋은지 장난을 너무 심하게 치고, 그만하라고 해도 그치질 않아 순간 큰소리가 나왔다. 저녁을 먹으러 식당에 가면서부터 짜증이 있어 잘 관하고 있었는데, 그만 여기서 터진 것 같다. 아들을 옆에 앉게 하고 같이 이야기를 나눈 후 서로 조심하기로 약속하고 마무리가 되었다. 가끔 이렇게 어느 정도 공부가 되었는지 점검을 하신다. 다시 나 자신을 돌아보고 넘지 말아야 할 선을 확실히 그어 놓고자 다짐을 한다.

2019년 01월 20일 일요일 맑음

아침에 늦게까지 푹 잤다. 오전에 등산을 2시간 하고 와서 와공을 하다가 잠시 잠이 들었다. 역시 산에 갔다 오면 기분이 상쾌해진다. 오후에는 『선도체험기』를 읽었다. 저녁에 거실의 길고 무거운 의자가 넘어져 엄지발가락을 심하게 다쳤다. 응급실에 가서 사진을 찍어 보니 두 군데 금이 가고 발톱과 피부에 큰 상처가 생겼다. 반깁스를 하고 한 달 정도 엄지발가락을 사용하지 말라고 하니 당분간 상당히 불편할 것 같다. 걷기와 좌선은 한동안 어려울 것 같아 실내에서 할 수 있는 운동을 알아보고, 수련은 당분간 의자에 앉아서 할지 방법을 찾아봐야겠다.

2019년 01월 21일 월요일 맑음

5시 35분 아침 수련 30분. 의자에 앉아 『대각경』, 『천부경』을 암송하면서 집중하지만, 아파져 오는 발 때문에 쉽지 않다. 간밤에 발이 계속 아파서 잠을 제대로 자지 못하였다. 출근하여 정형외과에서 정식으로 진료받아 보니 다행히 수술은 안 해도 되고, 항생제 주사와 드레싱으로 치료하자고 한다. 다행이다. 이번 기회에 몸 관리에 신경을 써서 체중도 조절해야겠다. 오전 내내 다친 부위가 아파 온다.

오후에 약 때문에 그런지 피곤하고 자꾸 하품이 나며 잠깐씩 졸았다. 저녁에는 생식 이외에 먹는 것을 최대한 자제하고 있다. 9시 30분경 거실 의자에 앉아 잠시 집중하니, 몸에 열기가 생기고 백회와 단전에 반응이 있다. 욱신거리고 쑤시던 발의 통증은 약 때문에 참을 만하여 다니기도 조금 편해졌다. 일찍 잠자리에 들다.

2019년 01월 22일 화요일 맑음

양 손가락에 육자진언(옴마니밧메훔) 반지를 하나씩 끼고 동료들과 함께 뭔가와 싸우고 있다. 이전 꿈에서는 사람들을 데리고 피하고 숨어만 다녔는데, 이번에는 직접 동료들과 함께 맞서 싸우고 있다. 눈을 뜨니 7시가 넘었다. 푹 잔 것 같다. 어제까지 욱신거리던 발은 약 때문인지 심하게 아프지는 않다.

　출근하여 진료받으니 상태가 어제보다는 좋아진 듯하여 가벼운 깁스로 바꾸고, 한결 다니기가 좋아졌다. 1주일 동안 항생제 주사와 약, 드레싱을 하면서 지켜보자고 한다. 사고가 나고 몸과 마음에 대해 다시금 생각하게 된다. 몸에 대해 좀더 많은 신경을 써야 한다. 저녁 식사 후 피곤하여 잠깐 누웠는데 자정이 넘었다. 잠시 축구를 보다가 다시 잠이 들었다.

2019년 01월 23일 수요일 맑음

　5시 아침 수련 1시간. 『구도자요결』을 읽고 『대각경』 3회, 『천부경』 3회, 『반야심경』을 암송하고 화두에 들어간다. 어제 깁스를 풀었다가 다시 할 수 있는 것으로 교체하였더니 앉을 수 있게 되었다. 11가지 호흡 중 머리가 좌우로 도리도리하고 앞뒤로 흔들거린다.

　5단계 화두에 들어가니 또렷하지는 않지만, 어린아이가 천진난만하게 웃는 모습과 소리가 들리는 듯하다. 뒷거래하는 형사(경찰)인 듯한 모습이 잠깐 느껴지고, 이국적인(다른 행성인 듯) 느낌의 해변이 선명하지는 않지만 잠시 심안에 보인다.

2019년 01월 24일 목요일 맑음

　5시에 아침 수련을 하고자 『구도자요결』을 읽고 자리에 앉았지만, 너무 피곤하여 잠깐 누웠는데 시간이 많이 지났다. 저녁에 다친 엄지발가락을 조심하면서 근력 운동을 몇 가지 하였다. 22시 30분 저녁 수련 1시간. 경구 암송 후 화두에 들어가니 인당과 백회에 기운이 느껴지고 몸이 앞뒤로 끄덕끄덕한다. 5단계 화두를 계속 암송하는 도중에 "나는 하느님이다."라는 소리가 들려 "누구냐! 누가 장난을 치느냐!" 하고 경계한다.

2019년 01월 25일 금요일 맑음

6시 10분 아침 수련 1시간. 준비 후 경구를 암송하고 화두에 들어간다. 초반에 잡념이 많았지만 시간이 갈수록 호흡이 안정되고 몸도 마음도 편안하다. 백회에 반응은 있지만 어제보다는 못한 것 같다. 이 단계를 진지하게 임하여 전생을 봤으면 하는 생각이 든다.

마치고 『선도체험기』 선배님들의 글 중에 현묘지도 5단계 부분을 찾아 읽었다. 어제 들었던 소리가 자성의 소리인지는 좀더 두고 봐야겠다. 이전에 단편적으로 알아서(느껴서) 뭔지 몰랐던, 그리고 의문을 가졌던 파편들이 명확하지는 않지만, 퍼즐처럼 맞추어지고 있는 것 같다. "나는 하느님의 분신으로서…" 일지를 정리하다 보니 『대각경』이 생각난다.

오후에 약 때문인지 졸음과 계속 싸우고 있다. 퇴근 후 저녁 늦게 다시 출근하여 야간작업을 하고 새벽 2시가 넘어 잠이 들었다. 작업 중 20분 정도 화두에 집중하니 백회에 기운이 강하게 느껴지고 단전이 달아오른다.

2019년 01월 28일 월요일 맑음

5시 아침 수련 1시간. 준비하고 『구도자요결』을 처음부터 『반야심경』까지, 『참전계경』 10개 조를 읽고 수련을 시작한다. 『대각경』 3회, 『천부경』을 암송하면서 초반에 집중이 되더니 갈수록 잠이 오고 피곤해져 비몽사몽간에 수련을 마쳤다. 수련 중 뚜렷하지는 않지만, 느낌상 강과 들판, 하늘의 풍경이 보이고 청명한 느낌이 든다.

2019년 01월 29일 화요일 맑음

6시 30분 아침 수련 50분. 몸과 호흡이 안정적이고 하단전과 중단전에 열기가 생긴다. 『반야심경』 암송 중 화두를 암송하니 '나는 밝음이다. 나 스스로가 밝아져 주변을 밝혀 주는 밝음이 되자'라는 생각이 든다. "자등명 법등명(自燈明 法燈明)."

그리고 '전생을 보는 것이 무슨 의미가 있느냐, 어차피 모두 하나인데, 모두 부질없는 짓이다' 하는 생각도 든다. 몸과 마음이 가벼워지는 것 같다. 점심에 생식을 평소처럼 먹고, 명상음악을 들으면서 하단전에 집중을 한다. 오후에 직원들을 만나면서 중단전이 답답해진다. 최근 들어 빙의령이 빈번하게 오는 것 같다. 저녁에 집에 와서 와공으로 누웠다가 잠이 들다.

2019년 01월 30일 수요일 맑음

5시 아침 수련 1시간 30분. 수련을 마치면서 모든 분께 감사 인사를 드리고, 『선도체험기』 117권 중 현묘지도 수련기를 읽으면서 선생님의 미소가 생각났다. 점심때 미첼페페 음악을 들었다. 저녁에 근력 운동을 조금 하였다. 저녁으로 생식 이외에 먹는 것을 많이 줄였는데도 체중은 조금씩 늘어나고 있다. 걷기 말고 다른 운동이라도 해야 하는데 저녁만 되면 피곤해져 의욕이 떨어진다.

2019년 01월 31일 목요일 눈

5시 30분 아침 수련 1시간 20분. 『참전계경』 10개 조를 읽고, 대각경

3회, 『천부경』, 『반야심경』을 암송한다. 하단전과 중단전, 몸이 조금씩 달아오른다. 모든 분께 감사 인사를 드리고 마쳤다. 피곤하다.

오전에 다친 발에 드레싱을 하면서 보니 상처는 많이 좋아졌고, 금이 간 뼈는 아직 붙지 않아 디딜 때마다 아파서 조심하고 있다. 점심에 생식과 견과를 먹고 명상음악을 들었다. 저녁으로 피자를 주문하면서 짜증이 조금씩 올라와서 지켜보면서 잘 넘겼다. 늦은 저녁에 근력 운동을 하고, 1시간 정도 집중을 하니 하단전이 은은하게 달아오른다.

2019년 02월 01일 금요일 맑음

5시 30분 아침 수련 1시간 10분. 독맥으로 기운을 돌려 본다. 마치고 『참전계경』 10개 조를 읽었다. 점심때 단전에 집중하지만, 이내 잠에 빠졌다. 오후 늦게 하단전에 화로가 있는 것처럼 따뜻해져 온다. 저녁에 가까운 마트까지 걸어서 다녀왔다. 걸음걸이가 불편하다 보니, 사용을 안 하던 다리 근육과 발가락이 아프다. 아직 무리하지 말아야겠다. 저녁 늦게 자리에 앉아 집중하지만 쉽지 않다.

2019년 02월 04일 월요일 ~ 02월 06일 수요일 설 연휴

설 전날 5시 아침 수련 1시간 10분. 『참전계경』 10개 조를 읽고 준비하고, 『대각경』 3회를 암송하면서 단전이 달아오른다. 오늘은 황금색 변을 봐서 그런지 머리도 맑고 기분도 좋다. 화두 1단계부터 5단계까지 다시 찬찬히 외워 본다. 5단계 화두에서 『대각경』이 자꾸만 가슴에 와닿아 『대각경』을 계속 암송하면서 마쳤다. 모든 분께 감사의 인사를 드렸다.

단계별 화두수련 중 무엇을 보고 느꼈는지도 중요하겠지만, 나에게는 그 무엇보다도 화두수련을 진행하고 있는 이 자체가 화두로 다가온다. 화두수련은 거울을 통해 나를 보는 것 같다. 나의 욕심과 자만심, 게으름과 어리석음을 보고 있다.

설날 아침에 차례를 시작하자 가슴이 묵직하고 백회에 반응이 활발하더니 끝나고는 괜찮아졌다. 집으로 돌아와 저녁 늦게 자리에 앉아 호흡에 집중을 하니, 백회에 반응이 크고 단전에 기운이 쌓인다.

2019년 02월 08일 금요일 맑음 : 6단계 식처

6시 10분 아침 수련 1시간. 별다른 변화는 없고 후반부로 갈수록 피곤해진다. 점심에 『선도체험기』를 읽으면서 연휴 동안 느슨해진 마음을 다잡아 본다. 퇴근 시 생식을 먹는 중에 내일 삼공재 방문 가능하다고 사모님께서 전화를 주셨다. 발을 다쳐 당분간 방문이 어려울 것 같다고 말씀드리고, 선생님과 통화 후 6단계 화두를 받았다.

통화 후 몸이 부르르 떨리고 열기가 생긴다. 요즘 운동도 많이 못 해 상태가 별로였는데 죄송스럽기만 하다. 감사한 마음과 동시에 부끄러움에 속으로 눈물을 삼켰다. 저녁 늦게 자리에 앉아 20분 정도 화두에 집중을 하니, 백회에 큰 반응이 생기고 단전도 달아오른다.

2019년 02월 10일 일요일 맑음

6시 20분 아침 수련 1시간. 『대각경』을 3회 암송하고 화두에 들어간다. 백회에 기운이 일고, 심안에 화두 글자 전체가 떠 있는 것처럼 느껴지니 집중이 쉬워진다. 우주선인 듯 동료들과 함께 있는데, 고장이 났는지 내가 밖에 나가서 수리하려고 하니 다들 걱정스러운 눈빛으로 본다.

멀리서 우주선 벽체가 보이고 누군가 올라가고 있다.

그 후 심안에 몇몇 화면들이 스쳐 지나가지만 기억에 남지는 않는다. 중간에 몸이 좌우로, 머리가 도리도리하는 큰 진동이 있었다. 기분 나쁘게 나를 보는 얼굴이 느껴져 무심으로 지켜보니 몸에 전율이 생기며 차츰 흐려지는 느낌이다. 극락왕생을 빌어 주었다. 그 이후 단체복을 입은 선수들이 줄을 서서 대기 중인 모습이 느껴지고, 어른과 어린아이들이 섞여 있다. 왠지 모르게 6단계 화두부터는 이전과는 다르게 좀더 진지하게 임하게 된다.

점심은 화식으로 먹고, 아이들을 슬라임 카페에 데려다주고 바로 나왔는데 중단전이 많이 막힌다. 인근 카페에서 커피를 마시면서 『선도체험기』118권을 읽었다. 저녁 식사 전 서재에서 책을 다시 읽으면서 집중하니 잠시지만 깊게 몰입하였다.

2019년 02월 12일 화요일 맑음

6시 10분 아침 수련 1시간. 몸이 무거워 그냥 자리에 앉아 경구 암송 후 화두에 들어간다. 잡념들이 가끔 있지만 집중은 그런대로 좋았다. 백회와 하단전의 반응이 좋았고, 독맥과 중단전이 시원하다. 진동이 세차게 생기면서 몸통이 좌우로 흔들거리고 회전을 한다. 하지만 후반부로 갈수록 뭔지 모르게 몸이 찌뿌둥하다.

오후 회의 중 백회에 묵직하게 기운이 느껴진다. 저녁 생식을 미리 먹고, 아이들과 밖에서 또 먹었다. 식탐은 여전히 나를 정신을 못 차리게 한다. 아침과 점심은 생식으로만 먹으니 간편하고 좋은데, 저녁은 생식을 먼저 먹고 반찬 위주로 먹지만 과식하는 경우가 종종 있다. 오늘도 그런 날이다.

2019년 02월 13일 수요일 맑음

5시 50분 아침 수련 1시간. 자리에 앉았지만 일에 대한 잡념이 계속 생겨난다. 화두에 들어가지만, 집중이 어렵다. 시간을 조금 남겨 두고『선도체험기』현묘지도 수련기를 잠시 보면서 하단전에 열기도 생기고 머리도 맑아진다.

점심때 가족을 잃은 직원을 찾아가 조문하고 왔다. 오후 내내 컨디션이 별로이다. 저녁 늦게 TV를 보다가 잠시 집중하니 백회와 하단전의 반응이 크다. 다친 발은 많이 좋아져서 깁스는 풀었다. 엄지발가락에 붕대를 감고, 다친 부위가 닿지 않도록 슬리퍼를 신고 다니고 있다. 오랜 시간 동안 움직이는 건 아직 무리지만, 짧은 거리를 조금씩이라도 움직여 봐야겠다.

2019년 02월 15일 금요일 흐림

5시 40분 아침 수련 1시간. 준비하고 자리에 앉아『참전계경』10개 조를 읽었다. 경구 암송 후 6단계 화두에 들어가니 인당에 반응이 활발하다. 심안으로 화면들이 스쳐 지나가지만 기억에 남지 않는다. 화두 암송 중간에 5단계 화두가 자꾸 외워져서 집중하니 백회에 아무런 기운의 반응도 없고, 깨끗하고 아무것도 없는 느낌이다. 다시 6단계 화두를 암송하자 확연히 차이가 난다. 아마도 기운의 변화를 비교해 보라는 것 같다. 어제저녁 수련 때 콧물이 나더니 아침에도 그렇다.

출근하면서 짜증이 나면서 감정이 조금 흔들려 집중하고 있다. 오전 근무 중 전화 통화 후 중단전이 심하게 막혀 온다. 시간이 지나면서 답답함이 풀린다. 퇴근 무렵 하단전이 달아오른다. 아내가 업무 때문에 마음이 무거운 것 같아 안쓰럽다. 저녁 늦게 자리에 앉아 잠시 집중하니 하단전과 백회의 반응이 크다.

2019년 02월 18일 월요일 맑음

꿈. 이삼십 명 정도의 사람들이 한옥으로 된 서당(?)에 들어가 차례로 앉길래, 같이 들어가 중간쯤에 앉았다. 약간 어수선하지만 분위기는 좋아 보인다. 제일 앞에 선생님께서 앉아 계시는 느낌이 들고, 몇 번 쳐다보시는 것 같다.

5시 20분 아침 수련 50분. 화두에 들어가니 백회에 반응이 일어난다. 기운은 약해졌고 별다른 변화는 없다. 출근을 하면서 아랫배가 아프더니, 화장실을 다녀온 후 조금 좋아졌지만 속은 거북하다. 종일 배가 불편하였지만 퇴근하면서 많이 좋아졌다. 늦은 저녁에 잠시 앉아 집중을 하지만 쉽지가 않았다.

2019년 02월 19일 화요일 비

6시 10분 아침 수련 1시간. 몸을 풀고 자리에 앉아 경구를 암송하고 화두에 들어간다. 몸이 전체적으로 무겁고 삐거덕거리고 이곳저곳이 막힌 느낌이다. 중간에 잠깐 졸다가 다시 집중을 하니, 머리 위로 작은 소용돌이 우주(?) 모습이 아주 잠깐 떠오른다. 그리고 운기가 되면서 몸이 훈훈해지고 편안해진다. 몸과 머리가 도리도리하는 강한 진동으로 마무리를 하였다.

2019년 02월 21일 목요일 맑음

6시 40분 아침 수련 40분. 몸을 풀고 앉아 화두에 들어간다. 백회에 기운이 일고 단전이 조금씩 달아오른다. 오전에 의욕이 떨어지고 부정적인 감정이 조금씩 올라온다. 오후에 업무를 보다가 제자들 수련에 아낌없이 도와주시는 선생님 생각이 나서 목이 메였다. 퇴근 무렵 단전이 달아오르고 몸에 열기가 돈다.

2019년 02월 22일 금요일 맑음

6시 30분 아침 수련 50분. 수련 준비를 하고 경구, 『천부경』을 암송하면서 하단전이 시원하다. 6단계 화두에 들어가자 중단전에 기운이 모이면서 진동이 크게 일어난다. 백회와 인당, 중단전과 하단전이 번갈아가며 달아오르고 시원하기도 하다. 11가지 호흡 중 8, 9, 10번이 진행되었다. 하단전이 뜨거워진 김에 독맥으로 소주천을 두어 번 돌렸다. 호흡이 편안하여 쉽게 집중이 된다.

점심때 일지를 정리한 후 하단전에 집중을 하니 뜨거운 느낌이 든다. 저녁 식사량을 조절하기 위해서는 생식을 더 먹어야 하는데, 마음속에서는 더 먹으면 배가 불러 맛있는 것을 그만큼 못 먹는데 하는 속삭임이 들려온다. 그 속삭임에 굴하지 말아야 하는데 아직 관하는 능력이 부족한 듯하다.

2019년 02월 24일 일요일 맑음

7시 30분 아침 수련 1시간. 하단전, 중단전이 달아오른다. 실제로 차

갑지는 않지만 시원한 느낌이다. 인당도 계속 욱신거리고, 화두에 들어서도 한동안 지속이 된다. 몸이 개운하지 않아 깊은 집중은 안 되었지만, 왠지 모르게 불안하던 마음은 조금 진정이 되었다.

오후에 커피를 한잔하면서 『선도체험기』를 읽었다. 저녁을 밖에서 먹으면서 딸아이의 짜증에 슬슬 기분이 안 좋아지는 걸 지켜보고 있다. 아이들 투정에 화가 목구멍까지 올라왔지만, 꾹 참고 계속 지켜보면서 잘 넘어갔다. 이후 아무 일도 없었다는 듯이 웃고 장난치는 아이들 모습에 나는 아직도 그 일을 붙잡고 있다는 걸 알았다.

2019년 02월 25일 월요일 맑음

5시 40분 아침 수련 1시간. 준비하고 자리에 앉자마자 뭔지 모를 불안감이 생긴다. 아마도 어제저녁에 들어온 손님 때문인 것 같다. 경구를 암송하면서 차츰 엷어진다. 30분 정도 지나자 너무 피곤하여 누워서 잠시 쉬다가 잠이 들었다.

교실 안인데 제일 뒤에 앉아 졸고 있다. 교육을 마치고 사무실로 돌아오니 막내 직원이 청소하고 있다. 바닥에 못 보던 이상한 물건이 있어 손으로 집어 보니 자물쇠처럼 보인다. 잠이 깨어 다시 앉아 집중하니 인당에 반응이 있고 하단전과 중단전이 달아오른다.

출근하고도 개운하지 않고 중단전이 갑갑하다. 아이들 저녁을 챙겨주고, 짜증이 계속 올라오고 있다. 머리도 무겁고 컨디션이 별로이다. 늦게 퇴근한 아내의 잔소리에 성질을 조금 냈지만 이내 후회를 하고 숨을 고르고 있다.

2019년 02월 27일 수요일 흐림

6시 30분 아침 수련 50분. 자리에 앉아 경구를 암송하다가 화두에 들어간다. 백회에 반응이 일어나고 하, 중단전에 열기가 생기고 인당에 자극이 일어난다. 아이들 점심과 저녁을 챙겨 주면서 생식을 미리 먹었지만, 또 같이 먹었다. 오늘도 먹는 것에 정신을 못 차리고 있다. 자정이 넘어 자리에 앉아 화두에 잠시 집중을 하니 백회에 반응이 크다.

2019년 03월 01일 금요일 맑음 : 삼일절 휴일

5시에 깨어 화장실을 다녀온 후 자리에 앉았지만, 성적 유혹만 커지고 집중이 안 된다. 그냥 편하게 누워서 경구를 가볍게 외우다가 잠이 들었다. 6시 36분 아침 수련 1시간. 자리에 앉으니 허리가 펴지고 자세도 편하다. 이런 경우 집중이 잘되는 날이다. 하단전이 뜨겁게 반응을 한다. 독맥으로 소주천을 두어 번 돌리면서 성욕은 사그라진다. 내친김에 대맥도 여러 번 돌렸다.

무릎 위에 올려놓은 손(노궁)으로 기운이 묵직하게 들어오고 인당, 백회에도 들어오니 온몸이 훈훈해진다. 몸 전체가 열기로 가득하다. 최근 며칠 힘들었는데 편안해진다. 화두에 집중을 하니, 사막인데 소용돌이치는 모래 늪이 잠깐 보인다. 장면이 바뀌면서 흡사 그랜드캐니언처럼 깊은 계곡 위를 잠깐 비행을 한다. 백회로 기운이 더이상 들어오지 않는다. 마친 것일까? 욕심내지 말고 차분히 더 지켜봐야겠다. 오후에 집 근처 카페에서 커피 한 잔에 『선도체험기』를 읽고 이발을 하였다.

2019년 03월 02일 토요일 맑음

6시 24분 아침 수련 1시간. 온몸이 군데군데 막힌 느낌이다. 자리에 앉아 대각경, 『천부경』을 각각 3회를 암송하면서 하단전과 중단전이 달아오른다. 독맥으로 소주천을 두어 번 돌리고, 대맥도 돌린 후 화두에 들어가니 백회의 반응은 약하고 하, 중단전에 열기가 지속된다. 중간에 진동으로 막힌 곳들을 풀어 주니 조금 개운해졌다. 발 상태가 어떤지 천천히 걸어서 출근하니 다닐 만하다.

2019년 03월 04일 월요일 맑음

6시 아침 수련 1시간. 화두에 집중하지만 피곤해서인지 비몽사몽이다. 중간에 10분 정도 누워서 잤다. 전체적으로 잡념이 많고 뭔지 안정이 안 되어 어수선한 느낌이다. 화두 중 "네 잘못이다" 하는 흥얼거리는 목소리가 3번 들렸다. 내가 뭘 잘못했을까? 딱히 생각나는 것이 없고, 기억을 더듬어 봐도 모르겠다. 잘못이 있으면 고쳐 나아가면 될 것이다.

2019년 03월 06일 수요일 흐림

5시 50분 아침 수련 1시간. 몸을 풀고 앉아 경구와 『천부경』을 암송하면서 또 비몽사몽 중에 있다. 피곤하여 앉아 있는 것도 힘이 든다. 마치고 자리에 잠시 누웠다. 오전에 몸 상태가 서서히 좋아지고 있고, 오후 늦게 카페와 블로그 글들을 읽으면서 단전이 뜨거워진다. 아직도 많은 것을 내려놓아야 한다. 수련을 하면 할수록 작은 것에도 자꾸만 부끄러워진다. 늦은 저녁에 발 상태를 확인해 보니 새살이 돋아나고 디딜 때

160

거의 아프지 않다. 내일 출근 시 운동화를 신어 보고 괜찮으면 운동을 시작해야겠다.

2019년 03월 08일 금요일 맑음

6시 30분 아침 수련 55분. 수련 준비를 하고 경구 암송 후 6단계 화두에 들어간다. 한참 후 광활한 우주를 떠올리면서 '내가 우주이다. 우주와 하나이다'라는 생각을 해 본다. 기운줄이 연결이 된 느낌이 들고, 모두가 나와 같고 본성의 다른 모습일 뿐, 삼라만상 모든 것이 그러한 듯하다.

버스가 서 있고, 내리는 사람들, 서성이는 사람들이 많은 광장이 심안에 몇 번 보인다. 선명하게 보이지는 않지만, 이전보다는 좀더 세밀하게 묘사가 된다. 그냥 무심하게 봐야 하는데. 백회에 자극이 있어 며칠 더 지켜봐야겠다.

출근하면서 오랜만에 운동화를 신고 걸어 보니 상쾌한 기분은 들지만, 조용한 곳으로 가서 쉬고 싶어진다. 점심 후 단전에 집중하면서 잠이 들었다. 오후 퇴근 무렵 단전이 달아오르기 시작한다. 자정이 넘어 자리에 앉아 집중하니 백회에 큰 반응이 온다.

2019년 03월 09일 토요일 맑음

6시 25분 아침 수련 50분. 백회의 반응은 미미하고 중간에 졸았는지, 내 이름을 부르는 고음의 여성 목소리에 놀라 몸에 전율이 오르고 정신이 든다. 다시 화두에 집중을 하니 꿈인지 생시인지, 산 정상에 몇몇 사람들과 같이 올라가서 홀로 정좌를 하고 있다. 이상하게도 한 번도 본 적이 없는 이상한 작은 새(?)가 나에게 몇 번을 날아와서 손짓으로 쫓았다.

그리고 내가 있는 공간 전체에 물이라도 부었는지 마치 물속이라도 들어가 있는 느낌이 들고, 뭔가 많은 생물이 떠다니는 것 같다. 숨이 막히면 어떻게 하나는 생각에 깨었다. 저녁 늦게 자리에 앉아 단전에 집중을 하니 백회에 기운이 인다.

2019년 03월 10일 일요일 비

6시 50분 아침 수련 1시간. 6단계 화두에 들어간다. 백회에 작은 반응들이 있고, 초반에 잡념이 많아 집중이 어려웠지만 시간이 지날수록 안정이 되어 간다. 중간에 화산이 폭발하는 스톱모션 애니메이션이 잠시 떠오른다.

저녁을 화식으로 간단히 먹고 난 후 짜증이 올라와 아내에게 성질을 내고는 돌아서서 후회를 한다. 원인은 모두 나에게 있는데 아내의 말에 발끈한 것이다. 아직 멀고도 멀었다. 마음이 무겁고 부끄럽다.

2019년 03월 14일 목요일 맑음

6시 10분 아침 수련 1시간. 화두에 들어가 한참 후에 중단전에 기운이 일고 독맥도 달아오른다. 어릴 적에 부모님과 함께 찍은 듯한 느낌의 사진과 아기 사진들이 스쳐 지나간다. 나인 듯 아닌 듯. 중간에 얼굴 감정을 드러낸 몇 분의 모습들이 느껴져 그 모습에 집중하면서 해원상생, 극락왕생을 빌어 주었다.

2019년 03월 15일 금요일 맑음

6시 40분 아침 수련 50분. 가슴 부위가 뻐근하던 것이 풀어진다. 화두를 암송하니 백회에 반응이 있고, 하, 중단전에 열기가 생긴다. 출근을 하면서 기분이 별로이고 뭔가 모르게 조금 예민한 상태여서 조심하고 있다. 생식으로 점심을 먹고, 선생님께 전화를 드려 내일 방문 일정을 잡았다. 오후 3시 백회에 반응이 생기면서 하단전이 달아오른다.

2019년 03월 16일 토요일 맑음

5시 40분 아침 수련 40분. 비몽사몽이다. 다친 발 때문에 거의 2달 만에 삼공재를 방문하였다. 발 상처에 밴드를 붙였더니 걸을 만하다. 택시를 타자 어김없이 기다렸다는 듯이 중단전이 묵직하고 답답하다. 강남구청 건물 안 의자에 앉아 하단전에 집중을 하니 뜨겁게 달아올라, 1시간 정도 화두를 암송하면서 수련을 하였다.

선생님께 인사를 드리니 환한 미소로 반겨 주신다. 자리에 앉자 부드럽고 포근한 기운이 얼굴을 감싼다. 대각경, 『천부경』을 암송 후 화두에 집중을 하지만 잡념들이 자꾸만 올라온다. 수련을 마치고 생식을 주문한 후, 분식집에서 간단히 뒤풀이를 하고 집으로 돌아왔다. 감사한 마음이 크게 든다.

2019년 03월 17일 일요일 맑음

7시 아침 수련 1시간. 대각경, 『천부경』을 3회씩 외운 후 화두에 들어가자 백회에 반응과 하단전이 달아오른다.

2019년 03월 18일 월요일 맑음

6시 20분 아침 수련 1시간. 몸과 머리에 진동이 크게 온다. 화두에 들어가니 맑고 투명한 느낌이 잠시 든다. 잠깐 잠에 빠졌는지, 내 이름 석자를 부르는 여성 목소리에 깨었다. 지도령인지 물어보니 반응이 없고, 보호령인지 물어보니 진동과 백회에 반응이 있지만 맞는지는 모르겠다.

6단계 화두는 아직 기운이 들어오고 있어, 좀더 지켜봐야겠다. 중간에 파노라마처럼 펼쳐지는 그림들이 보일 듯 말 듯 한다. 점심때 수련 초창기 때 작성한 일지를 읽으면서 하단전이 달아오른다. 늦은 저녁에 집안에서 제자리걸음과 스쿼트 및 근력 운동을 하고, 자리에 앉아 집중을 한다. 백회의 반응이 크게 느껴진다.

2019년 03월 19일 화요일 맑음

6시 40분 아침 수련 40분. 화두에 들어가니 기운은 많이 약해졌다. 방편에 너무 얽매이지 말자. 회의 중 직원과 언쟁이 붙었다. 평소답지 않게 오는 말을 되받았더니 어색하게 되었다. 회의를 마치고 난 후 감정의 동요는 별로 없는데, 중단전이 숨쉬기 힘들 정도로 심하게 막힌다. 좀 자제를 해야 했는데 부끄럽기도 하고 후회가 밀려온다. 앞으로는 조심에 또 조심을 해야겠다.

저녁에 발 상처를 소독하다가 붙어 있던 딱지가 떨어지면서 말끔한 살이 보인다. 발톱은 좀 흔들리지만 이 정도면 다니는 데 크게 불편은 없을 것 같다. 저녁 늦게 40분 정도 단전에 집중을 하니 백회에 반응이 크다.

2019년 03월 20일 수요일 맑음

새벽꿈에 여인이 나타나 성적 유혹을 하여 이러면 안 되는데 하면서 꿈에서 깨어 보니 다행히 민망한 일은 없었다. 6시 30분 아침 수련 50분. 화두에 들어가니 별다른 반응이 없다. 마음을 비우고 좀더 지켜봐야겠다. 수련 중 인당에 집중이 되고, 몸과 머리가 도리도리, 빙글빙글하며 진동이 세차게 일어난다. 어제 일에 영향이 큰 것 같다. 몸이 아직도 뻐근하다. 출근을 하여 차분하게 상황을 보고 있다.

점심때 운동 삼아 걷고 나니 운기가 되는지 하단전과 몸에 열기가 오른다. 퇴근 무렵 중단전이 풀리기 시작하고 대맥에 열기가 감지된다. 저녁 늦게 자리에 앉아 40분 정도 축기에 집중을 하니 몸이 훈훈해진다.

2019년 03월 22일 금요일 맑음

5시 50분 아침 수련 1시간. 화두에 들어가지만 별다른 반응이 없다. 이후 호흡에만 집중을 하니 잡념들이 생기지만 하단전은 따뜻해지고 약한 진동과 함께하였다. 어제 TV에서 들은 혜민 스님의 '나에게는 나를 먼저 사랑해 줄 의무가 있다'라는 말씀이 생각난다.

점심 생식 후 혜민 스님의 책을 읽고, 내일 방문하고자 선생님께 전화를 드리니 직접 받으신다. 긴장은 조금 되었지만, 얼굴엔 자꾸 미소가 지어진다. 걸어서 퇴근을 하여 저녁 식사로 생식과 삶은 달걀, 돼지갈비를 먹고 1시간 정도 걸었다. 발걸음이 너무나 가볍다.

2019년 03월 23일 토요일 맑음 / 비

6시 20분 아침 수련 40분. 너무 피곤하다. 어제저녁 운동이 과했나 싶다. 삼공재에 도착하여 인사를 드리고, 선생님 미소에 마음이 편안해진다. 자리에 앉아 집중을 하니 따뜻하고 포근한 기운이 얼굴을 감싼다. 평소처럼 진행을 하다가 화두에 들어간다.

6단계 화두 기운이 더이상 안 들어오면 다음 화두를 받으려고 하였으나, 집중을 하자 백회와 하단전에 기운이 쌓인다. 아직 좀더 기다려야겠다. 욕심이 앞섰나 보다. 저녁 생식을 먹고, 간식으로 빵을 사서 아이들과 같이 조금 먹었다. 밤이 깊었지만 잠이 안 와서 TV를 보다가 늦게 잠이 들었다.

2019년 03월 26일 화요일 맑음

6시 30분 아침 수련 1시간. 절 운동 10회, 하단전에 집중을 하면서 화두에 들어가니, 조금씩 달아오른다. 혜민 스님 책을 읽고 있어서 그런지, '나 자신을 사랑하자'라는 생각이 든다. 오늘은 출근하면서 계속 의수단전을 하고 있다.

업무로 힘들어하는 모습이 안쓰러워, 아내가 좋아하는 음식으로 점심을 같이 먹었다. 생식을 미리 먹었기에 양을 조절해야 하는데, 맛있는 것 앞에서는 자꾸만 무기력해진다. 결국 힘든 오후를 보냈다. 저녁으로 생식과 채식라면을 조금 먹고 20분 정도 걸었다.

2019년 03월 27일 수요일 맑음

6시 10분 아침 수련 1시간. 6단계 화두를 시작하면서 하단전에 집중을 한다. 10분 정도를 남겨 두고 잠이 들었는지, 고양이(?) 한 마리가 내 손바닥에 코를 비비면서 'Yes, Yes' 하는 모습이 너무 귀엽다.

오전에 잠깐 졸았는데, 삼공재에 여러분이 계시고 나는 서 있는데 선생님께서 나를 보시더니 오른쪽 옆자리로 와서 앉으라고 손짓을 하신다.

걸어서 출근을 하다. 점심때 저번에 산 CD 들으면서 하단전에 집중을 하다. 저녁에 30분 정도 걸은 후 저녁 늦게 자리에 앉아 40분 정도 화두 기운과 함께하였다. 편안하여 시간이 늦었지만 좀더 있고 싶어졌다.

2019년 03월 28일 목요일 맑음

6시 38분 아침 수련 30분. 앉자마자 화두에만 집중을 하니 하단전에 서서히 반응이 오고 백회에도 기운이 느껴진다. 출근하면서 약간의 우울 증상이 있다. 점심으로 생식과 쑥떡을 먹고, 아리랑 음악을 들으면서 하단전이 달아오르고, 답답하던 중단전도 불편하던 마음도 조금 풀린다.

퇴근 무렵 자기주장만 하는 직원과 통화를 하면서 중단전에 바위가 누르는 것 같은 압박감이 생긴다. 벽하고 이야기를 하는 것 같다. 저녁으로 생식을 미리 먹은 후 아이들과 순댓국(밥 없이)을 먹었다. 식사 후 장을 보면서 걸었더니 답답함은 많이 풀렸다. 저녁 늦게 자리에 앉아 잠시 집중을 한다.

2019년 03월 29일 금요일 맑음

6시 10분 아침 수련 1시간. 하단전에 집중을 하니 기운이 느껴진다. 걸어서 출근을 하고 점심때 잠시 또 걸었다. 오후에 하단전이 달아오르기 시작한다. 저녁에 40분 정도 걸은 후 늦게 자리에 앉아 40분 정도 백회로 쏟아져 내리는 기운과 함께하다.

2019년 03월 30일 토요일 맑음 / 비

6시 15분 아침 수련 1시간. 화두에 들어가지만 기운의 변화는 잘 모르겠다. 백회에 반응이 있는 것 같으나 약한 것 같기도 하고, 하단전은 은은히 달아오른다. 구불구불한 강이 보이고 그 끝에는 바다가 펼쳐져 있고, 수평선에 태양이 점점 떠오르고 있다. 고개를 들었더니 형광등 불빛 때문에 밝아지더니 따뜻한 햇살이 나에게로 쏟아지는 느낌이 든다. 기분이 좋아지고, 모든 분께 감사의 인사를 드리고 마쳤다.

혜민 스님의 『고요할수록 밝아지는 것들』 책을 모두 읽으면서 그동안 답답해하던 부분이 풀렸다. "내 생각, 내 느낌 안에서 고요한 침묵이 있는 것이 아니라, 고요한 침묵 안에서 생기고 사라지기를 반복하는 내 생각, 내 느낌들이 있다. 지금의 모든 것들은 고요한 큰 안의 먼지들이다. 일어나고 없어지고, 다시 일어나고 없어지는 이 모든 것 또한 나이다. 생기고 사라지는 것을 그냥 무심하게 지켜만 보자. 고요한 침묵은 끝없는 우주(공)이다"라는 생각이 들면서 마음이 편안해진다. 저녁 늦게 조금 걸었다.

2019년 03월 31일 일요일 맑음

6시 40분 아침 수련 1시간. 하단전에 집중을 하니 대맥이 뜨거워지고 몸이 열기로 후끈하다. 화두를 암송하자 별다른 반응이 없고 진동을 하면서 굳은 몸이 풀어진다. 대각경, 『천부경』을 3회씩 외우고 마쳤다. 저녁 늦은 시간에 자리에 앉으니 백회에 기운이 강하게 느껴져, 하단전에 집중을 하면서 30분 정도 수련을 하였다.

2019년 04월 02일 화요일 맑음

6시 40분 아침 수련 50분. 화두에 들어갔지만 어제와 비슷한 상황이다. 졸지는 않은 것 같은데 시간이 금방 지나간다. 점심으로 생식을 먼저 먹고 직원 부친상 조문을 다녀왔다. 오후에 조금 피곤하고, 잠깐씩 졸았다. 저녁에 아내와 아들과 함께 벚꽃 길을 걸은 후 늦은 저녁에 자리에 앉아 집중을 한다. 백회에 기운이 느껴지고, 하단전에 집중을 해 본다.

2019년 04월 05일 금요일 맑음

6시 20분 아침 수련 1시간. 화두에 집중을 하다가 암송을 한다. 잡념이 많고 진동도 지속적으로 하면서 하단전이 따뜻하게 데워진다. 점심 생식 후 내일 삼공재를 방문하고자 전화를 드렸다. 시간이 지나면서 하단전이 달아오르고, 퇴근 무렵 백회에 기운이 느껴진다. 저녁 늦게 자리에 앉아 백회에 느껴지는 기운과 함께 하단전에 집중을 한다.

2019년 04월 06일 토요일 맑음 : 7단계 무소유처

6시 30분 아침 수련 1시간. 대각경, 『천부경』 3회씩 외운 후 화두에 집중을 하지만 반응이 없다. 하단전에 집중을 하면서 호흡을 하니 단전이 달아오른다. 기차를 타고 자리에 앉으니 중단전에 압박감이 있고, 잠시 졸았다. 사무실 직원과 통화 후 지금까지 당연한 도움에 대해 너무 아무렇지 않게 받은 것 같다. 당연한데 왜 안 해 주냐고 원망만 했지 그 수고스러움에 대한 생각은 하지 못하였다.

삼공재에 도착하여 선생님께 인사를 드리자, 밝은 미소로 맞아주신다. 자리에 앉자 지난번처럼 포근한 기운이 상단전을 중심으로 느껴지고 몸에 열기가 생긴다. 평소처럼 진행을 하면서 꿈인 듯 아닌 듯 장면들이 스쳐 지나간다. 시간이 지나면서 하단전에 열기가 생긴다. 6단계 화두의 반응이 없는 것을 재차 확인하고, 마친 후 7단계 화두를 받았다. 집에 도착하여 1시간 정도 걸은 후 저녁 늦게 자리에 앉아 집중을 하니 백회에 느껴지는 기운이 강하다.

2019년 04월 07일 일요일 흐림 / 비

6시 10분 아침 수련 50분. 7단계 화두에 들어가니 백회에 기운이 강하게 느껴지고, 하단전에 뜨거운 열기가 생긴다. 1단계보다는 약하지만 다른 화두 때와는 확연히 다른 느낌이다. 그렇게 한참을 집중을 하였다. 저녁 늦게 자리에 잠시 앉아 집중을 해 본다.

2019년 04월 08일 월요일 맑음

6시 30분 아침 수련 1시간. 하단전에 보일러가 있는 것처럼 따뜻하고 자꾸만 데워져 중단전까지 뜨거워진다. 계속 집중을 하니 '아무것도 아니다'라는 생각이 든다. 화두의 기운은 어제보다는 약하고 갈수록 더 약해진다. 드문드문 몸이 좌우로 진동을 하고 목은 더 세차게 진동을 한다. 마칠 무렵 화두의 기운이 느껴지지 않을 정도로 많이 약해진 것 같다. 또 욕심이 앞서는 건 아닌지 다시 더 천천히 확인을 해 봐야겠다.

점심때 일지를 정리하면서 하단전이 달아오르고, 화두에 집중을 하니 백회에 기운이 일어난다. 머리가 조금 아프다. 저녁에 TV를 보면서 하단전에 간간이 집중을 하니 기운이 느껴진다. 저녁 늦게 자리에 잠시 앉아 집중을 한다.

2019년 04월 09일 화요일 흐림

6시 22분 아침 수련 1시간. 경구를 암송하고 화두에 들어가니 백회에 약한 자극이 있고, 기운은 처음처럼 크게 느껴지지 않는다. 한참을 집중한다. 3시 30분경 하단전에 열기가 생기며, 운기가 되는지 몸이 더워진다.

오후에 회의를 하면서 기운이 많이 떨어졌지만, 감정의 기복은 별로 없었다. 저녁에 생식을 먹은 후 피자를 많이 먹었다. 내일 아침 일찍 출장을 가기 위해 잠을 청한다.

2019년 04월 11일 목요일 맑음

6시 40분 아침 수련 50분. 화두에 들어가니 인당에 기운이 묵직하게 모여 머리 둘레에 압박감이 있다. 백회에도 약한 느낌이 있으나 애매하고 대추혈 부근에 기운이 모인다. 7단계를 마쳤는지 물어보니 백회의 기운이 좀 전보다 크게 반응이 일어난다. 느낌으로는 마친 것 같은데 아직 명확하지 않다. 너무 서두르지 말자.

점심때 일지를 정리하면서 화두에 잠시 집중을 하니 처음에 백회에 기운의 반응이 있더니 차츰 엷어져 느껴지지 않는다. 저녁을 먹고 40분 정도 걸은 후 피곤하여 잠깐 누웠는데 시간이 많이 지났다.

2019년 04월 12일 금요일 맑음

6시 20분 아침 수련 1시간. 화두를 확인해 보니 더이상은 기운이 들어오지 않는다. 점심때 내일 삼공재 방문 전화를 드리고 허락을 받았다. 저녁에 40분 정도 걸으면서 오늘따라 발걸음이 가볍다. TV를 보면서 뱃살 빼기 운동을 잠깐 하고 저녁 늦게 자리에 앉아 잠시 집중을 한다. 서울을 너무 자주 간다는 아내의 잔소리에 앞으로는 조금 조정하겠다고 하였다.

2019년 04월 13일 토요일 흐림 / 비 : 8단계 비비상처

6시 30분 아침 수련 1시간. 경구를 암송하지만, 잡념이 많아 집중이 안 되었다. 하단전도 달아오르지 않는 걸 보니 손님인 모양이다. '나는 아무것도 아니다'라는 문구를 반복적으로 외우고 있다. 나 자신을 더 내려놓아야 한다.

택시를 타고부터 중단전이 심하게 막힌다. 잠깐 눈을 감고 집중을 하는데 택시 뒷자리 여성과 옆에 작은 사람이 있고, 앞에서 누군가 여성의 입에 거즈를 대는 장면에서 깨었다. 약간 어찔하고 속도 울렁거린다. 기차를 타고 정신없이 졸았다.

삼공재에 도착하여 인사를 드리고 자리에 앉으니 상단전을 중심으로 기운이 느껴지고, 하단전도 집중을 하니 아랫배가 꿀렁꿀렁한다. 이후 하단전이 뜨거워지고, 그렇게 한참을 지속하다가 마쳤다. 인사를 드린 후 8단계 화두를 받았다. 좀 길어서 헷갈린다. 화두를 마치면 일지를 정리해서 보내라고 하신다.

빵집에서 도담을 나눈 후 터미널로 이동하여 버스를 기다리는 동안 의자에 앉아 화두에 집중을 한다. 화두가 헷갈려 현묘지도를 먼저 마친 분과 통화를 하여 다시 확인을 하였다. 화두를 외워 보니 너무 막막하고 입에 잘 붙지 않는다. 처음에 기운이 잠깐 느껴지고, 집중하다가 '아무것도 없다'라는 생각이 들면서 점차 약해지더니 더이상 반응이 없다. 버스를 타고 도착하여 집까지 걸어가면서 온몸이 찌릿해지고, 삼공 선생님 얼굴이 떠올라 눈시울이 뜨거워졌다.

2019년 04월 14일 일요일 흐림

6시 17분 아침 수련 50분. 경구를 외우고 7단계 화두를 다시 확인하고 8단계 화두에 들어가지만 아무런 반응이 없다. 마치면서 삼공 선생님과 모든 분께 감사의 인사를 마음으로 드렸다. 저녁을 먹고 50분 정도 걸은 후 거실에서 스쿼트 20개, 스트레칭과 복근 운동을 하고, 자리에 앉아 집중을 하지만 피곤해져 일찍 잤다.

2019년 04월 15일 월요일 맑음

꿈을 꾸다. 앞뒤는 잘 생각이 안 나고, 긴박한 상황 속에서 어떤 여인이 아이를 출산하고 그 후 3명의 아이가 같이 서 있는데 같이 태어난 느낌이다. 태어난 모습은 사람의 형상인데 용이라는 생각이 든다. 6시 10분 아침 수련 1시간. 대각경 3회, 『천부경』 3회 암송 후 화두를 외우면서 피곤했는지 비몽사몽간이었다.

아침에 생식을 먹은 후 그래도 배가 허전하여 과자를 두고 한참을 씨름을 하다가 조금만 먹었다. 체중과 뱃살을 빼야만 한다. 걸어서 출근을 하면서 몸은 무겁지만, 마음은 편안하다. 오전 업무에 들어가면서 몸도 편안해지고 하단전에 열기도 조금씩 돌아오고 상태도 좋다. 저녁에 딸아이와 30분 정도 걸었다.

2019년 04월 16일 화요일 맑음

6시 아침 수련. 삼공 선생님과 모든 분께 마음을 담아 감사의 인사를 먼저 드렸다. 자리에 앉으니 마음 한구석이 불편한 느낌이 든다. 한참을 7단계, 8단계 화두를 번갈아 외우고 나니, 보라는 달은 안 보고 달을 가리키고 있는 손가락만 쳐다보고 있었다. 화두수련은 나의 본성을 찾는 수련인데, 달을 찾으려면 달을 쳐다봐야지 손가락만 보고 있으면 되겠는가.

8단계 화두를 다시 암송하고 '모든 것이 편안하다'는 생각이 든다. 선생님의 미소 띤 얼굴이 생각이 나서 눈물이 왈칵 쏟아져 내렸다. 앞으로도 크고 작은 바람들이 불겠지만 흔들리지 않고 지금처럼 나아갈 것이다.

점심 생식 후 생각을 정리하면서 하단전에 집중을 한다. 빙의령이 어김없이 찾아와 감정을 흔들고 있는 것을 느긋하게 지켜본다. 저녁에 사소한 다툼으로 동생이 누나한테 심하게 대드는 모습에 순간적으로 화가 폭발하고 말았다. 이내 알아차리고 잠잠해졌지만, 부끄러움이 밀려오고 아직 많이 부족함을 느끼게 되었다. 항상 자만하지 말라고 하는 것 같다. 저녁 늦게 자리에 앉아 잠시 집중을 하다가 잠이 들었다.

2019년 04월 17일 수요일 맑음

6시 30분 아침 수련 1시간. 화두를 외우다가 이 세상이 존재하기에 이렇게 수련도 하게 된다는 생각이 들어 존재하는 모든 것에 감사하게 느껴진다. 색(色)이 있으니 공(空)도 있고, 색즉시공 공즉시색, 색(色)과 공(空)은 큰 하나이다. 인터넷으로 자주 보던 관세음보살님 이미지가 잠깐 떠오른다. 화두가 모두 마무리된 것 같다.

어제 화 때문인지 종일 상태도 안 좋고, 부정적인 생각이 계속 떠올라 이 마음이 무엇인지 주시하고 있다. 그동안 작성한 일지를 다시 읽어 보면서 감회가 새로워진다. 저녁에 장을 본 후 30분 정도 딸아이와 걷고, 피곤하여 일찍 잠자리에 들었다.

2019년 04월 18일 목요일 맑음

꿈. 아파트 거실인데 수련생이 몇 사람 있고, 안방에는 선생님이 계시는 느낌이다. 수련을 시작하려고 분주한 느낌이 든다. 기상이 늦어 아침 수련은 쉬었다. 어제와는 다르게 기분이 상쾌하고 정신도 맑다. 점심으로 생식을 먹고 일지를 정리하였다. 저녁에 50분 정도 걸으면서 이유 없이 그냥 웃음이 자꾸 새어 나온다. 저녁 늦게 누워서 와공으로 단전 축기를 하다가 잠이 든다.

2019년 04월 19일 금요일 흐림

꿈. 삼공재인데 여러 도반님이 모여 있고, 수련은 마친 것 같고 선생님의 모습이 조금 젊어지신 것 같다. 머리카락도 더 검으시고 옆에 앉아 있던 도반님과 이야기를 잠깐 나눈다. 선생님께서 자리에서 일어나시고 한동안 오시지 않아 모두 밖으로 나왔다.

5시 30분 아침 수련 1시간. 대각경 3회 염송 후 『천부경』을 암송하니 포근하고 부드러운 기운이 몸 전체를 휘감는 느낌이다. 걸어서 출근을 하면서 몸이 너무 무겁다. 오전에 정신없이 업무를 보고, 점심때 직원 외조모상 조문을 가서 식사를 하고 왔다. 저녁에 40분 정도 걸으면서 앞으로 체중 조절과 하루 만 보는 꼭 채우고자 다짐을 한다. 저녁 늦게 자리에 앉아 잠시 집중을 해 본다.

마치면서

대주천 이후 화두수련의 각 단계를 지나가면서, 제대로 하고 있는 걸까? 하는 의구심도 많이 들었다. 하지만 처음 삼공재를 방문하던 때와 비교하여 달라지고 있는 내 모습을 보면서 조금씩 자신감을 가지게 되었다. 그리고 『선도체험기』에 소개된 선배님들의 수련기도 많은 도움이 되었다.

현묘지도 8단계 화두를 마무리하고 한동안 마음이 너무나 편안했던 경험은 내 인생에 있어 가장 큰 사건이다. 그동안 나를 괴롭히던 의문들은 이제 더이상 문제가 되지 않는다. 앞으로도 많은 어려움이 있겠지만, 이제 그 경험들을 발판 삼아 다시 새롭게 시작을 하고자 한다.

지금까지 모든 것을 변함없이 묵묵히 받아 주시며, 올바른 길을 열어 주신 선생님의 은혜는 평생 잊지 못할 것이다. 그리고 항상 든든한 힘이 되어 주신 여러 도반님께도 감사한 마음을 전한다. 모든 분께 감사드립니다.

【필자의 논평】

강승걸 씨의 화두 수련기를 읽노라면 처음부터 끝까지 서두르지 않고 시종일관 꾸준한 인내력으로 침착하게 수련에 임했다는 것을 알 수 있다. 바로 백절불굴의 인내력만 발휘할 수 있다면 성공 못 하는 일이 없을 것이다. 이 인내력과 구도 정신이 배합된다면 만사형통이 될 것임을 의심치 않는다. 도호를 백인(百忍)으로 한 것은 이 때문이다.

현묘지도 화두수련 체험기 (47번째)

김 경 화

글을 시작하며

어릴 적부터 죽어 사라진다는 것에 대한 두려움으로 눈을 감는 것이
무서워 밤이면 잠을 이룰 수가 없었다. 머릿속은 어디에서도 들어 보지
못한 고음의 소리로 가득차는데, 밤이 되면 소리가 더 증폭되어 굉음으
로 들리니 무서웠다. 그리고 항상 고독한 외로움을 느꼈다.

내가 선택한 인연의 이끌림으로 세 아이의 엄마가 되었고, 엄한 시집
살이에 20년간 공양주로서 매일 아이를 업고 산을 오르내리며 많은 이
들에게 공양해야 했지만, 이는 내가 갚아야 할 빚 갚음이며 업을 닦아
내고 있는 길이라 생각하며 꿋꿋이 견뎌 냈다.

그러던 어느 날, 명상을 시작한 지 얼마 되지 않았을 때였다. 첫 아이
가 다가와 명상을 하고 있던 나에게 "엄마, 왜 머리를 흔들어요?"라고 물
었다. 그때가 내 몸이 스스로 진동을 하고 있다는 것을 알게 되었다. 그
이후로도 십여 년이 넘도록 수련을 할 때마다 진동을 한다.

이런 여러 가지 본성의 반응들로부터 선도수련을 하면서 어릴 적부터
들렸던 머릿속 고음의 소리가 관음법문(觀音法門)임을 알게 되었고, 몸
의 진동은 11가지 호흡의 한 가지라는 것도 알게 되었다. 먼저 세상을
떠난 큰언니가 읽고 전해 준 『한단고기(桓檀古記)』라는 책을 밤새 읽었

던 기억이 난다. 선도수련(仙道修鍊)과의 인연의 시작이다.

힘들었던 시간을 돌이켜보니, 이제 이생에서 내가 할 수 있는 만큼의 빚 갚음은 끝나가는 듯하다. 내가 가지고 태어난 아름다움 그리고 화려함을 절제하고 자제하며 빚 갚음과 업을 닦는 일에만 집중하였다. 인연들도 이번 생에 마무리하려 부단히 노력하였고, 비록 힘든 나날 속에서도 내 본성은 태어남과 죽음에 대한 근원적인 의문으로 진아를 알아가는 구도행을 해내려 하였다.

2018년 12월 29일 토요일 (1단계 천지인삼재)

삼공재에서 현묘지도(玄妙之道)를 완수하신 분들과 파티를 하였다. 선생님께서 함께해 주셔서 모인 도반들은 잠시 우주의 기운을 선생님께 보내며 선생님의 건강을 기원하였다. 파티가 끝나고 선생님께 1단계 화두를 받다.

어릴 때부터 나는 '어디에서 왔을까? 어디로 갈까?'를 항상 갈구하며 '저 별에서 오지 않았을까' 생각해 본 기억이 난다. 볼일을 마치고 새벽에 좌선하고 앉아 1단계 화두를 염송하였다. 불끈 온몸으로 열이 나며 마음은 평화롭다. 조금 화두를 암송한 것 같았는데 어느새 1시간이 지나 있다.

2018년 12월 30일 일요일

1단계 화두를 받고 마음공부가 한창이다. 내 안의 쌓여 있던 울화가 치밀어 올라 주체를 못 하겠다. 이유를 찾아보니, 시집살이를 참아 내야 했었고 또 어린 나이에 시집을 일찍 가서 그동안 부모님께 소홀했다는

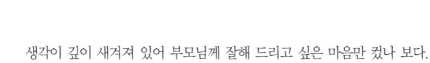

생각이 깊이 새겨져 있어 부모님께 잘해 드리고 싶은 마음만 컸나 보다. 힘에 부쳐도 잘해 드리려는 마음에 나를 몰아붙이며 부담감을 가중시켰다. 참아 내는 것이 능사는 아니나 참아 내야만 내 빚을 갚을 수 있었던 습이 반복되는 것 같아 잘 지켜보고 풀어내는 연습을 하려 한다.

2019년 1월 11일 금요일

1단계 화두를 염송하니 온몸으로 열이 나며 몸을 데워 준다. 희미하나 하얗게 빛이 나는 별들이 빛을 내며 사라진다. 마음은 편안하고 전류가 온몸으로 흘러 다닌다. 장심으로 기운이 강하게 들어온다. 오후 수련, 화두를 염송한다. 관음법문이 온 사방에 가득 퍼지며 온몸으로 열이 오르고 단전이 단단해진다. 별들이 빛을 발산하며 터진다. 관음법문이 작렬하고 진동이 일며 몸이 춤을 추는 것 같다.

1월 14일 월요일 (2단계 유위삼매)

삼공재에서 2단계 화두를 받았다. 집에 가는 지하철에서 화두를 염송하니 열이 단전에서부터 올라와 온몸으로 퍼진다. 호흡은 잔잔한 물 위에 떠 있는 듯 부드럽게 들고 난다.

2019년 1월 16일 수요일

오후 수련, 좌선하고 화두를 염송하니 온몸으로 전류가 흐른다. 장심에선 구멍이 생겨 바람이 드나드는 듯하다. 모든 것이 사라지고 관음법문의 현란한 파장 음만이 가득하다.

2019년 1월 21일 월요일

2단계 화두를 염송하는데 기운이 잔잔한 흐름 같다. 수련 시 진동을 하는데 오늘은 다른 날과 다르게 가슴 부위가 진동하는 것 같다. 마치 심장이 벌떡거리듯 앞뒤로 움직인다. 가슴이 벅차오르며 감사한 마음에 눈물이 난다.

2019년 1월 27일 일요일

우해 선배님과 관악산 등산을 다녀왔다. 산을 오를 때는 기운이 전신을 돌며 활발하고, 내려올 때는 몸이 나른하여 구름 위를 걷는 듯하였다. 호흡이 더욱 깊어졌다.

2019년 1월 28일 월요일

삼공재 수련이다. 선생님께 일배를 드리고 앉아 화두수련을 하며 2단계를 마무리하고, 3단계 화두를 선생님으로부터 받았다.

2019년 1월 31일 목요일

화두를 염송하니 관음법문이 작렬하다. 몸이 진동하며 몸이라는 물질이 사라지고 관음법문과 진동만으로 남아 있다. 무척 편안하다.

2019년 2월 3일 일요일 (3단계 무위삼매)

3단계 화두를 염송하니 관음법문이 현란하다. 온몸으로 기운이 흘러내린다. 슬슬 진동하며 고개가 살짝 들려지고, 인당을 압박하며 빛들이 모여 앞으로 사라진다. 벌써 한 시간이 지나 있다. 너무나 편안하다.

2019년 2월 11일 월요일

일주일간 가족들과 여행을 다녀왔다. 여행하는 내내 3단계 화두를 염송하며 의수단전하였다. 3단계가 끝났는지 기운의 변화를 잘 못 느끼겠다.

2019년 2월 12일 화요일 (4단계 무념처삼매, 11가지 호흡)

선생님께 전화드려 4단계 화두를 받았다. 무념처삼매 11가지 호흡은 오래전부터 그 당시는 잘 몰랐지만 명상 시마다 호흡이 되고 있었다. 명상을 시작하고 얼마 지나지 않아 어느 순간부터 진동이 와서 왜 이럴까 고민을 많이 하였다. 그러나 이 진동이 현묘지도(玄妙之道) 수련을 하기까지 이끌어 준 계기가 되었다.

오후 수련, 진동의 흐름에 맡겨 놓으니 머리와 몸이 잘도 돌아간다. 순간 멈춰지면 얼굴 부위가 시원해지며 개운하다. 왼쪽 목덜미에 심줄이 딱딱 걸리더니 담이 걸린 것처럼 아프다.

2019년 2월 15일 금요일 (5단계 공처)

선생님께 전화드려 5단계 화두를 받았다. 온몸으로 기운이 들어오며 눈물이 난다. 어디에서 올라오는지 가슴을 저미며 눈물이 나고 소름이 돋는다. 바로 좌선하고 앉으니 머리 위에서부터 면사포처럼 관음법문이 쏟아져 내리며 몸 주위를 감싸 준다. 하얀 기운의 장이 둘러지며 그 원 안에 들어가 있는 것 같다. 단전이 달아오른다.

2019년 2월 16일 토요일

화두를 염송하니 몸이라는 게 느껴지지 않으며 호흡이 깊고 편안하다. 내 몸 전체가 사라지고 호흡만이 남아 있다. 진동이 일어나며 뒷목이 결리고 아프지만 시원하다.

2019년 2월 18일 월요일

삼공재 수련이다. 머리끝에서 발끝으로 전류가 흘러내리며 온몸으로 열이 난다. 1시간 수련을 마친 후『선도체험기』118권에 선생님 사인을 받고 귀가하였다.

2019년 2월 24일 일요일

오후 수련, 화두를 염송한다. 잔잔하게 몸이 회전하며 진동을 하고 관음법문이 쏟아져 내리며 후끈후끈 열이 난다. 몸에 불이 나는 것 같은데 가슴으로 하단전으로 통으로 뻥 뚫린 듯하고 시원하다.

2019년 3월 5일 화요일 (6단계 식처)

우해 선배님과 관악산에 등산 다녀온 후 5시쯤 선생님께 6단계 화두를 전화로 받았다. 화두를 듣는 순간 기운이 쏟아져 내려와 아래로 전류가 흘러내린다. 끝내야 할 업무가 남아 있어 서서 일을 하는 중에도 다리로 전류가 흐르고 소름이 돋는다. 오후 수련, 관음법문이 작열하며 몸 주위로 흘러내리고 머리가 돌아가기 시작한다. 마치 팽이같이 쉼 없이 돌고 돈다. 잠시 멈춰지면 관음법문의 현란한 파장 음들이 더 증폭되어

들려오며 몰입이 된다.

2019년 3월 11일 월요일

삼공재 수련이다. 지하철을 타러 가는 동안 또 걸을 때 기운이 강하게 흐른다. 선생님께 일배드리고 앉아 잔잔하고 화사한 기운에 감싸여 편안하게 수련하였다.

2019년 3월 12일 화요일

우해 선배님과 등산을 다녀오고 몸살기가 있다. 몸 왼쪽에 강하게 기운이 쏠리는데 무슨 일인지는 잘 모르겠다. 치유되는 과정인 듯하다. 왼쪽으로 열이 오르며 왼쪽 입꼬리에 물집까지 피어났다. 오후 수련, 왼쪽으로 강하게 전류가 흐른다. 몸이 회전하며 아픈 목 부위가 시원하다. 몸 전체로 열이 올라 퍼지며 하단전과 중단전에 열감이 강하다.

2019년 3월 18일 월요일

삼공재 수련이다. 선생님께 일배를 드리고 좌선하여 호흡을 가다듬으니 머리 위에서 관음법문이 쏟아져 내리며 집중이 잘된다. 아무것에도 걸림이 없고 그저 평온하고 밝고 화사한 빛으로 둘러싸여 있는 듯하였다.

2019년 3월 19일 화요일

우해 선배님과 등산을 다녀왔다. 봄기운이 가득하여 이젠 두꺼운 옷이 버겁게 느껴진다. 단전은 얼얼하고 열감이 강하다.

2019년 4월 1일 월요일 (7단계 무소유처)

삼공재 수련이다. 수련하기 전 선생님께 7단계 화두를 받았다. 좌선하여 화두를 염송하니 가슴이 울린다. 무엇일까? 간절하게 화두를 염송하니 온몸으로 열이 오르며 단전이 달아오른다. 전류가 얼얼하게 흐르며 잔잔하게 관음법문이 흐른다. 한참을 집중하니 황금빛이 찬란하게 펼쳐지며 퍼져 나가고 호흡만 남은 듯 고요하다.

2019년 4월 2일 화요일

우해 선배님과 등산 다녀왔다. 오후 수련, 머리가 좌우 앞뒤로 회전하며 11가지 호흡이 저절로 된다. 몸으로 열이 오르나 백회로는 시원한 기운이 들어와 서늘하다.

2019년 4월 7일 일요일

활짝 핀 꽃들과 햇빛이 고와 아이들과 산책하며 만 보 걸음을 채웠다. 오후 수련, 화두를 염송하니 온몸으로 타버릴 듯이 열이 오르며 땀이 진득하게 난다. 반복적으로 화두를 염송하며 호흡에 집중하니 텅 빈 듯 마음은 그지없이 편안하다.

2019년 4월 8일 월요일

오후 수련, 1단계부터 차례로 화두를 다시 염송하였다. 온몸으로 열이 나며 단전으로 열감이 강하게 형성되고 휘몰아치듯 중단전에서도 뜨겁게 열감이 형성된다.

2019년 4월 11일 목요일

선생님께 전화드려 8단계 화두를 받았다. 문장이 길어 받아 적었다. 적어 놓은 화두를 보는 순간 온몸의 세포들이 요동친다. 자리에 앉아 화두를 염송하니 얼얼하게 기운이 쏟아져 내린다. 내가 오랜 세월 '나'라고 불러 온 이 모습에 여태 집착을 하며 힘들어했구나. 힘겹게 끌고 왔던 것들이 내려놓아지며 웃음이 나온다. 나를 사랑해 줘야겠다. 어디에도 걸림이 없이 자유로이 흘러가자. 그래 이렇게 존재하는 순간도 아름답다.

현묘지도 화두수련은 1단계부터 8단계까지 차례로 수련해 나갈수록 내 본성을 깨워 무한히 아름다운 진아를 찾아가게 이끌어 주는 진정 현묘한 길이었다. 현묘지도 수련이 끝난 것 같다.

글을 마치며

이번 생에 내 안의 열정과 자존감을 억누르고, 나이기를 포기할지라도 계속 반복되는 인연을 마무리짓고 싶었다. 고단했던 시집살이와 아픈 몸을 이끌고 살아남기 위해 대서양을 건너 먼 나라로 떠나야 했던 때에도 언제나 내 곁을 함께했던 나의 도반이자 길잡이가 되어 준 세 딸들이 있었기에 견뎌낼 수가 있었다. 비록 반평생이 걸렸지만, 세 아이를 반듯하게 키워냈으니 더이상 바랄 것이 없다.

다만, 내 존재의 실상에 대한 의문이 간절히 남아 있었는데, 이제 현묘지도 수련을 하면서 내 아름다운 본성을 마주할 수 있게 되었다. 이것이 끝이 아님을 잘 알기에 수없이 쌓은 아상과 습을 닦으며 어디에도 걸림이 없는 온전한 진아를 찾는 그날까지 끊임없이 수련할 것이다.

현묘지도 수련으로 진아를 찾아가는 아름다운 경험을 하도록 이끌어 주신 선계 스승님들과 부족한 제자를 보듬어 주신 삼공 선생님과 사모님께 깊은 감사의 인사를 드린다. 그리고 선도수련으로, 삼공재로, 현묘지도 수련으로 길을 안내해 준 대봉 님과 우해 선배님, 망설일 때마다 응원을 보내 주신 도반님들께 깊은 감사함을 전한다.

【필자의 논평】

괴롭고 힘든 인생사 하나하나를 진리를 깨닫는 징검다리로 알고 건너뛰는 과정이 독자에게 특이한 감동을 준다. 부디 만인이 우러르는 도의 봉우리가 되라는 뜻으로 호는 여봉(如峰).

현묘지도 화두수련 체험기 (48번째)

김 동 건

화두 수련기에 들어가며

저는 어릴 때부터 우리나라 역사에 유난히 관심이 많았는데, 중학생이던 1990년경 집 근처 서점에서 우연히 선생님이 쓰신 『한단고기』를 접하고 뒤이어 『선도체험기』를 탐독하면서 우리나라의 상고사와 선도수련의 세계를 알게 되었습니다. 이후 중·고등학교를 거쳐 대학에 들어갈 때까지 『선도체험기』는 제 학창 시절의 동반자였고, 선생님을 뵙고 선도수련을 하는 날을 꿈꾸어 왔습니다.

이후 재수 끝에 대학에 입학하자마자 선생님의 제자분들이 중심이 되어 운영하고 있던 '초선대'에 등록하여 다니면서 선도수련의 세계를 잠시 맛보았습니다. 그러나 철없던 시절 대학 신입생의 달콤한 생활 속에서 수련에 대한 열의를 이어 가지 못하고 3개월 만에 그만두고 말았습니다. 그래도 『선도체험기』가 발간될 때마다 구입해 보면서 선도수련의 끈은 놓지 않고 있었고, 불교학생회 동아리 활동을 계기로 한마음선원에서 대행 스님의 법문을 들으며 구도심을 키워 왔습니다.

그 후 고시공부를 시작하여 사법시험에 합격하고 연애와 결혼을 하게 되면서 자연히 선도수련에서 멀어졌다가 군복무 시절 아내가 외국으로 유학을 가게 되면서 다시 『선도체험기』를 읽기 시작하였고, 판사로 임

용되어 지방 근무를 하고 있던 2008년 10월 3일부터 삼공재에 다니면서 선생님께 본격적으로 선도수련을 받게 되었습니다.

이후 약 2년간 매주 주말에 등산하고 삼공재를 방문하면서 나름 열심히 수련하였으나, 정성과 끈기가 부족한 탓인지 기운을 느끼는 단계에서 앞으로 나아가지 못하였고, 가족의 반대까지 계속되면서 결국 삼공재 수련을 중단하게 되었습니다. 지금 생각하면 당시 눈에 띄는 변화는 없었지만 수련은 계속 발전하여 한 단계 도약하기 직전이었던 것 같은데, 선생님께 나중에 상황이 좋아지면 다시 수련하러 오겠다는 말씀만 드린 채 삼공재를 떠나면서 선도수련과 멀어지게 되었습니다.

이후 바쁜 일상생활 속에서 수련에 대한 열망도 완전히 잊혀진 줄 알았는데 우연히 대봉 님의 블로그를 접하면서 그 불꽃이 되살아났고, 2017년 2월경부터 다시 삼공재에 다니면서 선생님께 현묘지도 화두수련까지 받게 되는 행운을 누리게 되었습니다.

대주천 수련기

2018년 4월 20일

삼공재에 도착하여 인사드리니 선생님께서 환한 미소로 맞아 주신다. 자리에 조금 앉아 있다가 선생님께 백회가 열린 것 같아 수련 점검을 받고 싶다고 말씀드리니, 선생님께서 잠시 지긋이 나를 바라보시다가 가까이 오라고 하시고는 소주천 경혈도를 보여 주시며 반대 방향으로 돌려 보고 되면 말해 달라고 하신다.

　　다시 자리로 돌아가 혈자리를 하나씩 의념하면서 소주천을 시도하였으나 긴장을 해서 그런지 집에서 할 때처럼 잘되지는 않았는데, 일단 한 바퀴를 돌리고 나자 선생님께서 이제 내 인당으로 기운을 보낼 테니 내 단전에서 선생님의 단전으로 기운을 보내 보라고 하셨다. 잠시 후 선생님께서 이제 백회로 콕콕 찌르는 느낌이 들면 얘기하라고 하셔서 잠시 좌선하다가 백회에서 자극이 와서 말씀을 드리니 손끝, 발끝으로 기운이 느껴지냐고 물어보시고 내 백회로 벽사문을 보내어 달아 주시고는 위치를 확인하셨다.

　　선생님께서는 내가 이제 백회를 열고 468번째 대주천 수련자가 되었다고 말씀하시며 삼배를 하라고 하셔서 감사의 마음으로 선생님께 삼배를 드렸다. 선생님께서는 나의 인적 사항을 수첩에 적으시고 선배들의 현묘지도 체험기를 읽어 보고 마음에 준비가 되면 화두를 알려 줄 테니 준비가 되면 말하라고 하셨다.

　　백회를 여는 내내 선생님의 눈빛이 영롱하게 빛나는 것처럼 보였고 선생님께서는 기운으로 모든 것을 파악하시고 진행하시는 것 같았다. 백회 개혈 후 좌선 수련을 하는 동안 백회에 생긴 동전 크기만한 구멍으로 기운이 솔솔 들어와 독맥을 타고 내려가는 느낌이 들었다. 선생님께 백회 개혈 후의 변화를 말씀드리니 이제 수련을 계속하면 몸과 마음이 다 변할 것이라고 하시면서 선계 스승님들의 도움으로 대주천 수련이 가능했다고 말씀하셨다.

　　백회를 열었다는 사실이 아직은 실감이 잘 안 나지만 삼공재에서 나와 지하철을 타고 돌아오는데도 백회에서 솔솔 기운이 들어온다. 선생님과 선계 스승님들, 삼공재 도우님들께 진심으로 감사한 마음이다.

자시 수련 전에 천지신명과 보호령, 지도령, 삼공 선생님 등에게 다시 한 번 감사의 인사를 올렸다. 수련 내내 백회 부근이 아린 느낌이 들고 기운이 백회에서 독맥을 타고 들어왔다. 등 쪽이 박하향이나 멘소래담을 바른 듯 시원하다. 대주천이 정착될 때까지 계속 정진해야겠다.

2018년 4월 21일

밤에 문상을 다녀오는데 돌아오는 길에 기침이 나며 목이 답답해졌다. 그러나 백회로 기운은 계속 들어오고 집에 들어와서 시간이 좀 지나니 몸 상태가 좋아졌다. 하루 종일 조금만 의식을 집중하면 백회에서 독맥을 타고 기운이 솔솔 들어오는데, 참으로 신비하고 대단한 수련이라는 생각이 든다. 선생님과 선계의 스승님께 다시금 감사한 마음이 들었다.

2018년 4월 22일

아침에 남산을 오르다가 꿩을 한 마리 만났는데 사진을 찍기 위해 가까이 가도 도망을 가지 않는 것이 신기했다. 산행 중에도 백회로 기운이 들어오는 것이 느껴졌다. 자시 수련 중 콧물, 기침이 계속되면서 집중이 잘 안되었다. 아마도 빙의가 된 듯하다.

2018년 4월 23일

아침부터 기침, 콧물이 심하여 몸 상태가 최악이다. 주말에 잘 들어오던 기운도 소강상태인 것을 보니 빙의가 된 것 같은데, 한둘이 아닌 것 같다. 백회가 열리기만을 기다렸는지 빙의령이 줄줄이 들어오는 느낌이다. 이제 빙의굴이 본격적으로 시작되는 것 같다. 점심때까지 좀 쉬면서 『선도체험기』 86권을 읽으니 오후 들어서 조금 나아지는 듯했으나, 밤부터 다시 기침, 콧물이 계속된다.

2018년 4월 24일

아침부터 몸 상태가 좋지 않다. 다시 콧물, 기침이 계속되니 정신을 못 차릴 정도다. 아무래도 그냥 두면 회복까지 오래 걸릴 것 같아 출근길에 이비인후과에 들러 비염 및 기침약을 처방받았다. 낮 동안 염념불망 의수단전하고 컴퓨터에 선생님의 사진을 확대하여 띄워 놓으니 백회로 기운이 다시 들어오기 시작했다. 자시 수련 시 백회로 기운이 들어오면서 등 쪽이 박하향을 바른 듯 시원해졌고 몸 상태도 다소 좋아졌다.

2018년 4월 29일

몸 상태는 많이 좋아졌는데, 오전에 이유 없이 마음이 불편하면서 심란해지고 미워하는 마음이 생긴다. 이것도 빙의령의 작용인가 싶어 마음을 관하고 틈틈이 『천부경』을 암송하니 좀 괜찮아졌다. 새벽녘에 자고 있는데 백회로 기운이 들어오면서 발에 약한 진동이 왔다.

2018년 5월 1일

새벽에 북미정상회담이 판문점에서 열리는 꿈을 꾸었는데, 꿈속에서 한반도에 평화가 왔으면 좋겠다고 생각하자 전신으로 강한 기운이 들어오고 다리에 진동에 와서 잠시 잠에서 깼다.

2018년 5월 4일

삼공재에 가는 도중 백회와 등 쪽으로 시원한 기운이 계속 들어왔다. 선생님께 생식을 주문한 후 자리에 앉아 수련을 시작하려는데 다시 기침이 나오기 시작한다. 마음속으로 빙의령에게 수련하는 중이니 조금 참아 줄 것을 당부하였더니 잠시 후 기침이 멎고 백회로 기운이 몰리면서 뭔가 빠져나가는 느낌이 들었다. 백회와 등 쪽으로 계속 청신한 기운이 들어오는 것이 느껴졌다.

수련을 마칠 때쯤 선생님께서 내게 생식과 등산은 얼마나 하고 있냐고 물어보시고는 몸공부에 조금 더 신경을 쓰라고 당부하셨고, 선생님께 대주천 이후의 수련 상황에 대해 말씀드리니 차츰 현묘지도 수련 준비를 하라고 말씀하셨다. 선생님께서 부족한 부분을 꼭 집어 말씀해 주시니 송구스럽기만 하다. 돌아오면서 몸공부에도 조금 더 정성을 쏟아야겠다고 다짐해 본다.

2018년 5월 6일

자시 수련 중 백회로 시원한 기운이 들어와 독맥으로 운기되었다. 중단에서 욱신거리는 통증이 느껴졌고, 신도혈 부근이 안개처럼 사라지는 듯한 느낌을 받았다. 이대로 수련을 계속하고 싶은 생각이 들었으나 밤이 깊어 잠자리에 들었다. 새벽에 소복을 입은 여자가 복도 끝에서 내게로 달려드는 꿈을 꾸어 놀라서 잠에서 깨었다.

2018년 5월 21일

아침부터 운기가 활발하였고 삼공재 가는 중 단전에서 기운이 요동을 치는 듯했다. 삼공재에 도착하니 선생님께서 환한 미소로 반갑게 맞아 주셨다. 자리에 앉아 속에서 나오는 대로 『천부경』, 『삼일신고』 등을 암송하였는데, 수련 중 '뿌지직~' 하는 소리와 함께 계란이 깨지는 모습이 갑자기 떠올랐다.

2018년 5월 24일

어제부터 백회로 들어오는 기운이 조금 달라졌다는 생각이 들었는데, 오늘은 확연히 그 변화가 느껴졌다. 자시 수련 중 백회와 등 쪽이 시원하면서 몸 구석구석으로 운기가 되었고, 몸 주위로 강한 기운의 장이 형성되면서 잠시 깊은 집중 상태에 빠져들었다.

2018년 5월 25일

어제 수련이 잘되어서 그런지 아침부터 단전에서 기운이 요동치는 것 같다. 삼공재를 방문하여 선생님께 2주간 해외연수를 다녀오게 되었다고 말씀드리니 현묘지도 화두는 그 이후에 받으라고 하셨다.

2018년 6월 11일

아침에 기상하려다가 누워서 단전에 의식을 집중했더니 양쪽 발에 강한 진동이 왔다. 유광 님의 자성 진동 놀이가 생각나서 이번 주에 현묘지도 화두를 받아도 되는지 자성에게 물어보니 왼쪽 발에서 다시 진동

이 왔다. 아직 해외연수 다녀온 지 얼마 안 되어 시차적응 때문에 비몽
사몽하다가 단전호흡을 하면서 컨디션 회복에 주력하였다.

현묘지도 수련기

1단계 천지인삼재

2018년 6월 12일

삼공재에 방문하여 선생님께 현묘지도 화두수련을 받고 싶다고 말씀
을 드리니 1단계 화두를 주셨다. 화두를 받고 선생님께 화두 암송 시 유
의 사항에 대해 여쭈어보았는데 선배님들의 현묘지도 체험기에 적힌 대
로 하면 된다고 하신다. 감사한 마음으로 선계의 스승님과 선생님께 삼
배를 올리고, 열심히 수련하겠다고 말씀드리고 나왔다.

화두를 받고 나니 단전에서 좀더 응축된 기운이 감지되고 백회와 등
쪽으로도 시원한 기운이 느껴졌다. 화두수련을 시작하게 되어 감개무량
하고 감사한 마음이지만, 한편으로는 내가 화두수련을 시작할 자격이 되
는지 앞으로 화두수련을 잘 마칠 수 있을지 하는 걱정도 들었다.

밤에 『선도체험기』 14권에 있는 선생님의 현묘지도 체험기를 다시 읽
고, 자시 수련을 하면서 화두를 암송하니 낮에 느꼈던 기운이 들어왔는
데 아직 화두가 익숙하지 않아서 그런지 그 외 큰 변화는 없었다. 다만
잡념과 함께 전통 혼례복을 입은 젊은 부부의 모습과 사람들을 물고기
처럼 물속에 줄줄이 집어넣는 모습이 떠올랐는데 화면으로 본 것은 아
니어서 큰 의미는 없는 것 같다.

2018년 6월 13일

자시 수련 시 화두를 암송하니 백회로 기운이 들어와 단전에 바로 쌓이면서 단전이 열감에 휩싸였다. 백회와 인당이 간질거리면서 백회 쪽에서 계속 반응이 왔는데 아마도 뭔가 작업이 이루어지는 듯했다. 잠이 오지 않아 누워서 한동안 화두 암송하며 와공하다가 새벽녘에서야 잠들었다.

2018년 6월 14일

오늘은 화두를 암송하니 어제와 달리 백회 쪽에서는 큰 반응이 없고 단전에서 강한 열감이 느껴졌다. 머리를 빙 둘러싼 기운이 내려와 단전에 쌓이는 것 같은데, 아마도 부족한 기운을 보완하기 위하여 축기 과정이 계속되는 듯한 생각이 들었다.

2018년 6월 16일

아침에 북한산 비봉능선으로 3시간 정도 등산을 다녀왔다. 컨디션이 좋지는 않았는데 상쾌한 공기를 마시고 계곡 물 소리를 들으며 산에 오르다 보니 오길 잘했다는 생각이 들었다. 산행 중 계속 발걸음에 맞추어 화두를 암송하려고 노력하였다. 밤에 피곤하여 일찍 잠들었다가 새벽에 잠에서 깨어 1시간 반 정도 화두를 암송하며 좌선 수련하였는데, 네팔의 불탑에 그려진 '지혜의 눈'이 잠깐 떠올랐다.

2018년 6월 18일

자시 수련 시 화두를 암송하니 머리 주위로 형성된 기운이 단전으로

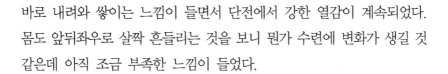

바로 내려와 쌓이는 느낌이 들면서 단전에서 강한 열감이 계속되었다. 몸도 앞뒤좌우로 살짝 흔들리는 것을 보니 뭔가 수련에 변화가 생길 것 같은데 아직 조금 부족한 느낌이 들었다.

2018년 6월 19일

밤늦게 귀가하여 화두를 외우니 단전에서 타들어 가는 듯한 열감이 느껴진다. 기운이 단전에서 중단으로 솟구치면서 혓바닥까지 뜨거워졌다. 머리 둘레로 오로라 같은 기운이 형성되어 현란하게 움직이는 느낌이 들었다.

2018년 6월 28일

낮에 틈틈이 화두를 암송하였더니 용천혈에서 기운이 느껴지고, 고관절과 팔다리 등 몸 여기저기에서 기운이 꿈틀댔다.

2018년 6월 29일

아침에 아내와 대화하다가 무심코 던진 한마디로 작은 말다툼이 있었는데 곧 '아이고 참을걸' 하는 후회가 든다. 조금 무거운 마음으로 출근했는데 사무실에 오니 할 일은 많은데 오늘따라 여기저기에서 요구하는 것이 많아 괜스레 짜증이 났다. 점심 식사 후에 머리가 띵하고 가슴이 답답한 것이 전형적인 빙의 증상이 나타난다. 아침부터 컨디션이 좋지 않고 짜증이 난 것이 빙의령 때문이었던 것 같아 한동안 해원상생을 암송하였다.

저녁 회식이 있었으나 술은 최대한 자제하고 일찍 귀가하여 수련에 들어갔다. 백회로 들어온 기운이 독맥으로 내려오면서 운기가 되고, 인당에서도 압박감이 느껴졌다. 진동이 일어나려는 듯 몸이 꿀럭꿀럭하였으나 진동 없이 수련을 마무리하였다.

2018년 7월 1일

밤에 화두를 외우며 수련하는데 어제 유광 님의 현묘지도 수료식의 여운 때문인지 들어오는 기운의 양과 질이 달라진 것 같다. 수련하는 내내 백회와 독맥을 통하여 단전으로 기운이 내리꽂히고, 특히 인당이 들썩들썩하면서 강한 압박감이 느껴졌다.

2018년 7월 2일 ~ 2018년 7월 5일

화두를 외우면 백회를 통하여 독맥으로 시원한 기운이 쏟아져 내려와 단전에 쌓이면서 수승화강이 계속 이루어지고, 몸 주위에 기운의 장이 형성된다. 지난주보다 들어오는 기운의 강도도 세어진 것 같은데, 그동안 기감도 많이 좋아진 듯하다.

2018년 7월 6일

아침에 남산에 올라 운동하고 출근하였다. 업무 시작 전 잠시 화두를 외우니 이전과 조금 다른 기운이 한차례 몸을 훑고 지나가는 느낌이 들었다. 자시 수련 시에는 단전과 인당에서 계속 기운 반응이 있었고, 수련 끝날 무렵에는 몸이 전후좌우로 살짝 흔들리는 진동이 일어났다.

2018년 7월 11일

오늘로 1단계 화두를 받은 지 한 달이 되었다. 아직 화면이나 천리전음 등 끝났다는 반응이 없고 기운도 갈수록 강하게 들어오니 조금 더 분발해야겠다. 삼공재를 방문하여 화두를 암송하며 수련하는데 백회와 독맥으로 시원한 기운이 계속 유통되고, 인당과 용천이 욱신거리며 기운 반응이 왔다. 몸이 전후좌우로 조금씩 흔들리는 진동도 잠깐 일어났다. 수련 마칠 무렵 선생님께 생식을 주문드리고 그동안의 화두수련 경과에 대해 말씀드리니 확실히 끝났다는 신호가 올 테니 더 해 보라고 하셨다.

2018년 7월 13일

낮 동안 업무로 많이 바빴으나 틈틈이 화두 암송을 계속하였다. 밤에는 저녁 약속이 있는 아내 대신 딸아이를 재우고 화두를 암송하며 좌선 수련하였는데, 단전에서 기운이 햇살처럼 퍼져나가는 느낌이 들었고, 푸른 하늘에 기러기 떼들이 날아가는 모습이 떠올랐다.

2018년 7월 16일

밤에 화두 암송하며 수련하는데 단전과 인당, 백회로 기운 반응이 많이 왔고, 몸 여기저기서 뜨거운 기운이 느껴졌다. 수련 중 알록달록한 색깔의 용이 움직이며 다가오는 모습이 떠올랐다.

2018년 7월 20일

삼공재에서 처음으로 도율 선배님을 만나 인사를 드렸다. 한눈에 도율 선배님인 것 같은 느낌이 들어 인사드렸는데, 악수를 하는 순간 백회와 독맥으로 쨍하고 기운이 지나갔다. 수련 중 몸 구석구석으로 활발하게 운기되었고, 몸이 전후좌우로 끄덕거리거나 다리가 떨리는 진동이 오기도 했다. 수련이 끝날 무렵에는 마음속에서 "아상을 깨라, 나를 버려라"라는 메시지가 느껴졌다. 자시 수련 중에는 몸이 곧게 펴지며 잠시 호흡이 멎은 듯한 입정 상태를 경험하기도 하였다.

2018년 7월 22일

자시 수련 중 엉덩이로 뜨거운 물줄기 같은 기운이 유통되었고, 자세가 바로 펴지면서 단전에 강한 이물감이 느껴졌다.

2018년 7월 30일

저녁 수련 중 경문 암송 시 느껴지는 기운과 비교해 보니 화두 암송 시 들어오는 기운이 지난주보다 조금 약해진 것 같다. 백회와 인당에서 자극이 왔고 다리가 들썩거리며 진동이 오려다가 그쳤다.

2018년 8월 1일 ～ 2018년 8월 7일

화두 암송 시 인당에 압박감이 생기면서 뭔가 보일 듯 말 듯 일렁거리는 느낌이 들었다.

2018년 8월 8일 ～ 2018년 9월 18일

화두를 외우면 백회로 들어온 기운이 바로 단전으로 가 쌓이면서 수승화강이 이루어지는데 화두 암송 시 들어오는 기운이 좀 줄어든 것 같다. 경문 암송 시와 비교하니 기운의 양이 확연히 줄어든 것이 느껴진다. 간간이 조금 다른 기운이 강하게 들어올 때가 있는데 다음 단계의 기운인지 잘 모르겠다.

화면이나 천리전음 등 확실한 신호 없이 기운의 변화만으로 다음 단계로 넘어가도 될지 고민이 되는데 화두 기운이 완전히 끊어진 것도 아닌 것 같아서 조금 더 지켜봐야 할 것 같다. 자성에게 1단계 화두수련이 언제 끝날 것인가 물어보니 확실한 답은 없는데 조금 더 하면 끝날 것 같다는 느낌이 든다.

2단계 유위삼매

2018년 9월 21일

두 달 만에 삼공재를 방문하였는데, 선생님의 눈빛이 더 빛나고 안색도 비교적 좋아 보이셨다. 선생님께 건강은 좀 어떠신지 여쭈어보니 많이 좋아지셨다고 하신다. 선생님께 최근의 수련 상황에 대해서 말씀드리고, 1단계 화두를 석 달이 지나도록 계속 암송하고 있는데 끝났는지 아직 확신이 들지 않는다고 하자, 선생님이 2단계에 들어갈지 여부를 본인이 결심을 하면 화두를 주시겠다고 하여 일단 선생님께 말씀드리고 2단계 화두를 받았다.

화두를 받는 순간 백회로 강한 기운이 들어오기 시작하는데, 지난주에 이따금 백회로 강하게 들어왔던 기운과 비슷한 것 같다. 화두만 받고 금방 나오려다가 선생님께서 조금 더 앉았다가 가도 된다고 하셔서 30분 정도 좌선하면서 화두를 암송하였는데, 기운이 계속 백회로 들어와 시간 가는 줄 몰랐다.

귀가하여 가족들과 밖에 나가 저녁을 먹고 오는 동안에도 백회로 기운이 계속 들어왔다. 마치 처음 백회를 열었을 때처럼 백회가 얼얼하면서 살짝 아린 느낌이 들었다. 기운이 1단계 때보다 더 강한 것 같고 화두 글자만 떠올려도 백회로 기운 반응이 바로 왔다. 밤에 좌선하여 화두를 외우니 늑대가 개로 변하는 모습이 떠올랐다.

2018년 9월 22일

틈틈이 2단계 화두를 암송하며 염념불망 의수단전하였다. 아침부터 종일 백회로 기운이 들어오는데 백회와 독맥은 시원하고 단전은 뜨거운 것이 수승화강이 저절로 이루어진다. 밤 수련 시에는 호흡이 자연히 깊어지면서 백회로 들어온 기운이 그대로 단전에 가서 쌓이고, 부드러우면서도 강한 기운이 머리 주위와 몸 둘레를 감싸는 것 같다. 이대로 밤새 수련을 계속하고 싶다는 생각이 들었다. 내일을 위해 자리에 누웠는데도 기운이 계속 들어왔고, 잠깐 동안 눈앞에 섬광이 번쩍였다가 사라졌다.

2018년 9월 25일

밤 수련 시 『천부경』, 대각경을 잠시 암송하다가 화두를 외우니 허리가 바로 펴지면서 백회로 들어온 기운이 곧바로 단전에 쌓이면서 단전이 단단해진다. 인당에 화두 글자를 떠올리며 집중하자 파란색 뭉치가 한 점으로 모였다가 사라지는 화면이 반복되고, 흑백사진으로 한 여성의 얼굴이 떠오르는데 평소에 알던 사람인 듯 어딘가 익숙한 느낌이 들었다. 인당에 기운 반응이 있어 계속 집중하였으나 더이상의 화면은 떠오르지 않았다.

2018년 9월 28일

낮 동안 약간의 몸살기가 있었다. 저녁에 『선도체험기』를 읽다가 좌선하여 화두를 암송하였는데, 백회에서 위로 기운줄이 연결되면서 백회로 들어온 기운이 단전으로 직행한다. 허리가 곧추서고 호흡이 자동으로 깊어지면서 손가락 끝과 장심으로 기운이 느껴졌다. 몸이 좌우로 흔들리고 시계 반대 방향으로 팽이가 도는 것처럼 몸이 약하게 움직이는 진동이 왔다. 수련 중에 돌고래가 잠시 보였다.

2018년 10월 6일

기몸살인 듯 아침부터 몸이 나른하였으나 화두를 외우니 백회로 기운은 계속 들어왔다. 낮에 백화점에 다녀왔는데 사람이 많은 곳에 갔다 온 탓인지 약간의 손기 증세가 나타났다. 밤에 『선도체험기』를 조금 읽다가 좌선하여 화두를 암송하는데, 얼마 되지 않아 몸이 전후좌우로 약간씩 끄덕거리는 진동이 왔고, 중간에 '삐~' 하는 고주파의 관음법문 소리도 들렸다. 엉덩이와 허벅지에서 뜨거운 물줄기 같은 기운이 흘러가는 것이 느껴졌다.

2018년 10월 10일

바쁜 하루였으나 낮 동안 틈틈이 화두를 암송하였다. 사무실에 앉아 있는데 오른쪽 엉덩이로부터 다리 아래로 뜨거운 기운이 물처럼 흘러갔다. 퇴근 후에는 『선도체험기』를 조금 보다가 좌선하여 화두를 암송하였다. 처음에는 다소 피곤하여 수련을 하루 쉬려고 하였는데 막상 수련에 들어가니 집중도 잘되고 금방 피로가 가신다. 단전에서 뜨거운 기운이 위로 솟구치는 느낌이 들었고, 수련 중 "나는 원래 없다"는 생각이 들면서 문득 서쪽 하늘에 지는 해가 눈부시게 빛나는 광경이 떠올랐다.

2018년 10월 13일

자시 수련 시 『천부경』, 『삼일신고』, 대각경을 암송할 때는 집중이 잘되다가 화두를 외우니 잡념으로 집중이 흐트러져서 조금만 암송하고 수련을 마무리하였다. 수련 중 심안으로 불교 탱화의 한 부분에 그려진 부처와 보살의 모습 등이 부분 확대되어 보이다가 이내 사라졌다.

2018년 10월 15일

업무 중 틈틈이 화두를 암송하였는데 하루 종일 단전이 활활 타오르는 것 같다. 백회로 들어온 시원한 기운이 단전에 쌓이면서 마치 단전에서 백회까지 기운 기둥이 서 있는 듯했다.

2018년 10월 16일 ~ 2018년 10월 22일

기몸살 때문인지 몸이 나른하여 아침에 일찍 일어나기가 힘이 든다.

기운이 바뀌면서 기갈이를 하는 것 같다. 백회와 단전, 손가락 등에서 강한 기운이 느껴졌고, 엉덩이 쪽에서 다리 쪽으로 뜨거운 물줄기 같은 기운이 흘러갔다. 운기가 활발한지 마치 자동차 열선 시트에 앉은 것처럼 하체가 뜨거운 현상이 자주 일어났다.

2018년 10월 27일 ~ 2018년 10월 30일

화두 암송 시 단전은 달아오르나 백회로 들어오는 기운은 지난주보다 많이 줄어든 것 같다. 경문 암송 시와 비교하니 그 차이가 확실하게 느껴졌다. 자성에게 2단계 화두수련이 끝났는지 물어보았는데 별다른 반응이 없다. 2단계 화두수련이 끝났는지 아직 확신이 서지 않아 며칠 더 화두를 암송하며 지켜보기로 했다.

2018년 11월 1일

아침에 1시간 좌선 수련하고 남산에 올라 운동하고 왔다. 날씨도 많이 추워지고 해 뜨는 시간과 위치가 바뀌니 계절의 변화가 실감이 된다. 밤에 『선도체험기』를 읽다가 좌선하여 화두를 암송하는데 『선도체험기』 볼 때부터 이전과 다른 기운이 감지된다.

생각해 보니 며칠 전부터 화두 암송 시 들어오는 기운이 변한 것 같다. 1단계 화두수련이 끝날 무렵에도 화두 기운이 줄어들다가 다음 단계의 기운이 조금 느껴졌었는데 아무래도 2단계 화두가 끝난 것 같다. 수련 중 티베트나 히말라야쯤 되는 황량한 고산지대에서 빨간색 승복을 입고 홀로 산길을 오르는 젊은 승려의 뒷모습이 떠올랐다.

3단계 무위삼매

2018년 11월 2일

삼공재 수련 중 주문 암송과 화두 암송을 번갈아 하니 화두 기운이 더욱 미미하게 느껴진다. 자성에게 2단계 화두수련이 끝난 것인지 물어보니 드디어 앞으로 끄덕거리는 진동이 일어나며 끝났다는 신호가 왔다. 수련을 마치고 선생님께 말씀드려 3단계 화두를 받아왔다. 귀가하면서 3단계 화두를 암송하니 새로운 기운이 온몸을 감싸는 느낌이 들었다.

2018년 11월 4일

아침에 등산을 가려다가 피곤하여 다음으로 미루었다. 오전에 잠시 좌선하여 화두를 외우니 인당이 욱신거리고 단전이 열감으로 가득 찼다. 밤에는 『천부경』, 『삼일신고』, 대각경을 1~3회씩 암송한 후 화두를 외우며 좌선하였는데, 백회와 인당으로 기운 반응이 활발하고 단전도 계속 달아올랐다.

2018년 11월 5일

밤에 좌선하여 『천부경』을 3회 암송한 후 바로 화두 암송에 들어갔는데 비교적 집중이 잘 되었다. 인당, 백회, 손끝, 다리, 발끝에서 기운 반응이 활발하였고, 인당에 집중하자 뜬금없이 커다란 십자가 형상이 떠올랐다. 그 후 잡념과 함께 몇 가지 화면이 떠올랐지만 수련이 끝나고 나니 잘 기억나지 않았다.

2018년 11월 7일

오후에 인사희망원 제출 안내가 있었는데 내년에는 지방 근무를 해야 해서 마음이 좀 뒤숭숭하였다. 퇴근 후에는 기분이 좋지 않은 일이 있어 성냄과 미움, 서운한 감정이 일어났으나 관을 하니 문제 삼아도 크게 다를 것이 없다는 것을 알아차리고 겨우 평정심을 되찾았다. 밤에는『선도체험기』를 조금 보다가 좌선하여 화두를 암송하는데 인당이 들썩거리고 단전의 열감이 계속되었다.

2018년 11월 13일

밤에 좌선하는데 오른쪽 귀로 관음법문이 '쨍' 하고 울리더니 한참 동안 에밀레종이 맥놀이 하는 것처럼 소리가 계속 커졌다가 작아졌다가 하며 웅웅거렸다.

2018년 11월 19일

밤에 좌선하여『천부경』,『삼일신고』, 대각경을 차례로 암송한 후 화두를 외웠는데 비교적 집중이 잘되었다. 수련 중 흑백사진으로 여자 얼굴이 선명하게 떠올랐는데, 일제 시대 사람 같다는 느낌이 왔다. 전생의 모습인지 인과령인지 자성에게 물어보자 인과령이라는 반응이 오며 몸이 앞뒤좌우로 끄덕끄덕 움직인다. 잠시 해원상생, 극락왕생을 빌어 주었다.

2018년 11월 21일

간밤에 시골에 있는 허름한 집 마당에 서 있는데 커다란 사마귀가 달려드는 꿈을 꾸었다. 저녁에는 수련을 시작하자 한쪽 귀에서 쨍하고 관음법문이 울리고 양 발끝과 회음에서 운기 현상이 일어났다. 인당이 간질간질하면서 압박감이 느껴졌다.

2018년 11월 22일

새벽에 성적인 유혹이 있는 꿈을 꾸었는데 다행히 유혹에 넘어가지는 않았다. 꿈이 너무 생생해서 낮에도 계속 생각이 났다. 저녁에 회식이 있었으나 술을 마시지 않고 일찍 귀가하여 수련에 들어갔다. 수련 중 왼쪽 옆구리에서 약간의 통증이 느껴졌는데, 순간 빙의령이라는 느낌이 왔다. 화두에 집중하자 몸이 앞뒤좌우로 끄덕거리는 진동이 일었다.

2018년 11월 23일

오후에 빙의 증상으로 왼쪽 옆구리에 약간의 통증과 어지럼증이 생겼으나 퇴근 무렵 좋아졌다. 저녁에 모임이 있었으나 에너지만 소모될 것 같아 핑계를 둘러대고 불참하고, 귀가하여 헬스장에서 운동을 하고 왔다. 밤 수련 시 원망하고 미워하는 마음이 잠시 일어났는데 관을 통해 잘 극복해야 수련도 잘될 것 같다는 생각이 들었다.

2018년 11월 25일

밤에 좌선하니 단전에 강한 열감이 계속되면서 호흡을 잃어버린 것

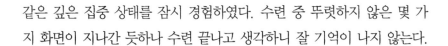

같은 깊은 집중 상태를 잠시 경험하였다. 수련 중 뚜렷하지 않은 몇 가지 화면이 지나간 듯하나 수련 끝나고 생각하니 잘 기억이 나지 않는다.

2018년 11월 26일

저녁 수련 중 몸 전체에 운기가 되면서 단전에서 열감이 강하게 느껴졌고, 어제와 같은 초집중 상태를 잠시 경험하였다. 어제부터 기운이 약간 바뀐 것 같은데 조금 더 지켜봐야 할 것 같다.

2018년 11월 28일

저녁에 『선도체험기』 14권에 나오는 선생님의 현묘지도 수련기를 다시 보고 좌선 수련에 들어갔다. 수련 중 파란 색깔과 깃털에 특유의 무늬가 선명한 아름다운 모습의 공작새가 활짝 날개를 편 모습이 떠올랐다. 머리 위에 뭔가 원반 같은 게 떠 있는 느낌이 들었고, 백회로 들어온 기운이 단전으로 곧바로 내려가 쌓이면서 단전이 활성화되고 강화되는 것 같았다. 수련 중 11가지 호흡법을 시도해 보았는데 몇 가지만 조금 되고 나머지는 아직 반응이 없었다.

2018년 11월 29일

어제부터 왼쪽 목과 어깨가 결려서 불편함이 있었는데 아침부터 범상치 않은 기운이 백회와 단전에서 느껴지니 기몸살 같다는 생각이 들었다. 업무 중에도 틈틈이 화두를 외우니 하루 종일 수승화강이 계속되었다. 저녁에 모임이 있어 회식을 하였는데 분위기상 거절할 수가 없어 당초 계획과 달리 술을 조금 마셨다.

귀가한 후 수련에 들어가 『천부경』을 한문본 2번, 한글본 1번 암송하였는데 천일일(天一一), 지일이(地一二), 인일삼(人一三) 부분과 천이삼(天二三), 지이삼(地二三), 인이삼(人二三) 부분에서 기운이 강하게 일었다. 『삼일신고』와 대각경도 조금 암송하였는데 몸 전체가 기운의 장에 둘러싸인 듯하면서 용천과 다리 등지에서 운기 현상이 활발해졌다. 화두 암송 시에는 화려한 촛대와 맛있는 식사가 잘 차려진 서양식의 긴 테이블이 떠올랐다. 수련 내내 단전이 각성된 듯 활활 타오르고 몸이 앞뒤좌우로 끄덕거리는 진동이 일었다.

4단계 무념처 삼매, 5단계 공처

2018년 11월 30일

새벽녘에 선생님이 나타나는 꿈을 꾸었다. 선생님을 뵈러 갔는데 선생님 옆자리에 도율 선배님께서 계셨고, 선생님께서 나를 보시며 이미 내 수련 내용을 다 알고 계시다는 듯 내가 보았던 화면들을 말해 주시며 맞냐고 물어보셨다. 그리고 선생님께서는 『선도체험기』를 펼쳐서 여백에 연필로 빠르게 글씨를 써 주시면서 내게 뭔가를 가르쳐 주셨는데, 정작 꿈에서 깨어나니 선생님께서 무슨 가르침을 주셨는지는 잘 기억이 나지 않았다.

삼공재에 방문하니 선생님께서는 컨디션이 좋아 보이셨는데 얼굴이 더 환해지신 것 같은 느낌이 들었다. 선생님께 생식 주문을 드리고, 며칠 전부터 화두 암송 시 들어오는 기운이 변한 것 같다고 말씀드리니, 선생님께서 4단계 무념처호흡 해 보고 5단계 수련을 해 보라고 하시며 5단계 화두를 주셨다. 5단계 화두가 중요하다고 하는데 아직 3단계 마무리가 확실치 않아서 3단계 화두를 며칠 더 암송해 보고 다음 단계로 나가야겠다는 생각이 들었다.

2018년 12월 3일

저녁에 관음법문 소리를 시작으로 수련에 들어갔다. 수련 중 11가지 호흡 중 일부가 되었다.

2018년 12월 5일

간밤에 커다란 황금 덩어리를 갖게 되었는데 이를 빼앗으려는 사람을 피해 황금 덩어리를 계속 숨기러 다니는 꿈을 꾸었다. 오늘 하루 하려던 일이 뭔가 삐걱거리고 계속 장애가 생겼는데 아무래도 빙의령의 영향인 것 같다. 다행히 시행착오를 거쳐 목표한 일은 다 마무리하였다. 저녁 수련 중 11가지 호흡 중 일부가 되었다.

2018년 12월 6일

업무 중 틈틈이 3단계 화두를 암송했으나 별다른 반응 없어 다음 단계로 넘어가야 할 것 같다. 저녁 수련 시 화두 암송에 들어가기 전에 백회에 기운의 장이 형성되며 단전이 활성화된다. 3단계 화두를 암송하며 11가지 호흡을 시도하였는데 몸이 앞뒤좌우로 *끄덕거리는* 호흡만 되었다.

2018년 12월 10일

새벽에 약 1시간마다 다른 꿈을 꾸다가 일어났는데 꿈 내용이 별로 좋지 않아 기분이 그리 개운하지 않았다. 밤에 좌선 수련을 시작하자 영화 〈스크림〉에 나오는 해골 가면처럼 생긴 형상이 떠오르며 소름이 돋았다가 점점 작아지며 사라졌다. 화두 암송을 계속하자 백회로 하늘과 기운줄이 연결되면서 머리 위에 기둥이 서 있는 듯한 느낌을 받았고, 백회로 기운이 들어와 단전으로 쌓이는 것 같았다.

수련 중 기와지붕을 한 큰 전각이 보이다가 면류관을 쓴 인물이 떠올랐는데 얼굴이 양미간과 눈까지만 보이고 그 밑으로는 보이지 않았다. 문득 영적인 진화를 위해 지구상에 태어났으니 수련에 더욱 집중해야겠다는 생각이 들었다.

2018년 12월 11일

새벽 수련 시 어제와 같이 백회 위로 기둥 같은 기운이 서 있는 듯한 느낌이 계속되었다. 수련 중 11가지 호흡 중 일부가 되었다. 삼공재를 방문하니 선생님의 안색은 좋아 보이셨는데 지난주에 일본여행을 다녀올 때 손님들을 많이 달고 와서 번거롭게 해 드릴 것 같아서 좀 걱정이 되었다.

자리에 앉아 『천부경』을 잠깐 암송하고 바로 4단계 호흡법을 연습하니 약하지만 몸이 앞뒤좌우로 끄덕거리기 시작했다. 일단 11가지 호흡이 한차례 진행된 것 같기는 한데 일부는 너무 약하여 제대로 된 것인지 긴가민가하다. 한 번 더 연습하고 5단계 화두 암송에 들어갔다. 화두를 외우니 백회로 기운 기둥이 서 있는 느낌이 들었는데 며칠 전부터 느껴지던 그 기운인 것 같았다. 수련 막바지에 기운이 백회로 몰리며 빙의령이 빠져나가는 느낌이 들었다. 밤에 5단계 화두를 외우니 백회에 기둥 같은 기운이 느껴지고 단전이 각성되면서 몸 여기저기서 운기 현상이 일어났다.

2018년 12월 12일

퇴근 무렵 머리가 아프고 어지러운 증상이 나타났는데, 운전 중에도 두통이 계속되었다. 머리가 아프면서 백회가 아린 느낌도 들었는데 밤늦어서야 괜찮아졌다. 밤에 좌선하니 운기가 활발해지면서 눈앞에 뭔가 일렁이는 느낌이 들었으나 특별한 화면은 보이지 않았다. 백회와 단전으로 기운이 강하게 운기되면서 하나로 연결되는 느낌이 들었다.

2018년 12월 14일

점심때 용천으로 기운이 한차례 흘러가는 느낌이 들었다. 저녁에 좌선에 들어가자 자동으로 3단계 화두가 암송된다. 아직 미진한 것이 있나 싶어 조금 암송하다가 더이상 기운이 안 들어오는 것 같아서 자성에게 물어보니 끄덕끄덕하며 끝났다는 신호가 온다. 다시 5단계 화두를 암송하는데 불현듯 나에게 분별심과 탐진치가 아직 깊다는 생각이 든다. 수련 중 중단과 척중에서 약간의 통증과 함께 아린 느낌이 들면서 두 혈자리를 연결하는 터널을 뚫는 것 같은 생각이 들었다. 이후 백회가 아린 통증이 오다가 인당으로 압박감이 강하게 느껴졌다.

2018년 12월 15일 ~ 2018년 12월 23일

수련 중 운기는 활발하나 화면이나 천리전음 등의 변화는 없다. 계속 기운 변화로만 화두수련이 진행되는 것 같아 불안감이 조금 들었으나 선계 스승님들께 모든 것을 맡기고 수련에만 집중하기로 하였다.

2018년 12월 24일

간밤에 탄핵되었던 박근혜 대통령이 석방되어 다시 대통령이 되고 내가 그 측근으로 일하는 꿈을 꾸었다. 황당한 꿈이었지만 생생하여 계속 생각이 난다. 과욕을 경계하는 꿈일까? 삼공재 수련 중 백회, 용천, 단전에서 기운 반응이 강하게 느껴졌고 몸이 계속 앞뒤로 끄덕거리는 약한 진동이 왔다.

2018년 12월 26일

오후에는 친구가 일전에 읽어 보라며 선물로 사 준 『중도론』이라는 책을 읽었다. 부처님의 무상정등각에 대해서 다양한 비유로 설명하고 있는데 지금의 화두 암송과도 관련되는 주제여서 관심 있게 읽어 보았다. 저녁에는 책을 사 준 친구와 만나 저녁을 먹으면서 구도와 수련에 관한 얘기를 나누었다.

친구 중에 유일하게 『선도체험기』에 관심을 기울여 준 친구인데 그동안 나름대로 선지식을 찾아다니며 구도를 위한 노력을 계속해 온 것 같다. 생식에도 관심을 보여서 삼공선도와 삼공재 수련에 대해서도 소개해 주었는데 인연이 닿을지는 잘 모르겠다. 귀가하여 밤늦게 1시간가량 화

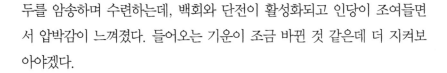

두를 암송하며 수련하는데, 백회와 단전이 활성화되고 인당이 조여들면서 압박감이 느껴졌다. 들어오는 기운이 조금 바뀐 것 같은데 더 지켜보아야겠다.

2018년 12월 30일

저녁 수련 중 화두를 암송하니 단전에서 나온 뜨거운 물줄기 같은 기운이 회음으로 내려가서 장강에서 명문 쪽으로 다시 올라가고, 단전과 백회, 장심, 용천에서도 기운 반응이 활발하게 느껴졌다. 아직 화면이나 천리전음 등의 다른 특별한 변화는 없다.

2018년 12월 31일

새벽 수련 시 백회로 들어온 기운이 단전에 쌓이면서 단전이 한층 더 단단해지는 느낌이 들었다. 삼공재에 방문하여 선생님께 5단계 화두수련 중인데 아직 화면이나 천리전음 등의 특별한 변화는 없다고 말씀드리니 끝났다는 신호가 올 때까지 계속 정진하라고 하신다. 자리에 앉자마자 몸이 앞뒤로 끄덕거리는 진동이 오고 백회, 단전, 용천, 장심으로 운기 현상이 활발하게 일어났다. 절실한 마음으로 화두 암송에 집중하였다.

저녁에는 가족 모임이 있어 외식하고 귀가하였는데 순간순간 번뇌와 망상이 이는 것을 보니 아직 마음공부가 많이 부족한 듯하다. 밤 수련 시 여러 얼굴들이 순간순간 스쳐 지나가는데 온전한 사람의 얼굴이 아닌 것을 보니 빙의령인 것 같다. 계속 화두를 암송하니 커다란 바위 동굴의 입구가 보이고 옆에 위아래로 길게 펼쳐진 빨간색 깃발이 꽂혀 있는데 위에서 아래로 검은색 한자가 네 글자 적혀 있었다. 수련이 끝나니

다른 글자는 잘 기억이 나지 않고 두 번째 글자가 신선 선(仙) 자인 것만 기억난다.

2019년 1월 7일

밤에 좌선하여 『천부경』, 대각경, 『삼일신고』를 조금 암송하다가 화두 암송에 들어갔는데, 단전의 열감이 강화되며 중단까지 달아오르고 백회에서 들어온 기운이 손끝, 발끝까지 전달되었다. 며칠 사이 기운이 강하게 느껴졌는데 오늘 또 조금 달라진 것 같다. 수련 중 서양의 중세 시대 복장을 한 귀부인의 얼굴이 잠시 떠올랐다.

2019년 1월 10일

저녁에 헬스장에서 운동하고 와서 화두를 외우며 좌선하는데, 운기가 활발해진 덕분인지 호흡이 길어지며 금세 몰입이 된다. 왼팔이 부르르 떨리며 진동이 일어났고, 백회와 단전에서 기운 반응이 계속되고 장심에서 기운 덩어리가 느껴졌다. 수련 중 별이 총총한 밤하늘이 보이면서 수면 위로 커다란 고래가 물을 내뿜는 장면이 떠올랐다.

2019년 1월 11일

『천부경』, 대각경 등을 조금 암송한 후 화두 암송에 들어가자 빙의령 때문인지 중단이 막혀서 답답하다가 수련 끝날 무렵에서야 괜찮아졌다. 수련 중 11가지 호흡 중 일부가 되었다. 화두의 의미에 대해 깊이 생각해 보자 마음속에서 '모든 것을 사랑하고 포용하라'는 말이 떠올랐다.

2019년 1월 22일

삼공재를 방문하여 화두를 암송하니 백회로 들어온 기운이 단전으로 곧바로 내려가 쌓인다. 짧게 수련하였으나 집중이 비교적 잘되었고, 몸이 살짝 앞뒤로 끄덕거리는 진동이 일어났다. 수련 막바지에 '공(空)'이란 단어가 떠오르며 백회와 머리 주변으로 꽉 찬 것 같으면서도 텅 빈 것 같은 오묘한 기운이 느껴졌다.

2019년 1월 23일

밤에 도율 선배님 현묘지도 수련기를 다시 읽고 좌선 수련하였는데, 『천부경』을 암송할 때와 비교해 보니 화두 암송 시 들어오는 기운이 좀 줄어든 것 같았다.

2019년 1월 28일

밤 수련 중 단발머리를 한 여학생들의 단체 흑백사진 같은 화면이 떠오르는데 흰 저고리에 검은색 치마를 입고 있는 것이 구한말이나 일제시대 같은 느낌이 든다. 여러 인물들 중 앞자리에 있는 여자아이의 얼굴이 확대되며 내 얼굴 같은 느낌이 왔다.

2019년 1월 30일

밤에 좌선하여 한글 『천부경』을 한동안 암송한 후 화두 암송에 들어갔는데, 단전이 기운으로 가득차면서 단단해지고 약간 시원한 기운이 느껴졌다. 수련 중 중단이 살짝 열리면서 가족, 친인척과 평소 싫어하거나 미워하였던 사람들을 포함한 주변 사람들이 떠오르더니, 이내 가슴이 벅차오르면서 감사한 마음이 생기고 마음이 한없이 넓어졌다.

이후 인당에 압박감이 들며 상단전으로 호흡이 몰리는가 싶더니 풀한 포기와 같은 미물에서부터 대자연에 이르기까지 '만물이 나와 하나다'라는 생각이 들었다. 5단계 화두가 끝났는지 자성에게 물어보니 백회로 움찔하는 기운 반응이 왔다.

2019년 1월 31일

어젯밤 수련 시 체험 덕분인지 마음 깊은 곳에서부터 평화가 느껴진다. 밤에 1시간가량 좌선 수련하였는데, 어제부터 들어오는 기운이 좀 달라진 것 같은 느낌이 들었다.

6단계 식처

2019년 2월 1일

아침에 딸아이를 유치원에 등원시켜 주는데 백회로 기운이 쏟아진다. 확실히 이틀 전부터 기감이 다소 좋아진 것 같다. 삼공재에 방문하여 선생님께 명절 인사를 드리고 5단계 화두가 끝난 것 같다고 말씀드리자, 선생님께서는 아직 5단계를 하고 있었느냐고 물으시고는 6단계 화두를 주셨다. 대각경과 한글 『천부경』을 조금 암송한 후 6단계 화두를 암송하자 몸이 들썩거리더니 앞뒤로 끄덕거리고 백회로 기운이 들어왔다.

2019년 2월 6일

밤 수련 시 화두를 암송하자 부드러운 기운이 들어와서 운기가 활발해지면서 마치 내 몸이 기운 속에 파묻힌 것 같은 느낌이 들었다.

2019년 2월 11일

밤에 한글『천부경』,『반야심경』을 조금 암송한 후 화두 암송에 들어갔는데 명문에서 뜨거운 기운이 느껴지고 단전에 쌓인 기운이 솟구치면서 단전과 중단이 연결되었다. 수련 중 몸 전체가 기운의 장에 둘러싸인 느낌이 들었다.

2019년 2월 12일

새로 나온『선도체험기』118권의 머리말과 목차를 보는데 운기 현상이 일어났다.『선도체험기』118권을 조금 읽다가 좌선하여 화두를 암송하는데, 어제처럼 단전과 중단이 연결된 느낌이 들었다. 화두를 조금 빠른 속도로 암송하면서 집중하자 백회와 강간혈 등에서 압박감과 함께 기운이 느껴졌다. 온몸이 시원하면서 기운 속에 쌓여 있는데 피부호흡이 일부 되는 것 같다. 수련 중 조각구름이 떠 있는 맑은 하늘에서 햇빛이 사방으로 펼쳐지는 모습이 떠올랐다.

2019년 2월 13일

저녁에 딸아이를 재우다가 같이 잠들었는데 뒤늦게 일어나 좌선 수련을 하였다. 한글『천부경』,『반야심경』을 한동안 암송한 후 화두 암송에 들어갔는데 기감이 좋아진 덕분인지 각각의 기운이 뚜렷이 구별된다. 화두 암송 시간이 조금 짧았으나 집중이 잘되었고 기운이 곧바로 손끝, 발끝까지 운기가 되면서 피부호흡이 이루어졌다.

2019년 2월 14일 ~ 2019년 2월 16일

수련 시 단전에 충만한 기운이 온몸으로 찌릿찌릿 시원하게 운기되면서 피부호흡이 이루어졌다. 몸이 앞뒤로 끄덕거리는 진동이 일어나면서 백회와 단전으로 동시에 기운이 들어오기도 하였다.

2019년 2월 20일

저녁 수련 시 인당에 압박감이 느껴지고 머리 둘레가 기운에 둘러싸인 느낌이 들었다.

2019년 2월 21일

오후에 딸아이와 국립중앙박물관에 가서 대고려전 전시회를 관람하였는데, 해인사에서 온 희랑 대사의 목조 조각상을 보니 선생님의 모습과 닮았다는 생각이 들었다. 밤에 좌선하여 화두를 암송하니 중단과 상단으로 번갈아가며 호흡이 몰리며 강한 운기현상이 일어났다.

2019년 2월 23일

밤에 40분 정도 좌선 수련하였는데, 『천부경』 암송 중 대각경이 자동으로 외워지면서 운기현상이 일어나 대각경을 조금 더 암송하였고, 『반야심경』 암송 시에도 기운 반응이 활발하게 느껴졌다. 화두 암송에 들어가자 '삐~' 하는 고주파의 관음법문이 들리며 백회로 들어온 기운이 독맥을 따라 흘러갔다.

2019년 2월 28일

오전에 사모님께 방문 전화드리자 백회에서 기운 반응이 느껴진다. 삼공재에 방문하여 선생님께 생식 주문을 드리고 자리에 앉아 화두를 암송하니 기감이 예민해졌는지 평소보다 기운이 강하게 느껴졌고 몸이 약하게 부르르 떨렸다. 백회와 머리 주변, 단전에 기운이 많이 느껴졌다. 선생님께 정기인사로 부산으로 발령받았다고 말씀드리자 올 수 있으면 자주 오라고 하신다. 제자들을 자주 보고 싶어 하는 선생님의 마음이 느껴져서 가슴이 뭉클하였다.

2019년 3월 1일

새벽녘에 꿈속에서 다양한 전생의 모습들이 보였는데 깨어나니 승려와 관복을 입은 신하의 모습만 기억난다. 수련 중에 본 모습이 아니라서 긴가민가하다.

2019년 3월 6일

아침에 수련하는데 기운 반응이 활발하게 느껴졌다. 업무가 많아 늦게까지 야근하고 귀가하였다. 이번 주만 지나면 새로운 업무에 어느 정도 적응이 될 것 같다. 자기 전에 40분간 화두 암송하며 좌선 수련하였는데, 구름 사이로 빛나는 태양이 보이면서 햇살이 사방으로 펼쳐지는 장면이 떠올랐다.

2019년 3월 7일 ~ 2019년 3월 20일

백회로 시원한 기운이 들어와 독맥을 타고 내려가고, 단전에서는 타들어가는 듯한 강한 열감이 일어났다. 그 외 화면이나 천리전음 등 특별한 변화는 없었다.

2019년 3월 21일

수련 시 화두 기운이 어제보다 좀 약하게 느껴지는데 자성으로부터 확실한 신호를 받지 못했다. 6단계가 끝나가는 것 같은데 조금 더 지켜봐야겠다.

2019년 3월 26일

아침 수련 시 화두 기운이 줄어든 것이 느껴진다. 저녁에 마음에 내키지 않는 일이 생겨서 마음이 어지러웠는데 잠시 마음을 관찰하니 다시 평온해졌다. 밤 수련 중 강간혈 부근에서 약간의 통증이 느껴졌고, 화두 기운이 줄어든 느낌이 오전보다 더 들었다. 수련 내내 집중이 잘 안되다가 끝날 무렵에 집중이 되면서 단전에 열감이 느껴졌다.

2019년 3월 28일

아침 수련 중 화두 기운이 느껴졌다가 안 느껴졌다가 하는데 끝난 것인지 잘 모르겠다. 별다른 화면이나 천리전음도 없이 화두 기운이 줄어드니 잘하고 있는 것인지 살짝 불안감이 든다. 끝났다는 확실한 느낌이나 마음에 조금 더 변화가 있었으면 좋겠는데, 자성에 물어봐도 잘 모르겠다. 일단 주말까지 조금 더 지켜봐야겠다.

2019년 3월 29일

오후 수련을 위해 좌정하여 한글 『천부경』, 『반야심경』을 조금씩 암송하자 몸이 들썩거리며 약한 진동이 왔고, 단전에서는 타들어가는 듯한 열감이, 백회에서는 시원한 기운이 느껴졌다. 이후 화두를 암송하는데 화두 기운이 잘 안 들어오는 것 같아서 자성에게 6단계가 끝났는지, 다음 단계 화두를 받아도 되는지 물어보니 백회로 기운 반응이 왔다. 그래도 아직 간간이 백회로 화두 기운이 느껴져서 일단 며칠 더 지켜보기로 하였다.

7단계 무소유처
2019년 4월 5일

삼공재를 가려다가 갑자기 약속이 생기는 바람에 생각을 접었는데, 아무래도 이번 주에 7단계 화두를 받아야 할 것 같아서 급하게 연락드리고 삼공재를 방문하였다. 선생님께 인사드리고 자리에 앉아 화두를 암송하면서 자성에게 6단계 화두가 끝났는지 물어보니 백회로 기운이 들어온다. 수련 끝나고 선생님께 말씀드리고 7단계 화두를 받아 왔다.

2019년 4월 8일

새벽에 비행기를 타고 부산으로 내려오는데 우연히 인근 지역에서 근무하는 동료와 옆자리에 앉게 되었다. 기내에서 눈도 좀 붙이고 단전호흡도 하면서 조용히 오고 싶었는데 이런저런 얘기를 하다 어느덧 마음이 편안해지며 잔잔한 기쁨이 올라온다. 요새 사람들과 대화를 하다 보면 나도 모르게 내 목소리에서 알 수 없는 자신감과 당당함이 배어 나와 나도 흠칫 놀라는 일이 종종 생긴다. 내면이 많이 단단해진 것 같은 생각이 든다.

지하철 타고 출근하는 길에 계속 화두를 암송하니, 백회와 머리 전체로 상서로운 기운이 감싸 흐르는 느낌이 들었다. 오전에 밀린 업무 처리하고, 동료들과 점심을 먹으면서 소소한 대화를 나누는데 마음이 계속 이유 없이 즐거워진다.

2019년 4월 9일

아침 수련 시 화두를 암송하니 백회에 기운 반응이 활발해지면서 단전이 달아오른다. 밤에 화두를 암송하니 비단결 같은 부드러운 기운이 백회로부터 내려와 몸을 휘감는 느낌이 들었다.

2019년 4월 12일

오전에 인당에서 미세한 떨림이 일어나서 자세를 바로잡고 잠시 화두를 암송하며 집중하자 단전이 타들어가는 듯한 열감이 느껴진다. 삼공재가는 길 내내 단전에 집중하면서 정성 들여 화두를 암송한다. 수련 중 화두 암송에 들어갔는데 초반에 일어나던 잡념이 잠잠해지자 곧 타원형의 거울이 연상되며 '명경지수(明鏡止水)'라는 말이 떠올랐다. 잡념 사이에 떠오른 상념일 수도 있을 것 같아 한동안 '명경지수(明鏡止水)'를 암송하니 백회에 기운 반응이 활발해졌다.

2019년 4월 17일

밤 12시경부터 단전이 달아올라 30분가량 화두를 암송하며 좌선 수련하였다. 수련 중 단전에 강한 열감이 느껴졌고 인당에 500원짜리 동전 크기만 한 구멍이 뚫릴 것 같은 강한 압박감이 들었다. 전신 운기가 활발한 가운데 청나라 황제의 의복을 갖춘 인물상이 잠시 떠올랐는데, 나와 어떤 연관이 있는지는 잘 모르겠다.

2019년 4월 25일

새벽에 좌선하여 화두를 암송하니 백회로 기운이 들어온다. 낮 동안 틈틈이 단전에 집중하니 단전이 단단하게 느껴진다. 저녁에 비행기 타고 서울로 돌아오는데, 먹구름 아래로는 비가 쏟아지지만 구름 위의 맑은 하늘 위로는 석양의 지는 해가 밝게 빛나는 모습이 창밖으로 보인다. 마음속에 문득 본성을 깨달으면 우리의 마음도 저 빛나는 태양처럼 밝게 빛나고 있음을 알게 될 것이란 생각이 들었다. 밤에 좌선하여 화두를 암송하니 단전이 각성되면서 다리에서 부르르 떨리는 약한 진동이 일었다.

2019년 5월 3일

삼공재에서 도율 선배님과 함께 수련하였다. 한글『천부경』,『반야심경』을 잠시 암송하다가 화두 암송에 들어갔는데, 백회로 시원한 기운이 들어오면서 장심과 용천까지 운기가 되었다. 수련 중 기다란 두루마리가 펼쳐지면서 그 위에 초서로 쓰인 한자들이 보이는 장면이 잠시 떠올랐는데, 그 내용은 잘 모르겠다. 수련이 끝나고 인사드리는데 선생님께서 흐뭇해하시는 것이 느껴졌다.

2019년 5월 4일

낮에 딸아이 어린이날 선물을 사 주러 쇼핑몰에 갔다 온 후 피곤하여 잠시 누워서 화두를 암송하는데, 비몽사몽간에 내가 누군가와 원반 위에서 몸싸움을 하면서 엘리베이터 통로처럼 생긴 곳을 내려가는 장면이 보이다가 갑자기 눈앞이 환하게 밝아지며 '따닥' 하는 소리가 들려서 놀라서 눈을 떴다. 직감적으로 수련에 뭔가 변화가 생긴 느낌이 들었으나 연휴 동안 조금 더 지켜보기로 하였다. 밤 수련 시 주문 암송 시와 비교하니 화두 기운이 줄어든 것이 느껴졌다.

2019년 5월 5일

밤에 도성 님 등과 오랜만에 댓글로 소통하는 중 도성 님이 내 기운이 바뀌었다며 축하해 주시는데 공명운기가 되었다. 자기 전에 좌선하여 화두를 암송하니 백회로 기운이 들어오면서 전신 운기가 되는데, 선계 스승님과 삼공 선생님, 선후배 도반님들에게 감사한 마음이 들었다.

2019년 5월 7일

새벽에 비행기 타고 부산으로 내려오면서 단전에 의식을 집중하고 『반야심경』 암송 시 기운 반응이 크게 느껴졌다. 오전 내내 백회로 신령스러운 기운이 느껴지면서 수승화강이 이루어졌다. 며칠 사이 기운이 바뀐 것 같은 느낌이 든다. 밤 수련 시에도 운기가 활발해지며 수승화강이 이루어졌는데 특히 단전에서 열감이 강하게 느껴졌다. 화두 암송 시에는 단전만 달아오르고 백회의 반응은 미미한 것 같아 자성에게 7단계 화두수련이 끝났는지 물어보았는데 긴가민가하여 조금 더 지켜보기로 하였다.

2019년 5월 14일

밤에 화두를 암송하는데 단전이 각성되면서 의식하지 않아도 자동으로 호흡이 이루어졌다. 백회와 독맥으로 시원한 기운이 들어와 운기되면서 용천에서도 기운 반응이 느껴졌다.

2019년 5월 16일

아침 수련 시 자성에게 7단계 화두가 끝났는지 물어보니 약하게 몸이 흔들거리는 반응이 온다. 수련 후 시민공원에 가서 운동을 하려고 집을 나섰는데 보도블록이 튀어나온 곳에 발이 걸려 넘어지면서 무릎에 찰과상을 입고 말았다. 정신 차리고 수련을 더 열심히 하라는 신호인 듯하다. 밤에 서울로 올라와서 잠시 휴식하는데 갑자기 단전이 달아올라 바로 좌선 수련에 들어가니 관음법문이 유유히 흐르는 소리가 들렸다.

8단계 비비상처

2019년 5월 21일

오늘 선생님께 8단계 화두를 받아야겠다는 생각이 들어서 오후에 선생님께 전화를 드려 8단계 화두를 받았다. 화두가 이전보다 다소 길어서 선생님께 다시 한 번 확인하였다. 곧바로 잠깐 화두를 암송하는데 백회로 부드러운 기운이 들어오는 것이 느껴졌다. 저녁에는 회식이 있어 밤늦게 귀가하는 바람에 저녁 수련은 하지 못했다.

2019년 5월 22일

아침 수련 시 손님의 영향인지 가슴 왼쪽으로 약간의 통증이 느껴졌는데 어제 회식으로 인한 손기된 기운을 보충하려는지 운기는 활발히 이루어졌다. 저녁에 좌선하여 본격적으로 화두 암송에 들어갔는데, 하늘과 기운줄이 연결되면서 백회로 이전과 다른 기운이 들어오는 것이 느껴졌다. 수련 중 몸을 좌우로 흔드는 약한 진동이 나왔고, 인당에 강한 자극이 왔다.

2019년 5월 23일

아침 수련 시 백회로 부드러운 기운이 들어와 온몸을 감싼다. 수련 초반에 한동안 잡념과 함께 여러 가지 의미 없는 이미지가 스쳐 지나갔다. 수련을 마칠 때쯤 카페 대문에 있는 초대 단군왕검님의 모습이 떠올랐다. 저녁에 서울로 올라와서 밤에 수련하는데, 인당에 기운이 느껴지면서 아침 수련 시에 보았던 단군왕검님의 모습이 다시 떠올랐다.

2019년 5월 24일

삼공재를 방문하니 선생님께서 반갑게 맞아 주신다. 자리에 앉아 화두 암송에 들어가자 부드러운 기운이 온몸을 감싸고 수련 내내 집중이 잘 이루어졌다. 수련 마치고 선생님께 생식 주문을 드리는데 선생님이 몸무게를 물어보셔서 가슴이 뜨끔하였다. 몸공부에도 소홀함이 없도록 더 노력해야겠다.

2019년 5월 26일

하루 종일 딸아이와 유치원 체육 행사에 참가하였는데, 행사의 절반은 학부모의 체육 활동으로 채워져 있어서 간만에 달리고 뛰었더니 몸이 노근노근해졌다. 밤에 좌선하여 화두 암송에 들어갔는데 운기가 활발해지면서 손가락 끝에서 기운이 느껴졌다. 수련 중 중세 시대 왕이 기사들과 말 타고 전쟁 또는 사냥 나가는 장면이 잠깐 떠올랐다.

2019년 5월 28일

아침 수련 시 화두를 암송하니 운기 현상은 활발한데 화면 등 특별한 변화는 없었다. 저녁 수련 시 화두 암송에 집중하자 등 쪽으로 막대기 같은 기둥이 서 있는 느낌이 들었고, 중단과 인당에서 기운 반응이 있었다.

2019년 6월 5일

일산에 교육받으러 갔다가 점심시간에 호수공원 남쪽에 조성된 메타세콰이어길을 걸었다. 걷다가 오랜만에 사촌 형과 누나한테 연락이 와서 잠깐 통화를 하였는데, 통화가 끝나고 손님 때문인지 우울감과 무력감이 몰려오면서 만사가 귀찮아진다. 마음 관찰에 들어갔으나 오후 내내 감정이 쉽게 가시지 않더니 저녁때까지 이어진다.

급기야 밤에 딸아이를 재우고 아내와 이런저런 얘기를 하다가 사소한 일로 언성이 높아졌다. 그냥 그런가 보다 하고 넘기면 될 일을 내가 하나하나 따지다가 일이 커지고 말았다. 아내에게 서운한 감정이 들었으나 계속 관해 보니 결국 내 탓이란 생각이 들면서 감정이 누그러졌다.

자기 전에 좌선하여 화두를 암송하는데 백회로 하늘과 기운줄이 연결되면서 대추혈과 척중 사이에 뭔가 분주한 기운 반응이 느껴졌고, 관음법문 소리가 유유히 들리더니 이내 귀가 먹먹해지면서 진공 상태에 들어갔다. 마치 무중력 상태인 것처럼 몸이 가벼워지고 생각이 사라진 상태가 잠시 지속되었다.

수련 중 고대 이집트의 지하무덤에 황금으로 만든 데드마스크를 쓴 여자가 누워 있는 모습과 함께 무덤 벽면에 그려진 이집트의 상형문자들이 보이더니, 이후 장면이 바뀌어 대항해 시대쯤에 범선을 타고 있는 사람들의 모습이 떠올랐다.

2019년 6월 10일

간밤에 서해 바닷가 근처에 있는 경치 좋은 산에 다녀오는 꿈을 꾸었는데, 산 정상까지 에스컬레이터가 연결되어 있다. 정상까지 에스컬레이터를 타고 올라가니 식당이 하나 있는데 도산 님이 맛집으로 추천해 준 곳이란다. 그곳에서 식사를 하고 산을 걸어 내려가면서 바닷가 풍광을 즐기다가 다시 에스컬레이터를 타고 산으로 올라가면서 잠에서 깨었다.

좀 생뚱맞은 꿈인데 수련 진행 상황과 연관이 있는지 계속 생각이 난다.

2019년 6월 13일

아침 수련 시 한글 『천부경』, 『반야심경』을 잠시 암송한 후 화두 암송에 들어갔는데, 백회와 단전에서 활발한 기운이 느껴지고 집중이 잘되었다. 낮 동안에도 단전에 의식을 집중하면 수승화강이 이루어졌다. 밤 수련 시 양팔과 다리가 들썩거리며 운기 현상이 활발해졌고, 인당에 강한 자극이 왔다.

2019년 6월 18일

간밤에 가족들과 미국으로 출국하기 위해 혼자 먼저 공항으로 향하는데 고속도로 길이 막히고 비자를 받지 못해 고생하는 꿈을 꾸었다. 일어나서 생각해 보니 화두수련이 아직 마무리되지 못한 나의 상태를 보여주는 것 같다. 저녁에 화두 암송 시에는 잡념이 많아 집중이 잘 안되었고 화두 기운도 미미하게 느껴졌다.

2019년 6월 21일

삼공재를 방문하니 선생님께서 미소로 맞아 주신다. 자리에 앉아 화두를 암송하니 백회와 용천혈에서 기운 반응이 있고, 단전에서 열기가 위로 솟구쳤다. 집중은 잘되었으나 화면 등 특별한 변화는 없었다.

2019년 6월 25일

저녁 수련 시 백회로 들어온 기운이 용천까지 유통되고, 단전에서 뜨거운 기운이 솟구치면서 중단이 달아올랐다. 수련 중 잠시 화두도 잊어버린 채 모든 것이 사라진 듯한 상태를 경험하였다.

2019년 6월 26일

저녁 수련 시 푸르스름한 빛이 나는 작은 정육면체가 잠시 보이다가 사라졌고, 관음과 함께 단전의 열기가 중단까지 올라왔다.

2019년 7월 5일

간밤에 호랑이 세 마리가 내 주위를 맴돌다가 그중 가장 큰 한 마리가 나에게 달려드는 꿈을 꾸었다. 도망가다가 우산을 호랑이 입 속에 찔러 넣어 위기를 모면한 후 나중에 다시 입에서 우산을 꺼내 주었다. 뭔가 수련과 관련이 있는 듯한데 정확한 의미는 잘 모르겠다.

2019년 7월 7일

밤에 좌선하여 화두를 암송하니 단전에서 기운이 크게 느껴졌다. 수련 중 예전에 보았던 단군왕검님의 모습이 잠깐 보였고, 내가 백남준의 비디오아트 작품처럼 작은 브라운관 TV 화면이 쌓여 있는 원기둥 내부에 서 있는데, 위쪽으로 갖가지 TV 화면들이 계속 이어지는 것을 올려보다가 천장에서 밤하늘에 별이 한가득 보이는 장면이 떠올랐다.

2019년 7월 13일

삼공재를 방문하기 위해 전철역에 내리니, 마침 조광 선배님과 도반님들이 계셔서 오랜만에 반갑게 인사드리고 함께 삼공재로 향하였다. 조광 선배님께서 내 기운이 많이 바뀌었다며 현묘지도 수련이 끝난 것 같다고 하시는데, 아직 확신이 없어 마무리 중이라고 말씀드렸다.

수련 내내 온몸이 열기로 후끈거렸고, 뒤에 계시던 조광 선배님이 굽어 있는 내 허리를 바로잡아 주시자 순간 전신에 전기가 통하는 느낌을 받았다. 조광 선배님 등과 함께 뒤풀이하며 도담을 나누고 귀가하였다. 자기 전에 좌선 수련을 하는데 삼공재에서의 여운이 계속되면서 단전이 후끈 달아올랐다.

2019년 7월 17일

간밤에 선생님이 수련 중이던 내게 백회로 기운을 넣어 주는 꿈을 꾸었다. 꿈 때문인지 수련 시 평소보다 백회와 독맥 쪽으로 운기현상이 활발하게 느껴졌다.

2019년 7월 20일

삼공재 수련 중 손님 때문인지 가슴 부위에 살짝 통증이 느껴졌고, 단전과 인당에 기운 반응과 함께 계속 자극이 왔다. 수련이 끝날 무렵 현묘지도 화두수련이 끝났는지 자성에게 물어보니 끝났다는 반응이 오는데 아직 실감이 잘 안 난다. 수련이 끝나고 빵집에서 조광 선배님 등과 한동안 도담을 나누다가 귀가하였다. 밤에 좌선 수련하면서 다시 자성에게 화두수련이 끝났는지 물어보니 끝났다는 반응이 왔다.

마치며

사람의 몸을 받아 태어나기 어렵고, 올바른 스승을 만나 진리의 가르침을 듣기는 더욱 어렵다고 하는데, 금생에 삼공 선생님을 만나 선도수련을 하게 되고 현묘지도 화두수련을 통하여 나의 참모습을 조금이나마 맛볼 수 있었던 것은 일생의 큰 행운이었습니다.

돌이켜보면 여러 가지 부족한 상태에서 현묘지도 화두수련을 시작하다 보니 화려한 화면이나 천리전음보다는 주로 기운의 변화로 수련이 진행되면서 다소 시행착오를 겪기도 했지만, 그 과정에서 결국 나는 만물과 하나이며 빛나는 무한한 존재임을 자각할 수 있었습니다.

이제 겨우 구경각을 향한 발걸음을 내딛은 것에 불과하고, 억겁을 거치며 쌓인 습을 걷어 내야 하는 지난한 과정이 기다리고 있음을 알기에 초심으로 돌아가 자중자애하면서 계속 정진하도록 하겠습니다. 끝으로 현묘지도 수련을 무사히 마칠 수 있게 도와주신 선계의 스승님들, 삼공 선생님, 보호령님, 지도령님, 조상님들, 삼공재 선후배 도반님들께 다시 한 번 감사의 인사를 드립니다.

【필자의 논평】

구경각을 향해 끈질기게 앞으로 밀고나가는 추진력이 대단하다. 삼공재는 이제 기쁜 마음으로 또 한 사람의 구도자를 내보낸다. 도호는 우주의 진리를 밝힐 사명을 띠고 있다는 뜻에서 우명(宇明).

〈120권〉

연정화기(煉精化氣)의 현실

2019년 12월 6일 목요일

오래간만에 서울 지역까지 영하 9도의 매서운 한파가 밀어닥쳤다. 하도 갑작스런 추위여서 아침 8시경이면 아내와 함께 규칙적으로 나가곤 하던 아침 산보도 생략해야 했다. 이런 추위를 무릅쓰고 오후 3시가 되자 초인종 소리가 울렸다. 누굴까 싶어 얼른 문을 열었다. 대주천 수련까지 끝낸 모 수출회사 상무로 있는 45세의 이성익 씨였다. 일전에 오늘 만나기로 약속한 일이 생각났다. 서재에 들어와 자리를 잡자 그가 먼저 입을 열었다.

"선생님 저는 오래전부터 대주천과 현묘지도 화두수련을 마치면 연정화기 수련에 도전해 보기로 저 스스로 자신에게 단단히 약속을 하여 왔습니다. 그러나 막상 실천을 해 보니 보통 어려운 일이 한두 가지가 아닙니다."

"그래요, 그럼 그 사연을 이왕이면 조금 더 순서에 따라 구체적으로 말씀해 보세요."

"『선도체험기』만 읽고 말로만 들어오다가 막상 몸으로 실천해 보려고 하니까 정말이지 녹록지 않고 무척 어렵더라고요."

"어떻게 어렵던가요?"

"그럼 지금 그 말씀을 드려도 될까요?"

"그럼요."

"그럼 참으로 좋은 기회다 생각하고 말씀드리겠습니다만은 말 그대로 접이불루(接而不漏) 즉 연정화기(煉精化氣)는 일종의 방중술(房中術)이기도 한 것 같은데, 막상 실천해 보니 과연 성공될 수 있을지 의문부터 앞섭니다."

"결론부터 말하겠는데 연정화기(煉精化氣)는 글자 그대로 쇠를 불리거나 정액을 단련하거나 무엇을 반죽하거나 마음을 단련하여 액체를 일종의 에너지 즉 기운으로 바꾸는 것을 말합니다. 이 일에 끈질기게 도전한 수련자라면 예외 없이 거의 다 성공을 거둔 것만 보아도 실현 불가능한 일은 결코 아니고 반드시 가능한 일이니 확신을 가지기 바랍니다. 그리고 부부 합방에 대해서도 이번 기회에 새로운 차원의 인식을 가질 필요가 있습니다."

"어떻게 말입니까?"

"우선 무엇보다도 중요한 것은 합방을 할 때마다 수행자의 의지 여하에 따라 결심만 하면 얼마든지 사정을 할 수도 있지만 안 할 수도 있다는 것입니다. 더구나 사랑하는 배우자와의 섹스는 스트레스 해소나 쾌락 추구의 차원을 넘어 쌍방의 생명력 진화를 위한 방편이라는 것을 깨달아야 합니다. 왜 그러냐 하면 이러한 깨달음이 없이는 언제나 동물적인 차원을 벗어날 수가 없기 때문입니다. 교접을 하면 꼭 사정을 해야 한다는 고정관념이야말로 생명을 진화시키기는커녕 소모만 시킨다는 습관적인 행위임을 알아야 합니다.

해방 직후 내가 열네 살에 북한에 살 때 겪은 얘기를 한 토막 하겠습니다. 그때 결혼한 누이가 함경북도 단천에 살고 있었는데 우편도 철도도 제대로 운영되지 않았으므로 6.25 때 피난민을 운반하던 열차를 이용하는 식으로 서로의 안부를 전하는 수밖에 없었습니다. 단천에서 청진까지는 열차로 보통 4, 5시간밖에 걸리지 않았지만, 피난민 열차를 이용하려면 12시간 내지 24시간이 걸렸습니다.

나는 우리 가족 유일의 메신저가 되어 한탕 내왕을 하려면 보통 사나흘씩 걸렸습니다. 문제는 요행으로 피난열차 화물차 꼭대기에 자리를 차지했어도 목적지에 도착하여 내릴 때까지 오줌이 마려워도 꼼짝할 수 없다는 것입니다. 자리를 남에게 빼앗기지 않으려면 그럴 수밖에 다른 방법이 없었습니다. 그래서 열차가 장시간 정차할 때까지 스무 시간이고 서른 시간이고 간에 무작정 소변을 참아야 했습니다. 잠시라도 자리를 뜨기만 하면 자리를 빼앗기기 때문입니다.

지금 생각하면 연정화기에서 정액을 사정하지 않으려고 참는 것과는 비교도 할 수 없이 어려운 일이 되지 않을까 합니다. 소주천을 거쳐 대주천에 들어선 수행자가 연정화기에 성공하지 못한다면 그에게 선도 수행은 더이상 존재할 의미와 가치를 잃게 될 것입니다.

성공보다는 실패가 많다면 그러한 수행법은 이 세상에서 살아남지 못했을 것이기 때문입니다. 연정화기(煉精化氣)란 성합으로 발생하는 액화된 에너지인 정(精)을 기화(氣化)된 수행 에너지로 바꾸는 작업입니다. 따라서 이 과정을 거치지 못하면 수행자라고 할 수도 없습니다."

"그렇다면 연정화기에 성공하지 못한 사람은 수행할 자격도 없겠군요."

"그렇고말고요. 그에게 수련은 연정화기 이전 단계에서 끝낼 수밖에 없죠."

"그렇다면 제가 만약 연정화기에 통과하지 못한다면 선도 수행을 어쩔 수 없이 포기해야 합니까?"

"미안한 일이지만 그럴 수밖에 다른 길이 있겠습니까?"

"그럼 그 과정을 통과하지 못한 저 같은 사람은 선도 수행자라고 말할 수도 없겠네요."

"그럼요. 그러니까 무슨 일이 있어도 이 과정을 통과하도록 온갖 정성과 노력을 기울여야 할 것입니다. 연정화기의 성패 여부가 선도 수행자가 진짜 도인이 되느냐 마느냐가 판가름 나는 막중한 수행 과정이니 왜 안 그렇겠습니까?"

"저는 그렇게까지는 생각지 않았었는데. 제 생각이 잘못이었군요."

"그렇습니다. 나폴레옹처럼 내 사전에 불가능은 없다고 외치고 새로운 불퇴전(不退轉)의 각오로 다시 한 번 도전해 보세요. 바로 그러한 각오가 액체인 휘발유를 기체로 바꾸는 것과 같은 에너지의 동력이 됩니다."

"그럼 어찌 되든지 간에 결국 최선을 다해 보는 수밖에는 없겠는데요."

"그렇고말고요. 그럼 방금 전에 말하다가 중단된 얘기를 계속해 보세요."

"네 그렇게 하겠습니다. 물론 사전에 제 아내를 제 딴에는 잘 설득한다고 했는데도 막상 실천이 되지 않습니다. 합방 중에는 사정(射精)을 하지 않아야 하건만 그 문턱에서 자꾸만 실패를 거듭하고 있습니다."

"역시 그 말이 나올 줄 알았습니다. 연정화기는 간단히 말해서 발기된 남근이 여근 속에 들어가서부터 할일을 마치고 밖으로 빠져나올 때까지 발기 상태를 유지하는 전 과정을 말합니다. 다시 말해서 합방이 시작된 시점에서 그 과정이 완전히 끝나고도 발기 상태를 유지해야만이 분비되는 액체 상태의 정(精)을 기(氣)로 바꿀 수 있는 능력을 발휘하게 된다는 얘기입니다.

따라서 누구든지 확신과 자신감을 가지고 임하면 시작이 반이라고 성취할 수 있습니다. 안 될 때는 왜 안 되느냐는 것을 배우자와 함께 꼼꼼하게 따지고 들어가면서 차근차근 해결책을 모색해 나가다 보면 반드시 돌파구가 열릴 것입니다. 나 역시 수련 초기에 그 문제로 고민을 거듭하다가 끝내 실마리를 찾아내고야 만 일이 있으니까 자신 있게 말하는 겁니다.”

“그럼 그 과정을 자세히 좀 말씀해 주실 수 없겠습니까?”

“선도수련은 자기 자신과의 싸움입니다. 기운을 느끼고 운기가 활발해지기 시작하면 누구를 막론하고 정력이 갑자기 강해집니다. 보통 일주일에 한두 번씩 합방을 하던 부부들이 두 번, 세 번, 네 번, 끝내 매일 밤 또는 그 이상으로 늘어나게 됩니다.

여기서 가장 중요한 것은 연정화기는 어떤 일이 있든지 꼭 성취하고야 말겠다는 의지력을 다지는 것입니다. 바로 그 의지에 따라 그때그때 방편은 나타나게 되어 있습니다. 요컨대 가장 효과적인 방법은 정액이 새려고 할 순간과 시간을 미리 포착하고 있다가 유출되기 전에 동작을 갑자기 멈추어 버리는 방법도 있습니다.”

“어떻게요?”

“구제프 수련법이라고 하여 군대에서 집체 체조 때 한창 열심히 체조를 하다가 지휘자가 갑자기 ‘동작 그만’ 하고 큰소리로 구령을 때리면 각자는 자기 몸이야 어떤 동작을 취하고 있든지 간에 그 자리에서 그때의 동작 그대로 얼어붙은 듯 일체의 움직임을 동결함으로써 새로운 국면을 뚫고 나가는 방식을 말합니다.

행위 시에 정액이 유출될 시기를 미리 포착하고 있다가 이 방법을 쓰면 성에너지 즉 정액의 흐름을 일시에 바꾸어 유출을 막을 수 있습니다. 다시 말해서 그 상태로 잠시 행위를 멈추고 있으면 발기 상태의 페니스의 위축을 막으면서도 발기된 채로 단시간 안에 사정(射精)의 위기를 넘기고 다음 국면으로 넘어갈 수 있습니다."

"무슨 뜻인지 알 것 같습니다."

이렇게 말한 그는 확실한 요령이라도 터득한 듯 귀가했다가 일주일쯤 뒤에 다시 찾아와서 말했다.

"가르침대로 따른 결과 중요한 고비는 넘겼습니다. 선생님 정말 고맙습니다. 그럼 다음 질문을 계속해도 되겠습니까?"

"그럼요. 얼마든지 의문이 나는 대로 기탄없이 말하십시오."

"그럼 연정화기를 한 번 시작하면 지속 시간은 어떻게 됩니까?"

"연정화기의 특징은 일단 피스톤 동작이 시작되면 시간이 흐를수록 스스로 막강한 힘을 발휘하는 특징이 있다는 겁니다. 따라서 한 번 시작만 하면 지속 시간은 제한이 없습니다. 내가 잘 아는 어느 수행자 부부는 일단 불이 붙었다 하면 열두 시간 이상까지 지속한 일이 있다고 합니다. 물론 그사이에 생리적인 배설을 위해 잠시 중단한 것 이외는 온밤을 꼬박 새워 가면서 그대로 계속했다고 합니다. 그 12시간 동안에 몇 해 동안 두 사람을 괴롭혀 왔던 자궁 내의 악성 근종(筋腫)과 부스럼까지 덤으로 말끔하게 자연 치료되었다고 합니다."

"어떻게 그런 일이 있을 수 있을까요?"

"하느님만이 아는 음양의 미묘한 조화가 두 사람 사이에 구사됨으로

써 그렇게 된 것으로 생각됩니다."

"그건 그렇고 이런 때 배우자가 없이 독신자로만 살아온 수행자는 어떻게 하죠?"

"뜻이 있는 곳에 길이 있으니까 배우자는 구하면 조만간에 만날 수 있을 것입니다. 이 세상에서 남자와 여자는 한 번 맺어지면 검은 머리가 파뿌리가 되도록 함께 살게 되어 있으므로 그런 걱정은 아니해도 될 것입니다. 남자와 여자는 원래 상부상조하면서 생사고락을 함께하도록 만들어져 있는 것이 우주의 법칙이니까요. 독신주의자는 누구든지 건강하고 일할 능력이 있는 한 배필을 만나 결국 살길을 찾게 될 것입니다."

"결국 어떠한 남자와 여자든지 좋은 배필을 만나 해로(偕老)하는 것이 바른길인 것 같은 느낌이 문득 듭니다."

"당연한 일입니다."

"그리고 참, 방중술(房中術)과 연정화기(煉精化氣)는 같은 것을 말하는가요?"

"그럼요. 연정화기를 방중술이라고도 하는데 방중술 10단계라는 것이 아득한 옛날부터 민간에 전해 내려오고 있습니다. 참고로 말씀드리면 다음과 같습니다.

방중술 10단계

한 번 동하되 내지 않으면 기력(氣力)이 강해지고
두 번 동하되 내지 않으면 이목(耳目)이 총명해지고
세 번 동하되 내지 않으면 지병(持病)이 사라지고
네 번 동하되 내지 않으면 오장(五臟)이 편안하고

다섯 번 동하되 내지 않으면 혈맥(血脈)이 좋아지고
여섯 번 동하되 내지 않으면 허리가 튼실해지고
일곱 번 동하되 내지 않으면 다리 힘이 강해지고
여덟 번 동하되 내지 않으면 몸에 광택(光澤)이 나고
아홉 번 동하되 내지 않으면 장수(長壽)를 누리고
열 번 동하되 내지 않으면 신명(神明)이 밝아진다.

"선생님은 그걸 읽어 보시고 어떤 느낌이 드셨습니까?"

"어지간히 연정화기에 접근해 있는 사람이 쓴 것 같은 느낌입니다. 글 쓴 사람은 각 단계마다 연정화기의 실상을 파악하고 있는 것 같아서 호 감이 갑니다. 여기서 혹 독자들이 오해하지 않을까 싶어서 말씀드리는데 이 열 단계의 방중술 내용을 단 한 번만 실천하면 그렇게 된다는 성급한 오해는 부디 하지 말아야 할 것입니다."

"그럼 어떻게 해야 합니까?"

"숨을 거둘 때까지 평생 꼼꼼하게 실천해야만 수행이 향상되는 성과 를 거둘 수 있다는 뜻입니다."

"여기서 '한 번 동하되 내지 않으면'은 '한 번 발기(勃起)하되 사정(射 精)하지 않으면' 그렇게 된다는 것을 말하는 것이겠죠?"

"그럼요."

"저에게는 무엇보다도 접이불루(接而不漏)하면 건강하고 영명(靈明) 해지고 장수할 수 있다는 데 크나큰 매력을 느낍니다."

"당연한 말입니다. 진리를 깨닫는 것도 건강과 장수가 확보되어 신명 이 밝아진 다음의 일입니다. 이러한 의미에서 선도 수행자는 물론이고 뜻있는 사람들은 섹스에 대한 기존 개념부터 바꿀 필요가 있다고 생각합니다."

"어떻게 말입니까?"

"섹스는 자녀의 잉태나 스트레스 해소나 향락의 추구를 뛰어넘어 쌍방의 생명력의 진화를 가져오는 방편이라는 것을 깨달아야 합니다. 왜 그러냐 하면 이러한 반성과 깨달음이 없이는 언제나 동물적 차원에서 탈피할 수 없기 때문입니다. 교접을 하면 꼭 사정을 해야 한다는 관념이야말로 생명력을 진화시키기는커녕 계속 소모만 시키고 만다는 것입니다."

"결국 섹스에 대한 기존 개념을 뛰어넘어야 한다는 말씀이군요."

"그렇습니다."

"어떻게 하면 그렇게 할 수 있는지 좀더 구체적으로 말씀해 주시겠습니까?"

"그럽시다. 만탁 치아라는 그 방면의 전문가에 따르면 한 남성이 일생 동안 사정하는 회수는 5,000회이고 한 회마다 3입방센티라고 보고, 이것을 곱하면 15,000입방센티라는 계산이 나옵니다. 다시 말해서 한 남성이 일생 동안 평균 5천 회의 성교를 하는데 그때마다 평균 3입방센티 정도의 정액을 방출한다는 겁니다. 실제 방사량은 사람에 따라 달라서 2 내지 5입방센티입니다.

이 속에는 2억 내지 5억 마리의 정자가 들어 있습니다. 일 인당 평생 1조 마리의 정액을 내보내는데, 그 숫자는 40억 인구의 2백배나 됩니다. 이 막대한 정액은 소주천을 할 수 있는 사람은 마음만 먹는다면 누구나 다 생명 에너지인 기체로 바꿀 수 있습니다. 그런데도 우리는 이 귀중한 에너지를 부질없이 낭비해 버립니다.

　물론 정액은 임신을 할 때 외에는 거의 낭비하는 것밖에는 되지 않습니다. 무엇 때문에 우리는 그 귀중한 생명력을 이렇게 낭비해야 되느냐 하는 겁니다. 선도수련을 성공시킬 수 있느냐 없느냐의 갈림길은 바로 정을 기로 바꿀 수 있느냐 없느냐에 달려 있다고 해도 과언이 아닙니다. 이처럼 귀중한 생명 에너지를 인간 완성을 수행하는 데 이용해야지 무엇 때문에 한순간의 동물적인 쾌락을 위해 낭비해야 하느냐, 결코 그럴 수는 없다는 확고한 인식으로부터 출발하여 성에너지에 대한 새로운 개념을 구축해야 합니다.”

　“어떻게요?”

　“우선은 사정(射精)은 작은 죽음이라는 철저한 인식이 필요합니다. 이러한 확실한 인식이 있어야 두 남녀는 원만한 협조로 수행할 수 있을 것이기 때문입니다. 한 번의 사정으로 2억 내지 5억의 정자가 헛되이 죽어 나가는데 이것을 새로운 에너지 즉 기운으로 바꾸면 두 사람의 생명력을 진화시키는 데 크나큰 보탬이 된다는 것을 명심해야 합니다. 이것을 모든 남녀가 보편적인 삶의 기준으로 삼을 때야말로 새로운 차원의 의미 있는 신세계를 구축할 수 있다고 보는 겁니다.”

　“과연 그렇겠는데요.”

한명수 수련일지

2020년 3월 3일 화요일, 흐림

오전 내 이어진 업무 보고, 보고를 마치고 따뜻해진 단전을 바라보며 호흡에 집중하니 2시간이 금방이다. 점심 식사 후 선배님들 수련기를 읽는데 단전과 등줄기가 뜨거워져 장시간 이어진다. 업무 중 몇몇이 자꾸 눈에 거슬린다. 원인이 있으니 결과가 있다. 내 눈에 거슬리는 이유 역시 나에게 있을 것이다. 이들 모두 날 수련시키는 스승이라 생각하니 짜증나는 마음이 서서히 사라진다.

2020년 3월 4일 수요일, 흐리고 비

퇴근 후 숙소에 도착해 엘리베이터를 탔는데 갑자기 백회가 심하게 근질거리며 자극이 온다. 숙소에 들어가 그대로 정좌해 저녁 수련을 한다. 요즘 백회가 자주 그러는데 백회에 집중해도 될지 고민하다 단전에 마음을 두고 수련에 들어간다. 너무 감사하고 행복하다.

2020년 3월 5일 목요일, 흐림

점심 식사 후 40분간 의자에 앉아 "세상 모든 이가 나의 스승이다"라고 염하며 단전호흡을 하니 어제에 이어 백회에 강한 자극이 온다. 11시가 넘어 퇴근해 수련을 하며 맘속으로 대맥 대맥하고 암송하니 대맥이 돌면서 허리에 따뜻한 띠가 만들어진다. 이어서 소주천 소주천 암송하니 회음과 장강 부분은 좀 약하게, 장강을 지나 신도까지는 강하게, 다시 아문까지는 약하게, 그 후는 또 약간 강하게 구불거리며 기운이 올라가 일주한다.

2020년 3월 6일 금요일, 맑음

점심 식사를 마치고 사무실 의자를 젖혀 편안히 누워 용천에 집중해 호흡을 한다. 이어서 백회, 장심, 용천으로 기운을 끌어당겨 단전에 축기한다고 생각하며 한동안 호흡을 한다. 너무 편안하고 좋다. 그런데 유독 오른쪽 발은 영 느낌이 약하다. 요즘 계속 오른쪽 무릎이 안 좋은데 연관이 있는지 모르겠다.

2020년 3월 7일 토요일, 흐림

오전에 마니산 등산을 했다. 영하의 날씨가 오후가 되니 10도가 넘는다. 춥지 않을까 해서 옷을 껴입고 올랐더니 땀이 비 오듯 한다. 정상에서 하산하다 계곡물 소리가 너무 좋아 계곡 옆 바위에 누워 와공을 했다. 어제처럼 백회, 장심, 용천으로 기운을 끌어당겨 단전에 축기하니 어제보다 강한 느낌이 난다. 따듯한 단전을 바라보며 누워 있으니 마냥 이 상태로 잠들고 싶어진다.

2020년 3월 9일 월요일, 비 오고 흐림

최근 수련이 잘되는 듯하면서도 기복이 심하다. 아직 축기가 부족하고, 업장이 두터운 때문일 것이다. 이럴 때일수록 기본에 충실하며 축기에 집중하는 노력이 필요할 것이다.

2020년 3월 10일 화요일, 비 오고 흐림

오늘은 하루 종일 장강에서 열기가 느껴진다. 회사 선배 차를 타고 세종시로 출장을 가는데 허리와 엉덩이가 뜨거워 시트 열선이 켜져 있는 줄 착각을 했다. 열선 이야기를 하니 그때서야 시트 열선을 넣어 달라는 줄 알고 버튼을 누른다.

2020년 3월 11일 수요일, 맑음

아침 수련 중간중간 자꾸 멍해진다. 분명 졸았음이다. 점심시간에 아침 수련을 보충해 40분간 의자에 앉아 수련을 했다. 가급적 저녁 수련을 8시 내외로 습관을 들이고자 퇴근하며 엑스포 과학공원 벤치에 앉아 수련을 했다. 야외임에도 집중이 잘되고, 중단이 따뜻해져 온다. 수련을 마치고 한 시간 걸리는 숙소로 걸어가며 계속 경전을 암송했다.

2020년 3월 12일 목요일, 맑음

오늘은 오랜만에 서울 출장이다. 예전엔 얼른 출장 업무를 마치고 삼공재를 자주 찾아뵈었는데 그때가 벌써 그립다. 이동하는 고속버스에서 정좌해 단전호흡을 한다. 저녁에 숙소에 도착해 저녁 수련을 하는데 목이 살짝 떨리더니 뭔가 가슴으로 쭉 내려간다. 잠시 뒤 몸 전체가 따뜻해지고 반가부좌 위에 있는 발바닥이 이상하게 따뜻해진다. 발을 바꾸니

위로 올라온 발도 따뜻해진다.

2020년 3월 13일 금요일, 흐림

아침 수련, 경전을 암송하는데 졸음이 밀려와 자꾸 건너뛴다. 안 되겠다 싶어 『삼일신고』를 소리 내어 낭송하고 와공으로 마무리했다. 와공마치고 그대로 누워서 잠깐 졸았는데 꿈속에 어떤 모르는 여자가 옷을 입은 듯 벗은 듯 앉아 있다. 그런데 이분이 왠지 슬퍼 보여 자꾸 마음이가며 음심이 올라온다. 얼른 정신을 차리고 연정화기를 암송하니 장강, 명문이 뜨거워지며 마음이 편안해진다.

2020년 3월 14일 토요일, 맑음

마니산을 찾았는데 젊은이들이 등산로 입구를 막고 주차를 하고 있다. 이건 아니다 싶어 이동 주차를 요청하러 다가가니 고가의 수입차에 남자가 험악해 보인다. 순간 나도 모르게 기가 죽어 남자의 눈을 피해 여자에게 말을 하고 있다. 등산 중 곱씹어 보니 부끄러움으로 다가온다. 고급 수입차에 대한 열등감, 여성 무시... 평소 내면에 있던 마음이 적나라하게 드러나 보인다.

정상 위에 정좌해서도 이 마음이 화두가 되어 다가온다. 마음은 스스로가 감옥이라는 말이 떠오른다. 고급차에 대한 욕심이 열등감으로 다가와 스스로 감옥에 갇혀 지혜를 발휘하지 못했다. 등산로 입구는 등산객이 스틱을 들고 다니는 곳이라 차가 찍힐 수 있다고 했으면 바로 웃으며 이동 주차했을 텐데... 그들 역시 모처럼의 등산으로 들뜬 기분이 나로 인해 망친 건 아닌지 걱정도 된다.

2020년 3월 15일 일요일, 맑음

거실 구석에 난방 텐트를 치고 하루 종일 『선도체험기』를 읽으며 시간을 보냈다. 처음부터 다시 읽어 보니 한 자 한 자 눈에 박히는 주옥같은 말씀들이 너무 많다. 예전엔 그냥 흘려보냈는데 새롭게 다가오는 내용이 많다. 이렇게 함께할 수 있는 인연에 감사하다.

2020년 3월 16일 월요일, 맑음

저녁 8시 사무실 의자에 정좌해 수련을 한다. 저녁 수련을 8시로 습관화하려니 사무실, 공원 등에서 자주 수련을 하게 된다. 처음에는 집중이 힘들었는데 이제는 할 만하다. 오늘은 다른 날보다 용천에서 자극이 잘 느껴진다. 늦은 밤 숙소에 도착해 유성온천 주변을 돌며 운동을 한다. 경전을 암송하며 운동하니 등줄기가 따뜻해지고 편안해진다.

2020년 3월 17일 화요일, 흐림

새벽 4시 30분 정좌해 단전호흡을 하다 졸음이 밀려와 잠시 쉰다는 게 7시 50분이다. 얼른 씻고 정좌해 수련에 들어가니 단전과 신도혈을 중심으로 뜨거워진다. 40분간 수련을 마치고 출근하는 동안에도 명문에서 어깨까지 열기가 계속된다. 출근하자마자 시작된 업무 보고가 2시간 동안 이어진다. 얼른 우리 부서 보고를 마치고 의자에 정좌해 단전호흡을 이어 가니 길어지는 보고 시간이 너무 감사하게 느껴진다.

2020년 3월 19일 목요일, 흐림

아침 수련을 30분 만에 짧게 마치고 출근해 점심시간 등을 이용해 부족한 수련을 채워 갔다. 사무실에서 저녁 수련을 하는데 경전을 암송하자 몽롱해지며 온몸이 후끈해진다. 꿈속 모습이 자꾸 생각난다. 내가 초등학교를 졸업하는 날인데 얼굴은 지금 모습이다. 학교 앞 미용실을 지나는데 거울에 비친 내 모습이 완전 풍성한 장발이다. 원래 난 반쯤 대머리인데... 멋지게 보이고 싶어 미용실에서 머리를 자르고 나니 웬 여자가 나타나 날 유혹한다. 어렵게 뿌리치고 학교로 뛰어갔는데 졸업식은 벌써 끝나고 아무도 없다. 교무실에 들어가 선생님을 찾으니 좀 전에 다른 학교로 전근 가셨단다. 유혹에 끌려다니지 않도록 정신을 바짝 차려야겠다.

2020년 3월 20일 금요일, 맑음

회사에서 고민스러운 일을 정리해 전 직원이 보는 그룹웨어 게시판에 올려 마무리했다. 찜찜한 건 얼른 처리해 버리는 게 답이다 싶다. 수원으로 올라가는 퇴근길에 정해진 수련 시간은 없지만 8시에 맞춰 휴게소에 주차하고 한 시간 동안 수련을 했다. 잠시 졸기도 했지만 이렇게 수련할 수 있다는 게 너무 감사하다.

2020년 3월 21일 토요일, 흐림

와이프 생일이라 애들 삼촌이 놀러 오기로 해 아침 일찍 마니산을 찾아 등산을 한다. 오늘도 정상 근처 바위에 앉아 수련을 하려는데 여기저기 너무 시끄러워 영 집중이 안 된다. 잠시 정좌했다. 인적이 뜸한 바위에 누워 와공을 한다. 사지로 기운을 당겨 단전에 축기하니 딱딱한 바위 위인데도 너무 편안하게 느껴진다.

2020년 3월 22일 일요일, 흐림

오전 9시 예전에 『선도체험기』를 보며 아이패드에 메모했던 내용들을 정리해 보니 너무 재미있다. 머리가 자명해지며 맑아지는 기분이다. 하루 종일 자료를 찾아보며 시간을 보냈다. 늦은 밤 운동을 위해 경전을 암송하며 만 보 걷기를 하는데 평소와 달리 엉덩이 부근이 뜨겁게 느껴진다.

2020년 3월 23일 월요일, 흐림

사무실에서 급한 업무를 마치고 평소 스마트폰으로 작성했던 수련일지를 정리해 블로그에 올렸다. 한 주일의 수련을 정리하는 귀한 시간이다. 수련일지 정리하는 내내 단전과 백회가 반응하며 명문이 뜨거워진다. 퇴근해 숙소에서 수련을 하는데 어찌된 일인지 호흡에 따라 몸이 부풀어 오르는 느낌이 든다.

2020년 3월 24일 화요일, 흐림

업무를 마치고 사무실의 회의실 문을 잠그고 저녁 수련을 한다. 은근 직원들 신경이 쓰이지만 무시하고 수련하니 따뜻한 기운과 함께 한 시간이 금방이다. 정자세가 되도록 평평한 나무의자를 골라 앉으니 너무 좋다.

저녁 9시 경전을 암송하며 걸어서 퇴근하는데 15분쯤부터 엉덩이 부근에 시원한 느낌이 든다. 뭐(?) 싼 줄 알고 바지에 손을 넣어 만져 본다. 지난주까지는 뜨겁기만 했는데 오늘은 매우 시원하게 느껴진다. 숙소 근처까지 걸어가는 4~5km 내내 시원한 기운이 계속 이어진다.

2020년 3월 25일 수요일, 흐림

출근해 11시가 넘어서부터 자꾸 백회가 욱신거리며 자극이 온다. 점심시간, 생식을 먹고 의자에 앉아 수련에 들어간다. 욱신거리던 백회의 느낌이 갑자기 단전까지 쭉 이어지며 마치 줄이 연결된 것처럼 느껴진다. 탄력 있는 고무줄이 아래위로 당기고 있는 듯한 느낌이다.

늦은 밤 갑자기 욕망이 올라와 연정화기를 염하니 단전에서 전립선을 지나 회음, 장강으로 뭔가 미세하게 떨리며 이어지는 느낌이 든다. 회음에서 처음으로 명확한 느낌을 느끼게 되었다. 소주천도 예전보다 수월해진 느낌이다.

2020년 3월 26일 목요일, 비

점심을 먹고 30분간 수련을 했다. 어제와 같은 느낌이 들지는 않았지만 단전과 명문이 따뜻해지며 편안한 느낌이 너무 좋다. 저녁 수련을 마치고 부족한 운동을 하러 나갔다. 비가 많이 와 유성온천에 들렀다. 온천 옆에 살면서도 사우나를 좋아하지 않아 가끔 가게 된다. 뜨거운 욕탕에서 이리저리 몸을 풀고 나오니 오히려 힘이 빠지는 느낌이다. 체질적으로 안 맞는지 욕탕은 5분이 넘으면 오히려 힘이 빠진다.

2020년 3월 27일 금요일, 비 오고 흐림

아침 수련에 잡념과 졸음이 밀려와 경전 암송이 자꾸 끊어진다. 결국 경전 암송을 생략하고, 단전호흡을 중심으로 수련하다 와공으로 전환해 수련을 마쳤다. 저녁 수련은 매일 8시에 습관이 되었는데 아침 수련은 습관을 들이기가 영 쉽지 않다. 점심을 생식으로 하고, 부족한 수련을 보충하려 40분간 사무실 의자에 앉아 수련을 했다. 백회와 용천에 잔잔한 자극이 일고 단전이 따뜻해진다.

퇴근 후 수원집으로 올라가는데 백회에 자극이 온다. 시계를 보니 8시가 넘어가고 있다. 얼른 휴게소에 정차해 40분간 수련을 하고 다시 운전해 올라갔다. 습관을 들이니 수련 시간이 되면 몸이 먼저 반응하는 것 같다.

2020년 3월 29일 일요일, 맑음

아침에 마니산을 찾았다. 그간 스틱 2개에 의지해 산을 오르내리다가 스틱을 놓고 올랐더니 무릎에 무리가 가기는 하지만 큰 통증은 없다. 2년 전 무릎 수술을 받았는데 그동안 많이 회복된 듯하다. 인적이 드문 바위에 앉아 태양빛을 받으며 단전호흡과 함께 경전을 암송한다. 따사로운 봄 햇살이 너무 편안하다. 집에 와 보니 온 가족이 딩굴딩굴, 하루 종일 게임만 하고 있다. 화가 올라온다. 말없이 책을 들고 카페로 자리를 피했다. 요즘 애들 성적에 과한 욕심이 생긴다. 겉으로는 애들을 위한다지만 정작 욕심의 방향은 나를 향하고 있음이 보인다.

2020년 3월 30일 월요일, 맑음

새벽 3시 둘째가 부탁한 노트북을 세팅하고, 소파에 앉아 아침 수련 후 대전으로 출근했다. 수면 시간이 3~4시간밖에 안 돼서인지 수련을 비몽사몽 마친지라 출근하는 기차 안에서 보충 수련을 했다. 점심시간 의자에 앉아 50분간 단전호흡을 하니 등줄기가 후끈하다.

오후 8시 회의실에서 저녁 수련을 마치고 숙소에 걸어가는데 갑자기 온몸의 힘이 쭉 빠진다. 다리가 풀려 주저앉을 것 같다. 3일 단식을 할 때도 이렇지 않았는데... 5km 정도의 퇴근길이 10km는 되는 것 같다. 엄청난 손님이 오신 것 같다.

2020년 3월 31일 화요일, 맑음

어제에 이어 오늘도 컨디션이 좋지 않다. 엄청난 분이 오셨는지 너무 힘들어 시간 날 때마다 경전을 암송하며 천도되길 기원했다. 점심 수련 50분, 다행히 단전과 척추에 열기가 일고 백회가 움찔거린다. 업무를 마치고 8시 회의실에서 수련을 하는데 따뜻해진 단전과 함께 수련에 집중이 잘된다. 저녁 퇴근길, 어제보다는 낫지만 아직도 몸에 힘이 없다. 한 발 한 발 경전을 암송하며 천천히 걸어 숙소에 도착했다.

2020년 4월 1일 수요일, 맑음

오늘도 점심시간 급한 일을 마치고 30분간 수련을 했다. 점심 수련도 이제 정착돼 가는 느낌이다. 단전과 척추가 따뜻해지고 너무 편안하다. 사무실 소독이 있어 퇴근길 공원벤치에 앉아 저녁 수련에 참여했다. 40

분 정도로 마치고 한 시간 동안 경전을 암송하며 숙소에 걸어갔다. 집에 도착해 두부와 과일을 먹고, 앉아 있으니 백회에 쌰한 느낌이 든다. 이제야 며칠간의 시달림에서 벗어나는 것 같아 너무 감사하다.

2020년 4월 2일 목요일, 맑음

서울에서 회사 대표님과 중요한 회의가 있었다. 신경을 너무 썼는지 서울행 버스에서 정좌해 단전호흡을 하는데 자꾸 잡념이 올라온다. 며칠을 준비했던 회의가 계획했던 것 이상으로 잘 끝났다. 오늘 주제가 대표님도 고민거리였나 보다. 환하게 웃으며 참석자들과 헤어져 집으로 오는데 백회에서 쌰한 느낌이 가슴까지 시원하게 내려온다.

저녁 8시 정좌해 수련을 시작하자 백회를 강하게 짓누른다. 단전과 명문도 같이 뜨거워진다. 10시 30분 다시 정좌해 마음을 집중하니 백회를 짓누르는 느낌이 다시 시작된다. 30분 후 와공으로 전환하니 전립선 쪽으로 뭔가 흘러가는 느낌이 든다.

2020년 4월 3일 금요일, 맑음

며칠 전 수련 중에 자꾸 마니산이 떠올라 연가를 내고 강화로 출근을 했다. 자주 다녔던 등산로를 벗어나 예전 선조들이 오르던 천제암궁지(참성단 천제를 지낼 때 사용할 제기와 제물을 준비하던 제궁터로 고종 때 폐지됨, 조선 태종이 왕위에 오르기 전에 머물며 천제를 지냈다고 함)를 거치는 옛 등산로를 따라 올랐다. 궁지에서 삼황천제님, 선계 스승님, 지도·보호령님께 감사한 마음으로 정한수를 올리고 한 시간 정도 정좌해 경전을 암송한 후 참성단을 향했다. 정비가 전혀 돼 있지 않고 쓰러진 나무로 군데군데 막혀 있는, 아무도 찾지 않는 길이지만 옛 선조들이 올랐던 길이라 생각하니 길마다 피어 있는 진달래가 더 아름답게 느껴진다. 이렇게 수행의 인연을 이어 주신 선생님과 도반님들께 너무 감사하다.

【필자의 논평】

한명수 씨의 생동하는 체험기 감동 깊게 읽었습니다. 지금 한명수 씨는 운기와 소주천 시기를 지나 대주천 수련을 해야 할 때를 초조하게 기다리고 있는 형국입니다. 더이상 기다릴 여유가 없으므로 교통편이 닿는 대로 최단 시간 안에 삼공재를 찾아 주기 바랍니다. 대주천 뒤에 있을 화두수련이 기다리고 있기 때문입니다.

현묘지도 화두수련 체험기 (49번째)

김 군 자

1단계 천지인삼재 (2/12 ~ 2/18)

2020년 2월 12일 수요일

내 생에 대주천만 되어도 더 바랄 것이 없겠다고 생각하면서 너무나 기다리던 감격스러운 날인데 그저 멍하니 담담하다. 컨디션이 안 좋으셔서 다음에 점검하자고 하였는데도 살펴 주셔서 너무 감사하고 열심히 해야겠다는 다짐을 한다. 자리에 앉아 받은 화두를 암송하니 머리에 묵직한 망이 덮은 것 같고 가슴은 먹먹하면서도 강한 기운이 들어온다.

수련을 마치고 도해 선배님 그리고 여러 도반님들과 뒤풀이 자리도 즐겁게 함께했다. 돌아오는 비행기 속에서 온몸이 짓눌리는 듯한 무거운 기운이 힘들게 하고, 저녁 절 수련 70배도 겨우 하였으나 화두수련을 시작하자 단전에 깜짝 놀랄 만큼 강한 기운이 들어온다.

2020년 2월 13일 목요일

아침 5시에 일어나 1시간 화두수련에 드니 강한 기운이 하단전 전체에 가득하고, 출근길과 근무 중에도 화두만 잡고 있으면 평소와는 다른 것 같은 기운이 하단전에 들어온다. 퇴근하며 차 안에서 30분 수련하니 하단전이 풍선처럼 부풀어 오르고 백회를 짓누르면서 묵직하게 씌워졌던 망은 많이 사라졌다.

저녁 샤워 후 103배 절 수련하고 8시 50분부터 화두수련을 시작하니 하단전 전체가 풍만해지면서 뜨거운 기운이 가득차고 전신으로 퍼져나간다. 임맥, 독맥, 발끝, 손끝까지 얼얼하고 어디선가 화두 소리가 계속 들리는데 집중해 보니 내 귀에서 들려온다.

오래전부터 매미, 귀뚜라미, 오케스트라 같은 소리가 쉬지 않고 들려왔는데 병원에서는 노화 때문인 것 같으니 영양제를 먹으라고 했었다. 도해 선배님께서 『선도체험기』 37권에 이명에 대해 나와 있다고 보여주셔서 관음수행에 가는 길이라는 것을 알게 되었다.

입정에 들자 전신은 기운으로 꽉 차 있고 하단전 기운이 넘쳐서 밖으로 빛이 퍼져나가고, 하단전 안에 하나 가득 파란 하늘이 보인다. 무수한 별들이 빛나면서 한참 보이다가 앞으로 이동하니 내 앞에 똑같은 하늘이 펼쳐져 있고 나도 같이 있다. 내 안에 하늘이 있고, 나와 우주가 하나가 되었다.

2020년 2월 14일 금요일

한밤중에 자다가 강한 열감으로 깨어나고 보니 뜨거운 기운이 양팔, 다리, 온몸에 가득하다. 화두수련하며 잠들었다가 아침 수련 1시간 후 생식 먹고 출근하면서 30분간 화두수련을 이어 가니 잡념이 인다. 퇴근 길에도 화두수련하고, 저녁 103배 후 좌공, 와공으로 이어 가니 피곤이 몰려와 잠들어 버렸다.

2020년 2월 15일 토요일

아침 6시에 좌공으로 1시간 수련하니 하단전 기운이 임독맥, 전신으로 퍼져 나가고 온몸이 따뜻하다.

토요일은 어머니 뵈러 가는 날이다. 93세인 어머니는 걷는 것이 힘들어 거의 집안에서만 지내신다. 동생네 이층에 살지만 다들 바쁜 관계로 찾아오는 사람이 없으면 하루 종일 혼자 앉아 계신다. 언니랑 내가 가면 너무 좋아하셔서 빨리 돌아올 수가 없지만 매주 한두 번은 들르는 편이다. 오늘도 가서 집안 정리도 하고 밥도 같이 먹고 말벗도 하면서 몇 시간을 보냈는데 올 때는 벌써 가느냐고 하신다.

오늘은 텃밭도 들러야 해서 근처에 있는 텃밭으로 갔다. 밭을 빌려 사용하는 아저씨를 만나 계약 기간이 다 되었고 작년 3월에 비워 주기로 한 창고는 1년이 지났는데도 그대로다. 언제 비워 주실 거냐고 물으니 오히려 역정을 내신다. 언니가 계약서까지 보여 주며 보라고 하는데도 보지도 않고 화만 내신다. 내가 차분히 강하게 '그런 말씀 하시면 안 되죠. 아저씨도 다 알고 있고, 이웃사촌 될 수도 있는데' 하고 말했더니 좀 있다 밖으로 나오면서 큰소리쳐서 미안하다고 거듭 사과한다. 나의 보호령님이 보호해 주시는 것 같다.

운동은 못하고 저녁 103배 후 화두수련에 드니 하단전에 바로 기운으로 가득하고 백회는 뻐근하면서 기운이 조금 내려오다 사라지곤 한다.

2020년 2월 16일 일요일

어젯밤에도 12시 넘어 깨어나 호흡을 하자 뜨거운 열감이 확 퍼지고 온몸 구석구석 기운이 뻗쳐간다. 손끝, 발끝, 백회에서는 이마로 여러 갈래 기운줄이 내려오고 전신이 떠 있는 듯하더니 마음이 한없이 기쁨으로 가득하고, 편안함과 환희지심이 느껴진다.

아침 수련 후 한라산 자락 숲속에 있는 동화 속에 나오는 집 같은 도해 선배님 댁에 가서 좋은 말씀 많이 듣고 45분간 같이 수련하다가 왔다. 따뜻하게 맞아 주시는 언니(사모님인데 언니라 부르기로 했다)가 점심도 해 주시고 올 때는 가득가득 먹을 것도 싸 주신다. 저녁 103배 후 9시 반부터 화두수련에 들어 좌공 30분, 와공 30분 하였으나 별다른 반응은 없었다.

2020년 2월 17일 월요일

아침 수련 1시간 마치고 출근하니 회사일로 짜증나는 일이 생기고, 신경이 좀 예민해진 것 같다. 수련 중에는 절대로 화내거나 마음 거슬리는 언행을 하지 말라는 도해 선배님 말씀이 생각난다. 장애인 직원이 많은 편이라 일 처리에 있어 마지막까지 신경을 써야 한다. 정상인보다 훨씬 나은 애들도 있다. 장애인, 정상인이라는 분별도 하지 말아야지. 사람은 누구나 장단점이 다 있고 각자 개성이 있는 것. 그들 또한 우리보다는 더 많은 고통을 안고 살고 있을 것이다. 저녁 수련 중 백회에서 기운이 들어오다 끊기곤 하였고, 회사에서의 일에 대하여 관하여 보니 역시 '모든 건 내 탓이다'로 귀결된다.

2020년 2월 18일 화요일

아침 4시 반 좌공에서 40분 동안 화두수련하니 손바닥 전체가 얼얼하고 용천과 발바닥 전체에서 쏴아한 기운이 들어오고, 와공으로 50분 이어 가니 하반신이 없어진 느낌이다. 생식하고 출근하여 근무 중에도 호흡을 하니 강한 기운이 들어온다.

저녁 103배 후 좌선하여 자리잡으니 잡념과 피로가 몰려와 와공하다 잠들었으나, 뜨거운 열감으로 깨어 화두에 드니 하단전 깊숙한 곳에서 불이 붙는 것 같은 열감이 확 퍼지면서 전신에 땀이 밴다. 입정에 들어가니 내가 홀 안에 있는 널따란 원탁 위에 내려앉고 주위에 사이사이 사람 같기도 한 뭔가 엎드려 있다. 잠시 후 투명한 큰 나비 모양처럼 생긴 날개가 내 가슴 앞에 갖다 댄다. 양손으로 날개를 꽉 붙잡으니 둥실 날아가니 떨어지면 어쩌지 하는 생각에 끝이 난다.

2단계 유위 삼매 (2/19 ~ 2/23)

2020년 2월 19일 수요일

아침 수련 시 1단계가 끝났다는 느낌이 와서 오후에 전화를 드렸더니 2단계 화두를 주신다. 퇴근 시 차 안에서 화두수련을 하니 부드러운 기운이 하단전을 강하게 자극한다. 절 수련 후 좌공 30분 이어서 와공하다 잠들었는데 밤중에 열감으로 깨어났다. 불덩이 같은 기운이 온몸 구석구석 돌아다니고, 오른쪽 발뒤꿈치가 쭉 계속 당겨지면서 안쪽으로 휘어진다. 기운이 독맥을 타고 올라가더니 중추쯤 왼편으로 따끔거리고 계속 아프면서 땀이 밴다. 그쪽 어딘가에 아픈 곳이 있는 것 같은데 전에도 독맥 올라갈 때는 똑같은 현상이 일어났었던 걸 보니 막힌 맥이 뚫리는 중인가 보다.

2020년 2월 20일 목요일

아침 4시 좌공으로 30분 수련하니 가끔씩 백회가 꾹 눌렸다가 사라지고, 왼쪽 머리가 벌레 기어가듯 스멀거린다. 나는 내 몸이 건강하다고 생각하지만 기 흐름을 느껴 보니 그렇지만은 않은 것을 알게 되니, 몸이 우선 건강해야 마음도 건강하고 진리로 가는 길도 수월하겠다는 생각이 든다. 애인여기, 여인방편 자기방편, 역지사지 방하착 생각만 하지 말고 행동으로 하는 삶을 살아가도록 노력해야겠다.

인당에 강한 자극이 오면서 빛이 보이기 시작하더니 쫘악 퍼지고, 황금색 빛이 시계 방향으로 돌아가면서 밝히며 계속 도니 마치 등대가 돌아가면서 빛을 비추는 것이랑 똑같다. 저녁 103배 후 화두를 잡고 좌공 30분, 와공 30분 마치고 자다가 밤 12시 전후에 열감에 깨어나 다시 와공, 화두수련하니 뜨거운 기운이 온몸에 퍼져 나간다.

오른발이 뒤틀리면서 왼발도 당기고 임맥과 독맥도 같이 올라가는데 독맥은 전과 같이 신도쯤에서 아프고 뜨겁다. 양팔이 없어진 느낌이고 목까지 열기가 올라와 얼굴까지 뜨거우면 어쩌나 했는데 살짝 따스할 뿐이다. 시계를 보니 5분 전 1시이니 어제와 같은 시간대에 비슷한 기 수련이 되고 있다.

2020년 2월 21일 금요일

아침 수련 1시간은 평상시와 같았고, 저녁 수련은 103배 후 좌공, 와공으로 이어서 했다.

2020년 2월 22일 토요일

아침 수련 1시간 보통 때와 같이 진행했다. 이사해서 보니 필요 없는 물건들을 왜 이렇게 쌓아 놔뒀는지 일주일 동안 못 했던 집안을 정리하면서 한나절이 다 지난다. 덜 필요한 것들을 싸서 재활용 넣는 곳에 갖다 넣었다. 집이 정돈되고 깨끗해지니 마음도 시원하다. 가아도 한 꺼풀씩 벗겨 내야겠다

어머니네 집으로 가는 날이다. 나를 기다리시는 엄마를 생각하면 안 갈 수가 없다. 텃밭에 먼저 들러 창고 정리하고 주위 청소하고 어머니네 집으로 갔다. 점심 먹고 나니 온몸에 기운이 다 떨어진 느낌이고, 잠이 쏟아지고 머리도 지끈거리는 걸 보니 영가가 들어왔나 보다.

저녁 103배와 스트레칭하고 8시부터 삼대 경전, 『반야심경』 암송하고 화두수련하였으나 별다른 반응이 없다. 2단계 화두가 끝났는지 자성에게 물어보니 몸이 앞으로 숙여지며 꾸벅거려진다.

2020년 2월 23일 일요일

아침 1시간 삼대 경전, 『반야심경』 암송하며 수련하였으나 아직 머리도 띵하고 몸도 안 좋고 별다른 반응이 없다. 아들 친구 트럭을 빌려서 텃밭에 가져갈 물건들을 실어서 창고에 넣고 날씨가 좋아 햇빛을 받으며 내 차도 청소하니 기분이 업된다. 주위를 살펴보니 돌로 넓고 길게 쌓아진 울타리는 한쪽이 무너져 있고, 심어 놓은 동백나무가 너무 울창해서 시야를 가린다. 일이 너무 많지만 천천히 하자. 마음이 느긋해진다.

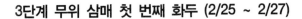

3단계 무위 삼매 첫 번째 화두 (2/25 ~ 2/27)

2020년 2월 25일 월요일

아침 4시 와공하는데 어제저녁을 잘못 먹었나? 배에서 꼬르륵 소리가 요란하다. 가끔 식사 시간이 지나서 좌공할 때 심하게 난다. 좌공하여 50분 동안 화두수련을 하니 가슴이 막힌 듯해서 와공으로 30분 더 하면서 '유위계와 무위계가 하나 아닌가?' 하고 자성에게 물으니 그렇다는 느낌을 받았다.

저녁 4배 후 8시부터 화두수련에 들어 좌공 35분, 와공 45분 진행하는 동안 쇳덩이 같은 강한 기운이 들어온다. 차츰 넓어지더니 단전에 기운이 가득하고, 몸통 양쪽 다리, 팔 전체가 기운으로 쌓여 가더니 붕 뜨는 느낌이 든다. 환희지심, 대자유구나 느끼면서 얼굴에 미소가 저절로 번진다.

2020년 2월 26일 수요일

아침 4시 반 좌공으로 들어가니 기운이 약하게 들어오다가 와공으로 전환하여 『천부경』, 대각경, 『반야심경』 암송하고 화두수련하니 입정에 들었다. 1시간쯤 지나니 어디선가 스님, 스님 하는 소리가 들린다.

저녁 103배 절 수련 후 8시 50분부터 와공으로 수련하다 잠들었다가 밤 12시 지나 깨어나 화두수련하자 뜨거운 기운이 확 들어온다. 양쪽 발 뒤꿈치까지 내려가더니 양발이 뒤틀리면서 잡아당긴다. 이제는 밤중에 깨어 수련하는 게 일상화된 듯하다. 시계를 보니 12시 50분이다.

2020년 2월 27일 목요일

점심시간이 1시간 20분이어서 동료들하고 잡담하는 데 어울리지 못하는 편이다. 거의 말없이 살아온 게 한 7~8년은 된 것 같다. 사장님은 나보고 말 없는 여자라고 한다. 점심 후에는 주변에 밭 사이 돌담길 또는 해안가를 걷는 편이다.

아침 4시 반 와공, 좌공하다 생식 먹고 출근하였고, 저녁에는 스트레칭 30분 하고 4배 후 9시부터 좌공 30분 하니 피로가 몰려온다. 와공 수련 시 따뜻한 기운이 팔, 다리, 임독맥 전신을 파고든다.

3단계 무위삼매 두 번째 화두 (2/28 ~ 3/5)

2020년 2월 28일 금요일

아침 수련에 들었는데 별 반응이 없고, 뭘 그렇게 잡고 늘어졌나 하는 느낌만 든다. 회사에서 근무 중 1시 좀 지나 선생님한테서 전화가 왔다. 3단계가 뭐였냐고 물으신다. 'ㅇ입니다' 하니까, 다음은 ㅇ 화두를 하라고 하신다.

일하면서 생각해 보니 이상하다는 생각이 든다. 이번은 11가지 호흡 같은데 화두를 주신다. 주셨으니까 해야지 하는 생각이 든다. 저녁에 화두와 11가지 호흡을 동시에 해 보니 되지를 않는다. 그러면 그냥 화두만 하기로 마음먹었다.

2020년 2월 29일 토요일

아침 40분 좌공하고 와공으로 50분 진행하는 동안 잔잔한 기운에 취한다. 자연과 어울리는 두 분, 나무로 가득한 아름다운 정원이 있는 집, 도해 선배님 댁 방문하니 나무로 불 땐 방안은 따뜻한 기운으로 가득하다. 많은 좋은 말씀과 수련 45분 하고 점심도 차려 주신다.

미안하고 고마운 마음 가득 안고『선도체험기』14권과 15권을 빌려 와서 읽었다. 나는『선도체험기』를 미국에 있을 때 35권까지 읽었고 여기 와서는 36권부터 사서 읽었기 땜에 앞에 책들은 가지고 있지 못하다. 기회 되면 구비해 두어야겠다.

선생님의 현묘지도 수련기를 읽어 보니 내가 너무 빨리 끝나는 것 같아 앞으로는 느긋하게 충분히 확인하고 끝내자 다짐한다. 공원 운동 40분과 103배 후, 전 화두를 해 보니 별다른 반응은 없다. 화두수련 들어가니 임맥, 독맥, 양쪽 팔, 다리 기운이 다 퍼져 나가고 독맥, 신도쯤에서 또 아프고 뜨겁다.

2020년 3월 1일 일요일

아침 4시 반에 눈을 뜬 상태에서 와공으로 화두수련하니 하단전 열감이 온몸으로 퍼져 나간다. 발끝, 손끝이 따끔거리기도 하고, 피부호흡이 되는지 호흡은 소리 없이 길게 이어져 1시간 반 수련하다. 안개비도 내리는 일요일이라 근처 오름 사라봉, 별도봉을 걸었는데 요즘 코로나 때문인지 평소 많던 사람들이 거의 없다. 저녁 103배 후 와공, 화두수련하다 잠들다.

2020년 3월 2일 월요일

밤중 깨어 화두수련하다 다시 잠들었다. 꿈속에 마당을 쳐다보니 어디서 날아왔는지 검은 무늬에 흰색 무늬가 있는 오리 같은 새가 마당 가득 물을 마시러 날아와 앉는다. 그때(주인집 동물인 거 같은 느낌) 똑같은 검은 얼룩무늬의 흰색 무늬가 있는 염소 같기도 하고 또 옆으로 보면 소 같기도 하고 또 걸어갈 때 보니 돼지 같기도 한 큼직한 동물이 기운 없어 물을 못 마시는 한 오리를 안아 마시게 해 준다. 내가 밖으로 나가 옆을 지나가니 머리를 옆으로 숙여 얌전히 있어 준다. 애인여기를 되새기게 된다.

저녁 103배 후 좌공 40분 하는 동안 평상시 기운과 똑같다. 『선도체험기』 14권 선생님 현묘지도 수련기가 많은 도움이 된다. 지금 화두가 3단계 화두와 의미가 비슷한 것 같다.

2020년 3월 3일 ~ 3월 4일

아침 좌공으로 1시간 『천부경』, 『반야심경』을 외우고 화두수련 들어가다. 기운은 평상시와 같은데 하단전 집중하고 백회에 우주기운이 들어온다고 생각하면서 수련했더니 백회에서 기운이 뼈억 밀면서 아래로 내려온다.

저녁 9시 20분 103배 올리고 좌공, 와공하다 잠들었다가 밤중에 열 기운에 깨어 보니 12시 30분이다. 와공으로 화두수련하니 백회에서도 기운이 느껴지며, 하단전에 기운이 가득하고 하단전 앞부분도 둥그렇게 기운이 둘러싸여 있고, 머리 위쪽으로도 기운이 넓게 덮여 있는 느낌이다.

선계에서 기운을 보내 준다는 생각이 확실해지면서 호흡을 살짝만 쉬어도 강한 기운이 물씬 들어온다. 팔, 다리, 중단전, 상단전, 온몸이 떠 있는 느낌이고 얼굴과 몸에서 땀이 나면서 몸 안에 있던 탁기가 빠져나오는 것 같다.

2020년 3월 5일 목요일

아침 수련 좌공 1시간 한 후 새벽녘에 꿈을 꾸었다. 앞에 누군가 뛰어 가다 무덤 앞에서 넘어졌는데 그 무덤 속에서 구멍이 생기고 나팔같이 생긴 게 나오더니 물이 나오는 것이다. 그 물을 마시려고 사람들이 줄 서 서 기다리고 있어서 언니랑 나도 줄을 서 차례가 되어 보니 무덤은 공중 에 떠 있고 그 위에 긴 의자가 있고 그 의자에 앉으라고 한다. 바가지를 받고 무덤 속으로 넣어 물을 떠서 먹어 보니 '좀 맛있긴 하네' 하면서 언 니한테도 건네주니 언니도 마시고 나서 주위 사람들에게 마시라고 준다.

진리를 전하라는 메시지인가 생각한다. 3시간 지나 선생님께 전화드 려 네 번째 화두가 끝난 것 같다고 하니 5단계 화두를 주신다. 저 11가 지 호흡 안 받았다고 하니까 그러면 11가지 호흡하고 5단계 화두를 하라 하신다. 아마도 내게 3단계 화두를 두 번 주신 것 같다.

퇴근 후 스트레칭 25분, 103배 절 수련 후 11가지 호흡에 들어가 1시 간쯤 하다 보니 거의 외워진다. 와공으로 화두수련하니 백회에서 기운이 들어오고 하단전도 강한 기운이 팔, 다리, 중단전, 독맥으로 오르고 온몸 으로 퍼져나가 1시간 수련하다.

4단계 무념처삼매 (3/6)

2020년 3월 6일 금요일

아침 4시 반 좌공 1시간 동안 11가지 호흡을 하면서 호흡을 맞춰 보니 자동으로 계속 이어진다. 오전 내내 몸이 아픈데 예전에 아팠던 자리가 다시 아픈 것 같고, 점심시간에 해안가 30분 걸으니 많이 풀렸다. 저녁 8시 30분 103배 올리고 일기를 쓰다 보니 9시 반이 되었다. 11가지 호흡이 몸을 풀어 주는 것 같고 기운을 상단전으로 보내 보았더니 백회에 반응이 온다. 또 중단전으로 보냈더니 가슴이 쏴아 하는 느낌이 들고 하단전으로 집중하니 열감이 온다. 기운이 마음 가는 데로 몰리니 이것이 심기혈정, 일체유심조인가 보다.

5단계 공처삼매 (3/7 ~ 3/9)

2020년 3월 7일 토요일

아침 4시 반 와공하니 노궁혈 손바닥 전체가 찌릿찌릿 얼얼하게 기운이 들어오고 용천혈에서도 발바닥 전체로 쏴아 하다. 좌공으로 전환하여 40분 동안 11가지 호흡 조금 하고 화두수련에 들어가니 공에서 온 이 몸이 오욕칠정에 휘둘려 갈 길을 잃고 헤매다 보니 되풀이되는 윤회 속에 오늘까지 왔구나. 본래의 자리로 돌아가자. 한의 자리, 도의 자리, 진리의 자리로 나의 말과 생각과 행동을 부처님, 예수님을 바라보면서 닮아가도록 노력해 보자. 마음에 새겨 본다.

도해 선배님 댁 방문하여 좋은 말씀 많이 듣고 수련하고 돌아왔다. 비

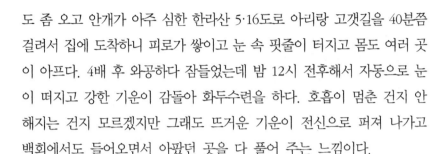

도 좀 오고 안개가 아주 심한 한라산 5·16도로 아리랑 고갯길을 40분쯤 걸려서 집에 도착하니 피로가 쌓이고 눈 속 핏줄이 터지고 몸도 여러 곳이 아프다. 4배 후 와공하다 잠들었는데 밤 12시 전후해서 자동으로 눈이 떠지고 강한 기운이 감돌아 화두수련을 하다. 호흡이 멈춘 건지 안 해지는 건지 모르겠지만 그래도 뜨거운 기운이 전신으로 퍼져 나가고 백회에서도 들어오면서 아팠던 곳을 다 풀어 주는 느낌이다.

2020년 3월 8일 일요일

오전 수련 후 일요일이라 언니랑 텃밭에 가서 여러 가지 야채 씨 뿌리고 상추 모종 심고 자연 속에서 지내니 몸과 마음이 즐겁다. 햇볕이 따스하니 봄은 풍성한 야채를 보내 주시는 계절이다. 풋마늘, 시금치, 미나리 한 아름씩 주위에서 주셔서 어머니네 집에 가서 따뜻한 햇볕 쬐면서 다듬고 나눠 갖고 왔다. 저녁 103배 후 11가지 호흡과 수련에 들어가니, 잡념이 오고 가니 특별히 아픈 곳도 없는데 몸이 끙끙 앓는다.

2020년 3월 9일 월요일

한밤중에 깨어 그대로 화두수련 열감이 온몸에 퍼지면서 손바닥 전체가 찌릿거리고 얼얼하며 양쪽 다리로 용천혈, 발바닥 전체도 얼얼하다. 오른발이 저절로 비틀면서 안으로 쭉 당겨지고 아팠던 오른쪽 무릎으로 기운이 들어가면서 아픔이 느껴진다. 아침에 좌공 30분 하는 동안 오른쪽 무릎이 아프기 시작한다. 그쪽으로 기운을 보내니 아픈 게 좀 없어지고 견딜 만하다.

6단계 식처 (3/10 ~ 3/16)

2020년 3월 10일 화요일

아침 수련 시 호흡을 깊게 하니 백회에서 기운이 쭈욱 밀고 들어온다. 이렇게 하다 보면 언젠가 하단전 기운과 만날 것 같다. 출근해서 회사일이 한가하다 보니 사이사이 단전호흡도 가능하다. 오전에 선생님께서 전화 주셔서 5단계 끝난 것 같다고 하시며 6단계 화두를 주신다.

저녁에 어제 절였던 파김치, 동지김치 만들고 나서 샤워 후 103배 절 수련하고 화두수련 들어가니 하단전 기운은 가득하고 백회에서 기운이 들어오다 끊기고 반복한다. 밤 12시 전후 깨어나서 와공으로 호흡을 조금 했는데도 열감이 물씬 들어오고 임독맥, 팔다리, 두 발이 저절로 뒤틀리면서 너무 뜨겁고 손등까지 땀이 나면서 내 몸에 탁기를 배출한다.

2020년 3월 11일 수요일

아침 4시 반 알람에 눈을 떠 와공 30분 하다 좌공 40분, 화두수련하니 서글픈 감정이 일어난다. 아들만 기다리던 집안에 7남매에서 넷째 딸로 태어나니 아무도 관심이 없었던 것 같다.

어릴 적부터 잘 울지도 않고 해서 작은할머니가 군자라는 이름을 지어 주셨다고 한다. 초등학교 가기 전 외할머니 집에 가서 살았고 어머니가 보고 싶어서 할머니께 떼를 쓰니 어느 날 새벽 짐을 싸서 외할머니와 같이 출발했는데 반나절 이상을 걸어서 집에 도착한 것 같다. 버스는 있는데 외할머니가 멀미가 심하셔서 걸어서 간 것이다.

나는 어릴 적부터 고생하는 어머니가 안타까워 보였고 다른 사람들도 살아가는 모습을 보고 불쌍하다고 생각 들 때가 많았다. 어머니가 시키는 일은 마다한 적이 거의 없었는데 어릴 적에 심부름은 다 내가 하다 보니 장독대 항아리는 내가 다 깬 것 같다. 밤에 열감에 깨는 건 똑같다. 화두수련하다 잠들다.

2020년 3월 12일 목요일

아침 4시 반 알람에 일어나 좌공 40분 앉으니 잡념과 망상이 왔다갔다하다가 입정에 들자 인당에서 환한 화면이 뜬다. 밝은 회색 색깔인 작고 둥그스름한 작은 돌로 차곡차곡 쌓아진 길고 높다란 울타리가 아름답다는 느낌이 드는데 이렇게 화면이 뜨는 건 처음이다. 며칠 전 텃밭에 가서 무너진 울타리를 보며 내가 쌓아 볼까 했었는데 그 생각이 나면서 나의 수련도 이렇게 하나씩 차곡차곡 쌓아 나가라 하시는 건가 보다.

2020년 3월 13일 금요일

아침 수련, 출근. 저녁 수련, 밤중 수련하고 『선도체험기』 57권을 읽었다. 단전호흡이 기초부터 자세하게 나와 있어서 예전 읽을 때는 지나친 것들이 지금은 실감이 난다.

2020년 3월 14일 토요일

아침 수련 후 토요일이라 항상 가는 어머니 댁 방문하여 내가 만든 김치를 갖고 가서 같이 점심 먹고, 졸음이 와서 한잠 잔 후 텃밭 들러 집에 오니 한 게 없는 데도 피곤하니 텃밭 하는 것도 조금만 해야겠다. 저녁 수련, 103배 절 수련 후 와공하다 잠들다.

2020년 3월 15일 일요일

어제 밤중 똑같은 수련하고 아침 4시 반 삼대 경전 『반야심경』 암송 후 화두수련에 집중하니 부모미생전본래면목, 공 공 하늘, 어디에나 있지 않은 데가 없으며 무엇이나 감싸지 않은 것이 없는 하늘이라고 한다.

가까운 사라봉, 별도봉에 운동하러 나갔는데 경사가 심한 별도봉 오름길은 아직도 헉헉거린다. 왕벚꽃나무 하나가 꽃이 활짝 피어 있었는데 다른 나무들은 꽃봉오리도 아직 작은 편이지만 유난히 이 나무만 화사하게 피어 있어 명당자리가 바로 여긴가 여겨진다. 햇빛이 환히 비추고 주위에 멀찍이 나무들이 바람을 막아 주고 있는 곳이다. 관하는 습관이 조금씩 늘어 가는 편이다.

2020년 3월 16일 월요일

무급휴가 신청하여 한가로우니 이 기회에 수련을 많이 해야겠다. 오늘은 아들과 같이 사라봉, 별도봉에 운동하러 갔는데 아들 역시 코로나 때문에 무급휴가 상태다. 바르게 살아라, 착하게, 지혜롭게 살아라 얘기할 때는 반발심을 보이지만 마음에 새겨 두는 것 같다. 안 하던 집안일을 척척 잘하고 있고 말 또한 사근사근하다.

오랜만에 주중에 쉬는 날이라 일들이 많아서 차 수리하고 은행 볼일, 기타 몇 가지 더 해야 하지만 천천히 하자고 생각하니 시간 개념이 느슨해졌다. 저녁 103배 절 수련 후 좌공하다. 와공하다 잠이 들었다가 11시 반쯤 깨어나니 뜨거운 열감으로 다시 좌공하니 화두수련이 끝났다는 느낌이 온다.

7단계 무소유처 (3/17 ~ 3/18)

2020년 3월 17일 화요일

새벽녘에 꿈을 꾸었는데 아름드리나무가 있고 둘레에 쉴 수 있는 넓은 쉼팡이 있다. 주위에 뱀들이 보여 내가 부대자루를 갖고 잡아넣으려 하고 있고, 쉼팡 아래 아주 기다란 큰 뱀이 올라오려고 하고 있어서 그리로 갔다. 어디론가 싹 사라졌는데 어느 집 안으로 들어간 듯하여 그 집으로 들어가 보니 뱀은 부엌으로 들어가 있어서 보이지 않고, 부엌에 있는 많은 사람들 보고 빨리 나오라고 손짓하면서 한 사람씩 손을 잡고 밖으로 인도한다.

바닥을 보니 굵기가 팔뚝만 하고 기다란 뱀은 벽과 이어진 바닥 끝에 길다랗게 누워 있는데 '머리가 어느 쪽에 있는 거지' 생각하는 순간 나의 오른 손목을 덥석 물었다. 아프지는 않은데 찡하는 느낌이 오면서 깨었다. 나는 뱀을 별로 무서워하지 않은 편이라 어렸을 때도 집뱀이 항상 나와 앉아 있는 자리에 가서 가만히 쳐다보곤 했다.

오후 3시 지나 선생님께 6단계 끝난 것 같다고 말씀드리니 7단계 화두 주신다. 3시 15분에서 4시 5분까지 좌공하며 화두를 암송하자 백회 기운이 쭉 내려오고 단전에도 강한 기운이 들어오고 중단전이 따뜻해진다. 감기 기운처럼 온몸에 피로와 아픔이 있다.

집 옆 공원에서 50분쯤 운동하고 샤워 후 103배 절 수련, 6시 30분 화두수련 40분 하니 하단전에 강한 기운이 들어오고 백회는 들어오다 끊기곤 한다. 부모미생전본래면목, 공이다, 허공, 아무것도 없다. 관음에 귀 기울이니 바람이라는 소리가 들리는 듯하다. 오욕칠정에 휘둘려 허덕인 결과가 지금 내 모습이 아닌가? 인과를 짓지 않는 삶을 살아가도록 노력해야지. 순리대로 가자고 다짐해 본다.

2020년 3월 18일 수요일

어젯밤 역시 밤 12시 지나 저절로 눈이 뜨여 와공 수련하니 뜨거운 기운이 전신에 흐른다. 아침 4시 반 좌공과 와공하다 잠들었다가 6시 8분 50분간 좌공. 호흡을 강하게 하니 백회에서 기운이 쭉 밀고 들어와 하단전과 중단전도 따뜻하다.

걸어 다니면서 볼일 보고 집에 오니 오전 11시 20분. 30분 정도 화두 수련하였고 오후 텃밭 들러서 일 좀 하고 어머니 집 들러서 말벗하고 오다. 저녁 103배 후 화두수련, 입정에 드니 심안으로 내 얼굴이 보인다. 의아해진다. 아무것도 없다. 진공묘유가 떠오른다.

8단계 비비상처 (3/19)

2020년 3월 19일 목요일

거의 매일 밤 12시 지나 깨어서 와공으로 화두수련하게 된다. 뜨거운 기운이 몸 전체에 확 퍼지고 얼마 지나지 않아 다리, 팔, 얼굴까지 땀이 맺힌다. 가만히 생각해 보니 피부호흡으로 따뜻한 기온이 몸속으로 들어와서 일시에 몸이 더워지는 거 같다.

아침에 와공 20분, 좌공 1시간 하는 동안 3대 경전, 『반야심경』 암송 후 화두수련에 드니 백회 기운은 들어오다 끊기곤 한다. 하단전은 풍만하니 기운이 꽉 찬 느낌이고 인당을 집중하니 화면이 뜨는데, 돌로 쌓아진 울타리가 동글동글한 작은 돌로 이쁜 해바라기처럼 쌓여 있어서 해님 같다고 느껴진다. 본심본 태양앙명 인중천지일. 태양만 보면 떠오르는 글귀다.

동네 공원 1시간 걷고 운동기구에서 운동하고 와서, 저녁 7시 지나 선생님께 전화드렸더니 8단계 화두를 주신다. 그리고 끝나면 문장이 길어도 좋으니 일지를 잘 써서 올리라고 하셔서 감사하고 노력하겠다는 말씀드렸다.

나는 화두 받을 때마다 벽을 마주 대하는 것처럼 느껴졌는데 막상 화두수련 들어가면 저절로 풀리기 시작하니 어떤 해답이 나올까 기대되기도 한다. 103배를 마음 가다듬고 올렸다. 8시 화두수련 20분쯤 지난 것 같은데 공, 허공, 하늘이다, 하나라는 느낌이 오면서 눈물이 흘러내린다. 하나는 시작 없는 하나에서 시작되고 하나는 끝없는 하나에서 끝나도다. '용변부동본', 쓰임은 바뀌어도 본바탕은 변함이 없네.

수련을 마치며

삼공 선생님, 사모님 마음 깊이 감사드립니다. 제가 현묘지도를 마칠 수 있을 거라곤 사실 상상도 못했습니다. 수술로 애 둘을 낳고 과연 기수련이 가능한지 하다 말고 하다 말고를 거듭하다가 '이 길밖에 없다'라는 생각이 들고, 죽더라도 기 수련하다가 죽는 게 낫겠다는 마음으로 수련하기 시작했습니다.

선계의 스승님들이 이끌어 주심을 느낄 수 있었고 관심을 가져 주시는 삼공 선생님, 여러 선배님들 특히 도해 선배님의 적극적인 도움에 깊이 감사드립니다. 여생 보림을 위한 노력과 언행과 마음가짐에 업을 쌓지 않는 삶으로 정진해 나갈 것을 다짐합니다.

2020년 3월 19일
김군자 올림

【필자의 논평】

육지와는 솔찬히 외떨어진 섬에서 더구나 전문 직업인으로서 도와주는 이웃 한 사람 없이 수련에 애오라지 전념하는 군자 씨의 갖가지 모습들이 가슴에 와닿는다. 수련 방식도 필자의 것과 다소 생소한 점들이 없지는 않지만 기본적인 노선에서 벗어난 점은 없다고 본다. 이제 화두수련이라는 난코스까지 마쳤으니 삼다도의 후배 제자들을 이끄는 데도 더욱 자신감을 갖고 임해 주기 바란다. 도호는 군맹무상(群盲撫象)격인 어리석은 제자들을 많이 가르치라는 뜻에서 군사(群師)로 하였다.

현묘지도 화두수련 체험기 (50번째)

배 인 숙

스승 - '오쇼 젠 타로'에서 발췌

'선(禪)에서 스승은, 다른 사람들에 대한 스승이 아닌, 자기 자신의 스승이다. 그의 말과 몸짓 하나하나가 그의 깨달은 상태를 반영하고 있다. 그에게는 개인적인 목표들도 없고, 지금 그대로가 아닌 어떤 다른 방식으로, 어떤 것이 존재해야 한다는 욕망도 없다.

그의 제자들은 그를 따르기 위해서가 아니라, 그의 현존(現存)을 흡수하고, 그가 보여 주는 예(例)에서 영감을 얻기 위해, 그의 주위에 모인다. 그의 눈 속에서 그들은, 그들 자신의 진리가 비춰진 것을 발견하고, 그의 침묵 속에서 그들은, 그들 자신의 존재의 침묵 속으로 보다 쉽게 빠져든다.

스승은 제자들을 이끌고 싶어서가 아니라, 그 자신에게 나눌 것이 너무나 많기 때문에, 그들은 환영한다. 독특한 개인 각자가, 그 혹은 그녀 자신의 빛을 발견하는 데 도움이 되는 하나의 에너지장(場)을, 그들은 함께 만들어 낸다.

만약 당신이 그런 스승을 발견할 수 있다면 그대는 축복받은 것이다. 만약 발견할 수 없다면 계속 찾아보라. 선생들에게서 그리고 장차 스승이 될 사람들에게서 배우고, 계속 나아가라. "차레베티(charaiveti), 차레베티"라고 고타마 붓다는 말했다. 계속 나아가라.

스승은 진리를 가르치지 않는다. 그것을 가르칠 방법은 없다. 그것은 경전들을 넘어선, 단어들을 넘어선 하나의 전이(轉移)이다. 그것은 하나의 전이이다. 그것은 그대 안의 에너지를 일깨우는 에너지이다. 그것은 일종의 동시성(同時性)이다.'

삼공 선생님을 처음 뵀을 때, 순수하고 맑은 아기의 눈망울에 흠뻑 빠져들어 하염없이 쳐다보기만 하였다. 어떤 말을 해야 하는지도 잊고, 사람을 빤히 쳐다보는 것이 얼마나 무례한 행동인 것인지도 모를 정도로 그렇게 삼공 선생님의 눈빛은 경이로웠다. 절로 웃음이 나왔다. 자꾸만 웃고 미소 짓게 된다.

오쇼가 언어로 스승을 표현한 저 문장들이 무얼 말하는지 나는 삼공재에서 체험을 하였다. 처음 삼공 선생님을 뵙고, 또 그곳에 함께하는 분들의 침묵 속에서 만들어내는 에너지장에 공명하고 그 에너지가 주는 평온함에 기쁨이 넘쳤다. 다양한 기운을 느끼고 받아들이는 것도 새롭다. 삼공 선생님과 도반님들의 조화로운 기운 속에서 저절로 알아진다. 진리도 없고 가르침도 없이 그저 알 뿐이다.

나의 화두 수련기에 앞서

삼공재에 방문하면서부터 수련기를 틈틈이 적으라는 조언을 받아 매일 매번은 아니지만 그래도 기억할 수 있을 만큼의 내용들을 적어 왔고, 내 컴퓨터의 바탕화면에는 다른 수련기 파일이 있지만 6번째 화두를 받아서 진행하는 지금 새로이 수련기를 쓴다.

지금 쓰는 수련기에는 날짜와 수련 시간을 기록하지 않고 빼 버렸다. 그 이유가 현묘지도 수련을 하기 전에 『선도체험기』를 읽을 때는 무심코 지나치며 쭉쭉 읽었는데, 수련을 진행하면서 참고하려고 선배님들의 체험기를 다시 읽다 보니 날짜를 세고 있는 나를 발견하였다. '누구는 첫 화두를 며칠 만에 끝냈구나. 다음 화두까지 얼마나 걸리지? 이러면서 나는 얼마나 걸렸나?' 싶은 게 비교 아닌 비교를 하고 있다.

'내가 좀 빠른 편인가?' 하는 오만함이 보이면 '아, 저분은 장난이 아니네' 하며 쪼그라드는 나의 마음이 보여서... 그냥 날짜를 생략해 버렸다. 얼마나 걸리는지, 어떤 마음인지 비교하는 마음을 놓아 버리는 방법으로는 지금의 나에게 이것이 최선이다. 그렇게 날짜를 없애 버리니 수련 시간도 큰 의미가 없다. 하루에 몇 분, 몇 시간이 또 의미가 달라져서 수련기에 기록하지 않았다. 그런 마음 한편에는 게으름이 반응하고 있다. 새삼 성실하게 기록하시는 분들이 대단하게 느껴진다.

삼공재에서 수련 전의 개인 기록

2012년 명상에 관심을 가지게 된 건 정말 잘 먹고 잘살고 싶은 물질세계에서의 안위와 풍요로움에 대한 욕망이 제일 컸고, 그다음 감정적으로 힘든 시간들을 회피하고 싶은 마음이 있어서였다.

근 10년을 다닌 회사를 그만두고 싶은 마음이 굴뚝같아질 때 철학관을 찾아갔다. 앞으로 뭘 해야 할지 어떻게 살아야 할지... 일하느라 보낸 시간에 결혼도 안 했는데, 결혼은 하려나 싶고 궁금한 게 너무 많았다. 면밀히 살펴보니 새로운 환경에 대한 막연한 두려움이 만들어내는 심리적 공황상태에서 빨리 벗어나고 싶은 마음이 제일 컸다.

이런저런 이야기를 듣는데 흥미로웠던 것은 내 사주로 내 성격이 왜 그런지, 또 어떤 일을 하면 좋은지, 남자랑 연애는 어떤지 추측할 수 있다는 것이었다. 나의 사주 여덟 글자가 적힌 종이를 받아 나오며 그날부터 인터넷으로 내 사주팔자의 글자가 뜻하는 것을 검색하기 시작했다. 그렇게 하나씩 독학으로 알아 가면서 보니 명상까지 자연스럽게 연결이 되었고, 간간이 명상을 하면서 철학관에서 알려 준, 회사를 그만둘 시기에 맞춰 퇴사를 하였다.

퇴사 후 바로 유럽 배낭여행을 가려고 계획하고 있었는데, 가입한 여행 카페에서 히말라야 안나푸르나 베이스캠프 등반객 모집을 하는 메일을 받았다. 생각하지 못한 곳이다! 혼자서 해외 여행한 경험도 적지는 않고, 무엇보다 여행자의 수호신이 늘 함께한다는 생각이 있어서인지 그냥 혼자 가도 되겠다 싶어 항로를 바꿔 히말라야가 있는 네팔로 정했다.

산을 오르는데 왜 이렇게 눈물이 나는 걸까? 산을 오르면서도 나는 앞으로 뭘 하고 살지 걱정하느라 그렇게 눈물이 난 걸까? 밤하늘에 은하수와 별들은 어찌나 아름다운지 추위도 피곤함도 잊고 눈에 별들을 담아냈다. 이틀 먼저 올라간 팀들은 폭설에 길이 막혀 베이스캠프까지 가 보지도 못하고 기다렸다가 내려왔다는데 큰 어려움 없이 무사히 안나푸르나를 보는구나. 감사의 인사도 잊지 않았다. 영적인 여정의 시작을 알려

주는 안나푸르나였다.

의명천시(意命天時)

2015년 1월 7일 아침에 눈을 뜨자마자 감사일기에 적어 놓은 단어이다. 2012년부터 조금씩 명상을 하기 시작했고 괴로운 일이 생길 때마다 명상을 했다. 그 전날에도 명상하고 잠이 들었다. 평안하고 좋을 때는 명상을 하지 않지만, 명상하는 날이 더 많았기에 나름 성실하게 명상을 했다. 꿈인지 현실인지는 모르겠으나 천둥소리처럼 의!명!천!시!라고 또렷하고 큰 소리가 들렸다. 두세 번 더 외침을 들은 듯하다.

여담이지만 나는 호흡 수련을 모르는 상태로 명상을 시작하였고, 하다 보니 집중이 잘될 때가 나의 심장 박동에 귀 기울여 들을 때라는 것을 알았다. 그래서 심박수에 집중했고 살펴보니 호흡이 멈춰 있을 때에 최고로 잘 들리는 것을 알았는데, 숨을 멈추면 죽는다는 평범한 사실이 가슴을 퍽하고 내리쳤다.

그래서 고안(?)한 것이 숨을 가늘게 쉬는 것이었다. 이렇게 저렇게 호흡을 해 보니 가늘게 숨을 쉴 때가 제일 잘 들려서 그냥 그렇게 했는데 그것이 나의 근원 주파수에 공명된 것 같다. 이때부터 명상을 하면 보이고 들리는 것들이 생기기 시작했고, 주로 분홍 복숭아빛 거품 같은 몽글몽글한 기운이 나를 감쌌다. 의식은 깨어 있는데 모든 것이 공(空)인 공간이다. 비어는 있지만 비어 있지 않은 느낌적인 느낌. 그 후로 선과 악의 이분법적인 것들이 다르게 보이고 '우리는 하나다'라는 생각이 떠나지 않았다.

선과 악이 다르지 않다는 것을 알게 되니 여기 지구에서 살아간다는 게 너무 혼란스러웠다. 인간으로 태어나서 어떤 사람으로 살아가야 하는 것인가를 고민하게 되었고 그때 만난 것이 부처님의 4성제와 8정도이다. 8정도가 사람으로서 어떻게 살아가야 하는지 나에게 길을 알려 주어 마음속에 안정이 생기면서 다시 살아가는 기쁨을 느끼게 되었다. 정말로 부처님께 감사드린다. 그럼에도 불구하고 감정적인 에너지에는 항상 휘둘리고 있다는 게 함정이라면 큰 함정이다.

의명천시를 듣고 며칠 후 아침에 갑자기 인당에 기운이 모이더니 짙은 파랑의 솔방울 모양의 송과체와 세 개의 송과선을 보았다. 그것을 본 후 홀로그램이 무엇인지 저절로 알게 된 것 같다. 또 어느 날은 명상하는 중에 꼭 옛날 책자 같은데 표지에 한자 같기도 하고 아닌 것 같은 네 글자를 보았다. 책 표지는 누런색이지만 테두리에서는 빛이 나고 있었고 글씨는 검은색이다. 느낌적으로 한자는 아닌 것 같았다.

몽글몽글 복숭아빛 거품이 나를 감싸며 여자의 목소리가 들렸는데 외계어 같지만 따뜻하고 포근한 울림이 나한테 인사를 하는 것 같다. 겁은 나지 않았으나 알지 못하는 것에 대한 두려움이 올라와서 귀도 막고 눈도 막았다. 내가 두려워하지 않을 때까지는 보이고 들리는 것에 대해 허락하지 않겠다는 의도를 세웠다.

나는 오컬트 세계를 공부하러 무작정 네이버에 명상과 관련된 카페들을 가입하였던 것 같다. 명상 모임이나 특강을 주로 다녔는데 나의 개인 성향도 한몫했지만 그렇게 열심히 해야 할 것 같은 마음 때문이었다. 한 번 다녀오면 흥미가 사라져 그냥 그러려니 했다. 사람이 가진 어떤 능력이 궁금했는데 보여 주기식의 자기자랑과 여러 결핍이 불러오는 욕망이 읽혀지는 것이 내 마음에 걸려 발걸음을 하지 않았다.

여기저기를 다녀 보아도 영 능력과 인간 됨됨이가 조화로운 이를 보지 못하고 실망감이 커질 무렵, 그때부터 나는 밖에서 찾는 것을 그만두고 나를 공부하게 되었다. 그래서 주로 책과 블로그, 카페에서 정보를 구해서 보았다. '대체 나는 왜 이러는 거야?'가 제일 궁금했다.

고대, 중세 철학사 강의를 들으며 '내가 명리학과 점성학에 관심이 있는 건 당연한 거구나' 인식하게 되었고, 명리와 점성학도 남이 아닌 '나는 왜?'를 위주로 살펴보았다. 심리학을 공부하면서 '이건 인간이어서 그렇구나' 하고 위안을 얻었다. 그렇게 나를 들여다보는 작업과 명상을 같이하다 보니 내 마음 가장 밑바닥에서부터 올라오는 두려움을 보는 게 일상이었다. 이놈의 두려움! 이건 인간이어서 그런 거지 꼭 나여서 그런 게 아니잖아! 그렇게 집단 무의식도 알게 되니 DNA도 찾아봐야 하고 쭉~~ 가다 보니 물리학이고 화학이고 수학이고 특히 영어는 원서를 봐야 할 때 정말 필요한 것이다. 그래서 학교 다닐 때 공부 좀 했어야 했나 싶다. 만약 영어를 잘했다면 하나만 쭉 팠을 텐데, 영어가 짧아서 번역서 보느라 본의 아니게 하나만 팔 수 없었다. 휴먼디자인, 진키(유전자 키), 신지학, 타로, 카발라, 마법 등등 공부해야 할 것들이 정말 많았다. 이때는 나에게 단전호흡은 부정적인 이미지가 강해서 인격은 안 닦고 초능력에만 집중하는 꼰대 집단으로 보였다.

그렇게 여러 곳을 다니면서 '의명천시'에 대해서 사람들에게 어떤 뜻인지 물어봐도 답을 해 주는 이가 아무도 없었다. 일단 한자가 어떤 한자인지 몰라서 더 해석하기가 어려웠던 것 같다. 오히려 그런 걸 왜 물어보냐고 이상한 현상에 집착하는 거를 보니 문제가 있다는 식으로 말을 하니, 더이상 할 수가 없어서 중국어를 배우는 곳에 등록을 했다. '아

무래도 한자를 알면 의명천시의 한자도 알고 뜻을 알려 주지 않겠어?'였
는데 다들 큰 관심도 없고 한자 찾는 것도 어려웠다. 대충 조합을 해도
글자를 통합한 문장의 의미는 모르겠다는 말뿐 어느 누구도 뜻 해석을
하지 못했다.

내가 자통 님과 스터디 인연이 닿아서 믿고 수련하게 된 동기가 '의명
천시(意命天時)'의 한자도 찾아 주시고 뜻도 해석해 주셨기 때문이다.
궁금해하던 것이 4년 만에 해결이 되었으니 그 기쁨은 사막에서 오아시
스를 만난 것처럼 '이제 살았다!'였다. 자통 님은 첫인상이 바보처럼 보
였는데 이 해석을 받은 날은 문자로 나누는 대화임에도 눈이 부셨다. 아
직도 바보같이 보이는 건 미스터리다.

'意' 모든 뜻과 '命' 명은 '天時' 하늘의 시간에 의한다.
'의'는 의식, '명'은 생명으로도 볼 수 있겠고, 다 때가 있다는 것이다.

나의 현묘지도 들어가는 날 조광 님의 수련일지의 제목이 '천시(天時)'
여서 이렇게 공개적인 일지에 써 본다. 조광 님은 알고 쓰신 게 아닐 텐
데... 다 때가 있는 것 같다는 말을 그렇게 표현하셔서 나도 모르게 웃음
지었다. 삼공 선생님께 현묘지도를 받을 수 있는 것이 다 '의명천시'가
아니고 무엇이겠는가?

줄탁동시(啐啄同時)

닭이 알을 깔 때에 알속의 병아리가 껍질을 깨뜨리고 나오기 위하여
껍질 안에서 쪼는 것을 줄이라 하고 어미 닭이 밖에서 쪼아 깨뜨리는 것

을 탁이라 함. 이 두 가지가 동시에 행하여지므로 사제지간(師弟之間)이
될 연분(緣分)이 서로 무르익음의 비유로 쓰임 [네이버 지식백과].

　의명천시(意命天時)가 자통 님과의 인연이라면 줄탁동시(啐啄同時)는
조광 님과의 인연이다. 조광 님, 자통 님, 도성 님을 스터디에서 만나게
되었는데 세 분 모두 평범하시다. 선도수련하신다는 말씀 안 하시면 그
냥 좋은 어른들일 뿐이고 어딘가 모를 도인 같거나 완고한 모습은 보이
지 않는다. 신선한 느낌이다.
　모든 스터디 멤버가 수업이 끝나도 새로운 이야기들을 꽃피우느라 식
사도 하고 문 닫는 시간이 될 때까지 차를 마시곤 했다. 그날도 어김없
이 흥미진진한 이야기를 하는데 갑자기 내 오른쪽 가슴과 등 뒤 날개뼈
중간에 화살 같은 에너지가 꽂혔다. 따끔하고 끝난 게 아니라 그 느낌이
지속되었지만 말은 하지 못하고 그냥 참고만 있었다.
　마주 앉아 계신 조광 님을 보니 표정이 묘하다. 염화미소(拈華微笑)
다! '어? 이거 혹시?' 했는데, 조광 님과 중단전의 에너지가 공명이 되어
나의 막힌 혈이 풀리고 있는 거였다. 이런 경우는 처음이라 무척 놀랐
다. 자통 님은 직접 보셨는지, 나에게 그걸 느끼다니 기감이 아주 좋다
고 하셨다. 혈자리를 내가 다 몰라서 설명할 수는 없지만 조광 님과 중
단전 공명 이후, 요가 할 때 등 구르기 자세에서 오른쪽 등 뒤에 땅기던
불편감이 사라지고 근육이 부드럽게 풀렸다.
　이날 후에 기몸살이 약하게 지속되었는데 그다음 수업에 만나서 기운
없는 나를 보시며 조광 님께서 기치료를 해 주셨다. 흥미롭게도, 기치료
를 받았는데 속옷이 헐렁해져서 깜짝 놀랐다. 조광 님의 따사로운 햇살

같은 에너지가 힘이 되어 주었다. 신뢰가 이렇게 쌓인다.

삼공재 첫 방문

도성 님께서 삼공재를 추천해 주시고 어떤 꿈이 이끌어 삼공재에 가겠다고 말씀드렸다. 조광 님 덕분에 『선도체험기』를 읽기 시작하면서 생식을 구입할 수 있었고 함께 좌선하며 수련할 기회를 얻었다. 삼공 선생님께서 앉아 보라고 하신 곳에 앉았더니 목에 손을 대시며 진맥을 하셨다. 나에게 어떤 수련을 하고 있는지 물으셨는데 실제로 나는 하는 것이 없어서 그냥 명상을 하고 있다고 말씀드렸다. 그나마도 최근 2년간은 개인적인 일로 인해 명상을 하지도 않았는데... 그런 내게 수련에 소질이 있다며 말씀하시고 웃으셨다.

삼공 선생님의 눈망울이 얼마나 맑은지! 참 맑다. 예의를 갖추지도 못한 채 선생님의 눈을 바라보느라 정신이 없었다. 하염없이 빠져든다. 아무 생각이 안 난다. 내 입꼬리는 올라가서 내려오지 않는다. 시원한 에너지가 흐르고 있으니 물놀이 나온 아이마냥 절로 신이 나는구나! 좌선하면서 내내 웃은 것 같다. 이거 혼날 일인 것 같은데 웃음이, 미소가 떠날 생각을 하지 않는다. 온몸이 떨려오고 왼쪽 목이 팔딱거리며 뛴다. 그렇게 처음 삼공재에서의 수련 시간을 보냈다.

뒤풀이 시간. 부산에서 오신 도반님은 눈의 모양이 예뻐서인가 남자분인데도 계속 곱다~ 곱다~ 느낌이 와서 말씀드렸더니 전생에 여자셨다고 하신다. 아~ 이런 이야기는 언제 들어도 흥미롭다. 이런저런 이야기 함께 나누는데 나의 목소리가 수월하게 나온다. 아까 왼쪽 목에 에너지가 집중되더니 목 차크라가 활성화된 게 이거구나 싶다.

저녁을 먹으러 조광 님과 자통 님, 인천 도반님 이렇게 이동을 했다. 거기서 삼공재에 오기 전 예지몽 비슷한 걸 꾸었다며 나의 꿈 이야기를 꺼냈다. 낮잠 중이었는데 꿈에 어떤 남자분과 여자분이 집안으로 들어왔다. 남자분은 에너지 형체로 느껴지고 여자분은 사람처럼 보였다. 남자분께 누구시냐고 물었더니 '내가 보이냐?' 해서 '보인다' 했더니 따라오라고 하신다. 따라가니 우리집 주방인데 거기엔 함께 온 여자분이 계셨고 남자분은 준비해 온 것들을 주라고 하시고 사라졌다.

여자분은 멀뚱한 표정으로 주방 바닥에 여러 보따리들을 쌓아 두고 그중 금색? 보자기에 싸인 것을 풀어 나에게 보여 주는데 통 안에 파김치가 있었다. 내가 제일 좋아하는 김치가 익은 파김치인데 완전 좋다 하며 꿈에서 깨어났다. 휴대폰을 보니 도성 님으로부터 삼공재에 가면 어떻겠냐며 꼭 가 보았으면 한다는 카톡 메시지가 와 있었다.

그날 밤 잠이 들어 또 꿈을 꾸었는데 이번에는 자통 님(스터디에서는 자통 님 도호를 몰랐음) 댁에 간다고 그러는데, 옆에는 비구니 스님이고 또 한 여자분이 있었는데 두 분 다 모르는 분이다. 그렇게 세 명이서 길을 가는데 길옆 창고 같은 곳에서 자통 님이 큰 문을 열어 두시고 그 안에서 김장을 하고 계신 것이 보였다. 배추랑 총각무 등을 소금에 절이는데 일반적인 배추절임과는 다르게 배춧잎이 한 장씩 떼어져 오목하게 뒤집힌 채로 놓여 있고 그 위에는 소금이 소복하게 쌓여 있었다. 한 장 한 장 모두 그렇게 되어 있고 자통 님은 물 호스로 주변을 청소하고 계셨다.

비구니 스님과 자통 님이 서로 안부를 물으며 인사를 나눴고, 우리 여자 셋은 자통 님 댁으로 가야지 하며 다시 길을 나섰다. 그때 비구니 스님이 가방에서 진보라빛 가지 3개를 꺼내어 나에게 먹으라고 주셨다. 가지 모양이 마트에서 파는 것처럼 매끈한 게 아니고 자연에서 그냥 기르는 것처럼 모양이 반듯하지는 않아서 인상적이었다. 왜냐하면 얼마 전에 엄마 친구분이 시골에서 기른 채소라며 가지를 주시면서 '자연스럽게 기른 거라 마트에서 파는 것처럼 이쁘지 않아도 그냥 먹어라' 하신 게 꿈에서도 생각이 났다.

그렇게 그걸 받으니 고마워서 나는 비구니 스님께 무얼 선물하나 생각하며 자통 님 댁으로 갔는데 꿈에서 본 자통 님 댁은 실제 자통 님 댁이 아니었다. 자통 님 댁으로 들어가는 대문이 있고 그 맞은편에 어떤 남자분과 여자분이 등산복을 입고 계셨는데 우리를 기다리고 있는 모양이었다. 이 두 분은 낮의 꿈과는 달리 부부 같았다. 내게 강남구청역 가는 길이 어디냐고 길을 알려 달래서 큰길로 쭉 가시면 된다고 했는데 굳이 자통 님 댁 대문 안쪽에 나 있는 길로 가야 한다면서 문을 열고 들어갔다.

문을 열고 들어가니 정말로 밖에 있는 큰길과 똑같은 방향으로 길이 나 있는 게 아닌가! 정말 담벼락을 사이에 두고 길이 두 개였다. 두 길 모두 멀찌감치 나무들이 보였기 때문에 산길로 이어지는 걸 알았다. 그렇게 꿈에서 깨어났다.

이 꿈 이야기를 조광 님과 자통 님께 할 때는 차마 강남구청역 가는 길을 알려 달라고 했다는 말을 하지 못하고 쏙 뺐다. 삼공재가 강남구청역 근처라는 것은 알고 있었기 때문에 혹시나 지어낸 것 같은 오해를 하실까 봐 하지 못했다. 『선도체험기』를 보니 삼공 선생님 부부는 등산을 즐기신 것 같은데 내가 꿈에서 본 분들이 두 분이라고는 못 하겠다. 얼굴은 정말 기억이 나지 않고 등산복만 기억이 난다. 그렇게 꿈을 꾸고 나서 며칠 후 삼공재에 진짜로 가게 되었다.

그전까지 스터디에서 조광 님, 자통 님, 도성 님과 함께 다른 공부를 하면서도 그 스터디가 끝날 때까지 세 분 모두 단전호흡을 권하지도 않았고 삼공재에 대한 별다른 이야기도 없었던 건, 나의 자발적인 선택을 기다리신 것 같다.

기몸살

삼공재 첫 방문 후 기몸살 여파로 후각이 민감해졌다. 오만 가지 역한 냄새가 코로 쳐들어왔다. 정말 그렇게 표현할 수밖에 없는 듯하다. 임신하면 입덧할 때 이럴까? 싶은 생각이 들면서 괴로웠다. 밥도 못 먹고 물만 마셨더니 속이 비어서 더 그런 것 같다. 물을 많이 마실수록 속은 더 울렁거리고 이제는 어지럽기까지 하다. 그 와중에도 '아~ 다이어트가 이렇게 되는구나' 하며 한편으로는 고마운 생각이 든다.

스터디 마지막 날이라 모두 모여 식사하러 이동했는데 역시나 식당에 들어서서 냄새를 맡으니 이건 지옥이 따로 없다. 양해를 구하고 집으로 돌아간다며 나왔다. 버스 안에서 '기몸살과 부작용'으로 폭풍 검색을 하다 보니 나도 모르게 집중이 되었는지, 갑자기 눈앞에 타조 알보다는 좀 더 큰 것 같은 붉은색 빛 덩어리가 보였다. 뭔지는 모르겠지만 신기하다 하며 지켜보기만 했다.

며칠 후 유튜브에서 하단전으로 검색하다 보니 인체 모형에 단전의 위치와 모양을 올려놓은 것이 있어서 그 동영상 보고, '아~ 내가 본 것이 단전이구나!' 알게 되는 기쁨을 누렸다. 물론 조광 님과 자통 님께 본 것을 먼저 말씀드렸더니 하단전을 알려 주셨고 그것을 인식하니 유튜브에서 찾아보게 된 것이다.

그리고 민감해진 후각은 집에 있던 자죽염을 먹고 완전히 나았다. 빈속에 물을 많이 마셔서 균형이 안 맞아 소금 섭취가 필요했기도 하고, 소금이 정화작용을 강력하게 해 주어서 바로 나은 것 같다. 이것도 재밌는 게 그냥 짠 음식이 먹고 싶어서 소금을 먹었을 뿐이고, 기왕이면 좋은 거 먹자고 해서 먹은 거였는데... 몸이 원하는 걸 하니까 저절로 몸의 문제는 해결이 된다. 식욕도 다시 돌아오고 고기도 소화가 잘된다.

축기의 원동력

삼공재 가는 길에 조광 님이 손에서 철빔 같은 레이저가 나온다고 하셨는데 그 이야기가 굉장히 인상 깊게 남았나 보다. 역시 아는 것 없는 초보라 욕심만 앞서는지 나도 손에서 레이저 쏘고 싶다는 생각이 좌선하는 내내 맴돈다.

지난주 집에서 혼자 호흡 시 하단전에 기운이 모이더니 가슴까지 쭉 뻗어 나가고 나도 모르게 황홀경을 느낀 이야기를 하였더니 자통 님과 조광 님이 아쉬워하시며 상단전까지 쭉 이어졌으면 좋았을 걸 하신다.

삼공재 수련 후 이번 주에는 축기도 잘 안되고 기운이 쭉쭉 빠져서 왜 그럴까 살펴보았더니... 축기를 많이 해서 손에서 빔 쏘고 싶고, 기 싸움도 해 보고 싶은 마음이 문제였다. 그 싸우고자 하는 마음이 곧 열망이 되어 축기의 원동력일 줄 알았는데 전혀 그렇지가 않은 것이었다. 수행

자의 마음가짐과 생각의 바탕에 부정적이고 파괴적인 것에는 기운이 반
응하지 않는다는 것을 몸소 체감하게 되었다. 마음가짐을 새롭게 하고
다시 살펴보자.

3개월 만에 삼공재 수련 방문

삼공재 수련을 하지 않았으니 조광 님도 거의 두어 달 만에 뵙는 듯하
다. 오랜만에 뵈어도 낯설지 않아서 편안한 마음으로 발걸음을 옮겼다.
아니나 다를까 삼공 선생님께서 그동안 나오지 않은 것에 대하여 수련
은 그렇게 하는 게 아니라고 하시며 적어도 일주일에 한 번은 나오라고
하신다. 운동도 안 한 것이 표시가 났는지 생식도 말씀하셔서 뜨끔했다.
외출 준비하며 집을 나서는데 뭔지 모르게 이것저것 챙겨 나오고 싶다
했더니 역시나 쓰임이 있었다. 생식을 사려고 준비했던 것이다. 정확히
모르고 감으로 알았나 보다.

자리에 앉아서 자세를 가다듬고 눈을 감는다. 조용히 호흡에 집중을
하는데 오늘은 럭키 데이~! 현묘지도에 들어가기 위해 소주천 대주천 점
검받는 분이 있어서 즐거운 마음으로 보는데 통과하셨다. 덕분에 옆에서
콩고물 주워 먹듯 기운이 쏟아져 들어온다. 개인적으로는 오늘 처음 뵙
는 분인데도 축하하는 마음이 절로 났다. 그중에 반은 부러움이다.

수련이 끝나고 뒤풀이 장소에서 어떻게 수련을 시작했는지 어떤 마음
가짐인지 그의 이야기를 들었다. 명상을 하면 단전호흡이 절로 되었다고
하니 타고났다. 게다가 꾸준하고 성실하게 수련을 해 왔다. 그의 허락을

얻어 생년월일시로 어떤 성향의 사람인가 찾아보았더니 앞에 계신 조광
님과 비슷한 성향의 사람이다. 또한 나하고도 대화가 잘 통하는 도반이
되겠구나 싶어서 나름대로 이것저것 설명을 해 주었다. 작년 11월에 꾼
꿈에 인상적인 장면이 있었는데 그중에 한 명이 이분인가 싶다. 오늘의
나에게 하고 싶은 말은 꾸준함과 성실함이다. 3개월간 재밌고 즐겁게 잘
놀았으니 이제는 꾸준하고 성실하게 수련에 임해 보자 마음을 다져본다.

운동 부족

호흡이 부드럽게 되지 않고 하나씩 꼭 흐름을 놓쳐서 내쉴 때 턱턱 걸
리는 일이 잦아졌다. 역시나 운동 부족에 살까지 쪄서 그런가 보다. 오
늘은 다시 운동을 하려고 요가원에 등록하러 갔다. 정통 요가가 아닌 매
트 필라테스와 요가가 결합된 것으로, 몸의 변화를 관찰하기에 나에게는
제일 적합한 요가원이다. 역시나 오랜만에 가니 살이 쪘다면서 몸무게를
재고 인바디를 하자고 하신다. 안 봐도 어떨지 알기에 기분이라도 즐겁
게 하려고 단호하게 거부했다.

온몸의 관절 마디마디가 뻑뻑하다. 근육들 틈 사이사이에 물을 머금
고 있는 느낌이 무거워 걸레를 짜듯이 근육도 비틀고 털어 주었다. 한
타임으로는 부족해서 연달아 두 타임을 하고 났더니 시원함보다도 쉬어
야겠다는 생각이 먼저 들어서 집에 오자마자 씻고 한숨 잤다.

『선도체험기』를 5권부터 다시 읽기 시작하다. 읽으면서 같은 곳은 아
니지만 비슷한 곳들에 가 보기도 하였고 경험한 것도 있어서 아주 이해
가 잘되었다. 역시나 스승은 내 안에 있지 밖에서 찾아다닐 것이 아니다.

인연이 되어 조력자를 만날 수 있다면 그것은 서로에게 행복한 일이

지 스승 대접을 원하는 사람은 그냥 1타 강사 같은 기술자일 뿐이다. 자기 마음을 살피지 못하고 능력만 개발한 사람이 부지기수인데 더 놀라운 것은 배움에 있어서 능력이 중요하지 마음이 뭐가 그렇게 중요하냐는 말을 하는 사람들을 본 적이 있다.

직업상 파워포인트를 사용할 일이 많았기에 파워포인트의 현란한 기술을 배워서 하고자 할 때가 있었다. 그때도 전달하고자 하는 내용보다 화려함과 기술에 치중하다 보니 눈길은 끌 수 있어도 상대의 마음을 얻지 못했다. 전달하고자 하는 내용에 치중을 하면 화려함이 거추장스러웠던 것도 이제는 이해가 된다. 물질계든 정신계든 사람의 진실하고 소중한 마음의 교류가 제일 중요한 것 같다. 그것이 효과적이고 효율적인 에너지 교류이구나.

운동의 여파

어제 오랜만에 한 운동의 여파로 오전 내내 잠을 자느라 아침을 굶었더니 몸무게가 조금 줄었다. 아직도 호흡은 고르지가 않아서 신경이 쓰인다. 가장 취약한 부분인 코와 인후, 편도에 관심을 가지고 깨끗한 상태를 유지하려고 노력한다. 좌선을 하고 호흡을 하다 보면 단전 축기보다 명상으로 빠지는 경우가 많아서 더욱 집중해야 한다.

남들은 어떻게 하는지 궁금해서 검색을 해 보니 다들 어려운 한자말로 되어 있어서 인식이 뚜렷하게 되지 않는다. 혈자리도 다 한자어이고... 대충 감으로는 아는데 명확한 인식이 안 되니 속도가 더디어질 수밖에. 수식관이니 조식이니 나는 모르겠고 자통 님이 알려 주신 방법인 단전에 콧구멍이 있다고 생각하고 호흡하련다. 하다 보니 팬티라인 양쪽에서 기운이 아래로 흘러 한 곳에 모인다.

보름달

보름이다. 점성학을 배우고 난 후로 보름달을 살펴보는 게 하나의 중요한 일이 되었다. 아무래도 감정에 영향을 많이 주는 날이다 보니 매달 보름이 가까워지면 나의 무의식이 요동을 치며 눈물을 뽑는다. 이번 보름달은 게자리에서 일어나는데 월식까지 겹쳐서 내적인 정리와 정화의 시간이 될 듯하다. 그동안 당연하게 여겨 왔던 것들이 정리 통합 및 전환이 이루어지는 시기라는데, 이번에는 어떤 주제로 나의 묵은 감정들을 정리하게 될지 사뭇 궁금해진다.

하단전과 베이스 차크라

좌선을 하는데 오늘은 빛이 투명한 것이기도 하고 불투명한 흰색 빛 덩어리로 보인다. 알지 못하는 것을 물어볼 수 있다는 건 정말 귀하고 소중한 거다. 자통 님께 여쭈니 하단전 기운이 모이면 흰색 빛 덩어리로 단전집이 만들어진다고 하신다. 아~ 서양에서 말하는 베이스 차크라는 흰색이라고 하던데 이게 그거구나. 그렇게 나는 또 알아 간다. 컬러 사진이 아닌 눈앞에 생생하게 보이는, 머리로 아는 것이 체험이 되어 가는 그런 시간이다.

묵은 감정들

이번 보름달의 영향으로 묵은 감정들이 눈물로 분출되나 보다. 삼공재 가는 지하철에서부터 눈물이 흐른다. 삼공 선생님 댁에서 수련하는 동안에도 그냥 눈물이 줄줄 흐른다. 나는 알고 있다. 이 눈물의 뿌리가 어디인지. 곧 엄마의 3주년 기일이 돌아온다. 아무래도 그 영향이 제일 크지 싶다.

사랑하는 사람의 갑작스러운 죽음과 상실의 고통은 정말 경험해 보지 않고서는 모를 것이다. 딱 3년까지만 애도하기로 했던 나의 결심이 이렇게 눈물로 드러나 보다. 앞으로는 슬픔보다도 좋은 것들을 추억하고 웃으며 이야기할 수 있을 테니 너무 아쉬워 말자.

내려놓음. 마음을 내려놓으라고 여기저기 명상 책에도 쓰여 있고 사람들도 말을 한다. 나도 뭔가를 내려놔야 이 눈물이 멈출 텐데... 뭘 내려놔야 해? 아~ 쥐뿔 아는 것도 없구나. 내 마음인데도 내가 뭘 내려놔야 할지 모르는구나. 정말 뭘 내려놔야 놓을지 모르겠으니 그냥 다 내려놔야 하나 보다.

눈물이 잦아들더니 허공에 천사가 보인다. 흰옷과 날개가 보이니 천사가 맞지 않을까? 아무튼 그렇게 보이니 그렇게 생각하자. 천사의 가슴으로 빛이 쏟아지는데 그 빛들이 위아래로 관통한다. 이번에는 지구 밖에서 보내는 에너지인 듯 지구가 보이고 태풍이 휘몰아치는 듯 회오리 에너지가 내 몸을 중심으로 마구 쏟아진다. 얼마나 강렬한지 몸이 마구 도는 느낌이다. 대맥이 빠르게 돌다가 어느 정도 들어왔는지 내 몸에 안착하려고 하듯이 하단전이 중심이 되어 좌우로 몸을 살짝 흔들면서 가라앉힌다. 평온한 느낌이다. 상쾌하다.

'어~? 다시 또 시작이다.' 붕~붕~붕~ 계속 쏟아져 온다. 내 몸이 회오리의 중심이라 힘든 것은 없지만 그래도 몸이 또 흔들린다. 다시 안착하

려고 하는 듯 좌선한 상태에서 좌우로 몸을 살짝 흔들어 가며 가라앉힌
다. 비 온 뒤 상쾌함보다 더 깨끗하고 상쾌하다. 모든 소음이 사라진 듯
조용하다.

수련이 끝나고 나가기 전에 삼공 선생님께 오늘 특별히 더 감사하다
고 인사를 드렸다. 인사를 드리는 와중에도 부끄러워서 선생님과 눈을
못 마주치겠다. 선생님께서 따로 혼자 찾아오든지 옆에 계시는 조광 님
과 함께 오든지 별도로 보자고 하신다.

뒤풀이 가는 길에 조광 님께서 오늘 나한테서 탁기가 엄청 나왔다고
하신다. 탁기가 어떤 건지 몰라서 '탁기가 뭐에요?' 하고 여쭈었는데 그
자리에서는 별다른 말씀이 없으시다. 집으로 돌아가는 길에 조광 님의
마음이 담긴 메시지를 받았다. '축하해요~ 축기가 된 상태에서 오늘 기
운 받아서 탁기가 확 배출된 거 같아요. 축기하다 보면 탁기 다 배출되
고 환골탈태하는 과정이 있답니다.' 조광 님은 격려가 뭔지 잘 아신다.

명상에서 정화한다는 표현을 선도에서는 탁기가 배출이 된다고 하는
가 보다. 결과는 같은 현상이지만 과정을 어떻게 보느냐에 따른 관점의
차이가 이렇게 다양함을 만들어 내니 어느 것도 하나만 옳은 것이라고
할 수 없다.

맑은 기운이랑 탁기랑 어떻게 다른지 에너지적으로 인식할 수 있는
방법이 뭔지 궁금해진다. 그 와중에도 마음에서는 '탁기'라는 말의 어감
에서 느껴지는 부정적인 것에 반응을 한다. 이미 그 단어에는 사람들이
반응하는 부정적 에너지가 붙어 있나 보다. 탁기가 뭔지는 모르겠지만
부정적인 감정의 에너지체라고 한다면 그 현상만 표현할 수 있는 새로
운 단어가 만들어져야겠다는 생각이 들었다. 빙의도 그렇고... 언어에서

느껴지는 뉘앙스가 새롭게 다가온다.

『선도체험기』

『선도체험기』가 이렇게 재밌을 줄이야! 그동안 궁금했던 내용들이 다 이 책 안에 있는 것이다. 명상하면서 했던 체험들이 역시나 이 책 안에도 비슷하게 쓰여 있어서 흥미롭게 재미나게 읽혀진다. 물론 명상 단체 내용은 좀 지루하기도 했지만... 그 부분은 설렁설렁 읽으며 쭉쭉 넘어간다. 시간이 어떻게 흘러가는 줄 모르겠다. 내가 알지 못한 새로운 세계다. 요가도 빼먹고 그냥 책만 읽고 싶은데 그럴 수 있나~ 요가 다녀와서 또 책을 읽는다. 아예 책 보기 편하게 독서대까지 주문해서 읽고 있다.

아! 내가 『선도체험기』에 나오는 사람들처럼 삼공 선생님과 이런저런 대화의 시간을 가졌으면 참 좋았을 텐데 하는 아쉬움도 생긴다. 나는 자통 님을 통해 그렇게 배우나 보다. 꿈에서 본 담벼락을 사이에 두고 나 있는 두 개의 산길(선도仙道)이 무엇인지 알 것 같기도 하다.

『선도체험기』 읽으면서 호흡에 신경이 쓰인다. 몸도 반응을 한다. 양치를 하는데 가래를 뱉으니 작은 검은색 먼지 뭉치가 툭 하고 나왔다. 며칠 전부터 오른쪽 편도 부근에 이물질 같은 게 느껴져서 불편하고 약간의 두통이 있었는데 말끔해졌다.

현묘지도 전날 수련

오늘은 급작스레 수련이 땡기는? 날이다. 어제 엄마 기일로 인해 감정적 정리가 있어서 그런가 보다. 인연이 닿아 수련에 도움을 주시는 조력자인 자통 님을 만나서 수련을 했다. 15분씩 세 번을 했는데, 끝나고 어떠냐고 물으신다.

첫 번째는 그냥 집중이 잘되었다. 역시나 자통 님과 좌선을 하게 되면 잡소음이 전혀 없이 너무 깨끗하고 조용해서 나의 호흡과 심장 박동 소리만 의식이 된다. 늘 단전에 축기하라고 하시는 말씀이 생각난다. 이러다 또 명상으로 빠질라~ 단전에 축기 또 축기다.

두 번째도 역시나 축기다. 이번에는 폭포가 보인다. 높낮이는 개울가 정도밖에 안 되지만 폭과 물의 흐름이 폭포처럼 인식이 된다. 근데 갈수록 높이가 높아지면서 어? 진짜 폭포네~ 하면서 봤다. 너댓 번 바뀌더니 이제는 물이 떨어져 내려서 고여 있는 것도 보인다. 나이아가라 폭포도 보이면 좋겠다 싶었다.

세 번째도 역시나 축기다. 며칠 전에 봤던 〈말레피센트2〉 영화의 한 장면인 불사조가 눈에 보인다. 영화에서 본 장면처럼 붉은 실 같은 빛과 흰색 빛들이 너울거린다. 마치 바로 이것을 이해하려고 그 영화를 본 것 같다는 생각이 들었다. 바닥은 잔디 같은데 잔디보다는 좀더 길어 보인다. 풀숲에 가깝다고 표현할 수 있겠다. 아무튼 바닥에 불이 붙어서 번지고 있다. 불길만 생기지 불에 타지는 않는다.

자통 님께 좌선하고 축기하면서 보인 것들을 그렇게 말씀드렸더니 알겠다고 하신다. 나에게 자통 님은 선도의 빅 데이터 같은 분이시다. 살아 계시니 인공지능은 아니고, 나의 개인적인 경험이나 체험들을 물어보면 막힘없이 이야기해 주시니 같이 있으면 배움이 쑥쑥 커진다. 척척박사인가 천재인가? 늘 그의 통찰력에 감탄하고 내 마음은 먹먹하다. 아이러니하게도 나는 자통 님을 볼 때마다 순수한 바보처럼 느끼는데 왜 그런지 모르겠다. 천재의 통찰은 앎을 주지만 바보의 통찰은 영감을 준다.

내일은 삼공재 가는 날이라 일진을 보았더니 경신일이다. 육신통 하
려면 경신일에는 잠을 안 자야 하는데 나는 그냥 잠이 오니까 잔다. 그
러고 보니 진짜 별별 것에 관심을 다 가지고 있었구나. 백마법 흑마법까
지. 점성학적으로도 올해 1월은 주말을 기점으로 행성들의 움직임이 모
이는 구조라 에너지가 증폭이 된다. 보통은 안 좋은 일을 주로 예측하는
데 나는 왠지 기분이 좋다.

현묘지도

삼공재 사모님께 꽃을 선물하고 싶어서 미리 화요일에 예약하고 송금
까지 했다. 토요일에 시간 맞춰 찾기만 하면 되는 꽃바구니를 꽃집에서
준비하지 않았다. 이럴 수가 있나 싶다. 꽃집에 사람도 꽃도 없다. 이런
낭패가 다 있나! 전화로 물어보니 꽃집 전화가 꽃 만드는 이의 전화번호
가 아닌가 보다. 전화를 주겠단다. 예약 시간보다 조금 일찍 간 게 다행
이었나. 전화로 미안하다는 말과 환불해 주겠다고만 계속 되풀이를 한
다. 5일 전에 예약하고 송금까지 했는데 어떻게 이럴 수가 있지?

'아~~ 정말 이럴 때 나는 어떻게 해야 하나? 화를 내야 하나? 아님 지
금 이 상황에서 어떤 해결책이 있나? 이런 것도 내려놔야 하나? 오늘 일
진 좋은가 했는데 아닌가 싶고...' 결국 꽃은 포기다. 조광 님과 만날 시
간이 되어서 그냥 나왔다. 꽃집 주인은 얼굴도 못 봤다.

나는 예상과 다른 이런 일이 발생하면 나의 부정적 감정이 행동과 말
로 나올 때 어떻게 반응하는 것이 긍정적인 것인지 잘 모르겠다. 참고

이해하고 그냥 넘어가는 것이 최선인 것 같지는 않다. 그렇다고 상대방을 탓하는 것은 내키지가 않는다.

'꽃을 선물하려고 했던 나의 마음의 근본은 무얼까? 그런데 왜 이런 일이 발생하였을까? 나의 의도와 결과가 다르게 나타난 것에 대해 나는 무엇을 보아야 하는 것일까?' 시간이 다 되어 삼공재로 가면서 주절주절 조광 님께 하소연하며 도착했다.

평상시 같으면 다른 도반님들과 기다렸다 함께 들어가는데 오늘은 그냥 먼저 들어가자고 하신다. 조광 님이 삼공 선생님께 나의 점검을 요청하신다. 나는 기감이 발달되어 있는 것이지 축기가 덜 되어 있다는 것을 안다. 그래서 선생님께 '저는 아직 축기가 덜 되어서 안 됩니다' 말씀드렸는데 저기 앉아서 수련하라고 하신다.

선생님께서 부르신다. 수첩을 펴시고 메모지를 주시며 개인적인 것들을 몇 개 물어보시고 적으라고 하신다. 그러시면서 478번째야. 알아 두라. 478번째야. '와~~ 나도 벽사문 다는 거임?' 『선도체험기』에서 읽고 소주천 대주천보다 벽사문에 더 흥미가 갔기 때문에 기대하고 있었는데 아무 말씀도 없으시다.

화두를 알려 주신다. 다른 도반님들이 들어와서 보시고 축하 인사의 눈빛을 건넨다. 별다른 말씀이 없으셔서 화두 받아서 좌선을 한다. 오늘은 집중이 되다 안 되다 하더니 영화에서 본 한 장면이 스치듯 지나간다. 넓은 잔디밭이 펼쳐져 있는, 한가로이 거닐 수 있는 숲이 보인다. 공 같은 큰 둥근 기운이 계속 들어와서 두 손으로 받치면서 그 기운을 안았다.

뒤풀이 가는 길에 2주 전 현묘지도 수련에 들어간, 나보다 하나 앞 번호인 도반님과 서로 축하의 기쁨을 나눴다. 두 번째 보는 거지만 아무래도 비슷한 시기에 현묘지도에 들어가니 더 반갑다. 벽사문 이야기부터 삼공 선생님께서 수첩을 꺼내셔서 적으면 그게 현묘지도 들어가는 것이라는 것도 알게 되었다. 뒤풀이하면서 다른 도반님들이 내 이야기가 궁금하다 하셔서 또 이런저런 이야기를 풀었다.

아, 오늘 나는 사모님께 드릴 꽃을 선물하려고 했던 것인데 만약 그랬다면 주객전도가 되어 내가 나한테 꽃 선물하는 모양새로 의도와는 다른 결과가 있었을 수 있구나 싶다. 내 의도와 다른 일이 발생하면 잠깐 멈추고 기다려야 하는 것을 배우기 위함이구나.

오늘 삼공재에서 현묘지도 들어가게 되었다고 자통 님께 말씀드리니 축하해 주시고 웃으신다. 어제 갑자기 수련하고 싶어진 그 마음도 그렇고 뭔가 있구나 싶어 자통 님께 여쭈었더니, 어제 했던 수련에 대한 뒷?이야기를 해 주신다. 아하~ 그렇구나! 자통 님께 감사하는 마음이 쭉 올라온다. 뭐라고 표현을 해야 할지 선명하게 드러나는 감정이 없다. 너무나 복합적이고 뽀글뽀글한 감정들이라 표현할 수 있는 단어를 지금의 나는 모르겠다. 교향악과 합창단이 어우러진 감정이라고 해야 하나?

첫 번째 화두

현묘지도 들어가면서 『선도체험기』에 화두 부분만 다시 또 읽어 본다. 천지인삼재라... 네 글자의 화두를 읊조리니 머릿속에서는 노래를 부르고 있다. 그렇게 재미도 붙여 가며 화두에 집중해 본다.

외로움

눈물이 난다. 눈물을 넘어서 통곡이다. 화두수련을 해야 하는데 화두는커녕 단전 축기도 안 되고 왜 눈물만 나는 걸까? 외롭고 또 외롭다. 누가 나의 마음을 알아주랴? 자기 사랑을 하면 외롭지 않다는데, 나는 나를 사랑하지 않아서 외로운 건가 싶다. 눈을 감고 호흡을 관하여도 외롭다는 느낌이 떠나지를 않는다. 저녁에 요가를 하고 오니 배도 고프고 기분도 한결 나아진다. 그런다고 해서 외롭지 않은 건 아닌 것 같다.

감정적 트라우마

점심 약속이 있어 나갔다 들어오는 길에 서점에 들렀다. 제목을 보고 목차를 잠깐 살피고 3권의 심리학 책을 골랐다. 목차의 내용은 서로 달랐지만 내용은 하나같이 태어나서 부모와의 애착관계가 인간관계에 미치는 영향을 말하고 있다.

엄마가 돌아가시면서 심리학에 더 집중을 하고 내면아이의 상처를 많이 치유했다고 생각했는데 아동기가 아닌 유아기를 말하는 것이다. 좀더 깊이 들어왔다고 할까? 책을 덮으며 인식이 되고 이해가 된다. '앞으로는 엄마 배 속 9개월과 출산 시 트라우마(?)로 들어가겠구나' 싶은 생각이 스쳤다.

인간으로 태어나서 트라우마들이 인식되고 치유가 되면 이제는 마음 껏 영혼세계도 자유롭게 다닐 수 있겠구나 하는 기쁨이 나의 인간적인 고통과 교차되면서 울고 웃겼다. 요즘 느끼는 외로움을 이렇게 인식하고 내려놓는다. 나중에는 치유가 아니라 근본 원인이 사라지길 바라본다.

자통 님과 전화로 수련에 대해 이것저것 말씀드리니 오늘은 밤에 요가

가기 전에 식사를 간단히 하고 다녀와서 수련에 집중해 보라고 하셨다. 보통 같으면 요가 가기 전에도 먹고 다녀와서도 먹는데 차마 그런다고는 말하지 못하겠다. 오늘은 조언해 주시는 말씀 받아서 그렇게 해 보자!

요가를 다녀오니 10시가 지났다. 씻어야 하는데 귀찮기도 하고 인터넷을 좀 살피다 보니 한 시간이 지났네? 뜨거운 물에 20분 정도 몸을 맡기고 슬슬 씻고 마무리하니 가뿐하고 좋다. 평상시와 다를 것 없으나 집중이 더 잘되는 것 같다. 명상으로 빠지지 않게 축기! 또 축기에 집중했다. 오른쪽 다리가 저리는 것을 보니 20분 정도 지났나 보다 생각이 들어서 다리 모양을 바꾸고 괜찮다 싶어서 눈을 뜨니 딱 30분을 했다. 그래~ 조금 쉬었다 다시 해야지 하며 누웠는데 그때부터다.

척추가 지글지글하다. 예전에 명상만 할 때는 자려고 누우면 척추를 두고 양옆에서 오르락내리락하는 물과 공기 압력 같은 기운을 느꼈었는데 이번에는 그에 비할 것이 못 된다. 척추는 지글지글하고 꼬리뼈에는 꿈틀꿈틀 난리도 아니다. 정말 이런 기운은 처음 느낀다. 누워서 한다는 와공으로 단전에 집중한다. 나름 집중한다고 생각했는데 눈을 뜨니 한 시간이나 훌쩍 지나갔다. 아마도 잠깐 잠이 들었던 모양이다.

축기! 잊지 말자. 단전 축기!

'나의 단전에 지금 이 순간의 호흡과 의식이 머문다'를 되뇌며 단전 축기! 단전 축기! 이 정도면 되겠지 하고 누웠는데 다시 시작이다. 이번에는 단전으로 회오리 에너지가 들어온다. 단전으로 호흡하는 게 모르겠다는 나의 물음에 자통 님이 '단전에 콧구멍이 있다고 생각하고 숨 쉬어요~' 했던 말에 내가 낸 구멍으로 기운이 회오리치면서 들어온다.

책에서 보던 에너지 흐름에 관한 이미지들을 몸소 느끼게 되니, 내가 체험하는 모든 것들은 내가 몰랐을 뿐, 이미 경험한 누군가가 길에 표지판을 세워 두었구나. 이러니 내가 아는 척을 할 수가 있나! 오만이 들어설 자리가 없구나! 오만하지 않은데 어찌 겸손하겠는가! 나는 오만도 겸손도 없이 그저 알기만 하는 것뿐이구나! 그저 체험하는 것을 그 자리에서 볼 뿐이구나! 그럼에도 가슴 한편에서 솟아오르는 기쁨을 모른 척할 수가 없다. 감사하는 마음이 늘 함께해서 다행이다.

기록

명상을 하면서부터 감사 일기나 꿈 일기를 틈틈이 적었으나, 엄마의 죽음 이후로는 그 감정적 고통들을 글로 남기기가 힘들고 두려웠다. 또한 엄마의 유품을 정리하면서 나의 기록을 누군가 보고 정리하는 것도 일이겠다 싶었다. 자연히 일기 쓰고 기록하는 것들을 멈추었다. 그리고 어릴 때부터 친구들과 주고받은 편지들을 다 정리해서 버렸다.

『선도체험기』를 읽으면서 다시 일기를 쓰고 싶다는 생각이 조금씩 든다. 옆에서 자통 님과 조광 님께서 틈틈이 수련일지를 적어 놓으라고 말씀 주셨는데도 손놓고 있다가 이제 하나씩 쓰고 있다. 나의 내면을 정리하고 통합하여 현묘지도 후 새롭게 변화되면 이 수련기가 어떻게 읽힐지 궁금하다.

단전에 축기가 되니 앉아 있을 수 있는 힘이 생긴다. 엄마가 돌아가시고 그 고통은 배 속에서부터 처절했다. 수천 개의 바늘을 삼킨 것같이 따갑고 창자가 녹아내리고 끊어진다는 말이 이런 거구나. 앉을 수 있는 힘이 없어 거의 누워서 생활했던 게 엊그제 같은데, 애도 기간 동안 무기력해진 나에게 선도의 단전호흡이 새롭게 살고자 하는 희망과 생명력을 주는 것 같다.

축기가 될 때 아랫배는 올록볼록하게 나왔다 들어가는데 어느 정도 축기가 되면 숨이 위로 쉬어져서 배가 위로 올라가고 숨을 내쉬면 배가 내려간다. 이 현상이 계속 반복되어지면서 기가 뭉치는 것 같다.

눈물

슬픔을 정화하는 데 얼마만큼의 눈물이 필요한 걸까? 이제 첫 화두를 받았을 뿐인데 매일매일이 눈물이다. 하염없이 눈물이 주르륵. 태양신경총 부위의 압박이 엄청나다. 호흡을 하면 중단전에서 자꾸 걸린다.

현묘지도 시작 이틀 전이 엄마의 기일이고, 내 생일 일주일 전이다. 슬픔과 기쁨이 공존하는 기간이구나. 지금 이 시간에도 누군가는 태어나고 누군가는 죽겠지. 삶이라는 게 이런 거라 하지만, 나의 감정의 균형을 어떻게 잡아야 하는지 모르겠다. 그냥 보면서 let - go! 내려놓고 흘려보내는 수밖에 없구나.

엄마 돌아가시고 만 3년의 기간이 이별을 받아들인 기간이라면, 이제는 이별을 확정 짓는 시간인 것 같다. 슬프면 슬픈 대로 기쁘면 기쁜 대로 그리워하는 마음을 그냥 볼 수 있는 그런 시간. 타인의 죽음에 큰 관심이 없었고 어렴풋이 짐작될 뿐이었는데 사랑하는 사람의 죽음이 어떤 감정적 반응을 보이는지 알고 나니, 뉴스에서 매일 접하는 사건 사고들과 죽음의 이면에 있는 그들을 사랑하는 가족이나 연인, 친구들의 심정이 어떨까 짐작이 된다.

자연스럽게 나는 그들의 안녕도 빌어 주며, 타인이지만 나와 다르지 않을 것이라는 생각만으로도 앞으로는 남의 고통에 웃거나 인과응보라고 말 못 하리라. 모든 것에 진심으로 축복하고 감사한 존재로 인식하는 그 순간이 오면 나는 내 안에 있는 용기에 도움을 받아 순수하게 신성의 사랑을 전할 수 있을 거라는 믿음도 생겼다.

땀방울

단전 축기 중 이마에 굵은 땀방울이 흐르는 느낌이다. 이마를 만져 보아도 땀의 흔적은 어디에도 없다. 백회가 시원하고 서늘한 기운이 자리를 잡고 있다. 중단전에서 하단전에 굵은 쇠막대를 꽂은 것처럼 단단한 기운이 꽂혔다.

『선도체험기』 13, 14권은 현묘지도에 관한 내용들이라 한 줄 한 줄 놓칠 게 없다. 13권 106쪽. "구도자의 길도 다 천법과 천시를 타야 하는 것 같아. 도반을 만나고 스승을 만나는 것도 다 하늘의 뜻에 달려 있다는 말이 틀림없는 것 같아." 아! 의명천시다. 아직도 귀에 생생하게 들린다.

휘황찬란(輝煌燦爛)

휘(輝) : 빛나다 · 불빛 · 아침햇살

황(煌) : 빛나다(반짝반짝 빛나는 모양)

찬(燦) : 빛나다(광휘가 번쩍이는 모양)

란(爛) : 밝다 · 촛불 · 곱다 · 화려하다

휘황찬란의 사전적 뜻은 '광채가 눈부시게 빛나다'이다. 내가 본 것이 휘황인가 찬란인가? 빛도 밝음도 세밀하게 보면 조금씩 다름을 이렇게 우리는 언어로 창조했다. 또 한 번 느끼지만 이미 온 세상에 있는 것들만 보아도 나는 오만할 수가 없다. 오만할 수가 없으니 겸손할 수도 없음을 안다. 이렇게 내가 경험한 것을 말로 표현할 수 있음에 얼마나 감사한지. 말로 표현하지 못하는 답답함을 알기에 이 순간 더 감사한가 보다.

첫 화두가 끝났다는 것을 나는 빛으로 보았다. 보라색 빛 덩어리가 보여서 하단전으로 내리는 의념을 했더니 붉은빛으로 변한다. 하단전에 힘이 모이니 허리서부터 척추가 쭉 서고 어깨에 힘이 빠지면서 펴진다. '와우~ 이게 뭐꼬?' 내가 보는 화면이 꽉 차서 사각형으로 보이고 밝은 미색의 빛이 꼭 하늘을 나는 양탄자 같다. 구슬이랑 거품 같은 파스텔 빛의 알갱이들도 휘젓고 다닌다. 이렇게 은은하고 고울 수가!

이 빛들을 휘황찬란이라고 하는 것 같다. 하지만 '번쩍번쩍하는 그런 것과는 다른걸?' 휘황보다는 찬란에 더 가까운 그런 빛이다. 그 순간 저절로 알아졌다. 첫 화두가 끝났구나.

『황금꽃의 비밀』

이 책은 중국의 도교 경전 『태을금화종지(太乙金華宗旨)』에 대한 칼 구스타프 융의 해설과 리하르트 빌헬름의 번역으로 이루어져 있다. 심리학을 공부하면서 자연스럽게 융의 저서를 보게 되었고 이 책까지 샀으나 내용을 읽어 봐도 잘 몰라서 그냥 책꽂이에 꽂아 두었는데 갑자기 이 책을 꺼내어 보게 되었다. 『태을금화종지』 자체는 보지 않아서 모른다.

'양탄자 같은 빛이 너무 궁금해~' 하니, 이렇게 답이 왔다. 65쪽. "그 상징은 중심에 흰빛으로 자리잡은 형태로 나타난다. 이 빛은 '사각 공간', 혹은 얼굴 중 특히 두 눈 가운데 자리잡는다. 그것은 '창조적 지점'

이며, 더이상 공간적인 확장이 없는 내향적 의향성을 나타낸다. 사각의 공간은 즉 무한의 확장에 대한 상징적 표현인 것이다. 그 둘을 모두 합친 것이 도이다. 본성이나 의식은 빛으로 상징화한다. 그래서 그것은 의향성에 해당한다. 생명은 그러한 외향적 의향성과 함께한다. 전자는 양의 특성이고, 후자는 음의 특성이다."

완전~ 이보다 더 정확하게 내가 본 것을 설명한 게 있나 싶다. 사각의 공간에 흰빛들이 찬란한 빛들과 맞물려 일종의 물결 흐름처럼 본 것을 나는 미색의 양탄자로 표현한 거였다. 이렇게 속이 시원할 수가!

손바닥에 올려진 자

꿈에 어떤 남자분이 투명한 남색의 자를 내 손바닥 위에 올려 줬는데 길이는 내 손바닥보다 조금 길고 손가락 길이를 합친 것보다는 짧다. 자의 끝에는 돋보기가 달려 있다. 정확하고 세밀하게 자세히 보라는 것 같은데, 무엇을 그렇게 보아야 할까?

꿈에서 깨고 한참을 어떤 의미일지 생각하는데 오른쪽 눈꼬리 부분에 굵은 주사를 맞은 것처럼 따끔했다. 몇 시간이 지나고 왼쪽 눈꼬리 부분도 똑같이 따끔해서 신기하다. 역시나 궁금해하는 것은 답이 온다.

"모든 삶은 자기적(磁氣的)이며, 이 선물은 자기력을 사용하여 자신을 진정한 북쪽, 즉 우주 전체가 추구하는 내면의 방향과 리듬에 맞춥니다. 이것이 우리가 말하고 있는 홈(고랑)입니다. 보편적인 에너지 그리드의 힘줄을 가로지르거나 어긋나는 방향으로 움직이는 것이 아니라 밑으로 끌어내리는 것입니다. 이 의미에서의 결단은 또 다른 의미를 드러냅니다. 삶에서 당신의 진정한 행로는 이미 정해져 있기 때문에, 당신이 해야 할

일은 단지 그것을 찾아내고 그것을 따라야 한다는 것입니다. (중략)

일단 홈에 자신의 중심을 잡고 당신의 행로가 점점 더 확실하게 느껴지면, 당신의 마음은 결국 당신을 해치지 않게 됩니다. 당신 몸안에서 흐르는 자연스러운 흐름이 보편적인 조화를 이루기 시작합니다. 그리고 그렇게 되면 뇌파가 느려지고 당신은 더 높은 의식의 장으로 들어갑니다. 당신의 영적인 주파수가 올라가면 갈수록 당신의 뇌파 주파수는 떨어진다는 것. 이것이 유전자 키의 역설 중의 하나입니다.

이런 급격한 정신적 기능의 변화는 당신의 삶의 행로를 능률적으로 만드는 데에 도움을 줍니다. 마음이 의식의 깊은 단계에서 작동함으로써, 당신의 자신의 정신적 구조, 즉 자신의 의견, 두려움, 믿음, 심지어는 희망까지도 버리게 됩니다. 당신의 마음은 더 넓고 집단적인 의식 속으로 가라앉게 됩니다. 마음은 갈수록 당신을 덜 해칠 뿐만 아니라 당신의 방향이 논리적으로 타당하다는 것을 확인해 줍니다. 높은 선물 주파수에서 시디 의식으로 도약하기 시작할 준비가 되기 시작할 때, 당신은 아주 작은 것들을 통과할 수 있는 막대한 힘을 알게 됩니다. 현실에 대한 당신의 비전이 확대되어 우주를 담게 됨에 따라, 당신은 자신이 실제로 얼마나 작은지를 깨닫게 됩니다. 동시에 당신은 자신이 진정으로 결단을 내려 자신의 가슴을 경청할 때 전체에 대한 자신의 공헌이 얼마나 큰지를 알게 됩니다. (중략)

당신의 삶이 우주적인 초점에 맞추게 되면 삶 자체가 당신 안에서 강렬해질 것이며, 자연스럽게 환경은 물론 다른 사람들과 훨씬 더 협력적인 패턴으로 당신을 이끌 것입니다. 모든 의도적인 행동은 창조의 힘 또는 쇠퇴의 힘을 움직이도록 설정된 마법적인 행동입니다.

당신이 여행의 시작 지점에 설 때마다, 전체 여행과 홈을 만들기 시작하는 다음 몇 단계의 음색을 설정하는 것이 첫 번째 단계입니다. 비교적 적은 단계를 거친 후라고 해도 방향을 바꾸는 것은 매우 어렵게 됩니다. 왜냐하면 그것은 당신 자신을 비틀어서 기존 홈에서 빼내 와 새로운 것을 만드는 일이기 때문입니다. 따라서 새로운 주기, 새로운 관계, 새집, 또는 새해에 자연스럽게 시작하는 단계에 이를 때마다 당신은 언제든지 이 진리를 기억해야 할 것입니다. 처음 몇 단계는 앞으로 있을 진화에 매우 중요하다는 말입니다. 당신의 꿈의 에너지를 잡아 깊은 내면에 붙들고 있어야 합니다. 왜냐하면 당신의 삶에서 마법과 드러냄의 힘을 집중시키는 렌즈로써 작용하는 것이 바로 그 꿈이기 때문입니다."

 -『유전자 키(Gene Keys)』, 리처드 러드

자와 돋보기의 의미를 이렇게 또 확인하며, 그동안 공부한 것들이 이렇게 연결이 되는구나. 감사한 시간!

두 번째 화두

첫 화두를 진행하면서 느끼고 있던 것이 확실해졌다. 내가 관심 갖는 것들이 결국은 내가 해야 할 일들을 논리적(=명확하게)으로 받아들이기 위한 것이다. 보이지 않는 에너지 세계를 이해하고자 그렇게 관심이 가져졌구나.

12라는 숫자의 상징을 나타내는 여러 가지를 찾아보았다. 세상이 좋아져서 남들이 열심히 공부하고 알게 된 것을 그저 손만 좀 움직이면 쉽게 접할 수 있으니 또 감사하다. 신화에서 헤라클레스의 12과업이 다르게 읽힌다. 결론은 그냥 받아들이고 살아! 역시 점성학도 무관하지 않다. 마지막은 결국 죽음이네? 육신이 있어 지금 여기서 내가 체험을 하는구나. 내 몸 안에 우주가 있다.

역시나 이번에도 궁금해하니 답이 온다. 앨리스 A. 베일리의 『요가 수트라 : 영혼의 빛』에서 찾았다. 그냥 끌리는 대로 했던 공부들이 지금 이 시간을 위해 존재하는 것 같다.

세 번째 화두

삼공 선생님께서 여기 오면 기운 교류가 빨라지니까 화두 끝나면 그냥 받아가라고 하시기에 그 자리에서 받았다. 두 번째 화두와 연관이 있을 거라고 짐작도 했고 저절로 알아지는 것도 있어서 금방 끝났다.

명현 현상도 있어서 컨디션이 좋지 않고 목에 가래가 자꾸 생겨서 호흡도 거칠다. 그 때문인가 삼공 선생님께서 계속 가래를 뱉어 내시고 급기야 사탕까지 드신다. 죄송함이 절로 생기고 감사함으로 마음가짐을 해 본다. 몸이 건강한 게 또 얼마나 중요한지 새삼 알았다.

삶이 있으면 죽음도 있는 것. 2단계까지는 명(命)을 아는 공부라면 3단계부터는 왜 성(性)인가? 하단전 축기의 도움을 받아 빛을 밝혀, 내면의 무의식의 바다를 용감하게 탐험하고 항해해 보자!

이원성에서 벗어나는 것. 자신의 꼬리를 물고 도는 우로보로스를 또 새롭게 이해한다. 삶에 대한 새롭고 다양한 관점이 다시금 희망을 가지게 한다. 바로 네 번째 화두까지 받아 즐거운 마음이다.

정월 대보름

자통 님이 알려 주신 방법인데 달을 보며 호흡을 가슴으로 넣어서 단전으로 내린다. 작년 추석에 알려 주셔서 매월 보름이 되면 그렇게 호흡을 해 본다. 그래서 꿈이 더 선명한 걸까? 꿈에서 학교를 거의 매일 가는 것 같다. 학교에서 집으로 가는 버스를 탔는데 버스 안에 의자는 없고 침대만 여러 개 있고 그 위에 사람들이 누워 있다. 나도 자리를 잡고 누웠는데 내릴 곳을 지나쳐 버려서 어디서 내릴지 노선표를 살펴보았다. 대천동 시장을 간다고 한다.

대천동에는 유명한 내과가 있다는데 병원 이름을 몰라서 대충 대천동 시장만 휴대폰으로 검색해서 찾아갔다. 이래저래 결국 빨간 벽돌집으로 된 병원을 찾아서 들어갔는데, 흰 가운을 입은 의사 선생님이 보여서 '진료받으러 왔어요' 했더니 뒤쪽에 어떤 여자분이 카운터에서 접수부터 하라고 한다. 그랬더니 의사 선생님이 웃으면서 이미 자기랑 만나서 인사도 했는데 진료부터 먼저 하자고 하셔서 아픈 곳을 어쩌고저쩌고 이야기하고 진료받았다.

아침에 꿈에서 깨어 진짜 대천동이 있을까 싶어 검색했더니 있긴 있다. 대한민국에 있는 대천동이 아니고 삼천 대천세계의 대천을 의미하는 것 같다. 자통 님께 꿈 이야기를 들려드렸더니 이런저런 해석을 해 주시는데 감동이다. 바보의 통찰은 영감을 준다.

진료받은 것이 맞나 보다. 밥을 먹고 낮잠을 잤는데 꿈이 이어졌다.

목 뒤랑 허리, 천골 쪽에 비늘? 같은 동그란 껍질들을 손으로 쓸어서 쓰레기통에 버렸다. 후두두둑 떨어지지만 놓치지 않고 다 버렸다. 갑자기 화면이 바뀌면서 고두심 씨와 한가인 씨가 드라마 한 장면처럼 바다가 보이는 절벽에 서서 싸우고 있다. 고두심 씨가 뭐라고 했는지 한가인 씨는 더이상 못 견디겠다고 이렇게 살기 싫다고 여기서 못 살겠다고 나간다며 싸운다. 그냥 그렇게 꿈에서 깼다. 내 안의 그림자들이 전투 중인가보다. 바다가 보이는 절벽은 내 마음의 경계일까? 왜 고두심 씨와 한가인 씨지? 아하! 이름에 힌트가 있구나!

斗(말 두 / 싸울 두), 心(마음 심) = 에고
佳(아름다울 가), 人(사람 인) = 아름다운 사람, 변화된 나

네 번째 화두

자시 수련 전 샤워를 하는 습관이 생겼다. 기운이 바뀌는 때여서인가 속옷도 잠옷도 모두 갈아입고 가볍고 상쾌한 기분으로 변화를 주고 시작하게 된다. 주변 공간도 쾌적하게 정리를 한다. 미니멀 라이프가 이렇게 되어져 간다. 삶이 단순해지니 별일이 없다. 죽기 살기로 수련을 하기보다는 즐거운 마음으로 편안하게 나의 근원, 자성을 만나자 하며 한다. 축기도 너무 애쓰고 싶지 않고 그냥 흘러가는 것을 보고 싶다. 조금씩 틈틈이 내키면 호흡한다.

잠을 자는데 대천동에서 진료받은 게 또 나타나는지 방구는 아닌데

방구처럼 기운이 쑤욱 빠진다. 30cm가 넘는 방구가 있을까 싶을 정도로 크게 쑤~욱 빠졌다. 냄새가 날까 봐 이불을 들추었는데 아무 냄새도 없고 방구도 아니다. 아무튼지 시원하다. 그것과 별개로 오늘 하루는 방구가 잦았다.

드디어 무념처삼매로 기운을 느껴 보려 마음을 낸다. 내가 하는 것이 아니고 자성에게 맡긴다는 생각으로 A4 용지에 11가지 내용들을 적었다. 이 순서는 못 외우니까 알아서 되어지겠지 하는 마음이었다. 축기도 얼마나 했는지 모르겠다. 축기하는데 갑자기 생각나는 사람이 있어 웃음을 지었더니 반응이 온다.

1번과 2번 후에 오른쪽 다리만 저절로 위로 아래로 마구 떤다. 멈추더니 이번엔 왼쪽 다리가 떨린다. 다시 멈추고 두 다리 모두 떨린다. 3번부터 7번까지는 쭉 되면서 하나씩 넘어갈 때마다 중간중간 몸을 부르르 떨었다. 8번부터 10번까지는 몸이 일정한 방향으로 돈다.

11번을 의식하니 이제부터는 빛의 향연이다. 처음에는 보라색이었는데 진분홍색으로 꽉 찬다. 다홍빛으로 변하다 다시 진분홍색으로 변하니 그 색에 빠져든다. 좌선하는데 왼쪽 팔이 진동하고 멈추고 오른쪽 팔이 진동하더니 몸이 좌우로 움직였다. 무릎 높이 정도의 풀나무 숲들이 보인다.

날짜를 정하고 마음을 먹고 화두를 하려고 하였더니 외부에서 도움도 왔다. 저녁 요가를 갔는데 이날따라 원장님이 수업 후 전신 마사지를 옆 사람과 짝을 지어 할 수 있는 방법을 알려 주었다. 나는 짝이 없어 원장님이 시범을 보여 준다며 직접 온몸을 마사지로 풀어 주셨다. 여태 이런 적이 없었는데 참으로 감사하게도 몸에 에너지가 수월하게 흐를 수 있도록 몸도 준비가 된 그런 시간이 되었다. 그래서인지 어떤 불편함 없이 잘 체험하였다. 감사하다.

화두를 끝내고 꾼 꿈에서 시체들이 즐비하게 널브러져 있는 것을 봤다. 시체로 보인 것들은 나의 과거와 부정적인 에너지가 만들어낸 세포들의 죽음을 이야기하는 게 아닐까? 아무래도 몸에서 기운을 받고 정화가 되니 에너지적으로 큰 변화를 죽음으로 보여 준 것 같다. 환하고 밝은 배경에 쭉 늘어지고 쌓여 있는 시체들을 보는데, 나의 감정은 슬픔이나 괴로움이 아니다. 그저 실망과 희망이 교차하고 있다. 복잡한 감정이 나를 혼란스럽게 한다.

다섯 번째 화두

명상 초보자라도 다 알 것 같은 그런 화두다. 자통 님은 나에게 축기! 축기!를 늘 강조하시며 축기하다 명상으로 빠지지 말라고 늘 주의 주시는 것이 생각이 난다. 정신 차리며 화두에 집중한다.

코로나 때문에 삼공재에 가지 못해서 답답하지만 축기로 에너지 변화가 미치는 나의 마음의 변화를 관찰해 본다. 도 닦는 사람들이 왜 산에서 혼자 하는지 알겠다. 혼자 있어 봐야 스스로의 상태를 알게 되니, 다른 누군가와 함께할 때 마음의 변화를 알아차릴 수 있구나 싶다. 뭔가 내 상태가 달라질 때, 이건 뭘까? 하는 마음을 보는 데 큰 도움이 되는 시간이구나. 그럼에도 불구하고 나처럼 혼자서 추진하는 힘이 부족한 사람은 함께하는 우리가 참 소중하다.

똥 꿈

아~! 탄식이 저절로 나온다. 현묘지도 시작하면서부터는 매일매일 꿈을 꾸고 그 꿈이 생생하고 기억이 난다. 그전에는 꾸었어도 기억이 안 난 거였겠지. 현묘지도 수련기가 아니라 배인숙의 꿈 일기라고 해도 좋을 만큼 매일 꿈이다.

이번 화두를 받고서는 웬 똥과 오줌 꿈을 이렇게 꾸는 것이야! 이틀에 한 번은 똥을 싸고 물 내리고, 오줌 싸고 물 내리는 꿈이다. 어느 꿈 분석가는 모든 꿈은 길몽이라고 했다. 흉몽은 없다고... 미리 나쁜 일을 알려 주니 그것부터가 길몽이라고 하는데, 나도 동감은 하지만 이건 좀 너무하다 싶어 자통 님께 하소연을 하니 자통 님도 같은 말씀을 하신다. 꿈을 통해 상징으로 쉽게 에너지 상태를 보여 주는 것이니 자성에게 감사하는 마음을 가지고 잘 살펴보라고.

어떤 날은 학교 화장실에서 볼일 보는데 화장실이 너무 지저분하고 불편해서 화장실 주인에게 고쳐 달랬더니 직접 고쳐도 된다고 허락을 해 주어, 수업 듣는 사람들한테 돈을 걷어서 새롭게 고쳐야겠다고 마음먹은 날도 있다. 꿈 이야기를 쭉 풀어 가면 그것도 나름 상징들과 의미를 파악하는 데 재미가 있지만 화장실 고치는 꿈 이야기는 너무 길어서 생략한다.

이제는 하다 하다 남이 싸 놓은 똥까지 내가 물을 내린다. 다행히 더럽다는 생각은 안 든다. 내 똥오줌도 치우는 것도 지겨울 정도로 자주 하는데 이젠 남의 똥까지 치워 주다니~ 일단 치우고 보자. 어떤 날은 화장실 변기에 거미줄이 쳐져 있어서 치우고 일 보느라 힘든 날도 있었다. 그래도 깨끗한 변기를 보는 건 상쾌한 일이다. 변기의 물도 맑아 보인다.

낮에 와공을 하는데 이마에 입이 하나 생긴 것 같다. 누군가 컵에 물을 담아서 내 이마에 있는 입에 들이붓는 것 같다. 이건 시원하다고 표현하기가 너무 진부할 정도다.

구공탄과 번개탄

똥 꿈과 더불어 학교 꿈도 거의 매일인 것 같다. 학교 화장실에서 똥 싼 꿈이 제일 많은 것 같다. 하하하~ 근데 오늘은 조금 다르다. 교실에서 나와 복도를 걸어가는데 복도 오른편에 책상이 있다. 책상 옆 아래에 연탄난로가 있는데 맨 아래는 연탄이고 위에는 번개탄이 있다. 연탄도 번개탄도 불은 붙어 있는데 구멍이 맞지 않기에 쇠막대로 그 구멍을 맞췄다. 이제는 가스도 안 나오고 더 훨훨 잘 불타겠구나. 구멍을 맞추니 안정감이 생긴다.

은하수

꿈에 밤하늘을 보는데 수많은 별들이 동시에 반짝이며 또렷하게 진해진다. 꿈인데도 감탄하면서 보다가 핸드폰으로 사진 찍어야겠다는 생각이 들었다. 열심히 찍는데 안 찍혀서 보니 손에 든 것이 핸드폰이 아니다. 핸드폰을 찾으니까 책상 위에 있어서 그걸 가져온다고 하면서 찍었는데 또 안 찍힌다. 이게 뭔가 싶어 봤더니 사진이다. 진짜 사진. 이미 찍혀서 인화된 사진이 내 손에 들려 있었다. 그사이에 별들은 은하수로 변하고 사진은 한 장뿐이지만 '그래~ 내 눈으로 직접 보고 담았으면 된 거야' 했다.

하늘의 별을 보느라 어딘지 몰랐는데 나는 모르는 여자 두 분과 캠프 파이어를 하고 있다. 불도 쬐고 이야기도 나누다 다시 하늘을 보니 은하수 사이에 헬리콥터 모양의 우주선 같은 게 보였는데 (크기도 컸지만 일반적인 헬리콥터는 아님) 은하수를 가로질러 가고 있다. 그 비행물체 안에서 사람 형태의 무언가가 줄을 타고 내려와서 나에게 젠더 아이디(Gender - ID)를 묻는다. 나는 피메일(Female)이라고 대답을 하니 다시 올라간다.

갑자기 핸드폰 벨이 어디서 울리는데 우리 셋 모두 자기 핸드폰을 찾는다. 알고 보니 셋 다 벨소리가 똑같다. 방탄소년단의 '소우주'가 내 벨소리인데 어쩜 노래 가사와 꿈이 비슷한지 꿈인데도 신기하다는 생각을 했다.

이날 화두가 끝이 난 것을 알았다. 6번째 7번째 화두도 알 것 같은데 전화드려서 화두를 받기보다는 좀더 기다려야겠다는 생각이다. 현묘지도 수련일지를 적어야 하는데 지금은 그럴 에너지가 없는 것 같다. 기다렸다 반응이 오면 연락드리고 진행해야겠다.

내 영혼의 그윽히 깊은 데서

내가 좋아하는 찬송가다. 며칠째 계속 맴돈다. 유튜브로 찾아 반복해서 들었다.

"내 영혼의 그윽히 깊은 데서 맑은 가락이 울려나네.
하늘 곡조가 언제나 흘러나와 내 영혼을 고이 싸네.
평화 평화로다 하늘 위에서 내려오네.
그 사랑의 물결이 영원토록 내 영혼을 덮으소서."

예술가들은 알게 모르게 최소한 자성을 흘낏이라도 보았거나 만나본 적이 분명히 있다고 본다. 어쩜 저렇게 명확하게 가사를 쓰는지 놀랍다. 찬송가가 새롭게 들리는 나도 놀랍다. 3~4년 정도 교회를 다니길 잘한 건 성경 공부를 한 것이고, 그 덕분에 바티칸과 유럽의 박물관이나 미술관의 내용들의 배경 지식과 서양 문화를 이해하는 데 도움이 되었다.

동양에서 태어나길 잘했다 싶은 건 불교관이 상식이라 큰 어려움 없이 부처님을 접할 수 있다는 것이다. 실제로 태국의 유명한 절인 도이수텝의 벽화가 부처님의 생애를 그려 놓은 것인데 외국인 가이드가 관광객에게 설명하는 것을 보며 알아듣는 내가 신기했다. 아, 물론 『인간 석가』라는 책을 전에 읽었던 것이 도움이 되긴 했지만.

힌두교는 요가로 접했는데 앙코르와트에서 빛을 보았다. 앙코르와트 가기 전 박물관의 설명이 큰 도움이 되었다는 건 비밀로 하고 싶다. 요가 용어 덕분에 신지학이나 서양에서 표현하는 에너지 세계가 어렵지 않게 느껴지기도 하다. 카발라와 헤르메스학은 이집트에서 느껴 보아야 할 텐데 느낌이 없어서 아직 가 보지 않았다. 한국에 태어나 지금 여기에서 현묘지도를 받고 있는 건 의명천시로구나! 그래서인가 나는 종교에 편견이 없는 것 같다.

내 마음의 패턴

감정적으로 요동치는 일이 생겼다. 이번에는 과거의 선택과 다른 선택을 해서 중심을 찾고 싶다. 꼭 긍정적일 필요 없이 부정적인 것부터 멈추어 보자. 나의 어떤 것이 즉각적으로 반응하여 이성을 잃고 감정적으로 되는지 살펴보았다.

321

행위의 주체자는 나인데, 나의 의견을 물어보지 않고 청유를 가장한 명령어로 나의 행동에 제약을 두는 말을 듣거나 보게 되면 감정적 불쾌감이 폭발하며 상승한다. 이성은 어디에도 없다. 잠시 멈춤도 없다. 그래. 이럴 때 미친 x구나. 미친 것 같은 나를 인정하자. 무시당한 거와 존중받지 못한 건 조금 다른데 그런 맥락에서 같은 반응을 하나 보다.

며칠 같이 지낸 친구의 행동이 꼭 우리 가족들이 나에게 하는 모습과 겹쳐 보인다. 내가 아주 싫어하는 행동인데 '어쩜 이렇게 똑같이 나한테 대하지? 무엇이 저들이 나에게 저런 행동을 하게 하는 걸까?' 서로 아는 사이도 아닌데 말이다.

'내가 저들을 그렇게 행동하게 만드는구나. 행동 유발자는 나였구나. 나였어...' 입맛이 쓰다. 인정하기도 진짜 진짜 싫은데 인정해야 한다고, 단전에서 올라온다. '상대방의 행동이 나의 거울이라던데 이게 그건가 보네.' 어떻게든 허용하고 수용하고 포용한다면, 새로운 선택을 하고 이 패턴에서 벗어나겠지.

그동안에 나는 감정이 강하게 올라오면 나는 원원보다 부정적 반응을 보였다. 나도 손해 볼 것을 알면서도 상대에게 타격을 주는 선택을 하는 확률이 상대적으로 높았음을 알겠다. 이제는 '원원은 못 하더라도 멈추고 지켜보겠다는 선택을 하겠다'고 의지를 내어 본다. 아니면 적어도 내가 상대의 그 말이 나에게 이렇게 느껴지는데 말하고자 하는 의도가 맞는지 먼저 물어봐야겠다. 관계에 있어 상대를 존중하며 상대의 선택에 여지를 주는 화법을 구사해야겠다.

인간관계에서 이해는 서로의 입장 차이를 옳고 그름으로 선과 악으로 따질 게 아니고 그냥 그 차이를 인정하고 사이의 틈을 줄이도록 조율하는 과정인 것 같다. 깨닫게 되면 언어의 선택이 정교해진다고 하는데 무슨 의미인지 알겠다. 더 높은 이해를 위해 마음을 열고 지혜를 구해야겠다.

『가담항설』 90화 - 네이버 웹툰, 작가 랑또

"그동안 나는, 타인의 마음에 맞는, 타인의 목적을 위한 삶을 살면서 한 번도 스스로의 마음을 들여다보지 못했다는 것을. 그것이 내가 나를 불행하게 만든 벌을 받게 했다는 것을. 계기는 단순했지만 감정은 강렬했죠. 그리고 저는 결계를 풀었어요. 무엇이 나를 속박하고 있는지를 알았고 무엇이 내가 원하는 것인지를 알았으니까요. (중략)

어떤 슬픔은 어렴풋한 슬픔이고, 어떤 슬픔은 처절한 슬픔이죠. 소소한 슬픔도, 아련한 슬픔도, 잊혀가는 슬픔도, 문득 기억이 떠올라 때때로 가슴이 아파지는 슬픔까지, 같은 슬픔조차도 사실은 전부 달라요.

책을 읽고 풍부한 단어를 알게 된다는 건, 슬픔의 저 끝에서부터 기쁨의 저 끝까지. 자신이 가지고 있는 수많은 감정들의 결을 하나하나 구분해 내는 거예요. 정확히 그만큼의 감정을, 정확히 그만큼의 단어로 집어내서, 자신의 마음을 선명하게 들여다보는 거죠.

내가 얼마만큼 슬픈지, 얼마만큼 기쁜지. 내가 무엇에 행복하고, 무엇에 불행한지. 자신의 마음이 자신을 위한 목적을 결정하도록. 그리고 자신의 마음을 타인에게 정확히 전달하도록.

같은 단어를 알고 있다면 감정의 의미를 공유할 수 있고, 같은 문장을 이해할 수 있다면 감정의 흐름을 공유할 수 있어요. 그리고 그건 서로를 온전히 이해할 수 있게 만들죠."

2017년 10월 18일 네이버 웹툰에 올라온 것을 한 부분 발췌하여 메모장에 옮겨 적은 것이다. 그 아래에 적힌 나의 메모다.

"나는 안다. 알아. 나의 숨결이, 마음의 결이, 감각의 결이, 생각의 결이, 감정의 결이, 의지의 결이 씨줄과 날줄이 되어 새로운 시공간이 열리고 새로운 차원을 엮는다는 것을. 나의 결들이 비슷한 여정을 하는 이들에게 희망의 이정표가 되기를. 믿고 함께, 유쾌하게 모험을 즐기자. 모든 존재적인 사랑에 따뜻한 경의와 감사를 보낸다."

이제 보니 낙서 같은 메모조차도 배움이다. 내가 선택하고 만들어낸 결과를 마주하는 순간이로구나. 바로 지금!

사랑

나는 손발이 오그라질 것 같은 감정을 표현하는 것에 어색하거나 불편함이 없다. 남녀노소를 막론하고 내가 좋으면 손도 잡고 포옹도 하고 뽀뽀하는 것이 즐겁다. 서로의 일부분이 맞닿아 느껴지는 감촉으로도 좋아한다는 것을 알리고 싶어 한다. 그래서 나는 사랑이 아주 많은 줄 알았다.

애정 표현이 자연스럽고 풍부하다고 해서 그게 사랑이 많은 것이 아니라고 인식이 된다. 감정적인 행복이 사랑이 아니다. 물론 집합으로 따지면 신성의 사랑에 포함이 되는 에너지 현상이지만 등가공식은 성립하지 않는다. 그저 에고의 애착을 사랑이라고 착각했다. 내가 하는 사랑이 에고의 긍정적인 인식 필터가 만들어내는 것이라는 걸 인정하기까지 나는 얼마나 외로워하며 울었던가. 인간적인 사랑이 아닌 신성한 사랑을 표현하는 존재이고 싶다.

내려놓음

삼공재에서 수련할 때 뭘 내려놓아야 할지 몰라서 다 내려놓겠다고
한 적이 있다. 아, 그때의 나는 고통과 슬픔 등 부정적인 감정들을 다 내
려놓은 거였다. 그게 전부라고 인식을 했던 거다. 이럴 수가! 그게 전부
가 아니라는 것을 인식하니, 지금의 나는 좋은 감정들과 추억들도 내려
놓아야 한다는 것을 인정해야 한다.

아이고 괴롭다! 좋은 것도 내려놓아야 한다는 것만으로도 고통이 생기
는구나. 내려놓는다는 것은 부정적이든 긍정적이든 모두 내려놓는 거야.
나의 의식이 부정적인 것만 보여 줬다면 무의식은 긍정적인 것들을 보
여 줬어. 무의식에 가득찬 나의 애착들까지 다 내려놓아야 비워지는구
나. 여태 좋은 것들을 가지고 있어서 완전히 비워지지가 않은 거였어.
그래. 그랬구나. 잘 가라, bye-bye.

에고의 죽음

좋은 것이든 나쁜 것이든 다 내려놓겠다는 나의 선택에 의지를 세우
니 어제의 나는 없다. 지금의 내가 새롭다. 지금의 내가 새로우니 내일
은 모르겠다. 이렇게 에고의 죽음을 알게 되는구나. 그래서 매일매일,
순간순간 비워지고 새로워진다고 말하는구나. 늘 펼쳐지는 지금이란 말
이 저절로 이해가 된다. 사도 바울은 '매일 죽는다'라고 했고, 자통 님은
'매일매일이 생일'이라던 말의 의미가 이렇게 피부에 닿는다.

알아차림과 깨어 있음

알아차림은 바로 지금 알고 있다가 아닌, 지난 후 알게 되는 미묘한 시간 차이가 있다. 그래서 늘 과거의 의미를 내포하고 있다. 또한 나의 무의식에서는 내가 잘하고 있다는 생각보다 못하고 있다는 생각이 깔려 있어서 늘 긴장 상태를 만들어 내는 것 같다. 얼마나 잘 알아차리고 있는지 스스로를 시험하기 위해 불안과 두려움을 끌어당기고 있는 나를 보았다. 이 패턴도 이제는 바꾸고 싶다.

에너지적으로도 알아차리는 건 깨어 있을 때보다 비효율적이다. 깨어 있는 건 나의 자성이고 알아차리는 건 나의 에고라서 그런가 보다. 이렇게 아는 것 같은데도 나는 에고가 주시하는 걸 깨어 있다고 착각을 한다. 언제쯤 깨어서 바르게 보게 될까?

하모니

언제부턴가 피아노를 배우고 싶다는 생각이 들어 학원에 등록하러 갔는데 실제로 등록하지는 않고 나왔다. 그렇다면 피아노를 배우고 싶다는 생각의 뿌리는 무얼까? 하모니! 조화로움이다. 내가 지금 만나는 상대가 '도' 음역의 주파수에 사람이라면 나도 같이 '도'의 주파수이거나 화음을 이루는 '미'나 '솔'의 음을 내고 싶은 거구나.

관계에서 누군가를 그대로 보고 인정하는 것이 조화로움의 근본인가 보다. 사람들의 말과 행동에서 실제 의도의 근간을 알고 온전하게 보는 연습이 나에게 많이 필요하다. 판단하고 차별하고 싶지 않은데 그게 잘 되지 않는다. 분명 나의 앎은 우리 모두가 하나라는 것이다. 근데 왜 다르다고 판단하냐고!

아무튼 내가 원하는 건 상대와 조화를 이룰 수 있는 화음으로, 높은 음의 사람을 만나면 낮은 음도 되어 보고, 낮은 음의 사람을 만나면 높은 음으로 화음을 이루어 보는 것이다. 가끔씩 엇박자와 변박자로 유머가 담긴 농담도 하고 싶다. 이런 마음이 신성의 사랑이었으면 좋겠다.

변화무쌍한 감정

아침에 눈을 뜨면 내 감정이 어떤지부터 살펴보는데 한 번도 같은 날이 없다. 진짜 신기할 정도다. 오르락내리락, 왔다갔다, x축 y축에 한계가 없는 듯하다. 감정은 몸의 화학반응이 만들어 내는 고정되지 않는 변화의 흐름인가?

의식은 확장하고 성장하지만 마이너스가 되지는 않으니까 다른 것 같다. 모든 것이 허상이고 실체가 없다는 것은 물리적인 관점에서가 아닐까? 단전호흡을 하면서 나는 모든 것을 에너지로 보고 싶다는 의도를 세웠는데, 감정도 에너지로 본다면 고정된 실체는 없지만 에너지로는 느껴지기 때문이다. 에고가 지켜보는 감정은 고통의 변주곡 같다. 그냥 잘 모르지만 갑자기 이런 생각이 들어서 적어 본다.

주인공과 서브 주인공

『선도체험기』에 나오는 대행 스님 이야기에서 주인공이라는 단어가 가슴에 확 꽂혔다. 물론 자성, 근원, 참나, 진아 등등 여러 표현이 있지만 주인공이라는 단어가 쉽게 와닿았다. 그럼 에고는 뭐지? 아하 서브 주인공쯤으로 하자.

'나의 에고야 너는 아니? 요즘 드라마는 서브 주인공이 악역이 아니야.

너무 세련되지 않았니? 우리 함께 배인숙의 드라마를 찍어야 하는데, 주인공을 돋보이게 하려고 못되게 굴지 말자. 못된 건 너무 촌스럽지 않니? 기왕이면 서브 주인공도 주인공 못지않게 성장도 하고 함께 맛깔 나는 드라마를 만들어 보자. 주인공이랑 협력해서 같이 상생해 보자. 너도 알다시피 매일 새로 태어나잖니. 어제의 서브 주인공은 없어. 오늘은 오늘의 주인공이랑 매일 새롭고 다양한 스토리를 우리 함께 만들어 보는 건 어때? 단, 교묘하게 착한 척하기 없기! 긴가민가 밀당하지는 말자고~'

여섯 번째 화두

삼공 선생님 생각이 난다 했더니 며칠 후 조광 님께 연락이 왔다. 화두 진행을 점검하신다. 5단계는 마무리되었고 그냥 있다고 하였더니 다음 화두를 얼른 받으라 하셔서 처음으로 삼공 선생님 댁에 전화를 드렸다. 사모님 목소리를 들으니 정말 반갑고 뵙고 싶다는 감정이 올라온다.

전화로 6번째 화두를 받았는데 삼공재에서 전화가 걸려 왔다. 받으니 삼공 선생님께서 아까 알려 주신 게 7번째 화두고 6번째 화두는 이거라면서 다시 알려 주신다. 세상에 우연은 없다고 5단계 화두 진행하면서 '6번, 7번도 뭔지 알겠다' 했더니 그게 맞았나 보다. 그래서 6단계, 7단계를 같이 진행하겠다고 말씀드렸더니 그러라 하신다.

삼공 선생님의 그 침묵의 에너지 장이 그립다. 자통 님께서 삼공재에 갈 때의 마음가짐을 알려 주신 적이 있는데, 오늘 그 마음이 나온다. '기를 받으러 간다는 생각을 버리고! 삼공 선생님과 도반님들 그리고 천지

신명께 감사하는 마음으로 오늘 이 자리에 함께 공부하러 왔습니다'라고... 오늘 그 마음가짐이 새롭게 느껴지는 날이다.

누군가를 의지한다는 것이 꼭 나약하다거나 독립적이지 못하다는 걸 말하는 게 아니더라. 가끔 그렇게 의지해야 한다는 그때가 오면, 그때 믿어도 된다는, 믿을 수 있다는 신뢰와 더불어 가슴이 따뜻해지는 것을 알게 된다. 삼공재에서 함께한다는 것은 나에게는 그런 거다.

식견

수행자들의 글을 읽고 살피다 보면 내가 체험한 부분들은 절로 알아지는 것들이 많다. 그렇다면 내가 경험하지 않고 이해가 안 되는 것들은 어떻게 받아들여야 할까? 우주의 섭리를 알고자 하는 열망이 공부를 하게 하고 식견을 높여 주었다면, 이제는 온 우주에 한 치의 오차도 없음을 그저 인정하게 된다.

니 편도 내 편도 없다. 이젠 좀 그만 싸울 때도 되지 않았나? 밖에서 싸우는 거 말고 자기 안에서 자신의 그림자와 전투할 때 필요한 에너지인데 밖에서 옳고 그름 따진다고 싸우느라 평화는 없고 말뿐인 정의만 있는 것 같다. 그냥 각자가 자기 삶과 화해하고 나 자신은 물론 남과 다투기를 그만한다면, 나부터 멈추고 평화롭다면, 이 세상도 하나둘 평화의 물결이 흐르겠지.

축기도 내 안에 빛을 밝히려는 것뿐이라 생각하니 조급하게 생각하고 행동할 것도 없다. 그저 지켜보고 순응할 뿐! 평화롭게 멈추어 서서 우주의 흐름에~ 나의 주인공에게~ 그냥 맡기면 되는구나. 지식으로는 결코 알 수 없는 그 무언가도 우주의 섭리구나. 내가 접하는 지식에서 나의 에고의 인식 필터들이 무엇인지 보았다.

좋고 나쁜 것을 떠나서 공통적으로 나타난 어떤 에너지적인 현상에 정의를 내리면 그것이 그때부터 또 다른 한계를 지어 다시 갇히게 된다는 것을 알아지는 날도 오는구나. 길흉화복이 지극히 인간적인 에고의 관점이었다면 주인공의 관점이 더 궁금해진다. 지식이 주는 속박에서 벗어나 참자유를 느끼고 싶다.

내 가슴이 하는 말에 귀 기울여 보자. 물질과 삶에 대한 통제권도 나의 주인공에게 몰락 맡기는 것. 그것이 내가 할 수 있는 오직 하나의 방편이구나.

어떤 기운

좌선 중에 어떤 기운이 가슴에 무겁게 꽂힌다. 엄지손가락 마디만한 것 같다. 좋은 느낌은 아니다. 불편함이 느껴지는데 어쩌지 하다가 그냥 쭉 지켜보자는 마음이 들었다. 선도에서 말하는 빙의가 이런 걸까 언뜻 생각이 들긴 했지만, 내 안에서는 그냥 보라고만 한다. 내 느낌에 이 에너지적인 현상에 이름을 붙이면 인식할 때 한계를 긋고 흔적을 남길 것 같다. 내 방식대로 경험하고 해체될 때까지는 미리 알려고 하면 안 될 것 같다. 이틀 정도 꽂혀 있다 없어졌다. 시원한 느낌도 없고 개운하지도 않지만 불편함도 없다. 머릿속 생각은 이게 뭔지 알아보라고 압력을 주지만, 내 가슴에서는 하나의 과정이라고만 할 뿐이다.

일곱 번째 화두

세상에 예쁘고 귀여운 것 싫어하는 사람이 있을까? 있을지도 모르겠지만 어느 책에서 읽었는데 인간이 자연에서 선택적으로 필요한 것들을 제외하고는 예쁘고 귀여운 것들만 남겨 놓았다는 말이다. 나의 영혼은 어떤 모습일까? 예쁘면 좋겠는데 하는 생각을 하며 잠이 들었다.

꿈에서 누군가를 돕기 위해 내 차로 양파를 필요한 곳에 보내 주기로 하고 주소를 받아서 나서는데 여자 2명, 남자 1명이 내 차에 같이 탔다. 그중에 한 명은 예전에 친하게 지낸 후배인데 만날 때마다 불편한 감정이 들어서 지금은 보지 않고 있는 친구다. 같이 가는데 역시나 사공이 많으면 배가 산으로 간다더니 운전하기가 너무 힘들다.

4차로 길가에 차를 세우며 브레이크만 꽉 밟고 모두 내려 달라고 부탁하였다. 나는 백미러로 뒤에서 다른 차들이 오지 않을까 계속 살피면서 말을 했고 그들은 아무 문제없이 내렸다. 아이쿠~ 주소가 적힌 쪽지는 나한테 없는데 어쩌나 하면서 어디론가 갔고 큰길가에 주차를 하고 골목골목을 지나 어느 식당에 갔다.

식당 주인이 반겨 주며 밥도 주고 함께 이런저런 얘기를 나눴다. 주소가 적힌 쪽지를 잃어버렸다고 하니 어떤 통을 내 앞에 두며 혹시 있는지 찾아보란다. '어? 진짜 쪽지가 있네~' 살펴보니 주소를 몰라도 상호만 보니 알겠다. 쪽지가 없어도 잘 찾아가겠구나. 또 내비게이션도 있어서 목적지만 넣으면 주소는 없어도 된다는 것을 알겠다. 그렇게 고마운 마음 가지고 길을 나섰는데 차 없이 그냥 걷는 나를 본다.

큰 사거리인데 도로에 차가 거의 없다. 날씨가 화창하다. 횡단보도를 건너려고 서 있는 내가 있다. 얼굴만 빼꼼히 내밀어진 개 3마리를 보자기 같은 큰 가방에 넣고 무겁게 들고 있는 사람을 보았다. 나에게 와서 인사를 한다. 내 눈길은 개를 보는데 그냥 봐도 이건 그냥 일반 개가 아니라 무슨 귀족 강아지다. 꿈에서 깨어 인터넷에 귀족 강아지로 검색하니 보르조이라는 품종으로 진짜 귀족 강아지로 불린다.

세 마리 모두 같은 품종인데도 가운데가 제일 예쁘고 사랑스럽다. 나와 눈을 맞추고 한참을 예쁘다 하며 보아 주었다. 그 개도 자기가 예쁜 걸 안다. 하물며 개도 예쁜 걸 좋아하는구나. 그래서 사람들에게 더 관심을 받고 사랑을 받을 수 있다는 것을 아는구나. 그런 생각이 들었다. 나르시시즘을 자기 사랑으로 혼동할 적에, 내 무의식의 저 밑바닥에서는 결핍이 에너지를 갈구하고 있는 것을 보았다. 채워도 채워지지 않는 그런 에고의 사랑.

개의 주인과 헤어지고 한참을 개가 멀어질 때까지 보았다. 나는 나의 길을 가야지. 신호등의 불이 바뀔 때까지 나는 멈추어 기다린다. '어~ 뭐지?' 내 발밑에 반짝이는 게 있다. '거북이다!' 손바닥에 올리니 꼬물꼬물 살아 움직인다! 거북이가 맞는데 등껍질이 내가 아는 거북이랑 다르다. 꼭 옥으로 만든 바둑판 같다. 옥으로 작은 타일들을 만들어 이어 붙인 것 같은 바둑판 모양이다. 옥색 등껍질이 반질반질 윤도 나고, 생기가 돌며 빛이 곱다. '아이고 참 조그맣다. 언제 클까?' 하며 꿈에서 깼다.

보통 꿈은 아닌 것 같다. 분명 화두랑 맥락은 같이 하는데 저 거북이의 의미는 정말 모르겠다. 인터넷에 거북이와 관련된 해몽을 찾아보니 물질적인 풍요 얘기만 있는데 아닌 것 같다. 나는 오늘도 자통 님 찬스를 써야겠다. 그동안 나의 똥 꿈부터 별별 꿈들을 들으시고 해몽해 주셨는데 오늘도 여쭤봐야겠다. 바보의 통찰은 영감을 주니까.

꿈 이야기를 하면서 '차에 탄 3명은 다른 사람이 아니고 내 안에 있는 캐릭터들을 대표해서 인물로 나타난 것 같아요. 결국엔 그 3명도 나인데 이 길을 가는데 두고 가야 할 나의 부정적인 성향인 것 같다'고 말씀드렸더니 '그게 맞아요'라고 말씀하신다. 꿈에서 보이는 다른 사람들의 모습은 나의 성향이 그렇게 드러난 거라 '모두가 나'라고 하신다. 나머지 해몽은 나의 가슴에 넣어둔다. 그렇게 나의 일곱 번째 화두도 결을 맺었다.

여덟 번째 화두

지난번처럼 시간을 두어 받지 않고 어제 화두에 결을 맺었으니 바로 연락을 드렸다. 감사한 마음 한편에도 얼른 코로나가 종식되어 빨리 뵙고 싶다는 마음이 솟는다.

나의 몸

몸의 이완을 위해 요가로 몸을 풀어서 그런가? 의식을 집중하니 전보다 선명하게 심장 박동이 온몸으로 느껴진다. 하단전에 의식을 두니 몸이 좌우로 돈다. 나도 모르게 심장 박동에 의식이 두어지며 리듬을 탔더니 몸이 앞뒤로 흔들린다.

요가 동작을 할 때마다 비틀어진 골반에 의식을 두고 호흡을 하려고 하다 보니 잘되지 않는 자세가 많다. 자세를 만드는 게 목적이 아니라 바른 균형을 잡으려고 하니 애쓰는 마음이 놓아진다. 바른 균형을 잡고 나면 자세는 저절로 만들어지겠지 하는 믿음이 남들보다 잘하려는 비교하는 마음과 욕심도 함께 놓아지게 한다. 못한다고 자책하는 마음도 없이, 그동안 비틀어진 상태에서 균형 잡고 살아 내느라 고생한 나의 몸에게 미안해하고 고마워한다.

자유의지

태양과 행성들 그리고 별들이 뿜어내는 에너지의 하모니를 휴먼 디자인에서는 수없이 많은 뉴트리노(중성미자)가 대기 중에 흐르고 있다고 한다. 명리학에서는 일진이라 하고, 점성학에서는 트랜짓이겠지. 살아 숨쉬는 동안 내 몸은 호흡을 하며 그 에너지를 받아들이고 내보내고 있다.

단전호흡에서는 하단전에 집중하여 호흡을 깊게 하여 기운을 모으는 것이라고 하니, 대기 중에 흐르는 오행의 에너지들이 부지런하다면 매일같이 쌓이겠지? 아무 생각 없이 숨만 쉬어도 그 에너지의 영향을 받고 있는 우리다.

나의 사주팔자에 있는 오행의 성질들이 어떤 것은 끌어당기고 어떤 것은 밀쳐내고 있다. 하단전에 모든 오행들을 쌓아서 필요할 때 꺼내어 쓰는 건 어떨까? 모든 에너지가 내게서 늘 흐르고 있으니 흔들림 없이 중심을 잡을 수 있을 거야. 나는 오직 멈추어 서서 필요한 것이 무엇인지 보고, 무엇을 선택하면 될 뿐. 아마추어 서퍼가 아닌 프로 서퍼가 되기 위해 축기 또 축기!

아는 것에 한계 지어지는 것도 그 에너지 흐름에 동참하는 것도 무한한 확장으로 자유의지를 자유롭게 한다. 이렇든 저렇든 모든 현상은 신의 뜻이니 편을 가를 수가 없다. 정말 재밌는 게 이 글을 쓰는 지금도 별들이 보내는 신호에 반응하는 나는, 그 에너지의 도움을 받아 이 수련기를 마무리해야 한다는 추진력을 얻는다. 실제로 별들의 움직임을 읽고 예측하는 이들도 그렇게 말을 한다. 내 태양의 별자리에 머물고 있는 화성은 할 일을 끝내도록 압력을 준다고 말이다.

에너지적으로 불편함 없이 자연스럽게 글을 쓰는 것을 보니, 순응이라는 것이 이런 것이구나. 그냥 이렇게 사는 것이 나의 할 일이구나. 별다른 게 없다. 사명도 없고 되어야 할 것도 없다. 그저 이렇게 흐름 안에서 존재할 뿐이다.

전생

알지 못하는 두려움 때문에 보이고 들리는 것을 막았더랬다. 한참 전생에 대해서 궁금한 적이 있었는데 그것에 대해 마음을 접게 된 생각이 있었는데 8번째 화두를 곱씹으니 그 생각이 난다.

'내가 궁금하고 궁금해하는 그 전생이라는 게, 미래의 나는, 지금의 내 모습이 전생인 거잖아? 오 마이 갓! 뭐야~ 내 미래에서 지금의 나를 보면 실망하는 거 아니야? 아마도 그럴 확률이 큰데 어쩌지? 특출나게 잘하는 것도 없고 미모가 뛰어난 것도 아니고 내세울 게 아무것도 없는데 어떡하지? 아~ 나 전생 안 궁금해. 그냥 안 볼래. 몰라~~ 모른다고. 그거 궁금해하고 보는 능력 개발하는 것보다, 지금의 나를 미래에서 보고 좋아하게 만드는 일을 해야겠어!'

그렇게 마음을 먹으니 전생이 궁금해지지 않고 조금씩 성장하는 내 모습을 보게 된다. 물론 변화무쌍한 나의 감정들이 내가 사람인가 싶게 만들 때도 있지만, 그것을 통해 내 의식이 변화가 되고 새로운 날들이 펼쳐지게 되는 것을 보는 내가 새롭다.

감은 눈

하단전에 축기는 꺼지지 않는 빛을 만들어 주는 것 같다. 그 빛이 나의 무의식 바다를 탐험하는 데 등대가 되어 준다.

깊게 잠들어 있는 밤, 화장실에 가고 싶어 일어나 눈을 뜬다. 방안은 어두워서 눈을 뜨고 있어도 불편한지 모르겠다. 화장실에 들어가기 전, 불을 켜니 나도 모르게 얼굴을 찡그리며 한쪽 눈을 감는다. 떠 있는 눈조차 가늘어지니 초점이 맞지 않고 희미하게 보인다. 그렇게 어둠 속에서 눈을 뜬 후 빛을 바로 볼 수 없음이, 나의 마음인가 싶다.

아침에 깨어 꿈을 살피니 기분이 살짝 찜찜하다. 깊은 무의식 속에 있는 나의 부정적인 행동들이 양심에 어떻게 반응하는지 보았다. 아직도 애착을 놓지 못하고 작은 것에 연연해하는 나를 본다. 한밤중 화장실의 불빛에도 나는 눈을 감을 수밖에 없는 나를 보며, 눈이 부셔 내 안의 빛을 보고 두 눈을 감아 버리는 일이 없었으면 하는 용기를 내어 본다. 이제는 눈을 감아도 되지 않는 빛 속에 있는 거 같은데 말이지~

분별력

여기저기 공부하러 다니다 보면 이런 것 저런 것 해 보았다는 이야기를 할 경우가 있는데 나에게 돌아오는 얘기는 '분별력이 없다'였다. 그러게 내가 똑똑했더라면 이것저것 가려서 배우러 다녔을까?

요 며칠 꿈에 연연해하며 마음을 살펴보니 분별에 관한 알림인가 보다. 어떤 일에 에너지적으로 반응할 때 그냥 멈추기. 어떤 판단도 분별도 하지 말고 그냥 보는 것. 그것이 사람이라면 내 가족인지 친인척인지 중요하지 않아. 그냥 사람인 거야. 혈연, 지연, 학연 같은 그런 에너지 반응을 거두고 그냥 보는 것.

나의 행동과 누군가의 행동을 도덕적인지 아닌지, 정의로운지 아닌지, 옳은지 그른지 분별하는 것은 중요하지 않아. 각자 모두 필요한 경험을 하는 것일 뿐이잖아. 나부터 멈추어 서서 그냥 보면 돼. 나는 그냥 그렇게 되어지면 돼. 그렇게 멈추어 보니, 우리는 하나라는 생각도 없어. 아무것도 없어. 아무것도...

현묘지도 수련을 마치며

낮부터 '오늘 결이 지어지겠구나' 하고 알아졌다. 온화하고 따스한 햇살이 바람에 흩날리는 벚꽃 잎들과 함께 반짝거린다. 손에 들린 한 잔의 커피는 그 향기를 쌀쌀한 바람에 실어 나의 감성 세포를 깨워낸다. 틈틈이 가꾸어 온 다육이 식물들은 꽃을 피워 내며 봄의 생명력을 보여 준다. 그저 별다른 것 없이 평화로울 뿐이다.

8단계까지의 화두를 끝낸 지금의 나는 담담하다. 마주한 현실에는 경천동지할 만한 큰 변화가 있지도 않다. 처음 명상을 시작할 때, 나를 자리에 앉아 눈을 감도록 이끈 것은 고통이었다. 아직도 어떤 불편함은 나를 그렇게 이끌어 집중하며 마음을 보게 한다.

명상만을 위한 호흡을 하였을 때, 나는 내면 깊숙이 있는 무의식을 맞닥뜨릴 때마다 널뛰기하듯이 변하는 감정들에 끌려다녔다. 공부를 하고 있으니 좋아질 때도 있었지만, 부정적인 감정들에 똑같은 패턴을 겪을 때마다 느끼는 좌절감은 자존감을 떨어뜨리고 죄책감과 늪에 빠진 것마냥 짓누르는 무기력감에 나 스스로 마음에 감옥을 지었었다.

현묘지도 수련 과정에서의 나는, 하나의 결을 맺을 때마다 조금씩 잠잠해지는 그 변화를 온몸으로 느끼고 받아들인 것 같다. 이것이 하단전 축기의 힘이라는 것을 알겠다. 무의식의 바다에 등대가 되어 주는 그 빛에 신의 사랑이 있음도 알아진다.

나의 '의명천시'에 귀하고 소중한 인연이 되어 주신 삼공 선생님께 감사드린다. 삼공 선생님이 아니었으면 '스승'이라는 의미를 지식으로만 알 뿐, 가슴에서 알아지는 기쁨을 모르고 살았을 것이다.

'바보의 통찰은 영감을 준다'라고 표현했지만, 순수하게 큰 힘이 되어 주신 나의 조력자 자통 님께 형용할 수 없는 감사의 마음을 담아 드린다. 오직 하단전의 축기로, 축기가 되면 절로 되어진다는 눈높이 설명과 함께 인격적으로 동등하게 대해 주셔서 편안하게 어려움 없이 공부할 수 있었다. 다그친 적도 없으시고 혼낸 적도 없으시다. 대화할 때 자통 님의 유머에 나의 심각함은 저절로 내려놓음이 되어졌다.

젠틀하신 조광 님이 웃으시면 말간 눈망울로 수줍어하는 소년 같다. 조광 님 덕분에 삼공재 입문을 프리패스하였으니 정말 감사하는 마음이 우러나온다. 늘 관심 가져 주시고 점검해 주셔서, 늘어지고 게을러지는 마음을 잡을 수 있었다. 블로그에 빠짐없이, 한결같이 매일 올려 주는 수련기만 보아도 조광 님의 성품은 절로 알 수 있다.

아, 지금의 나를 삼공재로 이끌어 주신 도성 님께 사랑의 마음을 듬뿍 담아 감사함을 전해 본다. 남성 위주의 체험이 많은 곳에서 현묘지도를 잘 마치시고 생활수련이 무엇인지 몸소 보여 주시는 드문 여성이다. 침묵의 장에서 늘 함께 교류하고, 뒤풀이 장에서는 즐겁고 흥미로운 대화로 함께 해 주신 도반님들께도 진심으로 감사드린다. 나의 자성과 함께하는 바로 지금 이 순간이 '의명천시'이다.

2020년 4월 10일

【필자의 논평】

삼공재에 찾아오는 수많은 수련생들이 지금껏 제출한 수련기들 중에서 가장 길고 알찬 것을 이틀 동안에 걸쳐 독파했다. 결론적으로 말해서 배인숙 씨가 삼공재를 찾지 않았더라면 어떻게 되었을까? 철학관 쪽으로 흘러가 기상천외의 무당이 되지 않았을까 생각된다. 자통, 조광, 도성의 공로가 크다. 삼공선도가 그만큼 성숙해진 것을 하늘에 감사한다. 그녀의 후배들을 잘 인도해 줄 것을 염원하여 도호는 대성(大成).

저자 약력

경기도 개풍 출생
1963년 포병 중위로 예편
1966년 경희대학교 영어영문학과 졸업
코리아 헤럴드 및 코리아 타임즈 기자생활 23년
1974년 단편 『산놀이』로 《한국문학》 제1회 신인상 당선
1982년 장편 『훈풍』으로 삼성문학상 당선
1985년 장편 『중립지대』로 MBC 6.25문학상 수상

저서로는 단편집 『살려놓고 봐야죠』(1978년), 대일출판사, 민족미래소설 『다물』(1985년), 정신세계사, 장편 『소설 한단고기』(1987년), 도서출판 유림, 『인민군』 3부작(1989년), 도서출판 유림, 『소설 단군』 5권(1996년), 도서출판 유림, 소설선집 『산놀이』 ①(2004년), 『가면 벗기기』 ②(2006년), 『하계수련』 ③(2006년), 지상사, 『선도체험기』 (1990년~2020년), 도서출판 유림 및 글터, 한국사 진실 찾기(2012), 도서출판 명보 등이 있다.

약편 선도체험기 27권

2023년 6월 30일 초판 인쇄
2023년 7월 10일 초판 발행

지 은 이   김 태 영
펴 낸 이   한 신 규
본문디자인 안 혜 숙
표지디자인 이 은 영
펴 낸 곳   글터
주   소   05827 서울특별시 송파구 동남로 11길 19(가락동)
전   화   070 - 7613 - 9110 Fax02 - 443 - 0212
등   록   2013년 4월 12일(제25100 - 2013 - 000041호)
E-mail   geul2013@naver.com